# Não vai acontecer aqui

SINCLAIR LEWIS

# Não vai acontecer aqui

TRADUÇÃO
Cássio de Arantes Leite

ALFAGUARA

Copyright © 1935 by Sinclair Lewis

*Grafia atualizada segundo o Acordo Ortográfico da Língua Portuguesa de 1990, que entrou em vigor no Brasil em 2009.*

*Título original*
It Can't Happen Here

*Capa*
Carlos Di Celio

*Foto de capa*
Rafael Di Celio

*Preparação*
André Marinho

*Revisão*
Clara Diament
Angela das Neves

---

Dados Internacionais de Catalogação na Publicação (CIP)
(Câmara Brasileira do Livro, SP, Brasil)

Lewis, Sinclair, 1885-1951
  Não vai acontecer aqui / Sinclair Lewis; tradução Cássio de Arantes Leite. — 1ª ed. — Rio de Janeiro: Alfaguara, 2017.

  Título original: It Can't Happen Here.
  ISBN 978-85-5652-052-4

  1. Ficção norte-americana I. Título.

17-06889                                   CDD-813

Índice para catálogo sistemático:
1. Ficção: Literatura norte-americana  813

[2017]
Todos os direitos desta edição reservados à
EDITORA SCHWARCZ S.A.
Praça Floriano, 19, sala 3001 — Cinelândia
20031-050 — Rio de Janeiro — RJ
Telefone: (21) 3993-7510
www.companhiadasletras.com.br
www.blogdacompanhia.com.br
facebook.com/alfaguara.br
twitter.com/alfaguara_br

Não vai acontecer aqui

# 1

O vistoso salão do hotel Wessex, com seus escudos dourados de gesso e o mural retratando as Green Mountains, fora reservado para o Jantar das Senhoras do Rotary Club de Fort Beulah.

Ali em Vermont o evento não era tão pitoresco como teria sido nas pradarias do Oeste. Ah, tinha seus pontos altos: havia aquele diálogo cômico em que Medary Cole (moleiro e comerciante de rações) e Louis Rotenstern (dono de uma alfaiataria e lavanderia) anunciavam ser os históricos vermonteses Brigham Young e Joseph Smith,\* e com suas piadas sobre esposas plurais imaginárias conseguiram direcionar inúmeras e divertidas cutucadas às mulheres presentes. Mas a ocasião era essencialmente séria. Toda a América estava séria agora, após os sete anos de depressão desde 1929. Pouco tempo havia se passado desde a Grande Guerra de 1914-8, só o suficiente para que os jovens nascidos em 1917 se preparassem para ir à faculdade... ou a alguma outra guerra, praticamente qualquer guerrazinha que pudesse vir a calhar.

As apresentações dessa noite entre os rotarianos não tinham nada de divertidas, pelo menos, não obviamente, pois eram os discursos patrióticos do general de brigada Herbert Y. Edgeways, Estados Unidos (ref.), que tratava raivosamente do tema da "Paz por meio da defesa: Milhões para armas mas nem um centavo para tributo", e da sra. Adelaide Tarr Gimmitch — menos renomada por sua galante campanha antissufrágio em 1919 do que por ter, durante a Grande Guerra, mantido os soldados americanos à distância dos cafés franceses mediante a astuciosa manobra de lhes enviar dez mil jogos de dominó.

Tampouco poderia qualquer patriota com consciência social menosprezar o recente, mas de certo modo desconsiderado, esforço dela

---

\* Mórmons pioneiros (logo, adeptos da poligamia). (N. T.)

em manter a pureza do Lar Americano banindo da indústria cinematográfica todas as pessoas, atores, diretores ou cinegrafistas, que tivessem: (a) passado por um divórcio; (b) nascido em país estrangeiro — com exceção da Grã-Bretanha, uma vez que a sra. Gimmitch tinha a rainha Maria em alta conta; ou (c) recusado fazer o juramento em homenagem à Bandeira, à Constituição, à Bíblia e a todas as demais instituições peculiarmente americanas.

O Jantar Anual das Senhoras era uma reunião das mais respeitáveis — a fina-flor de Fort Beulah. A maioria das mulheres e mais da metade dos cavalheiros vestiam traje de gala, e dizia-se à boca pequena que antes do banquete serviram-se coquetéis ao círculo íntimo no quarto 289 do hotel. As mesas, dispostas em três lados de um quadrado vazio, brilhavam com velas, travessas de vidro trabalhado contendo doces e amêndoas um pouco duras, estatuetas do Mickey Mouse, rodas do Rotary de latão e pequenas bandeiras americanas de seda enfiadas em ovos cozidos dourados. Na parede via-se uma faixa com os dizeres SERVICE BEFORE SELF ["O Exército antes do indivíduo", em tradução livre], e o cardápio — aipo, creme de tomate, hadoque grelhado, croquetes de frango, ervilhas e sorvete de tutti frutti — fazia jus aos mais elevados padrões do hotel Wessex.

Todos escutavam, boquiabertos. O general Edgeways finalizava sua exortação viril porém mística do nacionalismo.

"[...] pois estes Estados Unidos, os únicos dentre as grandes potências, não têm desejo de conquista no exterior. Nossa ambição mais elevada, com mil diabos, é sermos deixados em paz! Nossa única relação genuína com a Europa reside na árdua tarefa de tentar educar a massa grosseira e ignara que ela desembarcou aqui para que venha a se assemelhar de algum modo à imagem de cultura e boas maneiras americanas. Mas, como expliquei às senhoras, devemos estar preparados para defender nossa costa contra todos esses bandos estrangeiros de escroques internacionais que chamam a si mesmos de 'governos' e que com inveja febril estão sempre de olho em nossas minas inesgotáveis, nossas florestas altaneiras, nossas cidades titânicas e exuberantes, nossos campos belos e extensos.

"Pela primeira vez em toda a história, uma grande nação deve seguir se armando cada vez mais, não pela conquista — não por ciúme — não pela guerra — mas pela *paz*! Deus queira que nunca seja necessário, mas se as nações estrangeiras não derem ouvidos à nossa advertência, erguer-se-á, como quando os proverbiais dentes de dragão foram semeados, um guerreiro armado e destemido em cada palmo destes Estados Unidos, tão arduamente cultivado e defendido por nossos pais pioneiros, cuja imagem cingida por uma espada devemos emular... ou pereceremos!"

Um furacão de aplausos eclodiu. O "professor" Emil Staubmeyer, superintendente de escolas, levantou abruptamente e gritou: "Três vivas para o general — hip, hip, hurra!".

Todos os rostos se voltaram radiantes para o general e o sr. Staubmeyer — todos menos uma dupla de ranzinzas senhoras pacifistas, além de um certo Doremus Jessup, editor do *Daily Informer* de Fort Beulah, considerado na região "um sujeito bastante inteligente, mas um pouco cínico", que sussurrou para seu amigo, o reverendo sr. Falck, "Nossos pais pioneiros fizeram um serviço um tanto quanto sofrível em cultivar arduamente certos palmos do Arizona!".

A glória culminante do jantar foi o discurso da sra. Adelaide Tarr Gimmitch, conhecida em todo o país como "a Garota dos Unkies", porque durante a Grande Guerra fora a favor de chamar nossos rapazes nas Forças Expedicionárias Americanas de "Unkies".[*] Ela não se limitara a lhes dar dominós; na verdade, sua primeira ideia fora muito mais criativa. Queria enviar a cada soldado no Front um canário na gaiola. E pensar no que aquilo teria significado para eles em termos de companhia e de evocação de lembranças do lar e de suas mães! Um lindo canarinho adorável! E vai saber — talvez pudessem ser treinados para caçar piolhos!

Empolgada com a ideia, obteve acesso à sala do quartel-mestre-general, mas o oficial tacanho e autômato a repeliu (ou, na verdade, repeliu os pobres rapazes, tão solitários em meio à lama), murmurando covardemente qualquer tolice sobre não ter como transportar canários. Diz-se que seus olhos cuspiram fogo de verdade e que encarou o

---

[*] "Titio" (de *uncle*, "tio"), em referência a Uncle Sam. (N. T.)

milico caxias como uma Joana d'Arc quatro-olhos quando "lhe disse poucas e boas que ele *nunca* esqueceu!".

Naqueles bons e velhos tempos as mulheres tinham mesmo uma chance. Eram encorajadas a mandar os homens da família, ou de qualquer família, para a guerra. A sra. Gimmitch tratava todo soldado que conhecia — e cuidava de conhecer todos que se arriscavam a estar até duas quadras de onde ela morava — por "Meu filhinho querido". Reza a lenda que cumprimentou assim um coronel dos fuzileiros que galgara à patente pelos próprios méritos e que respondeu, "Nós, filhinhos queridos, decerto temos ganhado um bocado de mães nos últimos tempos. Eu pessoalmente teria preferido bem mais umas patroas extras". E reza a lenda ainda que ela não se deteve em seus comentários na ocasião, a não ser para tossir, por uma hora e dezessete minutos, segundo o relógio de pulso do coronel.

Mas nem todos os seus serviços restringiam-se a tempos pré-históricos. Já em 1935 dedicava-se a expurgar filmes e antes disso primeiro defendera e depois combatera a Lei Seca. Também fora (uma vez que o voto lhe havia sido impingido) uma líder de comitê dos Republicanos em 1932 e enviava todo dia para o presidente Hoover um longo telegrama com seus conselhos.

E, embora infelizmente não tivesse filhos, era estimada como conferencista e escritora sobre o tema da Cultura Infantil e autora de um livro de rimas para crianças, incluindo o imortal dístico:

*All of the Roundies are resting in rows,*
*With roundy-roundies around their toes.\**

Mas sempre, fosse em 1917, fosse em 1936, era membro renhido do Daughters of the American Revolution, as exclusivamente brancas filhas da revolução americana.

O DAR (refletiu o cínico Doremus Jessup nessa noite) é uma organização um pouco confusa — tão confusa quanto a teosofia, a

---

\* Aliteração sem sentido: "Todos os 'Redondinhos' descansam em fileiras,/ Com carrosséis nos dedos dos pés". (N. T.)

relatividade ou o truque hindu do menino que desaparece na corda, e parecida com todas essas três coisas. É composto de mulheres que passam metade de seu tempo desperto se vangloriando de ser descendentes dos sediciosos colonos americanos de 1776, e a outra e mais fervorosa metade atacando todos os contemporâneos que acreditam precisamente nos princípios pelos quais esses ancestrais lutavam.

O DAR (refletiu Doremus) se tornou tão sacrossanto, tão acima da crítica quanto a própria Igreja católica ou o Exército da Salvação. E fica isto por dizer: o grupo tem suprido risadas sonoras e inocentes aos judiciosos, uma vez que conseguiu ser tão ridículo quanto a tristemente defunta Ku Klux Klan, sem nenhuma necessidade de usar em público, como a KKK, pontudos chapéus de burro e camisolas.

Assim, se a sra. Adelaide Tarr Gimmitch foi chamada para inspirar moral militar ou para persuadir as sociedades de coral lituanas a iniciar seu programa com "Columbia, the Gem of the Ocean", uma vez DAR, sempre DAR, e podia-se perceber isso ao escutá-la com os rotarianos de Fort Beulah nessa venturosa noite de maio.

Ela era baixa, gorducha e dona de nariz bem-feito. Seus bastos cabelos grisalhos (estava com sessenta anos, a mesma idade do editor sarcástico, Doremus Jessup) eram visíveis sob o jovial chapéu Leghorn, com aba flexível; usava vestido estampado de seda com um enorme colar de contas de cristal, e presa acima do busto maduro havia uma orquídea entre lírios-do-vale. Era toda afabilidades para com os homens presentes: contorcia-se para eles, achegava-se a eles, enquanto numa voz cheia de flauteados e calda de chocolate vertia sua oração sobre "Como vocês rapazes podem ajudar nós garotas".

As mulheres, observou, nada haviam feito com o voto. Se ao menos os Estados Unidos tivessem dado ouvidos a ela em 1919, podia tê-los poupado de todo esse aborrecimento. Não. Certamente não. Nada de votos. Na verdade, a Mulher deve retomar seu lugar no Lar e: "Como observou aquele grande escritor e cientista, o sr. Arthur Brisbane, o que toda mulher deve fazer é gerar seis filhos".

Nesse instante ouviu-se uma chocante e terrível interrupção.

Uma tal de Lorinda Pike, viúva de um famigerado pastor unitarista, era a gerente de uma enorme pensão no campo chamada Taverna do Vale do Beulah. Mulher relativamente jovem, com um enganador ar de madona, olhos calmos, cabelo castanho liso repartido ao meio e voz suave muitas vezes animada por uma risada. Mas num palanque público sua voz se tornava insolente, seus olhos enchiam-se de embaraçosa fúria. Era a resmungona do povoado, a ranzinza. Vivia metendo o nariz em coisas que não eram da sua conta e nas reuniões do município criticava qualquer participação substancial em toda a região: as tarifas da companhia elétrica, os salários dos professores da escola, a magnânima censura de livros feita pela Associação de Ministros para a biblioteca pública. Agora, nesse momento em que tudo deveria ter sido apenas Patuscada e Alegria, a sra. Lorinda Pike quebrava o encanto, escarnecendo:

"Três vivas para Brisbane! Mas e se a pobre moçoila não puder laçar um homem? Deve ter seis filhos fora do casamento?"

Então o velho cavalo de guerra, Gimmitch, veterano de uma centena de campanhas contra os Vermelhos subversivos, treinado para expor ao ridículo a hipocrisia de provocadores socialistas e virar sua risada contra eles, lançou-se garbosamente à contenda:

"Minha cara e boa jovem, se uma moçoila, como diz, tiver algum charme e feminilidade de verdade, não precisará 'laçar' um homem — encontrará uma dezena deles enfileirados diante de sua porta!" (Risadas e aplausos.)

A rufiona nada mais fizera do que mexer com as nobres paixões da sra. Gimmitch. Ela não se achegou a ninguém nesse momento. Partiu para o ataque:

"Estou lhes dizendo, meus amigos, o problema com este país é haver tantos *egoístas*! Somos cento e vinte milhões de pessoas, com noventa e cinco por cento pensando exclusivamente *em si mesmas*, em vez de pedir ajuda e auxiliar nossos responsáveis homens de negócios a conseguirem trazer a prosperidade de volta! Todos esses sindicatos trabalhistas corruptos e interesseiros! Gananciosos! Pensando apenas em quantos salários conseguem extorquir de seu infeliz patrão, com todas as responsabilidades que este tem de suportar!

"O que este país precisa é de Disciplina! A paz é um ótimo sonho, mas às vezes talvez não passe de um sonho impossível! Não estou bem certa — ora, sei que isso vai chocar vocês, mas quero que escutem uma mulher que vai lhes dizer a verdade nua e crua, não um monte de sentimentalidades melífluas, e não estou bem certa, mas precisamos é estar numa guerra de verdade outra vez, para aprendermos Disciplina! Não queremos todos esses intelectuais sabichões, todo esse saber livresco. Isso tudo é muito bom ao seu modo, mas acaso não passa, afinal de contas, de um brinquedinho de adultos? Não, o que todos precisamos, se este grande país pretende manter sua elevada posição entre o Congresso das Nações, é de Disciplina — Força de Vontade — Caráter!"

Virou graciosamente para o general Edgeways e riu.

"O senhor ia nos dizendo sobre como assegurar a paz, mas vamos lá, general — apenas cá entre nós, rotarianos e rotary-anas — confesse! Com sua grande experiência, o senhor não acha, honestamente, jure por Deus, que talvez — apenas talvez — quando um país pegou a febre do dinheiro, como todos os nossos sindicatos e trabalhadores, com sua propaganda para elevar o imposto de renda, de modo que os parcimoniosos e industriosos paguem o preço pelos inúteis e imprestáveis, então talvez, para salvar suas almas preguiçosas e lhes incutir alguma verve, quem sabe uma guerra possa ser boa coisa? Vamos lá, mostre-nos de que estofo o senhor é feito, Mon Général!"

Ela sentou de forma dramática, e o som dos aplausos foi tomando o salão como uma nuvem de penas. A multidão urrou, "Vamos, general! De pé!" e "É um blefe ou não? — o que tem aí?", ou apenas um tolerante "Upa, general!".

O general era baixo e redondo, e seu rosto vermelho era liso como bumbum de bebê, enfeitado por óculos com armação de ouro branco. Mas ele deu uma bufada militar e uma risada viril.

"Pois muito bem!", gargalhou, ficando de pé, sacudindo um indicador amigável para a sra. Gimmitch, "já que as senhoras estão determinadas a arrancar os segredos de um pobre soldado combalido, acho por bem confessar que, embora abomine a guerra, existem coisas piores. Ah, minhas amigas, muito piores! Um Estado da assim dita paz, em que as organizações sindicais estão coalhadas, como que por germes da peste, de ideias insanas saídas da anarquista Rússia Vermelha! Um Estado em que professores universitários, jornalistas e famigerados escritores estão difundindo em segredo esses mesmos ataques sediciosos contra a sublime Constituição! Um Estado em que, como resultado de uma dieta dessas drogas da mente, o Povo é frouxo, covarde, sôfrego e carece do feroz orgulho do combatente! Não, um tal Estado é muito pior do que a guerra mais monstruosa!

"Creio que parte das coisas que disse em meu discurso anterior foram um tanto óbvias e às quais costumávamos nos referir como sendo 'da velha guarda' quando minha brigada esteve aquartelada na Inglaterra. Quanto aos Estados Unidos nada desejarem além da paz e da liberdade de todas as complicações no estrangeiro. Não! O que eu de fato gostaria que fizéssemos é estufar o peito e bradar ao mundo: 'Pois bem, meninos, não se preocupem com o lado moral disso. Temos poder, e o poder se justifica por si só'.

"Não admiro sem reservas tudo o que a Alemanha e a Itália fizeram, mas temos de dar a mão à palmatória, esses países têm sido honestos e realistas o suficiente para declarar às demais nações, 'Cuidem da própria vida, por obséquio! Temos força e determinação, e quem quer que seja dotado dessas qualidades divinas tem mais do que um direito, tem o *dever* de usá-las!'. Ninguém neste vasto mundo de Deus jamais gostou de um fracote — incluindo o próprio fracote!

"E lhes trago boas-novas! Esse evangelho da força pura e agressiva está se espalhando por toda parte neste país entre a mais excelsa classe de juventude. Ora, hoje, em 1936, há menos de sete por cento de instituições acadêmicas que não contam com unidades de treinamento militar submetidas a uma disciplina tão rigorosa quanto a dos nazistas, e se ela um dia lhes foi impingida pelas autoridades, hoje são esses próprios rapazes e moças valorosos que exigem o *direito* de serem treinados nas virtudes e habilidades guerreiras — pois, escutem com atenção, as jovens, com sua instrução em enfermagem e na fabricação de máscaras de gás e coisas assim, estão se tornando tim-tim por tim-tim tão fervorosas quanto seus irmãos. E toda a classe realmente *pensante* de professores os acompanha nisso!

"Ora, aqui, nem bem três anos atrás, uma porcentagem assustadoramente ampla de estudantes era de um pacifismo gritante, sequiosos de esfaquear a própria terra nativa no escuro. Mas hoje, quando os tolos desavergonhados e os defensores do Comunismo tentam fazer reuniões pacifistas — ora, meus amigos, nos últimos cinco meses, desde primeiro de janeiro, nada menos que setenta e seis dessas orgias exibicionistas foram invadidas por outros estudantes como eles, e nada menos que cinquenta e nove desleais estudantes Vermelhos tiveram o que pediram, recebendo uma surra tão severa que nunca mais neste país erguerão a faixa maculada de sangue do anarquismo! Esta é que é, então, meus amigos, uma BOA NOTÍCIA!"

Quando o general sentou, entre aplausos extasiados, a encrenqueira do povoado, sra. Lorinda Pike, pôs-se na mesma hora de pé e voltou a interromper aquela divina comunhão:
"Olhe aqui, sr. Edgeways, se o senhor pensa que pode se safar com esse disparate sádico sem ——"
Ela não foi além. Francis Tasbrough, proprietário da pedreira, o industrial mais graúdo de Fort Beulah, ergueu-se com ar majestoso, esticou o braço para calar Lorinda e trovejou em seu baixo de hinos anglicanos: "Um momento, por favor, minha cara senhora! Todos nós aqui, velhos conhecidos, nos acostumamos a seus princípios políticos. Mas na condição de presidente, é meu triste dever lembrá-la que o general Edgeways e a sra. Gimmitch foram convidados pelo clube para discursar, ao passo que a senhora, se me perdoa dizê-lo, não é sequer aparentada a nenhum rotariano, mas meramente convidada do reverendo Falck, que mais do que ninguém merece todo nosso respeito. Desse modo, se puder fazer a gentileza —— Ah, obrigado, madame!".
Lorinda Pike afundara em sua cadeira com o estopim ainda a arder. Sr. Francis Tasbrough (rimava com "*low*")* não afundou; sentou como o arcebispo de Canterbury no trono arquiepiscopal.
E Doremus Jessup ficou imediatamente de pé para apaziguar eles todos, sendo íntimo de Lorinda e tendo, desde a mais meiga meninice, acalentado coleguismo e aversão por Francis Tasbrough.
Esse Doremus Jessup, editor do *Daily Informer*, por mais que fosse um homem de negócios competente e autor de editoriais não destituídos de perspicácia e do velho despojamento típico da Nova

---

\* *Low* ("lou"): baixo, desonesto. (N. T.)

Inglaterra, era ainda assim considerado o principal excêntrico de Fort Beulah. Era membro do conselho da escola e do conselho da biblioteca e apresentava pessoas como Oswald Garrison Villard, Norman Thomas e o almirante Byrd quando estes vinham à cidade para dar palestras.

Jessup era um homem miúdo, magricela, sorridente, curtido, com um pequeno bigode grisalho e barba curta e bem aparada — numa comunidade em que usar barba era entregar sua condição de fazendeiro, veterano da Guerra Civil ou adventista do Sétimo Dia. Os detratores de Doremus diziam que mantinha a barba apenas para bancar o "intelectual" e "diferente", para tentar parecer "artístico". Possivelmente tinham razão. De todo modo, ele se levantou abruptamente e murmurou:

"Bem, crianças, façamos as pazes. Minha amiga, a sra. Pike, deve estar ciente de que a liberdade de expressão se torna mera licença quando chega ao extremo de criticar o Exército, divergir do DAR e defender os direitos da Plebe. Assim, Lorinda, creio que deveria se desculpar com o general, a quem é mister sermos gratos por nos explicar o que as classes governantes do país de fato desejam. Vamos lá, então, minha amiga — ponha-se de pé e apresente suas desculpas."

Ele baixava o rosto com severidade para Lorinda, porém Medary Cole, presidente do Rotary, perguntou-se se Doremus não estaria "brincando" com eles. Já fizera dessas antes. Sim — não — devia ter se equivocado, pois a sra. Lorinda Pike (sem se levantar) agora chilreava, "Ah, sim! Mil desculpas, general! Obrigada por seu revelador discurso!".

O general ergueu a mão rechonchuda (com um anel maçom, e também com um anel da Academia Militar americana, nos dedos de salsicha); curvou-se como Galahad, ou um maître; bradou com masculinidade de campo de treinamento: "Isso é absolutamente desnecessário, madame, absolutamente! Nós, macacos velhos das campanhas, não nos incomodamos com uma salutar refrega. Fico feliz que alguém esteja interessado o suficiente em nossas ideias tolas para se agravar conosco, ha, ha, ha!".

E todos riram, e a doçura reinou. O programa se encerrou com Louis Rotenstern cantando uma série de cantigas patrióticas: "Marching through Georgia", "Tenting on the Old Campground", "Dixie", "Old Black Joe", "I'm Only a Poor Cowboy and I Know I Done Wrong".

Louis Rotenstern era considerado por todos em Fort Beulah um "bom sujeito", uma casta imediatamente inferior à do "verdadeiro cavalheiro das antigas". Doremus Jessup gostava de pescar em sua companhia, e de caçar perdizes: e considerava que nenhum alfaiate da Quinta Avenida era capaz de fazer algo de mais bom gosto quando o assunto era um terno seersucker. Mas Louis era um jingo. Explicava, e com bastante frequência, que não era ele nem seu pai que haviam nascido no gueto na Polônia prussiana, mas seu avô (cujo nome, Doremus suspeitava, fora algo menos elegante e nórdico do que Rotenstern). Os heróis de bolso de Louis eram Calvin Coolidge, Leonard Wood, Dwight L. Moody e o almirante Dewey (e Dewey era natural de Vermont, regozijava-se Louis, que por sua vez nascera em Flatbush, Long Island).

Ele não era apenas cem por cento americano; extorquia quarenta por cento de juros chauvinistas em cima do capital. Sempre o ouviam dizer, "Precisamos manter todos esses estrangeiros longe do país, e refiro-me não só aos marranos, como também aos carcamanos, polacos, ciganos e chinas". Louis estava absolutamente convencido de que se os políticos ignorantes mantivessem as mãos sujas longe dos bancos, da bolsa de valores e da carga horária dos vendedores nas lojas de departamento isso seria benéfico para todo mundo no país, que aproveitaria o aumento nos negócios, e todos (incluindo os balconistas do varejo) seriam ricos como o agacão.

Assim Louis injetou em suas melodias não apenas sua voz candente de precentor de Bydgoszcz, como também todo seu fervor nacionalista, de modo que todo mundo se juntou ao coro, em particular a sra. Adelaide Tarr Gimmitch, com seu célebre contralto de quem anuncia os trens na estação.

O jantar se dispersou numa catarata de sons alegres de despedida, e Doremus Jessup murmurou para sua patroa, Emma, uma alma sólida, bondosa e preocupada que gostava de tricô, jogos de cartas e romances de Kathleen Norris: "Passei da conta, interrompendo daquele jeito?".

"Ah, não, pequeno Dormouse, fez muito bem. *Gosto* de Lorinda Pike, mas por que ela *insiste* em se exibir e expor suas tolas ideias socialistas?"

"Sua Tory danadinha!", disse Doremus. "Não quer convidar o elefante siamês, Gimmitch, para uma bebida em casa?"

"De jeito nenhum!", disse Emma Jessup.

E no fim, à medida que os rotarianos se separavam e se dirigiam a seus diversos automóveis, foi Frank Tasbrough quem convidou o seleto grupo de homens, incluindo Doremus, para uma esticada em sua residência.

# 2

Deixando a esposa em casa e subindo a Pleasant Hill para visitar Tasbrough, Doremus Jessup refletia sobre o patriotismo epidêmico do general Edgeways. Mas deixou isso de lado para prestar atenção às colinas, como fora seu hábito por cinquenta e três anos, de seus sessenta de vida, passados em Fort Beulah, Vermont.

 Legalmente uma cidade, Fort Beulah era um confortável povoado composto de oficinas de velhos tijolos vermelhos e granito antigo e casas de tábuas brancas ou de cinzentas telhas de madeira, com uns poucos bangalôs modernos, pequenos e complacentes, amarelos ou marrom-escuros. A indústria era minguada: uma modesta tecelagem de lã, uma fábrica de esquadrias, um fabricante de bombas hidráulicas. O granito que constituía o principal produto local vinha de pedreiras a mais de seis quilômetros dali, em Fort Beulah propriamente dito ficavam apenas os escritórios... todo o dinheiro... as humildes cabanas da maioria dos trabalhadores da pedreira. Era uma cidade de talvez dez mil almas, habitando cerca de vinte mil corpos — a proporção de possessão de alma pode ser alta demais.

 Havia um único arranha-céu (comparativamente falando) na cidade: o Tasbrough Building, de seis andares, com os escritórios da Tasbrough & Scarlett Granite Quarries; os consultórios do genro de Doremus, Fowler Greenhill, e seu sócio, o velho dr. Olmsted, o escritório de advocacia de Mungo Kitterick, o escritório de Harry Kindermann, representante de xarope de bordo e laticínios, e os de trinta ou quarenta outros samurais do povoado.

 Era uma cidadezinha plácida, modorrenta, onde reinavam a segurança e a tradição, que ainda acreditava em Dia de Ação de Graças, Quatro de Julho, Memorial Day, e na qual o Primeiro de Maio não era ocasião para desfiles de trabalhadores, mas para a distribuição de cestos de flores.

Era uma noite de maio — fins de maio de 1936 — com uma lua em três quartos. A casa de Doremus ficava a um quilômetro e meio do centro empresarial de Fort Beulah, em Pleasant Hill, que era um espigão saliente como uma mão se projetando da massa escura e elevada de Mount Terror. Ele podia ver prados banhados pelo luar no altiplano, em meio à mata de abetos, bordos e choupos no cume distante; e abaixo, à medida que seu carro subia, ficava o riacho Ethan, correndo através do prado. A mata profunda — o maciço montanhoso assomando — o ar fresco como fonte — as serenas casas de tábuas que lembravam a Guerra de 1812 e a infância daqueles vermonteses errantes, Stephen A. Douglas, o "Pequeno Gigante", Hiram Powers, Thaddeus Stevens, Brigham Young e o presidente Chester Alan Arthur.

"Não — Powers e Arthur — esses eram uns poltrões", ponderou Doremus. "Mas Douglas, Thad Stevens e Brigham, aquele garanhão — pergunto-me se estamos gerando algum paladino como esses velhos demônios arrojados e irascíveis — estamos a produzi-los em algum lugar da Nova Inglaterra? — em algum lugar da América? — em algum lugar do mundo? Eles tinham colhões. Independência. Faziam o que queriam e pensavam o que bem entendiam, e que todo mundo fosse para o inferno. Os jovens de hoje —— Ah, os aviadores têm coragem de sobra. Os físicos, esses crânios de vinte e cinco anos de idade que violam o átomo inviolável, esses são pioneiros. Mas a maioria da juventude insípida de hoje —— a cento e dez por hora sem chegar a lugar algum — não tem imaginação suficiente para *querer* chegar a algum lugar! A música para eles vem do botão do rádio. Tirando suas frases das histórias em quadrinhos, em vez de Shakespeare, da Bíblia, de Veblen e Old Bill Sumner. Bebês frouxos com cabeça de mingau! Como esse fedelho cabotino, Malcolm Tasbrough, em volta da Sissy! Aah!

"Não seria um perfeito inferno se aquela múmia empavonada do Edgeways e a Mae West da política, Gimmitch, estivessem com a razão e precisássemos mesmo de todas essas estrepolias militares e quem sabe até de uma guerra estúpida (conquistando algum país empedernido que não queremos nem de graça!) para enfiar um pouco de estofo e fibra nessas marionetes que chamamos de filhos? Aah!

"Mas, caramba —— Essas montanhas! Paredões de castelo. E esse ar. Os outros que fiquem com suas Cotswolds e suas Harz e suas Rochosas! D. Jessup, patriota topográfico. E eu sou *um* ——"

"Dormouse, que tal dirigir na via da direita — pelo menos nas curvas?", disse sua esposa, calmamente.

Um vale no planalto e a névoa sob a lua — um véu de névoa sobre flores de macieira e a densa inflorescência de um antigo arbusto de lilás junto à ruína de uma casa de fazenda incendiada sessenta anos antes ou mais.

O sr. Francis Tasbrough era o presidente, gerente geral e dono majoritário da Tasbrough & Scarlett Granite Quarries, em West Beulah, a cerca de seis quilômetros do "Forte". Era rico, persuasivo e tinha constantes problemas trabalhistas. Morava em uma casa de tijolos estilo georgiano, nova, em Pleasant Hill, um pouco depois de Doremus Jessup, e nessa residência possuía um bar tão luxuoso quanto o do gerente de publicidade de uma fábrica de automóveis em Grosse Point. Tão tradicionalmente Nova Inglaterra quanto se esperaria da parte católica de Boston; e o próprio Frank vangloriava-se de que, embora sua família morasse havia seis gerações na Nova Inglaterra, ele não era nenhum ianque sovina, mas em sua Eficiência, em sua perícia de Vendedor, o perfeito Diretor Executivo Pan-Americano.

Tasbrough era um homem alto, de bigode amarelado e voz monotonamente enfática. Estava com cinquenta e quatro, seis anos mais novo do que Doremus Jessup, e quando tinha apenas quatro, Doremus o protegera dos resultados de seu hábito singularmente impopular de bater com alguma coisa na cabeça dos outros meninos — todo tipo de coisa — paus, carrinhos de puxar, lancheiras, estrume de vaca seco.

Reunidos em seu bar particular nessa noite, após o Jantar Rotariano, estavam o próprio Frank, Doremus Jessup, Medary Cole, o moleiro, o superintendente escolar Emil Staubmeyer, R. C. Crowley — Roscoe Conkling Crowley, o banqueiro mais poderoso de Fort Beulah — e, de forma um tanto surpreendente, o pastor de Tasbrough, ministro episcopal, o reverendo sr. Falck, suas velhas mãos tão delicadas quanto porcelana, a basta cabeleira branca macia como seda, o rosto descarnado um indicativo da Boa Vida. O sr. Falck provinha de sólida família Knickerbocker e estudara em Edimburgo e Oxford, assim como no General Theological Seminary de Nova York; e em todo o vale do Beulah não havia, à parte Doremus, ninguém mais satisfeito em viver refugiado na proteção das montanhas.

O interior da sala do bar fora recém-decorado por um jovem profissional de Nova York que tinha o hábito de ficar com o dorso da mão direita apoiado no quadril. Havia um balcão de aço inoxidável, ilustrações emolduradas de *La Vie Parisienne*, mesas de metal banhadas em prata e cadeiras de alumínio cromado com almofadas de couro escarlate.

Todos eles, exceto Tasbrough, Medary Cole (um alpinista social para quem cair nas graças de Frank Tasbrough era como mel e figos maduros) e o "professor" Emil Staubmeyer, sentiam-se pouco à vontade em meio àquela elegância de gaiola de papagaio, mas ninguém, incluindo o sr. Falck, pareceu desprezar o excelente uísque escocês, a soda ou os sanduíches de sardinha de Frank.

"E fico pensando se Thad Stevens também não teria ficado incomodado com isso", considerava Doremus. "Teria rosnado. O velho leão da montanha acossado. Mas, provavelmente, não para o uísque!"

"Doremus", chamou Tasbrough, "por que não se serve uma dose? Todos esses anos você se divertiu à beça criticando — sempre contra o governo — tapeando todo mundo — posando de liberal para passar por esses elementos subversivos todos. É hora de parar de brincar de pega-pega com essas ideias malucas e juntar-se à família. Vivemos tempos graves — talvez vinte e oito milhões às custas da assistência pública, e a coisa começa a ficar feia — achando que agora têm o direito adquirido de serem sustentados.

"E os comunistas judeus e financistas judeus tramando para controlar o país. Consigo entender que, por ser mais jovem, você possa nutrir certa afinidade pelos sindicatos e até pelos judeus — embora, como bem sabe, nunca vá superar a mágoa que senti por ficar do lado dos grevistas quando aqueles desordeiros tentaram arruinar meu negócio — incendiando minhas oficinas de polimento e corte — ora, você até foi amigável com aquele gringo homicida, Karl Pascal, que iniciou toda a greve — talvez eu não tenha apreciado mandar *ele* embora quando tudo terminou!

"Mas, seja como for, esses escroques trabalhistas estão se juntando agora a líderes comunistas e determinados a dirigir o país — a ensinar homens como *eu* a conduzir nosso negócio! — e, exatamente como disse o general Edgeways, vão se recusar a servir o país se calhar de sermos arrastados para alguma guerra. Sim, senhor, momento dos mais graves, e chegou a hora de parar a conversa fiada e se juntar aos cidadãos verdadeiramente responsáveis."

Doremus disse, "Hum. Certo. Concordo que o momento é grave. Com todo o descontentamento que há no país para catapultá-lo ao governo, o senador Windrip conseguiu excelente oportunidade para ser eleito presidente em novembro próximo e, se o for, provavelmente seu bando de abutres vai nos arrastar para alguma guerra, só para alimentar sua vaidade insana e mostrar ao mundo que somos a nação mais robusta que existe. E assim eu, o liberal, você, o plutocrata, o Tory fajuto, seremos levados e fuzilados às três da matina. Grave? Sei!".

"Caramba! Está exagerando!", disse R. C. Crowley.

Doremus prosseguiu: "Se o bispo Prang, nosso Savonarola num Cadillac 16, bandear seu público de rádio e sua Liga dos Esquecidos para o lado de Buzz Windrip, Buzz vai vencer. As pessoas vão pensar que o elegem para gerar mais segurança econômica. Depois, presenciar o Terror! Deus sabe como tem havido sinais suficientes de que *podemos* ter tirania na América — as atribulações dos meeiros sulistas, as condições de trabalho nas minas e fábricas de roupas e Mooney trancafiado na prisão por tantos anos. Mas esperem só até Windrip nos mostrar com quantas balas se faz uma metralhadora! A democracia — aqui, na Inglaterra, na França, nunca foi um escravismo choramingas como o nazismo na Alemanha, um materialismo farisaico de ódio à imaginação como na Rússia — ainda que tenha produzido industrialistas como você, Frank, e banqueiros como você, R. C., e proporcionado a ambos tanto poder e dinheiro. No geral, com gritantes exceções, a democracia tem dado ao trabalhador comum mais dignidade do que jamais teve. Isso pode estar agora sendo ameaçado por Windrip — todos os Windrips da vida. Tudo bem! Talvez tenhamos de combater a ditadura paternal com um pouco de parricídio sensato — combater metralhadoras com metralhadoras. Esperem só até Buzz vir para cima de nós. Uma verdadeira ditadura fascista!".

"Besteira! Besteira!", bufou Tasbrough. "Isso não vai acontecer aqui na América, impossível! Somos um país de homens livres."

"A resposta para isso", sugeriu Doremus Jessup, "se o sr. Falck me perdoa, é 'o diabo que não vai!'. Ora, não existe país no mundo capaz de ser mais histérico — sim, ou mais obsequioso! — do que os Estados Unidos da América. Vejam como Huey Long se tornou um monarca absoluto na Louisiana e como o Mui Honorável Senhor Senador Berzelius Windrip possui *seu próprio* Estado. Escutem o bispo Prang e o padre Coughlin no rádio — oráculos divinos para milhões. Lembram-se do pouco caso com que a maioria dos americanos aceitou a politicagem de Tammany, as gangues de Chicago e a corrupção de tantos nomeados do presidente Harding? O bando de Hitler, ou de Windrip, poderia ser pior? Lembram da Ku Klux Klan? Lembram da nossa histeria de guerra, quando chamávamos o chucrute de "repolho da Liberdade" e alguém chegou a propor que chamássemos o sarampo alemão de "sarampo da Liberdade"? E a censura em tempos de guerra dos jornais honestos? Tão ruim quanto a Rússia! Lembram-se de como beijamos os — bom, os pés de Billy Sunday, o evangelista de um milhão de dólares, e de Aimée McPherson, que nadou do oceano Pacífico direto para o deserto do Arizona e se safou com essa? Lembram-se de Voliva e da Mãe Eddy?... Lembram-se de nosso medo Vermelho e nossos medos Católicos, quando qualquer pessoa bem informada sabia que a polícia secreta soviética estava se escondendo em Oskaloosa e os republicanos em campanha contra Al Smith disseram aos montanhistas da Carolina que se Al vencesse o papa deslegitimaria seus filhos? Lembram-se de Tom Heflin e Tom Dixon? Lembram quando os legisladores matutos de certos estados, obedientes a William Jennings Bryan, que aprendera biologia com sua vovó devota, se lançaram na carreira de autoridades científicas para fazer o mundo todo ficar com dor de barriga de tanto rir ao proibirem o ensino da evolução?... Lembram-se dos Night Riders de Kentucky?

Lembram de como gente aos magotes passou a apreciar linchamentos? Não vai acontecer aqui? A Lei Seca — atirar nas pessoas só porque elas *talvez* estivessem transportando bebida alcoólica — não, isso não aconteceria na *América*! Ora, onde em toda a história houve povo mais maduro para uma ditadura do que o nosso! Estamos prontos para iniciar uma Cruzada das Crianças — somente com adultos — agora mesmo, e os Mui Reverendos Abades Windrip e Prang estão mais do que prontos para liderá-la!"

"Bom, e se estiverem?", protestou R. C. Crowley. "Talvez não seja tão mal. Não aprecio todos esses ataques irresponsáveis contra nós, banqueiros, o tempo todo. Claro que o senador Windrip tem de fingir em público que está recriminando os bancos, mas uma vez que chegue ao poder vai proporcionar aos bancos sua justa influência no governo e acatar nossos hábeis conselhos financeiros. Isso mesmo. Por que tem tanto medo da palavra 'fascismo', Doremus? É só uma palavra — só uma palavra! E talvez não seja tão má, com todos esses vagabundos preguiçosos que vemos esmolando assistência hoje em dia e vivendo do imposto de renda meu e seu — não muito pior do que ter um genuíno Homem Forte, como Hitler ou Mussolini — como Napoleão ou Bismarck nos bons e velhos tempos — e tê-los de fato a *dirigir* o país e fazer dele eficiente e próspero outra vez. Em outras palavras, ter um médico que não ature boca dura e sim mande no paciente e o faça se curar, quer ele queira, quer não!"

"Isso!", disse Emil Staubmeyer. "Hitler não salvou a Alemanha da Peste Vermelha do Marxismo? Tenho primos por lá. Eu *sei*!"

"Hum", disse Doremus, como Doremus de fato costumava dizer. "Curar os males da Democracia com os males do Fascismo! Terapia mais esquisita. Já ouvi falar de curar sífilis deixando o paciente com malária, mas nunca ouvi falar de curar malária deixando o paciente com sífilis!"

"Acha que essa é uma boa linguagem para usar na presença do reverendo Falck?", enfureceu-se Tasbrough.

O sr. Falck interrompeu, "Acho que é uma linguagem bastante boa e uma sugestão interessante, irmão Jessup!".

"Além do mais", disse Tasbrough, "toda essa confabulação não passa de besteira, afinal. Como Crowley diz, talvez seja uma coisa boa ter um homem forte na sela, mas — isso simplesmente não vai acontecer aqui na América."

E pareceu a Doremus que o suave movimento dos lábios do reverendo sr. Falck formavam, "O diabo que não vai!".

# 3

Doremus Jessup, editor e dono do *Daily Informer*, a bíblia dos conservadores fazendeiros de Vermont por todo o vale do Beulah, nascera em Fort Beulah em 1876, filho único de um depauperado pastor universalista, o reverendo Loren Jessup. Sua mãe era nada mais nada menos que uma Bass, de Massachusetts. O reverendo Loren, um homem livresco e afeito a flores, alegre mas não perceptivelmente espirituoso, costumava entoar *"Alas, alas, that a Bass of Mass should marry a minister prone to gas"* e insistia que a mulher era um perfeito equívoco ictiológico — ela deveria ter sido um *cod*, não um *bass*.\* Na residência paroquial havia pouco pão, mas livros de sobra, nem todos teológicos, absolutamente, de modo que antes de completar doze anos Doremus já conhecia os escritos profanos de Scott, Dickens, Thackeray, Jane Austen, Tennyson, Byron, Keats, Shelley, Tolstói, Balzac. Ele se formou no Isaiah College — outrora uma arrojada instituição unitarista, mas em 1894 uma entidade para todas as denominações, de nebulosas aspirações trinitárias, um pequeno e rústico estábulo da instrução, em North Beulah, a vinte quilômetros do "Forte".

Mas o Isaiah College ganhara projeção — exceto em termos educacionais — em tempos recentes, pois em 1931 derrotara a equipe de futebol do Dartmouth por 64 a 6.

Durante a faculdade, Doremus escrevinhou muita poesia ruim e se tornou um incorrigível viciado em livros, mas saía-se razoavelmente bem na pista de atletismo. Naturalmente, correspondeu-se com jornais em Boston e Springfield, e após se formar foi repórter em Rutland e

---

\* Jogos de palavras: "Ai de mim, ai de mim, que uma Bass de Massachusetts se casasse com um ministro propenso a tagarelar"; *cod*, "bacalhau", e *bass*, um peixe de água doce. (N. T.)

Worcester, com um ano glorioso em Boston, cuja beleza encardida e fragmentos do passado foram para ele o que Londres seria para um jovem saído de Yorkshire. Gostava de concertos, galerias de arte e livrarias; três vezes por semana pagava vinte e cinco centavos por uma poltrona no balcão superior de algum teatro; e por dois meses dividiu o quarto com um colega repórter que conseguira publicar um conto no *The Century* e podia falar sobre autores e técnica de um jeito muito rebuscado. Mas Doremus não era particularmente paciente nem tinha uma constituição forte, e o barulho, o trânsito, a azáfama do trabalho o deixaram exaurido, e em 1901, três anos após terminar a faculdade, quando o pai viúvo faleceu e lhe deixou 2980 dólares e sua biblioteca, Doremus voltou para Fort Beulah e comprou a quarta parte de uma sociedade no *Informer*, então um semanário.

Em 1936, o jornal virou diário e ele, seu único dono... virou proprietário de uma apreciável hipoteca.

Era um chefe sereno e compreensivo; um imaginativo detetive de notícias; mantinha-se, mesmo nesse rígido estado Republicano, politicamente independente; e em seus editoriais contra a politicagem e a injustiça, embora não fossem fanaticamente crônicas, podia fustigar como um verdugo.

Era primo em terceiro grau de Calvin Coolidge, que o considerava sensato no âmbito doméstico, mas relaxado no âmbito político. Doremus se considerava exatamente o oposto.

Desposara uma jovem, Emma, de Fort Beulah. Era a filha de um fabricante de vagões, uma garota tranquila, bonita, de ombros largos, que fora sua colega no segundo grau.

Agora, em 1936, de seus três filhos, Philip (direito em Dartmouth e Harvard) era casado e exercia ambiciosamente a prática da advocacia em Worcester; Mary era a esposa de Fowler Greenhill, médico entusiasmado e diligente de Fort Beulah, um jovem ruivo colérico que operava milagres com febre tifoide, apendicite aguda, obstetrícia, fraturas múltiplas e dietas para crianças anêmicas. Fowler e Mary tinham um filho, único neto de Doremus, o robusto David, que aos oito anos era uma criança tímida, inventiva e afetuosa com tais olhos chorosos de cão sem dono e tal cabelo vermelho-ouro que seu retrato podia muito bem ter sido exibido numa exposição da Academia Nacional ou mesmo reproduzido na capa de uma revista feminina com circulação de 2,5 milhões de exemplares. Os vizinhos dos Greenhill inevitavelmente comentavam a seu respeito, "Puxa vida, mas que imaginação tem o Davy, hein! Aposto que vai ser Escritor, como o avô!".

A terceira filha de Doremus era a entusiasmada, atrevida e dançante Cecilia, conhecida como "Sissy", de dezoito anos, ao passo que seu irmão Philip estava com trinta e dois e Mary, a sra. Greenhill, completara trinta. Levara alegria ao coração de Doremus quando consentiu em permanecer em casa enquanto terminava o segundo grau, embora falasse enfaticamente em sair para cursar arquitetura e "simplesmente ganhar *milhões*, meu bem", projetando e erguendo pequenas casas milagrosas.

A sra. Jessup tinha a extravagante (e absolutamente equivocada) convicção de que seu Philip era a imagem cuspida e escarrada do príncipe de Gales; a esposa de Philip, Merilla (formosa filha de Worcester, Massachusetts), curiosamente parecida com a princesa Marina; que Mary seria confundida por estranhos com Katharine Hepburn; que Sissy era uma dríade e David, um pajem medieval; e que Doremus (embora o conhecesse melhor do que esses *changelings*, seus filhos) se parecia espantosamente com aquele herói naval, Winfield Scott Schley, tal como era sua aparência em 1898.

Era uma mulher fiel, Emma Jessup, calorosamente generosa, uma cordon-bleu para fazer torta de limão com merengue, uma Tory paroquiana, uma episcopaliana ortodoxa e completamente inocente de qualquer humor. Doremus nunca cansava de achar graça em sua solenidade bondosa e conta a seu favor como um singular ato de misericórdia ele se abster de fingir que se tornara um comunista ativo e que pensava em partir para Moscou imediatamente.

Doremus parecia deprimido, parecia velho, quando desceu, como que de uma cadeira de inválido, do Chrysler, em sua horrível garagem de cimento e ferro galvanizado. (Mas uma orgulhosa garagem para dois carros; ao lado do Chrysler de quatro anos havia um moderno cupê conversível Ford, que Doremus sonhava em dirigir um dia, quando Sissy não estivesse usando.)

Praguejou com proficiência quando, na calçada de cimento que ia da garagem à cozinha, raspou as canelas no cortador de grama, deixado ali pelo seu empregado, um certo Oscar Ledue, conhecido desde sempre como "Shad", um campônio irlandês-canadense grande e corado, de ar carrancudo e rabugento. Shad vivia fazendo coisas como largar cortadores de grama por aí para morderem as canelas de pessoas decentes. Era de uma incompetência e malevolência a toda prova. Nunca aparava os canteiros de flores, ficava com o velho boné malcheiroso na cabeça quando entrava com as toras para a lareira, não cortava os dentes-de-leão no gramado antes de darem sementes, regozijava-se em deixar de avisar a cozinheira que as ervilhas estavam maduras e gostava de atirar em gatos, cães vira-latas, esquilos e canoros melros-pretos. Pelo menos duas vezes por dia, Doremus se determinava a mandá-lo embora, mas —— Talvez estivesse sendo sincero consigo mesmo quando insistia que achava divertido tentar civilizar aquele touro premiado.

Doremus entrou a trote na cozinha, resolvido que não queria um pedaço de frango frio nem um copo de leite do refrigerador, tampouco uma fatia do célebre bolo de coco feito por sua cozinheira e empregada, a sra. Candy, e subiu para seu "estúdio", no andar superior, o sótão.

Sua casa era uma estrutura ampla, branca, de tábuas, construída em 1880, um clássico volume quadrado com telhado em mansarda e, na frente, uma comprida varanda apoiada em colunas quadradas brancas, triviais. Doremus dizia que a casa era feia, "mas feia de um jeito bonito".

Seu estúdio elevado era o refúgio perfeito de todo aborrecimento e confusão. Era o único cômodo que a (silenciosa, austeramente competente, perfeitamente letrada, antiga professora rural em Vermont) sra. Candy nunca tinha permissão de limpar. Uma bagunça adorável de romances, exemplares do *Congressional Record*, da *New Yorker*, *Time*, *Nation*, *New Republic*, *New Masses* e *Speculum* (enclausurado órgão da Sociedade Medieval), tratados sobre sistemas tributários e monetários, guias rodoviários, livros sobre a exploração da Abissínia e da Antártida, tocos de lápis mascados, uma frágil máquina de escrever portátil, apetrechos de pesca, papel-carbono enrugado, duas confortáveis poltronas de couro, uma cadeira Windsor diante de sua mesa, as obras completas de Thomas Jefferson, seu maior herói, um microscópio e uma coleção de borboletas de Vermont, pontas de flecha indígenas, exíguos volumes de poesia regional de Vermont impressos nas oficinas do jornal local, a Bíblia, o Corão, o Livro de Mórmon, livros de ciência e saúde, excertos do Mahabharata, a poesia de Sandburg, Frost, Masters, Jeffers, Ogden Nash, Edgar Guest, Omar Khayyám e Milton, uma escopeta e um rifle de repetição .22, uma faixa do Isaiah College, desbotada, um dicionário Oxford completo, cinco canetas-tinteiro, sendo que duas funcionando, um vaso de Creta datado de 327 a.C. — muito feio —, o World Almanac do ano retrasado, com a capa sugerindo que fora mastigado por um cachorro, um par de óculos de armação de chifre e outro par sem aro, ambos não servindo mais para sua vista, um belo armário de carvalho supostamente Tudor de Devonshire, retratos de Ethan Allen e Thaddeus Stevens, botas de pescaria de borracha, um par de pantufas senis de couro marroquino vermelho, um cartaz publicado pelo *Vermont Mercury* em Woodstock, em 2 de setembro de 1840, anunciando uma gloriosa vitória Whig, vinte e quatro caixas de fósforos de segurança roubadas da cozinha, uma a uma, diversos blocos de rascunho amarelos, sete livros sobre a Rússia e o bolchevismo — excessivamente pró ou excessivamente contra —, uma foto autografada de Theodore Roosevelt, seis maços de cigarros, todos pela metade (seguindo a tradição das excentricidades jornalísticas, Doremus deveria fumar um Bom e Velho Cachimbo, mas ele detestava a gosma pegajosa da saliva impregnada de nicotina), um tapete de farrapos no assoalho, um ramo murcho de azevinho com uma fita natalina prateada, um estojo com sete navalhas Sheffield genuínas, dicionários de francês, alemão, italiano e espanhol — sendo que a primeira dessas línguas ele conseguia de fato ler —, um canário numa gaiola de vime bávara, dourada, um exemplar surrado encadernado em linho de *Cantigas para dias de lareira e piqueniques* cujas seleções ele costumava cantar, segurando o livro no joelho, e um velho fogão Franklin de ferro fundido. Tudo, na verdade, que era apropriado para um ermitão e inapropriado para ímpias mãos domésticas.

Antes de acender a luz ele se aproximou da trapeira, os olhos semicerrados, para observar a massa montanhosa recortada contra a imensidão de estrelas. No centro restavam as derradeiras luzes de Fort Beulah, bem abaixo, e à esquerda, invisíveis, os suaves prados, as velhas casas de fazenda, os grandes galpões de laticínios de Ethan Mowing. O campo ali era agradável, uma região fresca e clara como um feixe de luz, e, refletiu, ele a amava mais a cada ano tranquilo de sua liberdade das torres urbanas e do clamor urbano.

Uma das poucas vezes em que a sra. Candy, a empregada, teve permissão de entrar em sua cela de eremita foi para deixar ali, sobre a comprida mesa, a correspondência. Ele a pegou e começou a ler energicamente, de pé junto à mesa. (Hora de ir para a cama! Já chega de conversa e reclamação por hoje! Bom Deus! Já passa da meia-noite!) Ele então suspirou e sentou em sua cadeira Windsor, apoiando os cotovelos sobre a mesa e relendo cuidadosamente a primeira carta.

Era de Victor Loveland, um dos professores mais jovens e cosmopolitas da velha faculdade de Doremus, o Isaiah College.

*Caro dr. Jessup:*

("Hum, 'dr. Jessup'. Eu não, meu rapaz. O único grau honorífico que terei será o de Mestre em Cirurgia Veterinária ou Laureado em Embalsamento.")

*Uma situação deveras perigosa surgiu aqui no Isaiah, e aqueles de nós que vêm tentando defender algo como a integridade ou a modernidade estamos seriamente preocupados — não, provavelmente, que precisemos ficar por muito tempo, já que provavelmente seremos todos despedidos. Se há dois anos a maioria de nossos alunos apenas ria da mera ideia de treinamento militar, agora o espírito militar reina soberano, com os graduandos treinando por toda parte com fuzis, metralhadoras e graciosas plantas em pequena escala de tanques e aviões. Dois deles, voluntariamente, vão a Rutland toda semana para receber treinamento de voo, num preparativo declarado para a aviação em tempos de guerra. Quando cautelosamente lhes pergunto para que diabo de guerra estão se preparando, apenas coçam a cabeça e dão a entender que não faz grande diferença, contanto que consigam a chance de demonstrar os cavalheiros viris e orgulhosos que são.*

*Bom, já acostumamos. Mas hoje à tarde — os jornais ainda não publicaram isso — o Conselho de Curadores, incluindo o sr. Francis Tasbrough e nosso presidente, o dr. Owen Peaseley, se reuniu e votou uma resolução de que — agora escute isso, por favor, dr. Jessup — "Todo membro da faculdade ou do corpo discente do Isaiah que de algum modo, pública ou privadamente, em palavra impressa, manuscrita ou pela palavra falada, criticar o treinamento militar no ou pelo Isaiah College, ou em qualquer outra instituição de ensino dos Estados Unidos, ou por parte das milícias do Estado, das forças federais ou quaisquer outras organizações militares oficialmente reconhecidas neste país, ficará sujeito a exclusão imediata desta faculdade, e todo aluno que, com plena e oportuna evidência, trouxer à atenção do presidente ou de qualquer curador da faculdade tais críticas perniciosas feitas por qualquer pessoa ligada da forma que for à instituição receberá créditos extras em seu curso de treinamento militar, tais créditos vindo a se somar aos créditos necessários para a graduação".*

*O que podemos fazer diante desse fascismo em crescimento acelerado?*

VICTOR LOVELAND

E Loveland, professor de grego, latim e sânscrito (dois míseros alunos), nunca até esse momento se metera com política alguma de data mais recente do que o ano de 180 d.C.

"Então Frank estava lá na reunião dos curadores e não ousou me contar", suspirou Doremus. "Encorajando-os a se tornar espiões. A Gestapo. Ah, meu caro Frank, os tempos são graves! Você, meu prezado cabeça-dura, ao menos uma vez o disse! O presidente Owen J. Peaseley, o cara-inchada, carola, escroque, maldito mestre-escola de celeiro! Mas o que posso fazer? Ah — escrever outro editorial alarmado, imagino!"

Ele se deixou afundar numa das poltronas e ficou ali, agitado como um apreensivo passarinho de olhos brilhantes.

Da porta veio um barulho violento, imperioso, exigente.

Ele a abriu para admitir Foolish, o tolinho, o cão da família. Foolish era uma fidedigna combinação de setter inglês, airedale, cocker spaniel, corça anelante e hiena rampante. Dando uma abrupta resfolegada acolhedora, aninhou sua acetinada cabeça marrom contra o joelho de Doremus. Seu latido despertou o canário, sob o velho suéter azul absurdo que cobria a gaiola, e a criatura automaticamente cantarolou anunciando o meio-dia, o meio-dia de verão, entre as pereiras das verdejantes colinas Harz, sendo que nada disso era verdade. Mas os gorjeios do canário e a confiável presença de Foolish trouxeram conforto a Doremus, fizeram o treinamento militar e os políticos dispépticos parecerem desimportantes, e então ele adormeceu na segurança da surrada poltrona de couro marrom.

# 4

Por toda essa semana de junho, Doremus ficou aguardando as duas da tarde do sábado, hora divinamente designada para a transmissão profética semanal do bispo Paul Peter Prang.

Agora, seis semanas antes das convenções nacionais de 1936, era provável que nem Franklin Roosevelt, nem Herbert Hoover, nem o senador Vandenberg, nem Ogden Mills, nem o general Hugh Johnson, nem o coronel Frank Knox, nem tampouco o senador Borah seriam indicados para presidente por um partido ou pelo outro, e que o porta-estandarte republicano — ou seja, o único que nunca precisava arrastar um enorme, incômodo e um tanto ridículo estandarte — seria aquele leal porém estranhamente honesto senador conservador, Walt Trowbridge, um homem com um quê de Lincoln, o espírito de Will Rogers e George W. Norris, um vestígio suspeito de Jim Farley, mas, de resto, o simples, corpulento, placidamente desafiador Walt Trowbridge.

Poucos homens duvidavam que o candidato democrata seria aquele bólide, o senador Berzelius Windrip — ou, mais exatamente, Windrip como fachada e voz tonitruante de seu secretário satânico, Lee Sarason, o cérebro por trás.

O pai do senador Windrip era boticário de uma pequena cidade no Oeste, igualmente ambicioso e malsucedido, e o batizara de Berzelius em homenagem ao químico sueco. Normalmente tratavam-no por "Buzz". Frequentara mal e mal uma faculdade batista do Sul mais ou menos com o mesmo status acadêmico de uma escola de negócios em Jersey City e, depois, uma faculdade de direito em Chicago, e acabou praticando a advocacia em seu estado nativo e dando novo alento à política local. Era um viajante inveterado, um orador impetuoso e bem-humorado, tinha um palpite inspirado sobre quais doutrinas políticas as pessoas apreciariam e emprestava dinheiro sem fazer cara feia. Bebia coca-cola com os metodistas, cerveja com os luteranos, vinho branco californiano com os comerciantes judeus da cidade — e, quando a salvo de olhares observadores, uísque de milho forte como uma mula com todos eles.

Em vinte anos era um soberano tão absoluto em seu estado quanto um sultão da Turquia.

Nunca foi governador; percebera astutamente que sua reputação por pesquisar receitas de coquetel *plunter's punch*, variedades de pôquer e a psicologia de jovens estenógrafas podia ocasionar sua derrota entre a gente religiosa, de modo que se contentara em puxar o saco governamental tosquiando o cordeirinho adestrado de um mestre-escola do campo de quem animadamente fora líder num amplo comitê investigativo. O estado ficou certo de que havia "conduzido bem a situação", e sabiam que o responsável fora Buzz Windrip, não o governador.

Windrip ajudou a construir estradas magníficas e escolas rurais; fez o estado comprar tratores e colheitadeiras e emprestá-los aos fazendeiros pelo preço de custo. Tinha certeza de que um dia a América empreenderia vastos negócios com os russos, e, embora execrasse todos os eslavos, fez a universidade estadual oferecer o primeiro curso de língua russa de que se tinha notícia em toda aquela parte do Oeste. Sua invenção mais original foi quadruplicar a milícia do estado e recompensar os melhores soldados com treinamento em agricultura, aviação e engenharia de rádio e automobilística.

Os milicianos consideravam-no seu general e seu deus, e quando o procurador-geral do estado anunciou que indiciaria Windrip por desviar duzentos mil dólares do dinheiro público, a milícia se pôs às ordens de Buzz Windrip como se fosse seu exército particular, e, ocupando as câmaras legislativas e todos os gabinetes do estado, e mantendo as ruas que levavam ao Capitólio sob a mira das metralhadoras, tocaram os inimigos de Buzz para fora da cidade.

Assumiu o mandato de senador dos Estados Unidos como se fosse seu direito senhorial, e por seis anos seu único rival assim como o mais vigoroso e exaltado membro do Senado fora o falecido Huey Long da Louisiana.

Pregava o reconfortante evangelho da redistribuição da riqueza de forma que cada pessoa no país recebesse milhares de dólares por ano (Buzz alterava mensalmente seu vaticínio acerca de quantos milhares), enquanto todos os ricos não obstante poderiam dispor do suficiente para seguir progredindo, a um teto de quinhentos mil dólares por ano. Assim todo mundo ficava feliz com a perspectiva de Windrip vir a ser presidente.

O reverendo dr. Egerton Schlemil, deão da St. Agnes Cathedral, em San Antonio, Texas, declarou (uma vez num sermão, outra, em um folheto mimeografado do sermão, com leves variações, e por diversas vezes em entrevistas) que a chegada de Buzz ao poder seria "como a chuva abençoada pelo Céu revivendo uma terra ressequida e sedenta". O dr. Schlemil nada disse sobre o que acontecia quando a chuva abençoada caía e continuava a cair sem parar por quatro anos.

Ninguém, nem mesmo entre os correspondentes em Washington, parecia saber exatamente que papel desempenhava na carreira do senador Windrip seu secretário Lee Sarason. Quando Windrip chegara ao poder em seu estado, Sarason era gerente editorial do jornal de maior circulação em toda aquela região do país. A origem de Sarason era e continuava sendo um mistério.

Dizia-se que nascera na Geórgia, em Minnesota, no East Side de Nova York, na Síria; que era puro ianque, judeu, huguenote de Charleston. Sabia-se que fora o singularmente temerário tenente de uma equipe de metralhadores em sua juventude durante a Grande Guerra e que ficara por lá, perambulando pela Europa, por três ou quatro anos; que trabalhara na filial parisiense do *Herald* nova-iorquino; flertara com a pintura e a magia negra em Florença e Munique; passara alguns meses sociológicos na London School of Economics; ligara-se a pessoas um tanto curiosas em restaurantes noturnos berlinenses pretensiosamente artísticos. De volta ao lar, Sarason se tornara decididamente um "repórter das ruas", na tradição de mangas de camisa, insistindo que preferia ser chamado de prostituto a algo tão efeminado como "jornalista". Mas suspeitava-se de que não obstante ainda conservava a capacidade de ler.

Fora variadamente socialista e anarquista. Mesmo em 1936 alguns ricos afirmavam que Sarason era "radical demais", mas na verdade ele perdera (se é que tivera) confiança nas massas durante o sujo nacionalismo do pós-guerra; e acreditava agora unicamente no controle resoluto de uma pequena oligarquia. Nesse aspecto era um Hitler, um Mussolini.

Sarason era espigado e curvado, com cabelos muito loiros e finos e lábios grossos no rosto ossudo. Seus olhos eram centelhas no fundo de dois poços escuros. Suas mãos compridas tinham força desumana. Costumava surpreender as pessoas que iam cumprimentá-lo dobrando abruptamente seus dedos para trás até quase quebrarem. A maioria não achava muita graça. Como jornalista, tinha habilidade do mais alto grau. Podia farejar o assassinato de um marido, as mãos molhadas de um político — melhor dizendo, se o político pertencia a algum grupo contrário a seu jornal —, tortura de animais ou crianças, e este último tipo de matéria ele mesmo gostava de escrever, em vez de entregá-la a um repórter, e, quando o fazia, o leitor era capaz de cheirar o porão bolorento, escutar o chicote, sentir o sangue pegajoso.

Como jornalista, diante de Lee Sarason o pequeno Doremus Jessup de Fort Beulah mais parecia um cura paroquiano comparado a um ministro de vinte mil dólares em um tabernáculo institucional de Nova York com rádios afiliadas.

O senador Windrip fizera de Sarason oficialmente seu secretário, mas sabia-se que era muito mais que isso — guarda-costas, ghost-writer, assessor de imprensa, conselheiro econômico; e, em Washington, Lee Sarason tornou-se o homem mais consultado e menos querido dos correspondentes de jornal em todo o edifício do Senado.

Windrip era um jovem de quarenta e oito anos, em 1936; Sarason, um idoso de bochechas murchas aos quarenta e um.

Embora provavelmente se baseando em anotações ditadas por Windrip — ele mesmo nenhum tolo em termos de imaginação ficcional —, Sarason fora sem dúvida o verdadeiro autor do livro solitário de Windrip, a bíblia de seus seguidores, parte biografia, parte programa econômico, parte pura fanfarronada exibicionista, chamado *Hora Zero: Além dos limites*.

Era um livro espirituoso e continha mais sugestões para remodelar o mundo do que as três obras de Karl Marx e todos os romances de H. G. Wells juntos.

Talvez o trecho mais familiar e citado de *Hora Zero*, adorado pela imprensa provinciana por seu caráter despojado (já que escrito por um iniciado no conhecimento rosacrucianista chamado Sarason) era:

> Quando eu era um jovem mancebo lá nos milharais, nós crianças costumávamos usar suspensórios de apenas uma tira nas calças e nos referíamos aos *Galluses* em nossas *Britches*, mas eles as seguravam no lugar e protegiam nossa modéstia tanto quanto se tivéssemos afetado um sotaque inglês e falássemos em *Braces* e *Trousers*. Eis como me parece todo esse mundo do que chamam de "economias científicas". Os marxistas pensam que chamando *Galluses* de *Braces* conseguiram algo para tirar o bolor das ideias antiquadas de Washington, Jefferson e Alexander Hamilton. Isso posto, decerto acredito em usar toda nova descoberta econômica, conforme foi feito nos assim chamados países fascistas, como Itália, Alemanha, Hungria e Polônia — sim, por Zeus, e até no Japão — provavelmente teremos de dar um jeito nesses Homenzinhos Amarelos um dia, para impedi-los de beliscar nossos interesses mais do que justos na China, mas não permitam que nos impeçam de nos apossar de quaisquer ideias inteligentes que esses pequenos esmolambados bolaram!
>
> Peço a palavra aqui não só para admitir como também para bradar de peito aberto que temos de mudar um bocado de coisas em nosso sistema, talvez mudar até a Constituição toda (mas mudá-la legalmente, não pela violência) e trazê-la dos tempos de cavalos e picadas no mato para os dias atuais de automóveis e estradas asfaltadas. O Executivo precisa gozar de maior liberdade e ser capaz de agir rápido numa emergência, e não ficar de mãos atadas por causa de um bando tolo de congressistas rabulejadores que passam meses fazendo farol em seus debates. MAS — e esse é um Mas tão grande quanto o celeiro de feno do Diácono Tabuleiro lá da minha terra — essas novas mudanças econômicas são apenas meios para um Fim, e esse Fim é e deve ser, fundamentalmente, os mesmos princípios de Liberdade, Igualdade e Justiça que foram defendidos pelos Pais Fundadores deste grande país em 1776!

A coisa mais confusa sobre a campanha toda de 1936 era a relação entre os dois principais partidos. Republicanos da velha guarda queixavam-se de seu orgulhoso partido mendigando cargos, chapéu na mão; democratas veteranos, de que seus tradicionais Carroções Cobertos estavam abarrotados de professores universitários, espertalhões da cidade e iatistas.

O rival do senador Windrip na reverência do público era um titã político que parecia sem comichão alguma pelo cargo — o reverendo Paul Peter Prang, de Persepolis, Indiana, bispo da Igreja Episcopal Metodista, um homem talvez dez anos mais velho do que Windrip. Seu programa de rádio semanal, às duas, todo sábado, era para milhões o verdadeiro oráculo divino. Sua voz vinda pelo ar era tão sobrenatural que os homens adiavam seu golfe e as mulheres, seu bridge de sábado à tarde.

Fora o padre Charles Coughlin, de Detroit, o primeiro a pensar no recurso de ficar livre de qualquer censura a seus Sermões políticos na Montanha "comprando seu próprio tempo no ar" — sendo apenas no século xx que a humanidade passou a ser capaz de comprar Tempo como compra sabão e gasolina. Essa invenção foi quase igual, em seu efeito sobre a totalidade da vida e do pensamento americanos, à antiga ideia de Henry Ford de vender carros a preços módicos para milhões, em vez de vendê-los para poucos como um artigo de luxo.

Mas o bispo Paul Peter Prang estava para o pioneiro padre Coughlin como o Ford V-8 estava para o Modelo A.

Prang era mais sentimental do que Coughlin; gritava mais; agoniava-se mais; vituperava mais inimigos pelo nome, e um tanto escandalosamente; contava mais histórias engraçadas, e ainda mais histórias trágicas, sobre o arrependimento no leito de morte de banqueiros, ateus e comunistas. Sua voz tinha uma nasalidade mais nativa e ele era puro Meio-Oeste, com ancestralidade escocês-inglesa protestante da Nova Inglaterra, ao passo que Coughlin sempre foi um pouco suspeito, nas regiões da Sears-Roebuck, de ser um católico romano com agradável sotaque irlandês.

Nenhum homem na história jamais teve um público como o bispo Prang, tampouco tanto poder evidente. Quando pedia aos ouvintes que telegrafassem para seus congressistas a fim de votar um projeto de lei que ele, Prang, ex cathedra e sozinho, sem nenhum colégio de cardeais, fora inspirado a crer que deviam votar, cinquenta mil telefonavam ou desbravavam a lama de seus cafundós para chegar ao posto de telégrafo mais próximo e enviar os mandamentos ao governo em Seu nome. Assim, pela magia da eletricidade, Prang fez a posição de qualquer rei na história parecer um pouco absurda e decorativa.

Para milhões de membros da Liga ele enviava cartas mimeografadas com um fac-símile de sua assinatura e a saudação tão habilmente datilografada que as pessoas se regozijavam com esses cumprimentos pessoais do Fundador.

Doremus Jessup, do alto de suas colinas provincianas, nunca poderia ter imaginado exatamente qual evangelho político o bispo Prang estava trovejando de seu Sinai, que, com seu microfone e revelações datilografadas sincronizadas em frações de segundo, era tão mais moderno e eficaz do que o Sinai original. Detalhadamente, ele pregava a nacionalização dos bancos, minas, energia hidráulica e transporte; teto para os rendimentos; aumento dos salários, fortalecimento dos sindicatos trabalhistas, uma distribuição mais fluida dos bens de consumo. Mas todo mundo dava sua mordida nessas nobres doutrinas agora, dos senadores da Virginia aos membros do Farmer-Labor de Minnesota, sem que ninguém fosse suficientemente crédulo para ter esperança de que alguma delas vingasse.

Circulava em alguns lugares a teoria de que Prang era apenas a humilde voz de sua vasta organização, "A Liga dos Esquecidos". A crença geral era de que contava com (embora nenhuma firma de contadores juramentados ainda houvesse examinado suas listas) vinte e sete milhões de membros, além das devidas variedades de funcionários federais e estaduais, bem como funcionários municipais e uma quantidade de comitês com nomes imponentes como Comitê Nacional de Compilação de Estatísticas sobre Desemprego e Empregabilidade Normal na Indústria da Soja. Aqui e acolá, o bispo Prang, não como a ainda humilde voz de Deus, mas em sua altiva pessoa, dirigiu-se a públicos de vinte mil de uma só vez nas maiores cidades do país, falando em imensos salões reservados ao pugilismo, em cinepalácios, em arsenais, em parques de beisebol, em tendas de circo, enquanto após as reuniões seus diligentes assistentes recebiam os pedidos de afiliação e as taxas para a Liga dos Esquecidos. Quando seus tímidos detratores insinuaram que tudo isso era muito romântico, muito agradável e pitoresco, mas não particularmente digno, e o bispo Prang respondeu, "Meu Mestre rejubilava-se em falar em qualquer vulgar assembleia que O escutasse", ninguém ousava retrucar, "Mas o senhor não é seu Mestre — ainda não".

Com toda a fanfarra da Liga e suas multidões em assembleia, nunca se pretendera levar a crer que qualquer doutrina da Liga, qualquer pressão sobre o Congresso e o presidente para a aprovação de qualquer particular projeto de lei se originassem de qualquer um que não o próprio Prang, sem colaboração alguma das comissões ou funcionários da Liga. Tudo que Prang, tão frequentemente entoando sobre a Humildade e Modéstia do Salvador, queria era que cento e trinta milhões de pessoas implicitamente o obedecessem, seu sacerdote-rei, em tudo que respeitasse a sua moral privada, a suas asseverações públicas, ao modo como eventualmente ganhassem a vida e às relações que eventualmente tivessem com outros assalariados.

"E isso", resmungou Doremus Jessup, apreciando a chocada piedade de sua esposa Emma, "torna o Irmão Prang um tirano pior do que Calígula — um fascista pior do que Napoleão. Veja bem, não acredito *de fato* em todos esses rumores sobre Prang molhar as mãos nas taxas de afiliação e na venda de panfletos e doações para pagar pela rádio. É muito pior do que isso. Receio que seja um fanático honesto! Eis por que é uma verdadeira ameaça fascista — é tão abominavelmente humanitário, na verdade tão Nobre, que uma maioria está disposta a permitir que distribua ordens para todos os lados, e com um país deste tamanho, é uma empreitada e tanto — uma empreitada e tanto, minha querida — mesmo para um bispo metodista que recebe presentes suficientes para conseguir de fato 'comprar Tempo'!"

Entrementes, Walt Trowbridge, possível candidato republicano à presidência, sofrendo da imperfeição de ser honesto e desinclinado a prometer que poderia operar milagres, insistia que vivemos nos Estados Unidos da América e não em uma estrada dourada para Utopia.

Nada havia de divertido nesse realismo, de modo que por toda aquela chuvosa semana em junho, com o murchar das flores de macieira e dos lilases, Doremus Jessup ficou aguardando a encíclica seguinte do papa Paul Peter Prang.

# 5

Conheço a Imprensa bem demais. Quase todos os editores se escondem em covis cheios de teias de aranha, homens sem consideração pela Família, pelo Interesse Público ou pelos modestos prazeres das caminhadas ao ar livre, tramando um modo de nos fazer engolir suas mentiras, promover seus interesses e encher seus bolsos gananciosos caluniando homens de Estado que dão tudo que têm pelo bem comum e ficam vulneráveis ao se expor à Luz cruel que brilha em volta do Trono.
*Hora Zero*, Berzelius Windrip

A manhã de junho nasceu, as últimas pétalas das flores de cerejeiras silvestres jaziam cobertas de orvalho sobre a relva, tordos saltitavam animadamente pelo gramado. Doremus, que por natureza gostava de dormir tarde e de roubar algum tempo cochilando após ter sido chamado, às oito, espreguiçou, levantou da cama e alongou os braços cinco ou seis vezes em exercícios suecos diante da janela com vista para o vale do rio Beulah e para as massas escuras de pinheiros nas encostas montanhosas, cinco quilômetros ao longe.

Doremus e Emma tinham seus próprios quartos havia quinze anos, arranjo não inteiramente do agrado dela. Ele insistia que não podia partilhar a cama com uma pessoa vivente, pois falava dormindo e gostava de realizar um bom e diligente trabalho de erguer e socar o travesseiro e virar na cama sem achar que estivesse incomodando alguém.

Era sábado, dia da revelação de Prang, mas nessa manhã cristalina, após dias de chuva, Prang estava completamente longe de seus pensamentos, voltados para o fato de que Philip, seu filho, viera de

Worcester com a esposa para passar o fim de semana, e que a turma toda, junto com Lorinda Pike e Buck Titus, planejava fazer um "piquenique familiar de verdade, à moda antiga".

Todo mundo pedira pela excursão, até Sissy, jovem moderninha, cuja maior preocupação, aos dezoito anos, eram as festas junto à quadra de tênis, o golfe e misteriosos, alarmantemente velozes, passeios de automóvel com Malcolm Tasbrough (terminando o segundo grau) ou com o neto do pastor episcopal, Julian Falck (calouro do Amherst). Doremus esbravejara que *não poderia* ir a diacho de piquenique nenhum; era seu *trabalho*, como editor, ficar em casa e escutar a transmissão do bispo Prang às duas; mas todos riram, fizeram festa em seu cabelo e trocadilhos com seu nome até ele prometer... Sem que soubessem, tomara emprestado em segredo um rádio portátil de seu amigo, o padre católico local, Stephen Perefixe, e escutaria Prang falar, de um modo ou de outro.

Ficou feliz por terem convidado Lorinda Pike — era afeiçoado àquela santa sardônica — e Buck Titus, talvez seu amigo mais íntimo.

James Buck Titus, de cinquenta anos mas aparentando trinta e oito, sério, ombros largos, cintura fina, com um longo bigode, de pele morena — Buck fazia o tipo do Americano das Antigas ao estilo Dan'l Boone ou, talvez, capitão de cavalaria da guerra contra os índios, saído do pincel de Charles King. Formara-se no Williams, com dez semanas na Inglaterra e dez anos em Montana, divididos entre a criação do gado, a prospecção e o rancho de cavalos. Seu pai, um empreiteiro ferroviário razoavelmente rico, deixara para ele a grande fazenda nos arredores de West Beulah, e Buck voltara para cultivar maçãs, criar garanhões Morgan e ler Voltaire, Anatole France, Nietzsche e Dostoiévski. Servira na guerra como soldado raso; detestou seus oficiais, recusou patente e gostou dos alemães em Colônia. Era um jogador de polo passável, mas considerava a caça à raposa uma infantilidade. Em política, antes desprezava os exploradores de punhos cerrados enfurnados no governo e nas malcheirosas fábricas do que simpatizava com os agravos da classe trabalhadora. Era o mais próximo de um pequeno nobre rural inglês que se poderia encontrar na América. Um solteirão com uma grande casa meio vitoriana, mantida com apuro por um amistoso casal de negros; um lugar asseado onde às vezes recebia mulheres não tão asseadas. Referia-se a si mesmo como "agnóstico" em vez de "ateu", só porque detestava o proselitismo panfletário e estridente dos ateus profissionais. Era cínico, raramente sorria e era inabalavelmente leal a todos os Jessup. Sua ida ao piquenique deixou Doremus tão radiante quanto seu neto David.

"Talvez até mesmo sob o fascismo, o 'relógio da Igreja marcará as dez para as três/ e ainda haverá mel para o chá'",* torcia Doremus, ao vestir seus tweeds campestres um tanto dândis.

A única mancha nos preparativos para o piquenique foi a ranzinzice do empregado, Shad Ledue. Quando lhe pediram para girar o freezer de sorvete, rosnou "Por que diabos não compram um freezer elétrico?". Grunhiu, de forma bem audível, com o peso dos cestos de piquenique, e, quando lhe pediram para limpar o porão durante a ausência de todos, limitou-se a responder com um olhar de fúria silenciosa.

"Devia se livrar do sujeito, esse Ledue", instou o filho de Doremus, Philip, o advogado.

"Ah, não sei", refletiu Doremus. "Provavelmente é apenas indolência de minha parte. Mas digo a mim mesmo que estou fazendo um experimento social — tentando treiná-lo para ser tão gracioso quanto o Neandertal médio. Ou talvez eu tenha medo dele — é o típico camponês vingativo que ateia fogo em celeiros... Sabia que ele na verdade lê, Phil?"

"Não!"

"Lê, sim. Na maior parte revistas de cinema, com mulheres nuas e histórias do Velho Oeste, mas também lê jornais. Contou-me de sua grande admiração por Buzz Windrip; diz que Windrip certamente será presidente e então todo mundo — com o que, receio, Shad quis dizer apenas ele mesmo — vai ganhar cinco mil por ano. Buzz sem dúvida conta com um punhado de filantropos entre seus seguidores."

"Agora escute, pai. O senhor não compreende o senador Windrip. Ah, ele é algo como um demagogo — bravateia um bocado

---

* Poema de Rupert Brook. (N. T.)

sobre como vai elevar o imposto de renda e se apoderar dos bancos, mas não — isso não passa de melaço para as baratas. O que vai efetivamente fazer, e talvez só ele *possa*, é nos proteger dos bolcheviques assassinos, ladrões e mentirosos que — ora, eles adorariam enfiar em algum quarto todos nós que estamos indo para esse piquenique, todas as pessoas honestas e decentes acostumadas à privacidade, e nos fazer cozinhar sopa de repolho num fogareiro Primus, presos à cama! Isso, ou quem sabe nos 'liquidar' por completo! Não, senhor, Berzelius Windrip é o sujeito certo para barrar esses espiões judeus sorrateiros e imundos que posam de liberais americanos!"

"O rosto é o de meu filho razoavelmente competente, Philip, mas a voz é do algoz dos judeus, Julius Streicher", suspirou Doremus.

O local do piquenique ficava em meio a um Stonehenge de rochas cinzentas e manchadas de líquen, diante de um bosque de bétulas no alto de Mount Terror, na fazenda elevada do primo de Doremus, Henry Veeder, um sólido e reticente vermontês das antigas. A vista abrangia, entre um distante desfiladeiro montanhoso, o tênue mercúrio do lago Champlain e, do outro lado, o baluarte das Adirondacks.

Davy Greenhil e seu herói, Buck Titus, engalfinhavam-se no rijo capim do pasto. Philip e o dr. Fowler Greenhill, genro de Doremus (Phil, aos trinta e dois, rechonchudo e meio calvo; Fowler, beligerante em sua cabeleira e bigode ruivos), debatiam os méritos do autogiro. Doremus recostava a cabeça em uma pedra, a boina protegendo os olhos, e contemplava o paraíso do vale do Beulah — não podia jurar que fosse verdade, mas acreditava ter visto um anjo flutuando no ar radiante acima do vale. As mulheres, Emma e Mary Greenhill, Sissy e a esposa de Philip e Lorinda Pike preparavam o piquenique — uma panela de feijão com carne de porco salgada e crocante, frango frito, batatas requentadas com croutons, biscoitos para o chá, geleia de maçã silvestre, salada, torta de uva-passa —, tudo servido na toalha vermelha e branca sobre uma pedra achatada.

Mas tirando os automóveis estacionados, a cena poderia ter sido a Nova Inglaterra em 1885, e era possível ver as mulheres em chapéus de folha de palmeira da Flórida e vestidos de corpete justo e pescoço alto com anquinhas; os homens de chapéus palheta com fitas pendentes e usando suíças — a barba de Doremus não aparada, mas flutuante como um véu de noiva. Quando o dr. Greenhill foi buscar o primo Henry Veeder, um robusto porém muito tímido fazendeiro pré-Ford vestindo um macacão limpo e desbotado, então o Tempo mais uma vez tornou-se invendável, protegido, sereno.

E a conversa tinha uma trivialidade confortável, uma afetuosa monotonia vitoriana. Por mais que Doremus pudesse se queixar da "situação", por mais que Sissy pudesse anelar excitadamente pela presença de seus galanteadores, Julian Falck e Malcolm Tasbrough, nada havia de moderno e neurótico, nada remontando a Freud, Adler, Marx, Bertrand Russell nem qualquer outra divindade dos anos 1930, enquanto a Mamãe Emma tagarelava com Mary e Merilla sobre suas roseiras que "o inverno matou", e os rebentos de bordo que os ratos do campo haviam roído, e a dificuldade de fazer Shad Ledue trazer lenha suficiente para a lareira, e a quantidade de costeletas de porco, batatas fritas e torta que Shad devorava no almoço, feito na casa dos Jessup.

E a Vista. As mulheres falavam sobre a Vista como casais em lua de mel outrora o faziam nas cataratas do Niágara.

David e Buck Titus agora brincavam de navio em uma rocha empinada — era a ponte de comando, e David, o capitão Popeye, com Buck como seu contramestre; e até o dr. Greenhill, esse cruzado impetuoso que sempre enfurecia o conselho de saúde do condado denunciando as condições relapsas das fazendas pobres e o fedor da cadeia do condado, deitava preguiçosamente ao sol e com a maior concentração fazia uma desafortunada formiguinha ir e vir por um graveto. Sua esposa Mary — a golfista, eterna candidata ao título nos torneios de tênis, anfitriã de coquetéis elegantes mas não demasiado alcoólicos no country club, adepta dos tweeds marrons elegantes com um lenço verde — parecia ter graciosamente revertido à domesticidade de sua mãe e ponderado como assunto de extrema gravidade uma receita para sanduíches de aipo e queijo roquefort feitos com biscoitos saltine torrados. Tornara a ser a bela Mais Velha dos Jessup, de volta à casa branca com telhado em mansarda.

E Foolish, deitado de costas com as quatro patas estupidamente molengas, era o mais bucolicamente antiquado deles todos.

O único arroubo sério de conversa surgiu quando Buck Titus rosnou para Doremus: "Certamente um monte de Messias por baixo dos panos atirando em você ultimamente — Buzz Windrip, o bispo Prang, o padre Coughlin, o dr. Townsend (embora ele pareça ter voltado para Nazaré), Upton Sinclair, o reverendo Frank Buchman, Bernarr Macfadeen, Willum Randolph Hearst, o governador Talmadge, Floyd Olson e —— Olhe só, juro que o melhor Messias no espetáculo todo é esse escurinho, Father Divine. Ele não se limita a prometer alimento aos Desfavorecidos por dez anos — distribui coxas de frango e moela frita junto com a Salvação. Que tal *ele* para presidente?".

Do nada chegou Julian Falck.

Esse rapaz, calouro do Amherst no ano anterior, neto do reitor episcopal e morando com o velho porque seus pais haviam morrido, era, aos olhos de Doremus, o mais razoavelmente tolerável dos pretendentes de Sissy. Loiro como um sueco e magro, com um rosto esperto, pequeno, e olhos astuciosos. Tratava Doremus por "senhor", e, ao contrário da maioria dos jovens de dezoito anos do Fort, hipnotizados pelos rádios e automóveis, lera um livro, e voluntariamente — lera Thomas Wolfe e William Rollins, John Strachey, Stuart Chase e Ortega. Se Sissy o preferia a Malcolm Tasbrough, seu pai não sabia dizer. Malcolm era mais alto e mais robusto que Julian e dirigia seu próprio aerodinâmico De Soto, ao passo que Julian apenas podia tomar emprestado o calhambeque terrivelmente velho de seu avô.

Sissy e Julian discutiam amigavelmente sobre a perícia de Alice Aylot no gamão e Foolish se coçava ao sol.

Mas Doremus não estava com disposição bucólica. E, sim, ansiosa e científica. Enquanto os outros caçoavam, "Quando papai vai fazer o teste para cantor?" e "O que ele está aprendendo a ser — crooner ou anunciante de hóquei?", Doremus girava o botão do indeciso rádio portátil. A certa altura achou que estaria em companhia deles na atmosfera de Lar Doce Lar, pois sintonizou em um programa de velhas canções, e todo mundo, incluindo o primo Henry Veeder, que tinha paixão oculta por violino, danças de celeiro e harmônios, cantarolou "Gaily the Troubadour", "Maid of Athens" e "Darling Nelly Gray".

Mas quando o anunciante informou que essas cançonetas estavam sendo patrocinadas por Toily Oily e pelo catártico Natural Home e que eram executadas por um sexteto de rapazes horrivelmente intitulado "The Smoothies", Doremus abruptamente desligou o aparelho.
"O que foi, qual o problema, papai?", protestou Sissy.
"'Smoothies'! Deus! Este país merece o que está por vir!", retrucou Doremus. "Talvez precisemos mesmo de um Buzz Windrip!"
O momento, então — devia ter sido anunciado por sinos de catedral —, do discurso semanal do bispo Paul Peter Prang.
Vindo de um cubículo abafado, recendendo a ceroulas sacerdotais de lá, em Persepolis, Indiana, o sermão alçou voo às estrelas mais distantes; deu a volta ao mundo a trezentos mil quilômetros por segundo — mais de um milhão e meio de quilômetros conforme a pessoa parava para se coçar. Espatifou-se contra a cabine de um baleeiro em um escuro mar do polo; em um escritório revestido com painéis de carvalho entalhados em baixo-relevo saqueados de um castelo em Nottinghamshire; no sexagésimo sétimo andar de um edifício em Wall Street; no Ministério das Relações Exteriores em Tóquio; no pequeno vale rochoso entre as luminosas bétulas em Mount Terror, Vermont.
O bispo Prang falou, como normalmente fazia, com uma grave benevolência, uma viril ressonância, que fez sua presença magicamente chegar a eles pelo invisível caminho aéreo, a um só tempo dominante e carregada de carisma; e fossem quais fossem seus propósitos, suas palavras estavam do lado dos Anjos.
"Meus amigos da audiência, terei apenas mais seis rogos semanais para lhes dirigir antes das convenções nacionais, que decidirão o destino desta aflita nação, e é chegado o momento de agir — de agir! Chega de palavras! Permitam-me proferir aqui certas frases separadas do capítulo seis de Jeremias, que parecem ter sido escritas proficamente para esta hora de crise desesperadora na América:
"'Ah, vós, filhos de Benjamim, juntai-vos para deixar o seio de Jerusalém... Preparai vossa guerra... erguei-vos e partamos ao meio-dia. Ai de nós! pois o dia se encerra, as sombras do entardecer se alongam. Erguei-vos, e que avancemos à noite e assolemos seus palácios... Estou repleto da ira do Senhor; estou farto de reprimi-la; vou vertê-la sobre as crianças por aí afora, e sobre a assembleia de jovens reunidos; pois

até o marido e sua esposa serão levados, os idosos e aqueles ainda repletos de dias... Estenderei minha mão sobre os habitantes desta terra, disse o Senhor. Do mais humilde dentre eles ao maior, todos se entregam à cobiça; e desde o profeta até o sacerdote, todos traficam com a falsidade... proferindo Paz. Paz, quando não existe Paz!'

"Assim falou o Livro, em tempos idos... Mas foi falado também para a América de 1936!

"Não há Paz! Há mais de um ano, a Liga dos Esquecidos tem advertido os políticos, todo o governo, de que estamos cansados de ser os Desapossados — e de que, enfim, somos mais de cinquenta milhões; não um bando lamuriento, mas com a vontade, as vozes, os *votos* para fazer valer nossa soberania! Informamos inequivocamente todos os políticos que exigimos — *exigimos* — determinadas medidas, e que não vamos tolerar dilações. Repetidas vezes exigimos que tanto o controle do crédito como o poder de emitir dinheiro sejam irrestritamente tirados das mãos dos bancos privados; que os soldados não só recebam os bônus que com seu sangue e agonia tanto fizeram por merecer em '17 e '18, como também que a quantia combinada na época seja agora o dobro; que todas as rendas inchadas sejam severamente restringidas e as heranças cortadas para somas pequenas, de modo a sustentar os herdeiros apenas na juventude e na velhice; que os sindicatos trabalhistas e agrícolas não sejam meramente reconhecidos como instrumentos de negociação conjunta, mas constituam, como os sindicatos na Itália, uma parte oficial do governo, representando aqueles que labutam. E que as Finanças Judaicas Internacionais e, igualmente, o Comunismo, o Anarquismo e o Ateísmo Judaicos Internacionais sejam, com toda a austera solenidade e rígida inflexibilidade que esta grande nação pode demonstrar, banidos de toda atividade. Aqueles de vocês que já me escutaram no passado haverão de compreender que eu — ou, antes, a Liga dos Esquecidos — não tenho rixa alguma com judeus, individualmente; que temos orgulho de ter rabinos entre nossos diretores; mas essas organizações internacionais subversivas que, infelizmente, são constituídas em grande parte de judeus devem ser varridas da face da Terra, com açoites e escorpiões.

"Tais exigências temos feito, e por quanto tempo já, Ó Senhor, por quanto tempo os políticos e os sorridentes representantes do Mundo dos Negócios estão fingindo escutar, obedecer? 'Sim — sim — meus mestres da Liga dos Esquecidos — sim, compreendemos — apenas deem-nos tempo!'

"Não há mais tempo! Seu tempo chegou ao fim, assim como todo seu poder profano!

"Os senadores conservadores — a Câmara de Comércio dos Estados Unidos — os banqueiros gigantes — os monarcas do aço, dos automóveis, da eletricidade, do carvão — os corretores da bolsa e as holdings — são todos eles como os reis Bourbon, de quem se disse que 'nada esqueceram e nada aprenderam'.

"Mas morreram na guilhotina!

"Talvez possamos ser mais misericordiosos com nossos Bourbon. Talvez — *talvez* — possamos poupá-los da guilhotina — do patíbulo — do pelotão de fuzilamento sumário. Talvez devamos, em nosso novo regime, sob nossa nova Constituição, com nosso 'New Deal' que será *de fato* um Novo Acordo e não um arrogante experimento — talvez devamos meramente fazer esses grandes insetos das finanças e da política sentar em cadeiras desconfortáveis, em escritórios lúgubres, labutando por horas a fio com a caneta e a máquina de escrever, como tantos escravos do colarinho branco por tantos anos labutaram para *eles*!

"É, nas palavras do senador Berzelius Windrip, 'a hora zero', já, neste segundo. Paramos de bombardear os ouvidos indiferentes desses falsos mestres. Estamos 'passando dos limites'. Pelo menos, após meses e meses de deliberação conjunta, os diretores da Liga dos Esquecidos e eu anunciamos que na próxima convenção nacional democrática usaremos, sem a menor reserva ——"

"Escutem! Escutem! É a história sendo feita!", exclamou Doremus para sua família indiferente.

"—— a tremenda força dos milhões de membros da Liga para assegurar a nomeação como candidato democrata à presidência para o *senador — Berzelius — Windrip* — o que significa, pura e simplesmente, que ele vai ser eleito — e que nós, da Liga, o elegeremos — presidente destes Estados Unidos!

"Seu programa e o da Liga não estão de acordo em todos os detalhes. Mas ele implicitamente se comprometeu a ouvir nosso conselho, e, ao menos até a eleição, devemos apoiá-lo, incondicionalmente —

com nosso dinheiro, nossa lealdade, nossos votos... nossas orações. E que o Senhor o guie e a nós através do deserto da política iníqua e das finanças bestialmente sôfregas rumo à dourada glória da Terra Prometida! Deus os abençoe!"

A sra. Jessup disse alegremente, "Ora, Dormouse, esse bispo não tem nada de fascista — é o Radical Vermelho de praxe. Mas essa proclamação dele significa alguma coisa, de fato?".

Fazer o quê, refletiu Doremus, ele vivera com Emma por trinta e quatro anos, e com frequência não maior do que uma ou duas vezes por ano quisera esganá-la. Impassível, disse, "Ora, não muito, a não ser que daqui a dois anos, sob o pretexto de nos proteger, a ditadura Buzz Windrip exercerá controle sobre tudo, desde onde deveremos orar até que histórias de detetives poderemos ler".

"Sem dúvida é isso que ele vai fazer! Às vezes fico tentado a virar comunista! Engraçado — eu, com meus néscios ancestrais holandeses do vale do rio Hudson!", admirou-se Julian Falck.

"Ótima ideia! Sair da frigideira de Windrip e Hitler para cair no fogo do *Daily Worker* nova-iorquino, de Stálin e da automatização! E do Plano Quinquenal — presumo que me informariam que foi decidido pelo comissário que minhas éguas precisam gerar seis potros por ano a partir de agora!", bufou com desprezo Buck Titus; enquanto o dr. Fowler Greenhill caçoou:

"Ah, mas essa é boa, papai — e você também, Julian, seu jovem paranoico — vocês são monomaníacos! Ditadura? Melhor virem ao meu consultório e deixar que examine suas cabeças! Ora, a América é a única nação livre da Terra. E digo mais! O país é grande demais para uma revolução. Não, não! Não poderia acontecer aqui!"

# 6

Preferiria seguir uma anarquista raivosa como Em Goldman, se levassem mais pão de milho, feijão e batata à humilde cabana do Homem Comum, do que um estadista vinte e quatro quilates, com curso superior, ex-membro do governo, que só estivesse interessado no aumento da produção de limusines. Pode me chamar de socialista ou de qualquer coisa que preferir, contanto que segure na outra ponta do serrote comigo e me ajude a fazer picadinho das grandes toras da Pobreza e da Intolerância.
*Hora Zero*, Berzelius Windrip

A família de Doremus — pelo menos sua esposa e a cozinheira, sra. Candy, e Sissy e Mary, sra. Fowler Greenhill — acreditava que ele era de saúde instável; que qualquer resfriado podia se transformar numa pneumonia; que deveria calçar suas galochas, tomar seu mingau, fumar menos cigarros e nunca "abusar". Ele se enfurecia com todo mundo; sabia que, embora de fato ficasse extremamente cansado após uma crise na redação, uma noite de sono o deixava um dínamo outra vez e ele podia "entregar a matéria" mais rápido do que seu mais ágil jovem repórter.

Escondia delas suas dissipações como qualquer menino pequeno faria com os adultos; mentia inescrupulosamente sobre quantos cigarros fumara; guardava escondida uma garrafinha metálica com bourbon da qual regularmente tomava um gole, apenas um, antes de seguir em suas pantufas até a cama; e após prometer dormir cedo, apagava a luz até ter certeza de que Emma pegara no sono, depois acendia e lia com satisfação até as duas, aconchegado sob as adoradas mantas tecidas num tear manual em Mount Terror; suas pernas se contraíam como as de um setter adormecido quando o inspetor-chefe do Departamento de Investigação Criminal, sozinho e desarmado, entrava no esconderijo dos falsificadores. E mais ou menos uma vez por mês descia sorrateiramente para a cozinha às três da manhã, preparava um café e lavava tudo que usava, de modo que Emma e a sra. Candy nunca percebessem... Achava que nunca perceberam!

Essas pequenas burlas lhe davam a satisfação mais consumada numa vida em tudo mais devotada a servir o público, a tentar fazer Shad Ledue aparar os canteiros de flores, a redigir febrilmente editoriais que empolgariam três por cento de seus leitores do café da manhã ao meio-dia e que às seis da tarde seriam para sempre esquecidos.

Às vezes, quando Emma vinha passar alguns momentos ociosos a seu lado na cama, nas manhãs de domingo, e cingia suas magras escápulas no conforto de seu amplexo, ficava aflita ao perceber como ele estava cada vez mais velho e fragilizado. Seus ombros, pensava, davam tanta pena quanto os de um bebê anêmico... Doremus nunca fez ideia dessa sua tristeza.

Mesmo antes de o jornal rodar, mesmo quando Shad Ledue tirava folga por duas horas e vinha com uma cobrança de dois dólares por ter mandado afiar o cortador de grama em vez de fazer isso ele próprio, mesmo quando Sissy e sua turma tocavam piano no andar de baixo até as duas da madrugada em noites que ele não queria ficar acordado, Doremus nunca se irritava — a não ser, normalmente, entre o momento de se levantar e a primeira salvadora xícara de café.

A compreensiva Emma ficava feliz quando o via rabugento antes do desjejum. Significava que estava cheio de energia e pululando de ideias satisfatórias.

Após o bispo Prang ter ofertado a coroa ao senador Windrip, à medida que o verão se arrastava nervosamente rumo às convenções políticas nacionais, Emma ficou preocupada. Pois Doremus permanecia calado antes do café da manhã, e com os olhos remelentos, como se estivesse preocupado, como se houvesse dormido mal. Em momento algum se mostrava ranzinza. Ela sentia falta de ouvi-lo resmungar. "Será que a idiota atrapalhada da sra. Candy *um dia* vai trazer o bendito café? Deve estar sentada lendo seu Testamento, imagino! E poderia ter a bondade de me explicar, minha boa esposa, por que Sissy *nunca* se levanta para o café da manhã, mesmo depois das raras noites em que vai dormir à uma? E — e veja só aquela calçada! Coberta de flores mortas. O porcalhão do Shad não varre isso há uma semana. Juro que *vou* mandar o homem embora, e vai ser hoje, agora de manhã!"

Emma teria ficado feliz em escutar esses familiares sons animalescos e cacarejar em resposta, "Ora, puxa, mas é o fim da picada! Vou dizer à sra. Candy para trazer o café imediatamente!".

Mas ele sentava em silêncio, pálido, abrindo seu *Daily Informer* como se estivesse com medo de ver que notícias haviam chegado depois que deixara a redação, às dez.

Quando Doremus, nos idos da década de 1920, defendera o reconhecimento da Rússia, Fort Beulah se incomodou por ele estar se tornando um comunista deslavado.

Ele, que compreendia a si mesmo extraordinariamente bem, sabia que, longe de ser um radical de esquerda, era no máximo um Liberal moderado, um tanto indolente e um pouco sentimental, que repudiava toda pompa, o humor pesado dos homens públicos e a comichão por notoriedade que fazia com que pregadores populares, educadores eloquentes, produtores teatrais amadores, reformistas ricas e desportistas ricas e quase qualquer variedade de mulher rica fossem envaidecidamente visitar editores de jornal, suas fotos embaixo do braço, e em seus rostos o sorrisinho presumido da falsa humildade. Porém, de toda crueldade e intolerância, e do desdém dos afortunados pelos desafortunados, não nutria mero repúdio, mas ódio irascível.

Alarmara todos seus colegas editores do norte da Nova Inglaterra defendendo a inocência de Tom Mooney, questionando a culpa de Sacco e Vanzetti, condenando nossa intrusão no Haiti e na Nicarágua, defendendo o aumento do imposto de renda, escrevendo, na campanha de 1932, um perfil amigável do candidato socialista, Norman Thomas (e depois disso, a bem da verdade, votando em Franklin Roosevelt), provocando assim um pequeno pandemônio local e inútil relativo à servidão dos meeiros sulistas e dos trabalhadores de campo californianos. Chegou ao ponto de sugerir em um editorial que a Rússia, quando tivesse suas fábricas, ferrovias e fazendas gigantes funcionando a pleno vapor — digamos, em 1945 —, poderia possivelmente ser o país mais agradável do mundo para o (mítico!) Homem Médio. Quando escreveu esse editorial, após um almoço em que se irritara com os grunhidos presunçosos de Frank Tasbrough e R. C. Crowley, meteu-se numa encrenca de verdade. Foi chamado de bolchevique, e em dois dias seu jornal perdeu cento e cinquenta de sua circulação de cinco mil.

Contudo, tinha tanto de bolchevique quanto Herbert Hoover.

Não passava de um intelectual burguês provinciano, e sabia muito bem disso. A Rússia proibia tudo que fazia sua faina valer a pena: privacidade, o direito de pensar e criticar ao seu bel-prazer. Preferia morar numa cabana no Alasca com uma provisão de feijões, uma centena de livros e um novo par de calças de três em três anos a ter seu pensamento policiado por camponeses de uniforme.

Certa vez, num passeio de automóvel com Emma, parou em um acampamento de verão para comunistas. A maioria eram judeus do City College ou asseados dentistas do Bronx, quatro-olhos e imberbes, a não ser pelo fátuo bigodinho. Ficaram entusiasmados em dar as boas-vindas àqueles camponeses da Nova Inglaterra e em explicar o evangelho marxista (sobre o qual, porém, divergiam furiosamente). Diante de pratos de macarrão com queijo em um barracão-refeitório sem pintura, suspiravam pelo pão preto de Moscou. Mais tarde, Doremus riu consigo mesmo ao descobrir como eram parecidos com os campistas da ACM trinta quilômetros adiante na mesma estrada — igualmente puritanos, exortativos e fúteis, e igualmente afeitos a jogos tolos com bolas de borracha.

Apenas uma vez fora perigosamente ativo. Apoiara a greve por reconhecimento sindical contra a pedreira de Francis Tasbrough. Homens que Doremus conhecia havia anos, sólidos cidadãos como o superintendente escolar Emil Staubmeyer e Charley Betts, da loja de mobília, murmuraram algo sobre "expulsá-lo num varão".* Tasbrough

---

* Punição em que a vítima era carregada perante o povoado montada em um pau de cerca e jogada além dos limites da cidade. (N. T.)

vociferou contra ele — mesmo agora, oito anos mais tarde. Ao final disso tudo, a greve saíra derrotada, e o líder grevista, um comunista de carteirinha chamado Karl Pascal, fora mandado para a prisão por "incitamento à violência". Quando Pascal, um ótimo mecânico, saiu, foi trabalhar numa pequena oficina atulhada de Fort Beulah cujo dono era um afável, loquaz e beligerante socialista polonês chamado John Pollikop.

Durante o dia todo Pascal e Pollikop ululavam contra as respectivas trincheiras na batalha entre a social-democracia e o comunismo, e Doremus costumava aparecer para instigar a dupla. Isso era duro de engolir para Tasbrough, Staubmeyer, o banqueiro Crowley e o advogado Kitterick.

Se Doremus não viesse de três gerações de vermonteses pagadores de impostos, teria se tornado a essa altura um impressor errante sem um tostão... e, possivelmente, menos distanciado dos Sofrimentos dos Desapossados.

A conservadora Emma se queixava: "Como você tem coragem de provocar as pessoas desse jeito, fingindo que *gosta* de fato de mecânicos encardidos como esse Pascal (e desconfio até que tem uma estima secreta por Shad Ledue!), quando poderia simplesmente andar com gente decente e próspera como Frank — é algo que me escapa! O que devem *pensar* de você, às vezes! Eles não compreendem que nada tem de socialista, mas na verdade é um homem educado, bondoso, responsável. Ai, você merece um tabefe, Dormouse!".

Não que apreciasse ser chamado de "Dormouse".

Mas também ninguém o fazia, a não ser Emma e, em raros lapsos verbais, Buck Titus. Então, era tolerável.

# 7

Quando, sob protesto, sou arrastado de meu estúdio e do seio familiar para as reuniões públicas que tanto abomino, tento tornar meu discurso tão simples e direto quanto os do Menino Jesus falando aos Doutores no Templo.

*Hora Zero*, Berzelius Windrip

Trovões nas montanhas, nuvens avançando sobre o vale do Beulah, a escuridão antinatural cobrindo o mundo como uma bruma negra, relâmpagos que delineavam as horríveis escarpas das colinas como se fossem rochas voando numa explosão.

Sob a fúria desses céus coléricos, Doremus despertou naquela manhã de fins de julho.

Tão abruptamente quanto alguém que, esperando no corredor da morte, acorda assustado com o pensamento de que "Hoje vão me enforcar!", ele sentou, desnorteado, enquanto refletia que nesse dia o senador Berzelius Windrip provavelmente seria nomeado presidente.

A convenção republicana chegara ao fim, com Walt Trowbridge como candidato presidencial. A convenção democrática, reunida em Cleveland, com uma boa quantidade de gim, refrigerante de morango e suor, terminara os relatórios do comitê, as belas palavras ditas no juramento à Bandeira, as garantias para o fantasma de Jefferson de que ele ficaria encantado com o que, se o presidente da assembleia Jim Farley consentisse, seria feito ali nessa semana. Haviam comparecido para as nomeações — o senador Windrip fora nomeado pelo coronel Dewey Haik, congressista, membro influente da American Legion. Os gratificantes aplausos e a precipitada eliminação saudaram esses Filhos Favoritos dos diversos estados como

Al Smith, Carter Glass, William McAdoo e Cordell Hull. Agora, na vigésima votação, restavam quatro competidores, e estes, por ordem de votos, eram o senador Windrip, o presidente Franklin D. Roosevelt, o senador Robinson, do Arkansas, e o secretário do Trabalho Frances Perkins.

Grandes e dramáticos esquemas haviam ocorrido, e a imaginação de Doremus Jessup os vira todos com muita clareza conforme eram informados pelo rádio histérico e pelos boletins quentinhos da AP que caíam fumegando sobre sua mesa no *Informer*.

Em homenagem ao senador Robinson, a banda de metais da Universidade do Arkansas marchara atrás de um líder numa velha charrete com grandes cartazes que proclamavam "SALVEM A CONSTITUIÇÃO" e "ROBINSON PELA SANIDADE". O nome da srta. Perkins fora ovacionado por duas horas, enquanto os delegados marchavam com os estandartes de seus estados, e o nome do presidente Roosevelt, por três — ovações afetuosas e relativamente homicidas, uma vez que todo delegado sabia que tanto o sr. Roosevelt como a srta. Perkins eram por demais desprovidos de paetês circenses e bufonaria geral para triunfarem nessa hora crítica da histeria nacional, quando o eleitorado clamava por um mestre de cerimônias revolucionário como o senador Windrip no centro do picadeiro.

A manifestação de Windrip, cientificamente elaborada de antemão por seu secretário-assessor-de-imprensa-agente-filósofo-particular, Lee Sarason, não cedeu passagem para nenhum dos demais. Pois Sarason havia lido seu Chesterton bem o bastante para saber que há apenas uma coisa maior do que uma coisa muito grande, e esta é uma coisa tão pequena que pode ser vista e compreendida.

Quando o coronel Dewey Haik pôs o nome de Buzz na nomeação, o coronel se exaltou, gritando, "Mais uma coisa! Escutem! É o pedido especial do senador Windrip que vocês *não* desperdicem o tempo dessa assembleia que faz história ovacionando seu nome — nenhuma ovação. Nós da Liga dos Esquecidos (sim — e das Esquecidas!) não queremos aclamações vãs, mas uma ponderação solene sobre as necessidades desesperadas e imediatas de sessenta por cento da população dos Estados Unidos. Nada de ovações — mas que a Providência nos guie na reflexão mais solene que já fizemos!".

Quando terminou, pelo corredor central veio uma procissão particular. Mas não era nenhum desfile de milhares. Havia apenas trinta e uma pessoas ali, e os únicos estandartes eram três bandeiras e dois grandes cartazes.

Conduzindo-a, em velhos uniformes azuis, havia dois veteranos do GAR e, entre eles, de braços dados com os dois, um confederado de cinza. Eram os homenzinhos mais vetustos, todos acima dos noventa, apoiando-se uns nos outros e relanceando timidamente em torno na esperança de que ninguém risse deles.

O confederado levava um estandarte regimental da Virginia que parecia perfurado após uma explosão; e um dos veteranos da União erguia bem alto uma bandeira rasgada do First Minnesota.

O respeitoso aplauso da convenção às manifestações dos demais candidatos não passara de um tamborilar de chuva comparado à tempestade que saudou os três velhinhos trêmulos e vagarosos. No palanque a banda tocou, inaudivelmente, "Dixie", depois, "When Johnny Comes Marching Home Again" e, de pé em sua cadeira no meio do auditório, como um membro comum da delegação de seu estado, Buzz Windrip fazia mesuras, mesuras e mais mesuras, e tentava sorrir, com lágrimas escorrendo de seus olhos, soluçando desamparadamente, e o público começou a chorar com ele.

Atrás dos velhinhos vinham doze Legionários, feridos em 1918 — mancando em pernas de pau, arrastando-se com o amparo de muletas; um deles numa cadeira de rodas, embora parecendo muito jovem e feliz; e outro com uma máscara escura que outrora devia ter sido um rosto. Destes, um portava uma enorme bandeira, e outro, um cartaz reivindicando: "NOSSAS FAMÍLIAS FAMINTAS DEVEM RECEBER O BÔNUS — SÓ QUEREMOS JUSTIÇA — QUEREMOS BUZZ PARA PRESIDENTE".

E à frente, não ferido, mas empertigado, forte e resoluto, ia o general de divisão Hermann Meinecke, do Exército dos Estados Unidos. Nenhum repórter antigo era capaz de se lembrar de um soldado no serviço ativo mais parecido com um agitador político público. A imprensa sussurrava entre si, "Esse general vai ser exonerado, a menos que Buzz seja eleito — depois, provavelmente, seria sagrado duque de Hoboken".

* * *

Seguindo os soldados iam dez homens e mulheres, o dedão saindo de seus sapatos, e vestindo farrapos ainda mais lamentáveis por terem sido lavados tantas vezes até perderem completamente a cor. Acompanhavam-nos quatro crianças pálidas, seus dentes apodrecidos, segurando com esforço um cartaz com a declaração: "VIVEMOS DE ASSISTÊNCIA. QUEREMOS VIRAR SERES HUMANOS OUTRA VEZ. QUEREMOS BUZZ!".

Cerca de cinco metros atrás vinha um homem alto, sozinho. A delegação esticara o pescoço para ver o que se seguiria às vítimas da assistência pública. Quando viram, levantaram das cadeiras, gritaram, aplaudiram. Pois o homem solitário —— Poucos dentre o público o conheciam em carne e osso; todos o tinham visto uma centena de vezes nas páginas dos jornais, fotografado entre pilhas de livros em seu estúdio — fotografado conferenciando com o presidente Roosevelt e o secretário Ickes — fotografado em um aperto de mãos com o senador Windrip — fotografado diante de um microfone, sua boca vociferante um negro alçapão aberto e seu esguio braço direito lançado para o alto em ênfase histérica; todo mundo escutara sua voz no rádio até a conhecerem como se fosse a voz de seus próprios irmãos; todo mundo reconheceu, vindo pela ampla entrada principal, ao fim do desfile de Windrip, o apóstolo dos Esquecidos. O bispo Paul Peter Prang.

Então a convenção ovacionou Buzz Windrip por quatro horas ininterruptas.

Nas descrições detalhadas da convenção que as agências de notícias enviaram após os primeiros febris boletins, um diligente repórter de Birmingham provou com todas as letras que a bandeira de batalha sulista empunhada pelo veterano confederado era empréstimo do museu em Richmond e que a bandeira do Norte fora cedida por um distinto abatedor de Chicago, neto de um general da Guerra Civil.

Lee Sarason nunca contou para ninguém, a não ser Buzz Windrip, que as duas bandeiras haviam sido fabricadas na Hester Street, Nova

York, em 1929, para o drama patriótico *Morgan's Riding*, e que ambas provinham de um acervo cenográfico.

Antes da ovação, à medida que o desfile de Windrip se aproximava do palanque, foram acolhidos pela sra. Adelaide Tarr Gimmitch, a célebre escritora, conferencista e compositora, que — materializando-se subitamente no palanque, como se tivesse se movido pelo ar — cantou ao som de "Yankee Doodle" uma letra composta por ela:

> *Berzelius Windrip foi para Wash.,*
> *Em um cavalinho de pau —*
> *Para derrubar o Mundo dos Negócios,*
> *E ser o Lobista do Povo!*
>
> > *Refrão:*
> >
> > *Sacode e sacode e não deixa cair,*
> > *Nossas preocupações e necessidades ele carrega,*
> > *Você é o totó mais ingrato,*
> > *Se não votar em Buzz!*
>
> *A Liga dos Esquecidos*
> *Não gosta de ser esquecida,*
> *Eles foram para Washington e então*
> *Cantaram, "Há algo de podre!"\**

Essa alegre canção de guerra foi entoada no rádio por dezenove diferentes prima-donas antes da meia-noite, por cerca de dezesseis milhões de americanos dotados de menos voz no intervalo de quarenta e oito horas e por pelo menos noventa milhões de amigos e caçoadores na contenda que se seguiria. Durante toda a campanha, Buzz

---

\* No primeiro verso, "Wash.": Washington, mas também *wash*, "lavar"; no segundo, a expressão *ride a hobby* também significa "fazer o que gosta"; no primeiro verso do refrão, "Buzz and buzz and keep it up": *buzz*, "falar ou agir com muita energia". (N. T.)

Windrip teve oportunidade de extrair um bocado de humor jovial de trocadilhos sobre ir para Washington. Walt Trowbridge, provocou, não ia fazer nem uma coisa nem outra!

E contudo Lee Sarason sabia que, além dessa obra-prima cômica, a causa de Windrip exigia um hino mais elevado em pensamento e espírito, condizente com a seriedade dos cruzados americanos.

Muito depois que os aplausos da convenção para Windrip haviam se encerrado e os delegados se ocupavam outra vez de seu devido interesse em salvar a nação e cortar as gargantas uns dos outros, Sarason fez a sra. Gimmitch cantar um hino mais inspirador, com letra do próprio Sarason, composta em colaboração com um cirurgião dos mais notáveis, um certo dr. Hector Macgoblin.

Esse dr. Macgoblin, prestes a se tornar um monumento nacional, era tão hábil em vender suas matérias independentes para o jornalismo médico, em resenhar livros sobre educação e psicanálise, em redigir glosas para a filosofia de Hegel, do professor Günther, de Houston Stewart Chamberlain e de Lothrop Stoddard, em executar Mozart ao violino, em lutar boxe semiprofissional e em compor poesia épica quanto na prática da medicina.

Dr. Macgoblin! Que homem!

A ode Sarason-Macgoblin, intitulada "Bring Out the Old-time Musket", tornou-se para o bando de libertadores de Buzz Windrip o que a "Giovanezza" era para os italianos, a "Horst-Wessel-Lied" para os nazistas e "A Internacional" para todos os marxistas. Junto com a convenção, milhares escutaram pelo rádio o contralto da sra. Adelaide Tarr Gimmitch, rico como turfa, cantar:

TRAZ O MOSQUETE DOS VELHOS TEMPOS

*Senhor Deus, pecamos, cochilamos,*
*E nossa bandeira jaz manchada no pó,*
*E as almas do Passado estão chamando, chamando,*
*"Despertar de vossa indolência — deveis!"*
*Lidera-nos, Ó alma de Lincoln,*
*Inspira-nos, espírito de Lee,*
*A governar o mundo todo pela probidade,*

*A lutar pelo certo,*
*A intimidar com nosso poder,*
*Como fizemos em sessenta e três.*

*Refrão:*

*Vê, juventude incandescente de desejo,*
*Vê, donzela, com olhar impávido,*
  *Liderando nossas fileiras*
  *Trovejam os tanques,*
*Aeroplanos escurecem o céu.*

*Traz o mosquete dos velhos tempos,*
*Desperta o fogo dos velhos tempos!*
*Vê, o mundo todo desmorona,*
*Terrível e lúgubre e medonho.*
*América! Ergue-te e conquista*
*O mundo segundo nossa vontade!*

"Grande senso de espetáculo. P. T. Barnum ou Flo Ziegfeld nunca teriam feito melhor", refletiu Doremus, examinando as cascas de cebola\* da AP, escutando o rádio que instalara temporariamente em sua sala no jornal. E, bem mais tarde: "Quando Buzz chegar lá, não haverá nenhum desfile de soldados feridos. Seria má psicologia fascista. Ele vai esconder todos esses pobres-diabos em instituições e trazer para as ruas apenas o animado gado de corte humano da juventude uniformizada. Hum".

A tempestade, que misericordiosamente amainara, voltou a ressoar com ameaça colérica.

Por toda a tarde a convenção votou, repetidas vezes, sem nenhuma alteração de preferência para o candidato presidencial. Perto das seis, o

---

\* No original, *flimsy*, papel muito fino, forte e semitransparente, também chamado *onionskin*. (N. T.)

gerente da srta. Perkins cedeu os votos dela para Roosevelt, que desse modo se aproximou do senador Windrip. Pareciam ter iniciado uma briga que duraria a noite inteira, e às dez horas Doremus deixou a redação, exausto. Não estava com disposição nessa noite para o ambiente comiserativo e extremamente feminilizado de sua casa e passou na residência paroquial de seu amigo, o padre Perefixe. Ali se deparou com um gratificante grupo desfeminilizado e desempoado. O reverendo sr. Falck estava presente. O trigueiro, robusto e jovem Perefixe e o velho Falck de cabelos prateados costumavam trabalhar juntos, gostavam um do outro e estavam de acordo quanto às vantagens do celibato clerical e quanto a praticamente qualquer outra doutrina, exceto a primazia do Bispo de Roma. Em sua companhia, ainda, Buck Titus, Louis Rotenstern, o dr. Fowler Greenhill e o banqueiro Crowley, financista que gostava de cultivar um verniz de discussão intelectual livre, embora apenas depois das horas dedicadas a recusar crédito a fazendeiros e lojistas desesperados.

E não nos esqueçamos de Foolish, o cão, que nessa trovejante manhã desconfiara da ansiedade de seu senhor, seguira-o até o trabalho e durante o dia todo rosnara para Haik, Sarason e a sra. Gimmitch no rádio, manifestando a zelosa convicção de que devia mastigar todas as cascas de cebola que noticiavam a convenção.

Mais até do que a glacial sala de visitas de sua casa, com seus painéis brancos cobertos pelos retratos de ilustres vermonteses falecidos, Doremus gostava do gabinete do padre Perefixe, em sua combinação de atmosfera eclesiástica, de liberdade do Comércio (ao menos o Comércio comum) — evidenciadas em um crucifixo, uma estatueta de gesso da Virgem e um berrante retrato italiano em vermelho e verde do papa — com assuntos práticos — mostrados na escrivaninha de tampo corrediço, no arquivo de aço, na surrada máquina de escrever portátil. Era uma devota caverna de ermitão com a vantagem de ter poltronas de couro e excelentes uísques *rye highballs*.

A noite passou enquanto os oito (pois Foolish também ganhara seu drinque de leite) bebericavam e escutavam; a noite passou enquanto a convenção votava furiosamente, em vão... aquele congresso a mil quilômetros de distância dali, mil quilômetros de noite enevoada, e ainda assim cada discurso, cada ganido derrisório chegando ao gabinete do padre no mesmo segundo em que eram escutados no anfiteatro em Cleveland.

A governanta do padre Perefixe (sessenta e cinco anos de idade, para os trinta e nove dele, e para decepção de todos os protestantes locais amantes dos escândalos) entrou com ovos mexidos e cerveja gelada.

"Quando minha estimada esposa ainda estava entre nós, costumava me mandar para a cama à meia-noite", suspirou o dr. Falck.

"Minha esposa faz isso até hoje!", exclamou Doremus.

"A minha faria o mesmo, aposto — se eu tivesse uma", disse Louis Rotenstern, zombeteiramente.

"O padre Steve aqui e eu somos os únicos sujeitos com um estilo de vida sensato", jactou-se Buck Titus. "Celibatários. Podemos dormir com as calças no corpo, ou simplesmente não dormir", e o padre Perefixe murmurou, "Mas é curioso, Buck, as coisas de que as pessoas se vangloriam — você, de que é livre da tirania divina e também de que pode ir para a cama de calças — o sr. Falck e o dr. Greenhill e eu, de que Deus é tão leniente conosco que algumas noites nos poupa de visitar enfermos, e podemos ir para a cama sem elas! E Louis porque —— Escutem! Escutem! Parece importante!".

O coronel Dewey Haik, proponente de Buzz, anunciava que o senador Windrip considerava o mais modesto de sua parte ir para seu hotel agora, mas deixara uma carta que ele, Haik, leria. E de fato a leu, inexoravelmente.

Windrip afirmava que, só para o caso de alguém não compreender inteiramente sua plataforma, queria esclarecer tudo muito bem.

Em resumo, a carta explicava que ele era contra os bancos, mas totalmente pelos banqueiros — exceto os banqueiros judeus, que deviam ser banidos por completo das finanças; que testara de forma exaustiva (mas sem especificar como) planos para elevar nas alturas todos os salários e jogar lá embaixo os preços de tudo produzido por esses trabalhadores muito bem remunerados; que era cem por cento pró-classe trabalhadora, mas cem por cento contra as greves; e que era a favor de os Estados Unidos se armarem, se prepararem para produzir o próprio café, açúcar, perfumes, peças de tweed, níquel, em vez de importar tudo isso, de modo que pudesse desafiar o Mundo... e quem sabe, se o Mundo por sua vez cometesse a impertinência de desafiar a América, insinuava Buzz, ele talvez tivesse de assumir suas rédeas e dirigi-lo adequadamente.

A cada minuto que passava as ousadas inconveniências do rádio pareciam a Doremus mais ofensivas, enquanto a encosta dormia sob a pesada noite de verão, e ele pensou na mazurca dos vaga-lumes, no ritmo dos grilos como o ritmo da própria terra girando, as brisas voluptuosas que levavam embora o fedor dos charutos, do suor, dos hálitos de uísque, dos chicletes de menta que pareciam lhes chegar da convenção pelas ondas sonoras, junto com a oratória.

A aurora já tinha passado, e o padre Perefixe (em nada clericais mangas de camisa e pantufas) acabara de lhes trazer uma apreciadíssima bandeja de sopa de cebola, com um bocado de filé hamburgo para Foolish, quando a oposição a Buzz entrou em colapso, e rapidamente, na votação seguinte. O senador Berzelius Windrip foi nomeado candidato democrata à presidência dos Estados Unidos.

Doremus, Buck Titus, Perefixe e Falck ficaram por um tempo taciturnos demais para falar — assim possivelmente estava o cão Foolish também, pois quando o rádio foi desligado, tamborilou com a cauda da maneira mais hesitante.

R. C. Crowley exultou, "Bem, toda a minha vida votei pelos republicanos mas aí está um homem que —— Bom, vou votar em Windrip!".

O padre Perefixe disse, asperamente, "E eu sempre votei nos democratas desde que cheguei do Canadá e me naturalizei, mas dessa vez vou votar nos republicanos. E quanto a vocês, senhores?".

Rotenstern ficou em silêncio. Não gostou da referência de Windrip aos judeus. Os que ele conhecia melhor — não, eles eram americanos! Lincoln era seu deus tribal também, ele jurava.

"Eu? Vou votar em Walt Trowbridge, claro", resmungou Buck.

"Eu também", disse Doremus. "Não! Nele também não vou! Trowbridge não tem a menor chance. Acho que vou me dar ao luxo de ser independente, ao menos uma vez, e votar na Lei Seca ou na chapa cereal-com-espinafre de Battle Creek, ou em qualquer coisa que faça algum sentido!"

Eram mais de sete da manhã quando Doremus voltou para casa, e, fato deveras extraordinário, Shad Ledue, que deveria aparecer para trabalhar às sete, estava trabalhando às sete. Normalmente ele nunca deixava seu barraco de solteirão em Lower Town antes das dez para as oito, mas nessa manhã já pegava no batente, cortando lenha. (Ah, claro, refletiu Doremus — isso provavelmente explicava tudo. Cortar lenha, se feito bem cedo, acordaria todo mundo na casa.)

Shad era alto e grandalhão; sua camisa estava manchada de suor; e, como sempre, tinha a barba por fazer. Foolish grunhiu para ele. Doremus desconfiava que o empregado andava dando uns ocasionais pontapés no cachorro. Queria sentir respeito por Shad por causa da camisa suada, pelo labor honesto e todas essas virtudes agrestes, mas, mesmo enquanto americano liberal e humanitário, Doremus sempre achou difícil manter a atitude coerente de Ferreiro-de-Aldeia-de--Longfellow-e-Marx e não ceder à apostasia de acreditar que devia haver *alguns* patifes e tratantes entre os esforçados trabalhadores como, notoriamente, havia, em quantidade chocante, entre os que ganhavam mais de três mil e quinhentos dólares por ano.

"Bem — estive escutando o rádio", ronronou Doremus. "Sabia que os democratas nomearam o senador Windrip?"

"Não diga", grunhiu Shad.

"É. Agora há pouco. Como planeja votar?"

"Se quer mesmo saber, sr. Jessup." Shad fez uma pose, apoiando--se em seu machado. Às vezes podia ser bastante afável e transigente, mesmo com aquele homenzinho que era tão ignorante da caça ao racum e de jogos como *craps* e pôquer.

"Vou votar em Buzz Windrip. Ele vai pôr ordem na casa e todo mundo vai ganhar quatro mil pilas, logo depois, e daí vou montar um galinheiro. Dá pra fazer dinheiro à beça com galinhas! Vou mostrar como se faz para esses sujeitos que se acham tão ricos!"

"Mas, Shad, você não teve muita sorte com as galinhas quando tentou criá-las no barracão, naquela época. Você, hum, receio que tenha deixado a água delas congelar no inverno, e morreram todas, lembra?"

"Ah, aquelas? E daí! Diacho! Tinha muito poucas. Não vou perder *meu* tempo mexendo só com umas dúzias de galinhas! Quando tiver cinco, seis mil, pra valer mesmo a pena, *daí* eu mostro pro senhor! Pode apostar." E um tanto condescendente: "Buzz Windrip é boa--praça".

"Fico feliz que conte com seu imprimátur."

"Hum?", disse Shad, franzindo a testa.

Mas quando Doremus voltava lentamente para a varanda dos fundos, escutou de Shad um tênue e derrisório:

"O.k., patrão!"

# 8

Não tento me passar por homem cultivado, a não ser porque cultivei minha boa índole, de modo que sou capaz de me solidarizar com as aflições e os temores dos demais seres humanos. Isso posto, li toda a Bíblia, de fio a pavio, como diz a família da minha esposa lá no Arkansas, umas onze vezes; li todos os livros de direito que foram impressos; e quanto a contemporâneos, imagino que não deixei de fora muita coisa da excelente literatura produzida por Bruce Barton, Edgar Guest, Arthur Brisbane, Elizabeth Dilling, Walter Pitkin e William Dudley Pelley.

Este último cavalheiro reverencio não apenas por suas histórias danadas de boas, e por seu sério trabalho em investigar a vida do além-túmulo e provar sem a menor sombra de dúvida que só um completo parvo poderia deixar de acreditar na Imortalidade Pessoal, mas, enfim, por seu abnegado trabalho visando ao bem público de fundar os Camisas Prateadas. Esses autênticos paladinos, ainda que não tenham conquistado todo o merecido sucesso, figuraram entre os esforços mais nobres, dignos de um Galahad, para combater os sorrateiros, sujos, sinistros, sub-reptícios, sediciosos conciliábulos dos Radicais Vermelhos e outros detestáveis tipos de bolcheviques que sem cessar ameaçam os padrões americanos de Liberdade, Altos Salários e Segurança Universal.

Esses sujeitos trazem Mensagens, e não temos tempo para outra coisa na literatura a não ser uma Mensagem direta, certeira e palpitante!

*Hora Zero*, Berzelius Windrip

Durante a primeira semana de sua campanha, o senador Windrip esmiuçou sua filosofia publicando sua distinta proclamação: "Os Quinze Pontos da Vitória para os Esquecidos". Os quinze pontos de sua plataforma, em suas próprias palavras (ou talvez nas de Lee Sarason, ou ainda de Dewey Haik), eram estes:

(1) Todo o sistema financeiro do país, incluindo os bancos, seguro, ações, títulos e hipotecas, ficará sob absoluto controle de um Banco Central Federal, de propriedade do governo e gerido por uma diretoria indicada pelo presidente, diretoria esta autorizada, sem necessidade de recorrer ao Congresso para obter autorização legislativa, a emitir todas as regras relativas às finanças. Subsequentemente, assim que factível, a referida diretoria considerará a nacionalização e o controle governamental, em Prol de Todo o Povo, de minas, campos petrolíferos, energia hidráulica, serviços públicos, transporte e comunicação.

(2) O presidente nomeará uma comissão, dividida igualmente entre trabalhadores manuais, empregadores e representantes do Público, para determinar quais Sindicatos Trabalhistas são qualificados para representar os Trabalhadores; e informar ao Executivo, para ação legal, todas as supostas organizações trabalhistas, sejam "Sindicatos Amarelos" ou "Sindicatos Vermelhos" controlados pelos Comunistas e a assim chamada "Terceira Internacional". Os Sindicatos devidamente reconhecidos devem ser constituídos de Repartições do Governo, com poder de decisão em todas as disputas trabalhistas. Posteriormente, a mesma investigação e o mesmo reconhecimento oficial devem ser estendidos a organizações agrícolas. Nessa elevação da posição do Trabalhador, vale enfatizar que a Liga dos Esquecidos é o principal bastião contra a ameaça de um Radicalismo destrutivo e antiamericano.

(3) Contrariamente às doutrinas dos Radicais Vermelhos, com sua expropriação criminosa das posses arduamente adquiridas que asseguram segurança aos idosos, esta Liga e este Partido vão garantir a Iniciativa Privada e o Direito à Propriedade Privada eternamente.

(4) Acreditando que apenas sob o Deus Todo-Poderoso, a quem rendemos toda homenagem, nós americanos detemos nosso vasto Poder, garantiremos a todas as pessoas absoluta liberdade de adoração religiosa, contanto que nenhum ateu, agnóstico, adepto da Magia Negra ou judeu se recuse a jurar fidelidade ao Novo Testamento,

tampouco qualquer pessoa de qualquer fé que se recuse a fazer o Juramento à Bandeira terá permissão de disputar cargo público ou exercer a prática de professor escolar ou universitário, advogado, juiz ou médico, a não ser na categoria de Obstetrícia.

(5) A renda líquida anual por pessoa se restringirá a $500 000. Nenhuma fortuna acumulada em momento algum poderá exceder os $3 000 000 por pessoa. Ninguém terá permissão, durante a vida toda, de reter uma herança ou várias heranças num total acima de $2 000 000. Todas as rendas ou propriedades excedendo as somas supra serão confiscadas pelo Governo Federal para utilização com gastos Assistenciais e Administrativos.

(6) Um rendimento deve ser extraído da Guerra apropriando-se de todos os dividendos além dos 6% que serão recebidos da fabricação, distribuição ou venda, durante o período de Guerra, de todas as armas, munições, aeronaves, embarcações, tanques e todas as demais coisas diretamente empregáveis no exercício da guerra, bem como de alimentos, têxteis e todos os suprimentos fornecidos aos americanos por qualquer exército aliado.

(7) Nossos armamentos e o tamanho de nossos efetivos militar e naval serão constantemente ampliados até se igualarem, porém sem ultrapassar — uma vez que este país não tem qualquer desejo de conquistas estrangeiras de tipo algum —, em nenhum ramo das forças de defesa, o poderio bélico de qualquer outro país ou império do mundo. Em sua posse, esta Liga e este Partido deverão fazer disso sua obrigação, junto com a emissão de uma firme proclamação a todas as nações do mundo de que nossas Forças Armadas serão mantidas unicamente com o propósito de assegurar a paz e as relações amistosas no mundo.

(8) Ao Congresso caberá o exclusivo direito de emitir dinheiro, e de imediato, por ocasião de nossa posse, deverá no mínimo dobrar a atual oferta de moeda, a fim de facilitar a fluidez do crédito.

(9) Criticamos veementemente a atitude anticristã de certas nações em tudo mais progressistas na sua discriminação contra os judeus, que já deram provas de estar entre os mais ativos apoiadores da Liga, e que continuarão a prosperar e a ser reconhecidos como plenamente americanizados, embora apenas na medida em que sigam apoiando nossos ideais.

(10) Todos os negros ficarão proibidos de votar, ocupar cargo público, exercer o direito, a medicina e lecionar para qualquer classe acima das séries elementares, e serão tributados em 100% de todas as quantias que possam receber ou de algum outro modo obter excedendo $10 000 anuais por família. A fim, contudo, de fornecer a todos os negros que compreendem seu devido e valioso lugar na sociedade a mais solidária ajuda possível, todas as referidas pessoas, homens ou mulheres, na medida em que possam provar ter devotado não menos do que quarenta e cinco anos a funções apropriadas, como serviço doméstico, mão de obra agrícola, mão de obra comum nas indústrias, terão permissão de, com a idade de sessenta e cinco anos, apresentar-se perante uma Junta especial, composta inteiramente de brancos, e mediante comprovação de que enquanto estiveram empregadas nunca ficaram ociosas a não ser por motivos de doença, serão recomendadas para o recebimento de pensões que não excedam a soma de $500 anuais por pessoa, tampouco excedam os $700 anuais por família. Negros, por definição, serão considerados aqueles com pelo menos um sexto de sangue de cor.

(11) Longe de fazer oposição a métodos tão generosos e economicamente sensatos de assistência à pobreza, ao desemprego e à velhice como o plano EPIC do il.$^{mo}$ sr. Upton Sinclair, as propostas de "Compartilhar a riqueza" e "Todo homem um rei" do falecido il.$^{mo}$ sr. Huey Long para assegurar a toda família $5000 anuais, o plano Townsend, o plano Utópico, a Tecnocracia e todos os competentes projetos de seguro contra o desemprego, uma Comissão será de imediato designada pelo Novo Governo para estudar, conciliar e recomendar para imediata adoção os melhores pontos desses diversos planos para a Seguridade Social, e os il.$^{mos}$ srs. Sinclair, Townsend, Eugene Reed e Howard Scott ficam doravante convidados a oferecer seus conselhos e colaborar de todas as maneiras possíveis com a referida Comissão.

(12) Toda mulher ora empregada será auxiliada, tão rapidamente quanto possível, exceto em esferas de atividade peculiarmente femininas como enfermagem e salões de beleza, a voltar a seus incomparavelmente sagrados deveres domésticos e como mães de fortes e honrados futuros Cidadãos da Comunidade.

(13) Qualquer indivíduo defendendo o comunismo, o socialismo ou o anarquismo, defendendo a recusa ao alistamento em caso

de guerra ou defendendo a aliança com a Rússia em qualquer guerra ficará sujeito a julgamento por alta traição, com penalidade mínima de vinte anos de trabalhos forçados na prisão e pena máxima de morte na forca, ou qualquer outra forma de execução que os juízes porventura considerem conveniente.

(14) Todos os bônus prometidos a ex-soldados de qualquer guerra que os Estados Unidos tenham algum dia travado serão imediatamente pagos de forma integral, em dinheiro, e nos casos de veteranos com renda inferior a $5000 anuais, as somas anteriormente prometidas serão dobradas.

(15) Caberá ao Congresso, imediatamente por ocasião de nossa posse, proceder a emendas à Constituição no sentido de que (a) o presidente tenha autoridade para instituir e executar todas as medidas necessárias para a condução do governo durante esse período crítico; (b) o Congresso atue apenas em sua capacidade consultiva, levando à atenção do presidente, seus ajudantes e seu Governo toda a legislação necessária, mas sem tomar quaisquer medidas acerca dela até autorização presidencial para agir; e (c) a Suprema Corte deverá imediatamente destituir da sua jurisdição o poder de anular, reputando inconstitucionais ou mediante quaisquer outras medidas legais uma ou todas as determinações do presidente, de seus ajudantes devidamente designados ou do Congresso.

*Adendo*: Ficará estritamente subentendido que, na medida em que a Liga dos Esquecidos e o Partido Democrata, tal como ora constituídos, não têm o propósito nem o desejo de efetuar qualquer medida que não vá irrestritamente ao encontro do desejo da maioria dos eleitores nestes Estados Unidos, a Liga e o Partido não encaram nenhum dos quinze pontos supracitados como obrigatório e inalterável, exceto o nº 15, e acerca dos demais agirão ou deixarão de agir segundo o desejo geral do Público, que se beneficiará outra vez, sob o novo regime, de uma liberdade individual da qual foi privado pelas medidas econômicas severas e restritivas de governos anteriores, tanto republicanos como democratas.

"Mas o que isso quer dizer?", admirou-se a sra. Jessup quando seu marido leu a plataforma para ela. "É tão incoerente. Parece uma combinação de Norman Thomas e Calvin Coolidge. Acho que não estou entendendo. Pergunto-me se o sr. Windrip entende."

"Com certeza. Pode apostar que sim. Não devemos supor que só porque Windrip conta com seu costureiro intelectual, Sarason, para maquiar suas ideias ele não as reconheça e as estreite no peito quando vêm emperiquitadas em palavras difíceis. Vou lhe dizer exatamente o que tudo isso significa: os Artigos Um e Cinco significam que se os reis das finanças e do transporte e assim por diante não derem seu forte apoio a Buzz podem sofrer ameaças de aumento do imposto de renda e controle parcial de seus negócios. Mas receberam o recado, fiquei sabendo, e estão respondendo generosamente — pagando pela transmissão de rádio e os desfiles de Buzz. O Dois, que, ao controlar seus sindicatos diretamente, a turma de Buzz pode submeter toda a classe trabalhadora à escravidão. O Três é um respaldo à segurança do Grande Capital, e o Quatro põe os pregadores na linha, tornando-os assessores de imprensa assustados e não remunerados de Buzz.

"O Seis não significa coisa alguma — as empresas de munições com monopólio vertical poderão extrair seis por cento da fabricação, um do transporte e um das vendas — no mínimo. O Sete quer dizer que devemos nos preparar para seguir todas as nações europeias na tentativa de esfolar o mundo inteiro. O Oito quer dizer que, graças à inflação, as grandes indústrias poderão comprar de volta suas obrigações excepcionais a um centavo por dólar, e o Nove que todos os judeus que não desembolsarem uma montanha de dinheiro para o Barão Ladrão serão punidos, inclusive os judeus que não tiverem grande coisa para desembolsar. Dez, que todos os empregos e negócios bem remunerados ocupados por negros serão usurpados pela Ralé Branca e Pobre entre os admiradores de Buzz — e que, em vez de serem denunciados, serão universalmente louvados como protetores patriotas da Pureza Racial. Onze, que Buzz será capaz de transferir a responsabilidade por não ter criado nenhuma assistência real contra a pobreza. Doze, que as mulheres mais tarde vão perder o voto e o direito ao ensino superior além de serem levadas a deixar todos os empregos decentes e criar soldados para serem mortos em guerras no exterior. Treze, que qualquer um que se opuser a Buzz da maneira que for pode ser taxado de comunista e enforcado por isso. Ora, segundo essa cláusula, Hoover, Al Smith, Ogden Mills — isso mesmo, você e eu também — seremos todos comunistas.

"Catorze, que Buzz tem em suficiente consideração o apoio do voto dos veteranos para estar disposto a pagar generosamente por isso — com o dinheiro dos outros. E Quinze — bem, essa é a única cláusula que de fato significa alguma coisa; e significa que Windrip, Lee Sarason, o bispo Prang, acho que talvez o coronel Dewey Haik e esse tal de dr. Hector Macgoblin — você sabe, esse médico que ajuda a escrever os hinos enaltecedores para Buzz — tenham todos percebido que este país ficou tão frouxo que qualquer bando suficientemente ousado, inescrupuloso e astuto o suficiente para não *parecer* ilegal pode se apossar do governo inteiro e dispor de todo o poder, aclamação e louvores, todo o dinheiro e palácios e mulheres dispostas que quiser.

"Não passam de um punhado, mas pense só como o bando de Lênin era pequeno no começo, e o de Mussolini e Hitler e Kemal Pasha e Napoleão! Você vai ver, todos os pregadores liberais, os educadores modernistas, os jornalistas descontentes e os agitadores nas fazendas — talvez fiquem preocupados no início, mas serão enredados pela teia de propaganda, como fomos todos na Grande Guerra, e ficarão todos convencidos de que, ainda que nosso Buzzy possa *ter* algumas falhas, ele está do lado da gente comum e contra todas as antigas e mesquinhas máquinas políticas, e vão sacudir o país em seu nome como o Grande Libertador (e nesse ínterim o Mundo dos Negócios vai apenas dar uma piscadela e aguardar com paciência!), e depois, por Deus, esse velhaco — ah, não sei se está mais para um velhaco ou para um fanático religioso histérico —, junto com Sarason, Haik, Prang e Macgoblin — esses cinco serão capazes de impor um regime que nos lembrará Henry Morgan, o pirata, capturando um navio mercante."

"Mas os americanos vão apoiar isso por quanto tempo?", lamuriou-se Emma. "Ah, não, pessoas como nós, não — descendentes dos pioneiros!"

"Sei lá. Vou fazer o possível para que não apoiem... Sem dúvida compreende que eu, você, Sissy, Fowler e Mary provavelmente seremos fuzilados se tentarmos tomar alguma atitude... Humpf! Pareço bastante corajoso agora, mas provavelmente vou morrer de medo quando escutar as tropas particulares de Buzz marchando!"

"Ai, vai tomar cuidado, não vai?", suplicou Emma. "Ah. Antes que eu me esqueça. Quantas vezes preciso lhe dizer, Dormouse, para não dar ossos de frango para o Foolish — podem parar na garganta e ele vai morrer sufocado. E você *nunca* lembra de tirar as chaves do carro quando estaciona na garagem à noite! Tenho certeza *absoluta* de que Shad Ledue ou alguém vai roubá-lo uma noite dessas!"

O padre Stephen Perefixe, quando leu os Quinze Pontos, ficou consideravelmente mais furioso que Doremus.

Bufou com desprezo, "O quê? Negros, judeus e mulheres — todos banidos, e dessa vez deixam a nós, os católicos, de fora? Hitler não nos negligenciou. *Ele* nos perseguiu. Deve ser culpa desse Charley Coughlin. Ele nos tornou respeitáveis demais!".

Sissy, que estava ansiosa para entrar em uma faculdade de arquitetura e se tornar criadora de novos estilos em casas de vidro e aço; Lorinda Pike, que tinha planos para uma Carlsbad-Vichy-Saratoga em Vermont; a sra. Candy, que sonhava em ter sua panificadora quando ficasse velha demais para o trabalho doméstico — todas elas ficaram ainda mais furiosas que Doremus ou o padre Perefixe.

Sissy soou não como jovem coquete, mas como uma mulher belicosa, quando rosnou, "Então a Liga dos Esquecidos quer fazer de nós a Liga das Esquecidas! Pôr a gente de volta para lavar fraldas e juntar cinzas para usar como sabão! Vamos ler Louisa May Alcott e Barrie — a não ser aos sábados, claro! Para dormir em humilde gratidão com homens ———".

"*Sissy!*", gemeu sua mãe.

"— como Shad Ledue! Bom, pai, você pode sentar agora mesmo e escrever para o Busy Berselius por mim informando que vou para a Inglaterra no próximo barco!"

A sra. Candy parou de secar os copos (com os panos de prato macios que ela lavava escrupulosamente todo dia) o suficiente para resmungar, "Que homens sórdidos! Espero que sejam fuzilados logo", o que para a sra. Candy era uma afirmação surpreendentemente longa e humanitária.

"Sim. Bastante sórdidos. Mas jamais devo esquecer que Windrip não passa da mais leve cortiça nesse redemoinho. Ele não tramou essa coisa toda. Com todo justo descontentamento que há contra os políticos ladinos e os Cavalos de Pelúcia da Plutocracia — ah, não fosse Windrip seria algum outro... Pedimos por isso, nós, os Respeitáveis... Mas não quer dizer que precisamos gostar!", pensou Doremus.

# 9

Aqueles que nunca estiveram do lado de dentro dos Conselhos de Estado jamais perceberão que, em se tratando de Estadistas de real excelência, sua principal qualidade não é a astúcia política, mas um grande, rico, transbordante Amor por todos os tipos e condições de pessoas e por todo o país. Esse Amor e esse Patriotismo têm sido meus únicos princípios orientadores na Política. Minha ambição é, um, fazer todos os americanos perceberem que são, e devem continuar a ser, a maior Raça na face desta velha Terra, e, dois, perceber que quaisquer Diferenças aparentes que possa haver entre nós, em riqueza, conhecimento, habilidade, ancestralidade ou força — embora, é claro, tudo isso não se aplique a pessoas que sejam *racialmente* diferentes de nós —, somos todos irmãos, unidos no grande e maravilhoso laço da Unidade Nacional, pelo que nos cabe ficarmos todos muito felizes. E acho que devemos por isso estar dispostos a sacrificar quaisquer ganhos individuais.
*Hora Zero*, Berzelius Windrip

Berzelius Windrip, de quem no último verão e no início do outono de 1936 houve tantas fotografias publicadas — entrando em carros, saindo de aviões, inaugurando pontes, comendo pão de milho e toucinho com os sulistas e sopa creme de amêijoas e farelo de cereais com os nortistas, discursando perante a American Legion, a Liberty League, a Young Men's Hebrew Association, a Young People's Socialist League, os Elks, o Bartenders' and Waiters' Union, a Anti-Saloon League, a Society for the Propagation of Gospel in Afghanistan — beijando senhoras centenárias e apertando as mãos das que tratava por madame, mas nunca o contrário — num traje de equitação de Savile Row em

Long Island e num macacão e camisa cáqui nos montes Ozark — esse Buzz Windrip era quase um anão, mas com uma cabeça enorme, uma cabeça de sabujo, com orelhas gigantes, bochechas pendulares, olhos lacrimosos. Tinha um sorriso luminoso, sem reservas, que (declararam os correspondentes de Washington) ligava e desligava deliberadamente, como luz elétrica, mas que podia tornar sua feiura mais atraente do que o sorrisinho tolo de qualquer homem belo.

Seu cabelo era tão grosso, preto e liso, e ele o usava tão comprido atrás, que sugeria sangue índio. No Senado, preferia roupas evocando o corretor de seguros competente, mas quando os constituintes agrários estavam em Washington, ele aparecia com um histórico chapéu de caubói dez galões e um "fraque" cinza amarrotado que equivocadamente lembrava um sobretudo preto tipo "Príncipe Albert".

Assim trajado, parecia um atarracado boneco de museu representando um "médico" de espetáculo itinerante, e, de fato, dizia-se que durante umas férias da faculdade de direito Buzz Windrip tocara banjo, fizera truques com cartas, distribuíra frascos de remédio e manuseara o jogo das tampinhas para ninguém menos que o Old Dr. Alagash's Traveling Laboratory, que era especializado na Cura Choctaw do Câncer, no Paliativo de Consumpção Chinook e no Remédio Oriental para Hemorroidas e Reumatismo Preparado a Partir de uma Fórmula Secreta Ancestral pela Princesa Cigana, a Rainha Peshawara. A companhia, com a ardorosa assistência de Buzz, deu cabo de um bom número de pessoas que, não fosse a confiança nos frascos de água, corante, sumo de tabaco e uísque de milho cru, poderiam ter procurado ajuda médica em tempo hábil. Mas, desde então, Windrip sem dúvida se redimira ascendendo da fraude vulgar de apregoar remédio fajuto diante de um megafone à digna posição de apregoar economia fajuta de um palanque coberto, sob lâmpadas de mercúrio, diante de um microfone.

Em estatura era um homem pequeno, porém, lembremo-nos que também o foram Napoleão, Lord Beaverbrook, Stephen A. Douglas, Frederico, o Grande, e o dr. Goebbels, à boca miúda conhecido por toda a Alemanha como o "Mickey Mouse de Wotan".

Doremus Jessup, espectador dos mais inconspícuos, observando o senador Windrip de tão humilde Beócia, não era capaz de explicar seu poder de enfeitiçar grandes multidões. O senador era vulgar, quase analfabeto, um mentiroso público facilmente identificável e, em suas "ideias", praticamente um idiota, ao passo que sua celebrada devoção era a de um vendedor itinerante de mobília de igreja e seu ainda mais celebrado senso de humor não passava do dissimulado cinismo de mercearia rural.

Certamente nada havia de divertido nas efetivas palavras de seus discursos, tampouco qualquer coisa convincente em sua filosofia. Suas plataformas políticas eram as pás de um moinho. Sete anos antes de seu atual credo — derivado de Lee Sarason, Hitler, Gottfried Feder, Rocco e provavelmente a revista *Of Thee I Sing* — o pequeno Buzz, em sua terra natal, não defendera nada mais revolucionário do que a melhoria do caldo de carne com legumes nos asilos do condado e a prodigalidade do clientelismo político, com empregos públicos para cunhados, sobrinhos, cônjuges e credores.

Doremus nunca escutara Windrip durante um de seus orgasmos oratórios, mas repórteres políticos haviam lhe contado que sob o feitiço do momento a pessoa tomava Windrip por Platão, mas que a caminho de casa já não era possível se lembrar de nada do que ele dissera.

Havia duas coisas, disseram a Doremus, que distinguia esse Demóstenes das pradarias. Era um ator de gênio. Não se via ator mais irresistível no palco, no cinema, nem no púlpito. Ele girava os braços, socava mesas, arregalava olhos furiosos, vomitava ira bíblica da boca escancarada; mas também arrulhava como uma mãe acalentando o bebê, suplicava como um enamorado sôfrego e, entre um truque e outro, com frieza e quase desdém, bombardeava a multidão com números e fatos — números e fatos que eram inescapáveis mesmo quando, como muitas vezes acontecia, estavam completamente incorretos.

Mas sob essa teatralidade superficial havia sua incomum capacidade nata de ficar genuinamente empolgado por e com seu público, e este, por e com ele. Era capaz de dramatizar sua afirmação de não ser nazista nem fascista, mas um democrata — um simples democrata jeffersoniano-lincolniano-clevelandiano-wilsoniano — e (sem cenários nem trajes) fazer a pessoa vê-lo de fato defendendo o Capitólio contra as hordas bárbaras, ao mesmo tempo inocentemente apresentando como suas próprias calorosas excogitações democratas toda loucura antilibertária e antissemita da Europa.

À parte sua dramática glorificação, Buzz Windrip era um Homem Comum Profissional.

Ah, bastante comum. Era dotado de cada preconceito e aspiração do Americano Comum. Acreditava no caráter desejável e portanto sacrossanto de grossas panquecas de trigo-sarraceno com xarope de bordo adulterado, em fôrmas de plástico para cubos de gelo em seu refrigerador elétrico, na nobreza excepcional dos cães, todos os cães, nos oráculos de S. Parkes Cadman, em mostrar intimidade com as garçonetes em todos os restaurantes de beira de estrada, em Henry Ford (quando se tornasse presidente, exultava, quem sabe conseguisse fazer o sr. Ford aparecer para o jantar na Casa Branca) e na superioridade de qualquer um que possuísse um milhão de dólares. Considerava polainas, bengalas, caviar, títulos, chá, poesia que não fosse diariamente publicada em jornais e todos os estrangeiros, à exceção possivelmente dos ingleses, como degeneração.

Mas ele era o Homem Comum amplificado vinte vezes por sua oratória, de modo que, enquanto os outros seres humanos comuns podiam compreender cada propósito seu, que era exatamente o mesmo que os deles, viam-no destacando-se sobranceiro entre eles, e erguiam as mãos para adorá-lo.

Na mais grandiosa dentre todas as artes nascidas na América (atrás apenas do filme falado e desses Spirituals em que os negros expressam seu desejo de ir para o céu, St. Louis ou praticamente qualquer lugar distante das velhas e românticas fazendas sulistas), a saber, a arte da Publicidade, Lee Sarason nada ficava devendo a mestres tão reconhecidos como Edward Bernays, o falecido Theodore Roosevelt, Jack Dempsey e Upton Sinclair.

Sarason fora, como era cientificamente chamado, "construindo" o senador Windrip por sete anos antes da nomeação para presidente. Enquanto outros senadores eram encorajados por seus secretários e esposas (nenhum potencial ditador devia ter uma esposa visível, e nenhum jamais tivera, exceto Napoleão) a se expandir dos tapinhas nas costas interioranos para os gestos ciceronianos nobres, rotundos, Sarason encorajara Windrip a manter no Vasto Mundo toda a rusticidade que (além de considerável astúcia legal e de resistência para fazer dez discursos por dia) lhe granjeara a estima dos singelos eleitores em seu estado natal.

Windrip dançou um *hornpipe* perante um alarmado público acadêmico quando recebeu seu primeiro honoris causa; beijou a srta. Flandreau no concurso de beleza de South Dakota; entreteve o Senado, ou pelo menos os corredores do Senado, com relatos detalhados sobre como pescar bagre — de escavar as iscas aos principais efeitos de uma jarra de uísque de milho; desafiou o venerável presidente da Suprema Corte para um duelo de estilingue.

Embora ela não fosse visível, Windrip tinha de fato uma esposa — Sarason não, tampouco era provável que viesse a ter; e Walt Trowbridge era viúvo. A senhora de Buzz ficava em casa, cultivando espinafre e criando galinhas, e dizendo aos vizinhos que esperava ir para Washington no ano *que vem*, enquanto Windrip informava a imprensa que sua "Frau" era tão edificantemente devotada aos dois filhos pequenos do casal e ao estudo da Bíblia que ele simplesmente não conseguia convencê-la a ir para o Leste.

Mas quando o assunto era a montagem de uma máquina política, Windrip não tinha a menor necessidade de se aconselhar com Lee Sarason.

Onde Buzz estava, lá estavam também os abutres. Sua suíte de hotel, na capital de seu estado natal, em Washington, em Nova York ou em Kansas City, era como — bem, Frank Sullivan sugeriu certa vez que parecia a redação de um tabloide durante a ocasião improvável do bispo Cannon incendiando a catedral de St. Patrick, sequestrando as quíntuplas Dionne e fugindo com Greta Garbo em um tanque roubado.

Buzz Windrip ficava sentado no meio da "sala de visitas" dessas suítes, um telefone no chão a seu lado, e por horas exclamava com estridência para o aparelho, "Alô — isso — ele mesmo", ou para a porta, "Entre — entre!" e "Sente-se um pouco e descanse os pés!". O dia inteiro, a noite inteira até amanhecer, gritava, "Diga a ele para fazer logo seu projeto de lei e ir pentear macacos" ou "Ora, certamente, meu velho — apoio com a maior satisfação —, essas corporações dos serviços públicos sem dúvida estão recebendo tratamento injusto" e "Diga ao governador que quero Kippy eleito xerife e quero o indiciamento contra ele cancelado, e é bom que seja pra ontem, diacho!". Em geral, acocorado ali com as pernas cruzadas, usava um elegante casaco de pelo de camelo com cinta e um atroz boné xadrez.

Furioso, como ficava ao menos de quinze em quinze minutos, erguia-se de um pulo, tirava o casacão (revelando uma camisa branca engomada e gravata preta clerical ou uma camisa de seda amarelo-canário com gravata escarlate), jogava-o no chão e voltava a vesti-lo com lenta dignidade, enquanto berrava sua ira como Jeremias praguejando contra Jerusalém, ou como uma vaca doente pranteando o rapto de seu vitelo.

Era visitado por corretores da bolsa, líderes trabalhistas, destiladores, antivivisseccionistas, vegetarianos, rábulas cassados, missionários a caminho da China, lobistas do petróleo e da área de energia, defensores da guerra e da guerra contra a guerra. "Merda! Cada um nesse país com um caso agudo de me dá, me dá, me dá, vem à minha procura!", grunhia para Sarason. Prometia apoiar suas causas, conseguir uma colocação em West Point para o sobrinho que acabara de perder o emprego na fábrica de laticínios. Prometia a colegas da política apoiar seus projetos de lei se eles apoiassem o seu. Dava entrevistas sobre agricultura de subsistência, maiôs de costas decotadas e a estratégia secreta do Exército etíope. Arreganhava os dentes num sorriso, batia nos joelhos, dava tapas nas costas; e poucas visitas, após terem falado com ele, deixavam de vê-lo como seu Papaizinho e apoiá-lo para sempre... Os poucos que o faziam, a maioria jornalistas, detestavam seu cheiro ainda mais do que antes de o terem conhecido... Até mesmo eles, com a animosidade e o colorido de seus ataques, mantinham seu nome vivo em cada coluna... Quando fora senador por um ano, sua máquina funcionou tão perfeita e suavemente — e longe dos olhos dos passageiros comuns — quanto os motores de um navio de cruzeiro.

Nas camas de qualquer uma de suas suítes ficavam, ao mesmo tempo, três cartolas, dois chapéus clericais, um troço verde com uma pluma, um chapéu-coco marrom, um quepe de chofer de táxi e nove chapéus cristãos simples de feltro marrom.

Certa vez, em vinte e sete minutos, conversou por telefone de Chicago a Palo Alto, Washington, Buenos Aires, Wilmette e Oklahoma City. Certa vez, até a metade do dia, já recebera dezesseis ligações de clérigos pedindo-lhe para condenar o espetáculo de dança burlesca e sete de empresários teatrais e magnatas dos imóveis pedindo-lhe que o elogiasse. Tratava os clérigos por "doutor" ou "irmão", ou ambos; tratava os empresários teatrais por "chapa" e "parceiro"; distribuía promessas igualmente retumbantes a ambos; e para ambos lealmente não fazia absolutamente nada.

Normalmente, não teria passado por sua cabeça cultivar alianças no exterior, embora não tivesse a menor dúvida de que um dia, como presidente, seria maestro da orquestra do mundo. Lee Sarason insistia que Buzz atentasse para alguns preceitos internacionais, como a relação da libra esterlina com a lira, o modo apropriado de se dirigir a um baronete, as chances do arquiduque Otto, os bares de ostra londrinos e os melhores bordéis perto do Boulevard de Sebastopol para mandar Representantes a expensas do dinheiro público.

Mas o efetivo trato com diplomatas estrangeiros residentes em Washington ele deixava para Sarason, que os recebia com pratos de tartaruga palustre e pato de dorso branco com geleia de groselha preta, em seu apartamento que era consideravelmente mais atapetado do que as ostensivamente simples acomodações de Buzz em Washington... Entretanto, na residência de Sarason, um quarto com uma cama de casal Empire coberta de seda ficava reservado a Buzz.

Fora Sarason que persuadira Windrip a deixá-lo escrever *Hora Zero*, baseado em notas ditadas pelo próprio Windrip, e que levara milhões a ler — e até milhares a comprar — essa bíblia da Justiça Econômica; e Sarason que percebera haver no momento uma tal profusão de semanários e mensários políticos privados que era uma honra não publicar um; e Sarason que tivera a inspiração para o pronunciamento de emergência de Buzz no rádio às três da manhã por ocasião da tentativa da Suprema Corte de acabar com a National Recovery Association, em maio de 1935... Ainda que não muitos adeptos, incluindo o próprio Buzz, tivessem muita certeza se ele estava satisfeito ou decepcionado; embora não muitos tivessem escutado a transmissão propriamente dita, todos no país, à exceção dos pastores de ovelhas e do professor Albert Einstein, ouviram falar e ficaram impressionados.

E contudo foi Buzz, por conta própria, o primeiro a pensar em irritar o duque de York recusando-se a comparecer ao jantar em sua homenagem na embaixada em dezembro de 1935, desse modo obtendo, em todas as cozinhas de fazenda, residências paroquiais e bares, uma esplêndida reputação por sua Democracia Despretensiosa; e mais tarde em apaziguar Sua Alteza visitando-o com um comovente buquezinho caseiro de gerânios (colhidos na estufa do embaixador japonês), que o fizeram cair nas boas graças, se não necessariamente da Realeza, certamente do DAR, da English Speaking Union e de todos os corações maternais que acharam o pequeno punhado gorducho de gerânios a coisa mais doce que já tinham visto.

Os jornalistas atribuíam a Buzz a insistência na indicação de Perley Beecroft para vice-presidente durante a convenção democrata, após Doremus Jessup, muito agitado, ter deixado de escutar. Beecroft era um produtor de tabaco e comerciante sulista, ex-governador de seu estado, casado com uma ex-professora do Maine suficientemente perfumada de maresia e flores de batata para conquistar qualquer ianque. Mas não era a superioridade geográfica que fazia do sr. Beecroft o parceiro de chapa perfeito para Buzz Windrip, e sim o fato de ser amarelado-malária e usar um bigode relapso, ao passo que o rosto cavalar de Buzz era rubicundo e suave; embora a oratória de Beecroft tivesse uma vacuidade, uma profundidade de estultices vagarosamente enunciadas, que cativava esses diáconos solenes irritados com a torrente de gírias de Buzz.

Sarason jamais poderia, tampouco, ter convencido os ricos de que quanto mais Buzz os denunciava e prometia distribuir seus milhões aos pobres, mais eles podiam confiar em seu "bom senso" e financiar sua campanha. Mas com uma alusão, um sorrisinho, uma piscadela, um aperto de mão, Buzz conseguia convencê-los, e suas contribuições chegaram à casa das centenas de milhares de dólares, muitas vezes disfarçadas como avaliações sobre a participação em negócios imaginários.

Fora uma jogada particularmente genial de Berzelius Windrip não esperar até ser nomeado a esse ou àquele cargo para começar a recrutar seu bando de bucaneiros. Ele viera angariando apoio desde o dia em que, com a idade de quatro anos, cativara um colega da vizinhança, presenteando-o com uma pistola de amônia que parcimoniosamente furtou do bolso do colega mais tarde. Buzz talvez não houvesse aprendido, provavelmente nunca poderia ter aprendido, muita coisa com os sociólogos Charles Beard e John Dewey, mas eles poderiam ter aprendido um bocado com Buzz.

E foi Buzz, não Sarason, o responsável pelo golpe de mestre de, tão fervorosamente quanto defendia que todo mundo ficasse rico apenas decidindo ficar rico, denunciar todo o "fascismo" e "nazismo", de modo que a maioria dos republicanos que temiam o fascismo democrata, e todos os democratas que temiam o fascismo republicano, estavam prontos para votar nele.

# 10

Embora eu odeie turvar minhas páginas com tecnicidades e até neologismos científicos, sinto-me compelido a dizer aqui que a leitura mais elementar da Economia da Abundância convenceria qualquer aluno inteligente de que os cassandras que difamam o tão necessário aumento na fluidez de nossa circulação monetária chamando-o de "Inflação", equivocadamente baseando seu paralelo nos infortúnios inflacionários de certas nações europeias do período 1919-23, falaciosa e talvez indesculpavelmente deixam de compreender a diferente situação monetária na América, inerente à nossa reserva vastamente maior de Recursos Naturais.

*Hora Zero*, Berzelius Windrip

A maioria dos fazendeiros com hipoteca.

A maioria dos colarinhos-brancos que ficaram desempregados nesses três anos, e quatro e cinco.

A maioria dos elegíveis para assistência social que queriam mais assistência.

A maioria dos moradores do subúrbio incapazes de pagar as prestações da máquina de lavar.

Parte igualmente grande da American Legion acreditava que apenas o senador Windrip poderia lhes assegurar, e talvez aumentar, o bônus.

Pregadores igualmente populares do Myrtle Boulevard ou da Elm Avenue, estimulados pelo exemplo do bispo Prang e do padre Coughlin, acreditavam que podiam conseguir publicidade útil dando seu apoio a um programa ligeiramente estranho que prometia prosperidade sem que ninguém tivesse de trabalhar para isso.

Os remanescentes da Ku Klux Klan, e igualmente líderes da American Federation of Labor, sentiam que haviam inadequadamente cortejado e acreditado nas promessas de políticos tradicionais, e os trabalhadores comuns não sindicalizados que sentiam ter sido inadequadamente cortejados por essa mesma AFL.

Advogados de qualquer escritoriozinho de garagem ou de beira de estrada que nunca haviam cavado uma boquinha no governo.

A Lost Legion of the Anti-Saloon League — sendo sabido que, embora bebesse um bocado, o senador Windrip também pregava a abstinência, ao passo que seu rival, Walt Trowbridge, embora bebesse pouco, nada dizia em apoio aos Messias da Lei Seca. Esses messias não achavam a moralidade profissional lucrativa, ultimamente, com os Rockefellers e Wanamakers da vida deixando de abrir a boca, e o bolso, em prol de sua causa.

Além desses peticionários necessitados, um número considerável de cidadãos que, embora milionários, alegavam que sua prosperidade fora violentamente refreada pela crueldade dos banqueiros em limitar seu crédito.

Esses eram os partidários à espera de que Berzelius Windrip bancasse o corvo divino e os alimentasse prodigamente quando fosse presidente, e do meio deles vieram os oradores mais fervorosos a lhe fazer campanha em setembro e outubro.

Abrindo espaço entre essa caravana de seguidores que confundia virtude política com dinheiro para o aluguel vinha um pelotão sofrendo não de fome, mas de congestão idealista: Intelectuais, Reformistas e até Rudes Individualistas, que viam em Windrip, a despeito de todo seu bufo charlatanismo, uma força vital e livre que prometia rejuvenescer o sistema capitalista aleijado e senil.

Upton Sinclair escreveu sobre Buzz e falou em seu favor, uma vez que, em 1917, por mais inflexível pacifista que fosse, o sr. Sinclair advogara pela entusiasmada continuidade da América na Grande Guerra, prevendo que iria indiscutivelmente liquidar o militarismo alemão e desse modo pôr um fim a todas as guerras. A maioria dos sequazes de Morgan, embora pudessem sentir certo calafrio ante a associação com Upton Sinclair, percebia que, fosse qual fosse o rendimento que porventura tivessem de sacrificar, apenas Windrip era capaz de iniciar a Recuperação dos Negócios; enquanto o bispo Manning da cidade de Nova York observava que Windrip sempre se referia com reverência à Igreja e a seus pastores, ao passo que Walt Trowbridge saía para andar a cavalo todo sábado de manhã e ao que se sabia nunca telegrafara para uma parente do sexo feminino no Dia das Mães.

Por outro lado, o *Saturday Evening Post* enfureceu o pequeno comércio chamando Windrip de demagogo, e o *Times* nova-iorquino, outrora Democrata Independente, era anti-Windrip. Mas a maioria dos periódicos religiosos anunciou que, com um santo como o bispo Prang a apoiá-lo, Windrip deveria ter sido chamado por Deus.

Até a Europa juntou-se ao coro.

Com a afabilidade mais modesta, explicando que não desejavam se intrometer na política doméstica americana, mas apenas expressar admiração pessoal por Berzelius Windrip, esse grande defensor ocidental da paz e da prosperidade, vieram representantes de certas potências estrangeiras, pregando por toda a nação: o general Balbo, tão popular aqui por sua liderança no voo da Itália a Chicago em 1933; um erudito que, embora no momento vivesse na Alemanha e fosse uma inspiração para todos os líderes patriotas da Recuperação Alemã, se formara na Universidade Harvard e fora o pianista mais popular de sua turma — a saber, o dr. Ernst (Putzi) Hanfstängl; e o leão da diplomacia britânica, o Gladstone dos anos 1930, o bem-apessoado e elegante Lord Lossiemouth, que, enquanto primeiro-ministro, fora conhecido como o ex.mo sr. Ramsay MacDonald, Conselheiro Privado da Realeza.

Todos os três foram recebidos com prodigalidade pelas esposas dos donos de fábricas e persuadiram muitos milionários que, no refinamento da riqueza, haviam considerado Buzz vulgar, de que na verdade ele era a única esperança do mundo para um comércio internacional eficiente.

O padre Coughlin deu uma olhada em todos os candidatos e se retirou indignado para sua cela.

\* \* \*

A sra. Adelaide Tarr Gimmitch, que certamente teria escrito para as amigas que fizera no jantar do Rotary Club em Fort Beulah, caso pudesse se lembrar do nome da cidade, era uma figura considerável na campanha. Explicou às eleitoras a tremenda gentileza da parte do senador Windrip em permitir que votassem, até então; e cantava "Berzelius Windrip foi para Wash" em média onze vezes por dia.

O próprio Buzz, o bispo Prang, o senador Porkwood (o destemido Liberal e amigo dos trabalhadores e fazendeiros) e o coronel Osceola Luthorne, o editor, embora a tarefa primordial deles fosse alcançar milhões pelo rádio, também, numa viagem por trem de quarenta dias, percorreram mais de quarenta mil quilômetros pelos estados da União, a bordo do Especial dos Esquecidos escarlate e prata, com painéis de ébano, estofado em seda, aerodinâmico, a diesel, guarnecido de borracha, com ar-condicionado, aluminizado.

O trem contava com um bar exclusivo que ninguém, salvo o bispo, negligenciava.

As passagens eram um generoso presente da associação de estradas de ferro.

Mais de seiscentos discursos foram realizados, indo de incitamentos de oito minutos proferidos às multidões reunidas nas estações a protestos em auditórios e feiras. Buzz esteve presente em cada um deles, em geral protagonizando-os, mas às vezes tão rouco que só podia acenar com a mão e exclamar com a voz fraca, "Salve, amigos!", conforme era substituído por Prang, Porkwood, o coronel Luthorne, ou iguais voluntários de seu exército de secretários, doutos consultores especializados em história e economia, cozinheiros, bartenders e barbeiros, quando podia ser afastado de um jogo de *craps* entre a comitiva de repórteres, fotógrafos, engenheiros de som e locutores de rádio. Tieffer, da United Press, estimara que Buzz desse modo apareceu pessoalmente perante mais de dois milhões de pessoas.

Entrementes, quase diariamente se deslocando por aeroplano entre Washington e a casa de Buzz, Lee Sarason supervisionava dezenas de telefonistas e dúzias de estenógrafas, que recebiam todos os dias milhares de ligações, cartas, telegramas, cabogramas — e caixas contendo doces envenenados... Buzz determinara a regra de que todas essas jovens fossem atraentes, racionais, de capacidade a toda prova e aparentadas com pessoas de influência política.

A favor de Sarason deve ser dito que nesse caos de "relações públicas" nunca usou em momento algum o verbo *contatar* como transitivo.

O il.ᵐᵒ sr. Perley Beecroft, candidato à vice-presidência, especializou-se nas convenções de ordens fraternais, denominações religiosas, representantes de seguro e profissionais itinerantes.

O coronel Dewey Haik, que nomeara Buzz em Cleveland, tinha uma incumbência única na campanha — uma das invenções mais engenhosas de Sarason. Haik falava a favor de Windrip não nos locais mais frequentados, mais óbvios, mas em lugares tão incomuns que sua presença ali se tornava notícia — e Sarason e Haik providenciavam que houvesse entre o público ágeis cronistas para registrar o acontecimento. Voando no próprio avião, cobrindo mil milhas diárias, falou diante de nove mineiros atônitos que havia ficado preso em uma mina de cobre a mais de um quilômetro sob a superfície — com trinta e nove fotógrafos clicando aqueles nove; de uma lancha, discursou para uma frota imóvel de traineiras em meio à neblina no porto de Gloucester; falou dos degraus da filial do Tesouro ao meio-dia em Wall Street; falou aos pilotos e à equipe de solo no aeroporto de Shushan, New Orleans — e mesmo os aviadores gritaram obscenidades só pelos primeiros cinco minutos, até ele ter descrito os nobres mas ridículos esforços de Buzz Windrip para aprender a voar; falou perante policiais estaduais, filatelistas, jogadores de xadrez em clubes secretos e limpadores de chaminé em pleno trabalho; falou em cervejarias, hospitais, redações de revistas, catedrais, minúsculas igrejas de esquina, prisões, asilos de lunáticos, clubes noturnos — até os editores de arte começarem a enviar o seguinte memorando aos fotógrafos: "Pelo amor dos céus, chega de fotos do Cor'nel Haik arengando em casas de tolerância e xilindrós".

Mas continuaram usando as fotos.

Pois o coronel Dewey Haik era uma figura quase tão proeminente quanto o próprio Buzz Windrip. Filho de uma família decadente do Tennessee, com um avô general confederado e outro um Dewey de Vermont, ele colhera algodão, fora um jovem operador de telégrafo, frequentara a Universidade do Arkansas e a faculdade de direito da

Universidade de Missouri, exercera a advocacia em um vilarejo de Wyoming e depois em Oregon e, durante a guerra (em 1936 tinha apenas quarenta e quatro anos de idade), serviu na França como capitão da infantaria, com mérito. De volta à América, fora eleito para o Congresso e se tornou coronel na milícia. Estudou história militar; aprendeu a voar, boxear, esgrimir; tinha aparência severa, mas sorriso um tanto amigável; era igualmente apreciado por oficiais disciplinadores de alta patente e por valentões como o sr. Shad Ledue, o Caliban de Doremus Jessup.

Haik trouxe para o bando de Buzz os mesmos flibusteiros que tanto haviam caçoado da solenidade do bispo Prang.

Nesse ínterim, Hector Macgoblin, o culto homem de medicina e parrudo fã de boxe, coautor com Sarason do hino de campanha, "Bring Out the Old-time Musket", estava se especializando na inspiração de professores universitários, associações de professores secundários, equipes de beisebol profissionais, campos de treinamento para pugilistas, encontros médicos, cursos de verão em que autores renomados ensinavam a arte de escrever para aspirantes fervorosos que nunca aprenderiam a escrever, torneios de golfe e todos os demais tipos de reunião cultural.

Mas o pugílimo dr. Macgoblin flertou com o perigo mais do que qualquer outro na campanha. Durante um encontro no Alabama, onde demonstrara satisfatoriamente que nenhum negro com menos do que vinte e cinco por cento de "sangue branco" pode se elevar sequer ao nível cultural de um vendedor de elixires milagrosos, o encontro foi invadido, a dispendiosa seção de residência dos brancos foi invadida, por um bando de negros encabeçados por um que fora cabo no Front Ocidental em 1918. Macgoblin e a cidade foram salvos pela eloquência de um clérigo negro.

Com efeito, como disse o bispo Prang, os apóstolos do senador Windrip estavam agora pregando sua Mensagem para toda espécie de homens, até os Pagãos.

Mas o que Doremus Jessup disse, para Buck Titus e o padre Perefixe, foi:
"Isso é a revolução nos termos do Rotary."

# 11

Quando era menino, tive uma professora, uma solteirona, que costumava me dizer, "Buzz, você é o burro mais orelhudo da escola". Mas notei que ela me dizia isso com muito mais frequência do que costumava elogiar as outras crianças por serem inteligentes, e virei o aluno mais falado da cidade. O Senado dos Estados Unidos não é tão diferente assim, e quero agradecer a um bando de múmias empavonadas por seus comentários sobre Sinceramente seu.

*Hora Zero*, Berzelius Windrip

Mas havia certos Pagãos que não davam ouvidos a esses arautos, Prang, Windrip, Haik e o dr. Macgoblin.

Walt Trowbridge conduziu sua campanha tão placidamente quanto se tivesse a certeza da vitória. Não se poupou, mas também não se queixou dos Esquecidos (ele mesmo fora um, quando jovem, e não achava que fosse tão ruim!), tampouco mostrou histeria no bar exclusivo de um trem especial escarlate e prata. Com calma imperturbável, falando no rádio e em alguns salões, explicou que não defendia grandes mudanças na distribuição de riqueza, mas que ela devia ser conquistada com a escavação gradual, não por meio de uma dinamite que destruiria mais solo do que tirara. Não era particularmente empolgante. Economia raramente é, a não ser quando dramatizada por um bispo, encenada e iluminada por um Sarason e apaixonadamente representada por um Buzz Windrip com florete e calça de cetim azul.

Para a campanha os comunistas haviam brilhantemente trazido seus candidatos sacrificiais — na verdade, todos os sete atuais partidos comunistas fizeram o mesmo. Uma vez que tivessem todos permanecido unidos, poderiam ter atraído novecentos mil votos, haviam todos evitado tal vulgaridade burguesa mediante cismas entusiasmados, e entre seus credos agora se incluíam: O Partido, o Partido Majoritário, o Partido Esquerdista, o Partido Trotskista, o Partido Comunista Cristão, o Partido dos Trabalhadores e, menos sucintamente, uma coisa chamada Partido Comunista Pós-Marxista Fabiano Cooperativo Patriótico Nacionalista Americano — soava como os nomes da realeza, mas era em tudo mais dissimilar.

No entanto, essas excursões radicais não eram muito significativas em comparação ao novo Partido Jeffersoniano, subitamente adotado por Franklin D. Roosevelt.

Quarenta e oito horas após a indicação de Windrip em Cleveland, o presidente Roosevelt lançara seu desafio.

O senador Windrip, asseverou, fora escolhido "não pela mente e pelo coração dos genuínos democratas, mas por sua emoção temporariamente transtornada". Daria tanto apoio a Windrip por este se dizer um democrata quanto apoiaria Jimmy Walker.

Contudo, disse, não podia votar pelo Partido Republicano, o "partido do privilégio especial entrincheirado", por mais que, nos três últimos anos, tivesse apreciado a lealdade, a honestidade, a inteligência do senador Walt Trowbridge.

Roosevelt deixou claro que sua facção Jeffersoniana ou Democrata Genuína não era um "terceiro partido" no sentido de que devesse se tornar permanente. Ela deveria desaparecer tão logo homens honestos e de cabeça fria retomassem o controle da antiga organização. Buzz Windrip suscitou hilaridade apelidando-o de "Bull Mouse Party",* mas o presidente Roosevelt foi acompanhado por quase todos os membros liberais do Congresso, democratas ou republicanos, que não haviam seguido Walt Trowbridge; por Norman Thomas e os socialistas que não haviam se bandeado para os comunistas; pelos governadores Floyd Olson e Olin Johnston e pelo prefeito La Guardia.

\* "Partido do Camundongo Macho": trocadilho com o apelido do Partido Progressista de Roosevelt, Bull Moose Party (Partido do Alce Macho). (N. T.)

A conspícua falta do Partido Jeffersoniano, como a falta pessoal do senador Trowbridge, era o fato de representar a integridade e a razão em um ano em que o eleitorado estava faminto de emoções vivazes, de sensações picantes associadas normalmente não a sistemas monetários e alíquotas tributárias, mas a batismo por imersão no riacho, amor jovem sob os olmos, uísque não adulterado, orquestras angelicais elevando-se sob a lua cheia, medo da morte quando um automóvel periclita no alto de um desfiladeiro, sede em um deserto e seu alívio com água de nascente — todas as sensações primitivas que acreditavam encontrar no alarde de Buzz Windrip.

Longe dos salões de baile e suas quentes luzes, onde todos aqueles maestros em túnica carmesim disputavam com estridência qual das bandas deveria liderar por ora o tremendo *spiritual jazz*, muito longe, nas frias colinas, um homenzinho chamado Doremus Jessup, que nem tocador de bumbo era, mas um mero cidadão editor, perguntava-se confuso o que devia fazer para se salvar.

Ele queria seguir Roosevelt e o Partido Jeffersoniano — em parte por admiração ao homem; em parte pelo prazer de chocar o republicanismo entranhado de Vermont. Mas não acreditava que os jeffersonianos teriam alguma chance; porém acreditava que, a despeito do odor de naftalina de muitos parceiros seus, Walt Trowbridge era um homem valoroso e competente; e dia e noite Doremus andava para cima e para baixo pelo vale do Beulah fazendo campanha por Trowbridge.

Do meio dessa sua confusão brotou em sua escrita uma certeza desesperada que surpreendeu os leitores habituais do *Informer*. Ao menos dessa vez, ele não se mostrou bem-humorado e tolerante. Embora nunca houvesse dito nada pior sobre o Partido Jeffersoniano além de que estava à frente de seu tempo, tanto nos editoriais como nas notícias foi para cima de Buzz Windrip e seu bando com chicotes, aguarrás e escândalo.

Pessoalmente, entrava e saía de lojas e residências a manhã inteira, conversando com eleitores, fazendo minientrevistas.

Havia esperado que apregoar Trowbridge em meio à tradição republicana de Vermont pudesse representar uma tarefa enfadonha, de tão fácil. O que encontrou foi uma desoladora preferência pelo teoricamente democrata Buzz Windrip. E essa preferência do eleitor, percebeu Doremus, não era sequer uma fé patética nas promessas de Windrip de felicidade utópica para todos em geral. Era uma fé em mais dinheiro no próprio bolso, e de seus familiares, muito em particular.

A maioria deles, dentre todos os fatores da campanha, notara apenas o que viam como o senso de humor de Windrip, e três pontos de sua plataforma: Cinco, que prometia aumentar a tributação dos ricos; Dez, que condenava os negros — uma vez que nada anima mais um fazendeiro desapossado ou um operário de fábrica vivendo de assistência do que ter uma raça, qualquer raça, que ele possa olhar com desprezo; e, especialmente, Onze, que anunciava, ou parecia anunciar, que o trabalhador comum receberia instantaneamente cinco mil dólares anuais. (E muita gente discutindo em estações de trem explicava que na verdade seriam dez mil dólares. Ora, cada centavo disso sairia do dr. Townsend, bem como do falecido Huey Long, de Upton Sinclair e dos utópicos, todos combinados!)

Centenas de idosos do vale do Beulah acreditaram nisso tão beatificamente que foram correndo para o armazém de ferragens de Raymond Pridewell, onde encomendaram fogões novos para a cozinha, panelas de alumínio e jogos completos de peças para o banheiro, a serem pagos um dia após a posse. O sr. Pridewell, um encarquilhado republicano Henry Cabot Lodge, perdeu metade de seu negócio perseguindo esses venturosos herdeiros de bens fabulosos, mas eles seguiram sonhando, e Doremus, importunando-os, descobriu que os meros números eram inúteis contra um sonho... mesmo um sonho de novos Plymouths, uma provisão ilimitada de salsicha em lata, câmeras de cinema e a perspectiva de nunca mais precisar acordar antes das sete e meia.

Assim respondeu Alfred Tizra, "Snake" Tizra, amigo do faz-tudo de Doremus, Shad Ledue. Snake era um motorista de caminhão e taxista, forte como um touro, que cumprira pena por agressão e por transportar contrabando de bebida. No passado ganhara a vida capturando cobras cascavéis e cabeças-de-cobre no sul da Nova Inglaterra. Sob o presidente Windrip, assegurou Snake a Doremus em tom de zombaria, teria dinheiro suficiente para iniciar uma cadeia de bares de beira de estrada junto às comunidades sedentas de Vermont.

Ed Howland, um dos merceeiros mais modestos de Fort Beulah, e Charley Betts, móveis e funerária, embora fossem absolutamente contra qualquer um comprar secos e molhados, mobília ou mesmo artigos fúnebres com o crédito de Windrip, eram totalmente a favor de que a população tivesse crédito para outras mercadorias.

Aras Dilley, ocupando terras onde criava gado leiteiro com sua esposa desdentada e os sete filhos encardidos em uma cabana torta e malposta nas alturas de Mount Terror, resmungou para Doremus — que muitas vezes levara cestos de comida, caixas de munição de espingarda e dúzias de cigarros para ele —, "Bom, vou dizer uma coisa pro s'or, assim que o s'or Windrip chegar lá, quem vai fixar o preço da safra vamos ser nós, fazendeiros, e não esses espertinhos da cidade!".

Doremus não podia culpá-lo. Enquanto Buck Titus, aos cinquenta, aparentava trinta e tantos, Aras, aos trinta e quatro, parecia ter cinquenta.

O particularmente desagradável sócio de Lorinda Pike na Taverna do Vale do Beulah, um certo sr. Nipper, cujo falecimento ela ansiosamente aguardava, combinava a jactância de dizer como era rico ao regozijo de anunciar como conseguiria tanto mais dinheiro sob o governo Windrip. O "professor" Staubmeyer citou as boas coisas que Windrip dissera sobre pagar mais aos docentes. Louis Rotenstern, para provar que seu coração, no mínimo, não era judeu, mostrou-se mais lírico do que todos eles. E até Frank Tasbrough, das pedreiras, Medary Cole, da moenda de grãos e propriedades imobiliárias, R. C. Crowley, do banco, que presumivelmente não achavam graça em projetos de elevação tributária, deram um sorriso amistoso e insinuaram que Windrip era um "sujeito bem mais sensato" do que as pessoas imaginavam.

Mas ninguém em Fort Beulah entrou na cruzada por Buzz Windrip com mais determinação do que Shad Ledue.

Doremus já sabia que Shad era dotado de talento para argumentação e de eloquência; que certa vez convencera o velho sr. Pridewell a lhe vender fiado um rifle .22 no valor de vinte e três dólares; que, longe do universo de compartimentos de carvão e macacões sujos de grama, certa vez cantara "Rollicky Bill the Sailor" para um grupo de membros da Ancient and Independent Order of Rams; e que tinha memória suficiente para conseguir citar, como se fossem suas próprias e profundas opiniões, os editoriais dos jornais de Hearst. E contudo, mesmo sabedor de todo esse seu aparato para uma carreira política, aparato não muito inferior ao do próprio Buzz Windrip, Doremus ficou surpreso em ver Shad discursando no caixote em prol de Windrip entre trabalhadores da pedreira, depois até como o presidente de um comício no Oddfellows' Hall. Shad falava pouco, mas provocava de forma brutal os adeptos de Trowbridge e Roosevelt.

Nas reuniões em que não falava, Shad era um leão de chácara incomparável, e nessa valorizada capacidade foi convocado para comícios de Windrip tão distantes quanto Burlington. Foi ele que, em um uniforme de milícia, elegantemente montado em um grande cavalo branco de arado, liderou o último desfile de Windrip em Rutland... e importantes homens de negócios, até mesmo abastados donos de armarinhos, chamavam-no carinhosamente de "Shad".

Doremus ficou admirado, sentiu-se até um pouco culpado de seu fracasso em ter apreciado esse recém-descoberto protótipo da perfeição, quando estava no salão da American Legion e escutou Shad urrar: "Sei que não passo de um simples pau pra toda obra, mas tem quarenta milhões de trabalhadores como eu, e sabemos que o senador Windrip é o primeiro homem público em muitos anos que pensa sobre o que gente como nós precisa, antes de pensar em alguma droga de política. Vamos lá, seus chucros! Os granfas vivem falando para vocês não serem egoístas! Walt Trowbridge diz para vocês não serem egoístas! Bom, *sejam* egoístas, e votem no único sujeito que está disposto a *dar* alguma coisa para vocês — alguma coisa para *vocês*! — e não apenas sugar cada centavo e cada hora de trabalho que puder espremer!".

Doremus gemeu por dentro, "Ai, o meu Shad! E está fazendo a maior parte disso no meu horário!".

Sissy Jessup sentava no estribo de seu cupê (seu por usucapião), com Julian Falck, vindo de Amherst para passar o fim de semana, e Malcolm Tasbrough espremidos cada um de um lado dela.

"Ai, droga, vamos parar de falar de política. Windrip vai ser eleito, então por que perder tempo tagarelando quando podemos ir até o rio e nadar um pouco", queixou-se Malcolm.

"Ele não vai vencer sem a gente oferecer uma boa briga. Vou conversar com a antiga turma do colégio hoje à noite — sobre como precisam conversar com os pais deles para votar em Trowbridge ou Roosevelt", protestou Julian Falck.

"Ha, ha, ha! E é claro que os pais deles vão ter a maior satisfação em fazer tudo que você disser, Yulian! Vocês ex-alunos são mesmo os bons! Além do mais —— Quer tratar com seriedade esse negócio de patetas?" Malcolm tinha a autoconfiança insolente de seus músculos, cabelo preto liso e carrão próprio; era um líder perfeito dos Camisas Pretas e olhou desdenhosamente para Julian, que, embora um ano mais velho, era pálido e magrelo. "Pra falar a verdade, vai ser uma boa coisa termos o Buzz. Ele vai pôr um ponto final nesse radicalismo num piscar de olhos — toda essa liberdade de expressão e difamação das nossas instituições mais fundamentais ——"

"*Boston American*; terça passada; página oito", murmurou Sissy.

"— e não admira que tenha medo dele, Yulian! Ele sem dúvida vai arrastar alguns dos seus profs anarquistas favoritos de Amherst para o xadrez, e quem sabe você também, meu camarada!"

Os dois rapazes se entreolharam em lenta fervura. Sissy os apaziguou, explodindo, "Pelamordedeus! Será que dá para os dois machões pararem de se pegar?... Ai, meus caros, essa eleição boçal! Boçal! É como se estivesse dividindo as cidades, os lares... Pobre papai! Doremus está praticamente atolado nela!".

# 12

Não me darei por satisfeito enquanto este país não produzir tudo de que necessitamos, até mesmo café, cacau e borracha, e assim manter todos os nossos dólares em casa. Se pudermos fazer isso e ao mesmo tempo incrementar o tráfego turístico, de modo que estrangeiros virão de todas as partes do mundo para ver maravilhas notáveis como o Grand Canyon, os parques Glacier e Yellowstone etc., os bons hotéis de Chicago etc., deixando assim seu dinheiro aqui, teremos uma balança comercial capaz de concretizar minha ideia tão criticada mas completamente sensata de três a cinco mil dólares anuais para cada família — isto é, refiro-me a cada família realmente americana. Uma Visão ambiciosa como essa é o que queremos, e não todo esse disparate de desperdiçar nosso tempo em Genebra e em conversas furadas em Lugano, seja isso onde for.
*Hora Zero*, Berzelius Windrip

O dia da eleição cairia numa terça, 3 de novembro, e na noite de domingo do dia 1º, o senador Windrip realizou o final de sua campanha com um grande comício no Madison Square Garden, em Nova York. O Garden abrigava, entre de pé e sentadas, cerca de dezenove mil pessoas, e uma semana antes todos os ingressos estavam esgotados — indo de cinquenta centavos a cinco dólares e depois na mão dos cambistas de um a vinte dólares.

Doremus conseguira um único ingresso com um conhecido em um dos diários de Hearst — o único jornal nova-iorquino apoiando Windrip — e na tarde de 1º de novembro ele fez a viagem de quase quinhentos quilômetros até Nova York para sua primeira visita em três anos.

Fizera frio em Vermont, com a neve chegando cedo, mas a branca precipitação desceu sobre a terra de forma tão suave no ar imaculado que o mundo parecia um parque de diversões prateado, mergulhado no silêncio. Mesmo numa noite sem lua, uma pálida radiância subia da neve, da própria terra, e as estrelas eram gotículas de mercúrio.

Mas, seguindo os carregadores que levavam sua surrada bolsa Gladstone, Doremus saiu da Grand Central, às seis horas, para ir de encontro ao gotejamento cinzento da fria água de louça que pingava da pia do céu. As famosas torres que esperava ver na Forty-second Street estavam apáticas em seus trapos mumificados de névoa. E quanto à multidão que, com desinteresse cruel, passava por ele a trote, um borrão de rostos renovado e indiferente a cada segundo, o homem de Fort Beulah só pôde pensar que Nova York devia estar realizando sua feira anual sob aquela garoa úmida, ou então havia um grande incêndio em algum lugar.

Ele sensatamente planejara economizar dinheiro usando o metrô — o importante morador da cidade pequena é tão pobre na metrópole de jardins babilônicos! — e até se lembrou de que ainda podiam ser encontrados em Manhattan bondes a cinco centavos, em que um ser rústico podia se distrair observando marujos, poetas e mulheres de xale provenientes das estepes do Cazaquistão. Anunciara para o carregador, com o que julgava ser urbanidade cosmopolita, "Acho que vou tomar o bonde — são só algumas quadras". Mas ensurdecido, atordoado e acotovelado pela multidão, molhado e deprimido, refugiou-se num táxi, depois desejou não o ter feito, conforme olhava para o asfalto escorregadio cor de borracha e seu táxi ficava entalado entre outros carros fedendo a monóxido de carbono, buzinando furiosamente na tentativa de se libertar do congestionamento — uma manada de ovelhas-robôs balindo aterrorizadas com seus pulmões mecânicos de cem cavalos.

Hesitou penosamente antes de voltar a sair de seu pequeno hotel no West Forties e, quando o fez, quando arrastou os pés desnorteados pela Broadway em meio ao vaivém de balconistas ruidosas, coristas extenuadas, apostadores contumazes segurando seus charutos e formosos rapazes, sentiu-se, com as galochas e o guarda-chuva que Emma lhe impingira, o próprio personagem de quadrinhos Caspar Milquetoast.

O que mais chamou sua atenção foi a quantidade de soldados de imitação aqui e ali, sem pistolas nem fuzis, mas uniformizados como membros da cavalaria americana em 1870: quepe azul inclinado na cabeça, túnica azul-escura, calça azul-clara com faixas amarelas na costura, enfiadas em perneiras de material emborrachado, quando parecia se tratar dos soldados, e botas de couro preto reluzente para os oficiais. Todos exibindo do lado direito da gola as letras "mm" e, à esquerda, uma estrela de cinco pontas. Havia grande número deles; pavoneavam-se com atrevimento, abrindo caminho às ombradas entre os civis; e para pessoas insignificantes como Doremus olhavam com gélida insolência.

De repente ele se deu conta.

Esses jovens *condottieri* eram os "Minute Men":* as tropas privadas de Berzelius Windrip, sobre as quais Doremus publicara alarmantes reportagens. Ficou excitado e um pouco desolado de vê-los agora — as palavras impressas tornadas carne brutal.

Três semanas antes Windrip anunciara que o coronel Dewey Haik fundara, apenas para a campanha, uma liga nacional de desfile, a ser chamada de Minute Men. Era provável que estivessem sendo formados havia meses, uma vez que já contavam com trezentos ou quatrocentos mil membros. Doremus estava temeroso de que os mm pudessem se tornar uma organização permanente, mais ameaçadora do que a Ku Klux Klan.

O uniforme sugeria a pioneira América da Cold Harbor e do combate indígena sob Miles e Custer. Seu emblema, sua suástica (aqui Doremus via a astúcia e o misticismo de Lee Sarason), era uma estrela de cinco pontas, pois a estrela na bandeira americana tinha cinco pontas, ao passo que as estrelas tanto da bandeira soviética como dos judeus — o escudo de Davi — tinham seis.

O fato de que a estrela soviética, na verdade, também tinha cinco pontas passou despercebido durante esses dias agitados de regeneração. De todo modo, foi uma boa ideia ter essa estrela a desafiar simultaneamente judeus e bolcheviques — os mm eram bem-intencionados, ainda que seu simbolismo deixasse um pouco a desejar.

---

* Nome da famosa milícia que se opôs à dominação inglesa nos tempos da colônia. (N. T.)

Contudo, a coisa mais astuciosa acerca dos MM foi que não usavam camisa colorida, apenas branco simples quando desfilavam e um tom claro de cáqui quando servindo em um posto avançado, de modo que Buzz Windrip podia bradar, coisa que fazia com frequência, "Camisas pretas? Camisas marrons? Camisas vermelhas? Sim, e talvez camisas de vaca malhada! Todos esses degenerados uniformes europeus da tirania! Não, senhor! Os Minute Men não são fascistas nem comunistas nem coisa alguma, apenas simples democratas — os paladinos dos direitos dos Esquecidos — as tropas de choque da Liberdade!".

Doremus jantou comida chinesa, sua invariável autoindulgência quando estava em uma cidade grande sem Emma, que dizia que *chow mein* nada mais era que forro de embalagem com molho de carne e gosto de farinha. Ele se esqueceu um pouco dos olhares de soslaio dos MM; contemplou com satisfação sua dourada palha de madeira, as lanternas octogonais pintadas com delicados camponeses da China atravessando pontes arqueadas, um quarteto de clientes, dois homens e duas mulheres, que pareciam Inimigos Públicos e durante todo o jantar brigaram com contida malevolência.

Quando se encaminhou para o Madison Square Garden e o culminante comício de Windrip, foi tragado por um redemoinho. Toda uma nação parecia se dirigir queixosamente ao mesmo ponto. Não conseguiu um táxi, e, caminhando sob a tempestade melancólica por cerca de catorze quadras até o local, ele se deu conta do temperamento homicida da multidão.

A Oitava Avenida, flanqueada por comércio vagabundo, estava apinhada de uma gente insípida e desanimada que no entanto, nessa noite, sentia vertigem com o haxixe da esperança. As pessoas lotavam as calçadas, quase lotavam a rua, com carros irritadiços espremendo-se tediosamente entre elas e policiais raivosos sendo empurrados e girados para cá e para lá e, se tentassem mostrar alguma altivez, sendo objeto da troça de joviais balconistas.

Em meio ao rebuliço, perante os olhos de Doremus, apontou uma coluna célere de Minute Men, liderada pelo que mais tarde ele reconheceria como um cornetim dos MM. Não estavam de serviço, nem pareciam beligerantes; davam vivas e cantavam "Berzelius Windrip foi para Wash", lembrando Doremus a turma de alunos ligeiramente embriagados de uma faculdade pequena após uma vitória no futebol. Era dessa forma que se lembraria deles mais tarde, meses mais tarde, quando os inimigos dos MM em todo país derrisoriamente os chamavam de "Mickey Mouses" e "Minnies".

Um idoso esmeradamente esfarrapado os bloqueava, berrando, "Pro diabo com Buzz! Três vivas para FDR!".

Os MM explodiram como uma horda de facínoras iracundos. O cornetim no comando, um topetudo ainda mais repulsivo que Shad Ledue, acertou o velho no queixo, e o homem desabou de forma revoltante. Então, de lugar algum, encarando o cornetim, surgiu um suboficial da Marinha, grande, sorridente, destemido. O marujo bradou, numa voz afinada por furacões, "Que bando mais façanhudo de soldadinhos de chumbo! Nove dos seus pra um vovozinho! Muito justo ——".

O cornetim o esmurrou; ele derrubou o cornetim com um soco na barriga; na mesma hora, os outros oito MM caíram em cima do suboficial, como pardais sobre um falcão, e ele se espatifou no chão, o rosto subitamente branco como vitela, agaloado com regatos de sangue. Os oito o chutaram na cabeça com suas botas de marcha. Continuavam a chutá-lo quando Doremus se afastou entre a turba, enojado, sentindo-se absolutamente impotente.

Não fizera meia-volta com rapidez suficiente para evitar a visão de um MM de rosto feminino, lábios carmesins e olhos de corça se atirar sobre o cornetim caído e, choramingando, acariciar as maçãs de rosbife do brutamontes com seus tímidos dedos de pétalas de gardênia.

Houve muitas altercações, algumas trocas de sopapos e mais uma batalha antes que Doremus chegasse ao anfiteatro.

A um quarteirão dali, cerca de trinta MM, chefiados por um líder de batalhão — algo entre um capitão e um major —, foram dar uma batida em um encontro de comunistas na rua. Uma garota judia vestindo cáqui, a cabeça descoberta encharcada pela chuva, subira num carrinho de mão para suplicar, "Companheiros de viagem! Não fiquem aí apenas confabulando e se 'solidarizando'! Juntem-se a nós! Agora! É uma questão de vida ou morte!". A uns cinco metros dos comunistas, um homem de meia-idade que parecia um assistente social explicava o Partido Jeffersoniano, recordava o passado do presidente Roosevelt e insultava os vizinhos comunistas como sendo um bando verborrágico de antiamericanos excêntricos. Metade de seu público eram pessoas que podiam ser eleitores competentes; metade — como a metade de qualquer grupo nessa noite de trágica celebração — eram meninos em roupas doadas catando guimbas de cigarro.

Os trinta MM chocaram-se animadamente com os comunistas. O líder do batalhão ergueu o braço, esbofeteou a oradora e arrancou-a de cima do carrinho. Seus seguidores foram atacando ao acaso com punhos e porretes. Doremus, mais nauseado, sentindo-se mais impotente do que nunca, escutou o estalo de um porrete na têmpora de um raquítico intelectual judeu.

Espantosamente, então, a voz do líder jeffersoniano rival espiralou num grito: "Vamos lá, *vocês*! Não vão deixar esses cães atacarem nossos amigos comunistas — amigos *agora*, por Deus!". Com o que o dócil rato de sebo deu um pulo no ar, caiu bem em cima de um gordo Mickey Mouse, derrubou-o, tomou seu porrete, chutou sem pressa as canelas de outro MM antes de se erguer da escaramuça, saltar e investir contra os agressores como, imaginou Doremus, teria investido contra uma tabela de estatística sobre a proporção de gordura de manteiga no leite cru em 97,7% das lojas na Avenida B.

Até então, apenas meia dúzia de membros do Partido Comunista vinham enfrentando os MM, de costas contra uma parede de garagem. Cinquenta dos seus, além de cinquenta jeffersonianos, agora se juntavam a eles, e, com tijolos, guarda-chuvas e mortíferos tomos de sociologia escorraçaram os MM enfurecidos — partidários de Béla Kun lado a lado com os partidários do professor John Dewey — até que um batalhão de choque da polícia entrou distribuindo cacetadas para proteger os MM e prender a jovem comunista e o jeffersoniano.

Doremus muitas vezes "pautara" matérias esportivas sobre as "Madison Square Garden Prize Fights", mas sabia que o lugar nada tinha a ver com o Madison Square, de onde ficava a um dia de viagem de ônibus, que decididamente não era um jardim, que os pugilistas não lutavam por "prêmios", mas por cotas de sociedades fixas no negócio, e que muitos deles nem sequer lutavam.*

O edifício gigantesco, quando Doremus, exausto, arrastou-se para dentro, estava abarrotado de MM lado a lado, portando pesados bastões, e em todas as entradas, ao longo de cada corredor, faziam uma fila rígida, com seus oficiais galopando de um lado para o outro, sussurrando ordens e disseminando rumores inquietantes, como novilhos assustados em um banho de imersão no curral.

Nas últimas semanas mineiros famintos, fazendeiros desapossados, operários de moendas da Carolina haviam saudado o senador Windrip com um aceno de mãos extenuadas sob tochas de gasolina. Agora ele tinha de encarar não os desempregados, pois estes não podiam se dar ao luxo de gastar cinquenta centavos num ingresso, mas os pequenos e assustados comerciantes das travessas de Nova York, que se consideravam absolutamente superiores àqueles labregos e escavadores, embora estivessem tão desesperados quanto eles. A massa em expansão que Doremus viu, orgulhosos nas poltronas ou espremidos de pé nos corredores, sob o miasma das roupas úmidas, não era romântica; eram as pessoas que se preocupavam com o ferro a carvão, a travessa de salada de batata, a cartela de colchetes, a hipoteca sanguessuga sobre o taxista com carro próprio, as fraldas do bebê aguardando-o em casa, a gilete cega, o terrível aumento do contrafilé e do frango kosher. E alguns, e muito orgulhosos, funcionários públicos, carteiros, zeladores de prédios de apartamentos, curiosamente elegantes em ternos industrializados de dezessete dólares e gravatas de fular com a costura frouxa, que se gabavam, "Não sei por que todos esses vagabundos vivendo de assistência. Posso não ser nenhum grande entendido, mas vou dizer uma coisa, mesmo depois de 1929, nunca tirei menos do que *dois mil dólares por ano*!".

Camponeses de Manhattan. Pessoas bondosas, pessoas industriosas, generosas com seus idosos, ansiosas por encontrar qualquer cura desesperada para a doença de se preocupar em perder o emprego.

O material mais fácil para qualquer populista.

---

* *Prizefight*: luta de boxe profissional; Madison Square: antigo bairro de Nova York; *garden*: "jardim"; *prize*: "prêmio". (N. T.)

* * *

O comício histórico abriu num tédio extremo. Uma banda de regimento tocou a barcarola dos *Contos de Hoffmann* sem nenhuma significação aparente e sem grande vivacidade. O reverendo dr. Hendrik van Lollop da Igreja Luterana do Santo Apólogo propôs uma oração, mas dava para perceber que sua sugestão provavelmente não fora aceita. O senador Porkwood ofereceu uma dissertação sobre o senador Windrip que era composta em partes iguais da adoração apostólica de Buzz e dos uh-uh-uhs com que o il.$^{mo}$ sr. Porkwood sempre entremeava suas palavras.

E ainda nem sinal de Windrip.

O coronel Dewey Haik, nomeador de Buzz na convenção de Cleveland, estava consideravelmente melhor. Contou três piadas, e uma anedota sobre um fiel pombo-correio na Grande Guerra que parecia compreender, bem mais do que muitos soldados humanos, exatamente por que os americanos estavam ali combatendo pela França e contra a Alemanha. A ligação entre esse herói ornitológico e as virtudes do senador Windrip não parecia evidente, mas, após ter sido submetido ao senador Porkwood, o público apreciou o toque de bravura militar.

Doremus sentiu que o coronel Haik não estava meramente divagando, mas martelando alguma coisa precisa. Sua voz se tornou mais insistente. Começou a falar sobre Windrip: "meu amigo — o único que ousa desafiar o leão monetário — o homem que em seu coração grande e simples acolhe os sofrimentos do homem comum tal como fez outrora a ternura meditativa de Abraham Lincoln". Então, gesticulando efusivamente na direção de uma entrada lateral, gritou, "E aí vem ele! Meus amigos — Buzz Windrip!".

A banda desembestou a tocar "The Campbells Are Coming". Um esquadrão de Minute Men, garbosos como Horse Guards, portando longas lanças com flâmulas estreladas, entrou marchando na tigela gigante do auditório e, atrás deles, nervosamente torcendo um chapéu confederado de aba larga, curvado e cansado, veio mancando Berzelius Windrip. O público se levantou imediatamente, empurrando-se uns aos outros para dar uma espiada no orador, saudando-o como uma artilharia na alvorada.

Windrip começou bastante prosaicamente. A pessoa chegava a se compadecer do homem, tão desajeitado ao subir os degraus do palanque e atravessá-lo para o centro do tablado. Ele parou; arregalou olhos de coruja. Então grasnou monotonamente:

"Da primeira vez que estive em Nova York, não passava de um caipirão — não, não riam, talvez ainda seja! Mas já fui eleito senador dos Estados Unidos e, lá na minha terra, do jeito que faziam serenata pra mim, achei que tinha virado algum filho dileto. Achei que meu nome fosse tão familiar pro povo quanto o de Al Capone, cigarros Camel ou Castoria — os Bebês Gritam por Ele. Mas passei em Nova York a caminho de Washington e, olhem só, fiquei sentado no saguão do meu hotel durante três dias, e o único sujeito que veio falar comigo foi o detetive do hotel! E quando chegou mesmo pra mim e falou, foi a maior satisfação — pensei que ia me dizer que a cidade toda estava em festa por eu fazer a mercê de uma visita. Mas só o que ele queria saber era se eu era hóspede do hotel e se tinha o direito de ficar instalado na poltrona do saguão daquele jeito! E nessa noite, meus amigos, sinto quase tanto pavor da Velha Gotham quanto senti naquele dia!"

As risadas, as palmas foram bastante educadas, mas os orgulhosos eleitores ficaram decepcionados com seu falar arrastado, sua humildade cansada.

Doremus estremeceu com esperança. "Talvez nem venha a ser eleito!"

Windrip delineou sua já mais do que conhecida plataforma — Doremus ficou interessado apenas em observar que Windrip citou erroneamente seus próprios números relativos à limitação das fortunas, no Ponto Cinco.

Ele desfiou um rompante de ideias gerais — uma mixórdia de considerações polidas sobre Justiça, Liberdade, Igualdade, Ordem, Prosperidade, Patriotismo e uma quantidade de outras abstrações nobres, mas vagas.

Doremus pensou que o homem se entediava, até descobrir que, num dado momento que não notara, ele ficara absorto e empolgado.

Algo na intensidade com que Windrip encarava seu público, observava todo mundo, seu olhar vagarosamente indo das poltronas mais altas para os assentos mais próximos, convencia-os que falava individualmente a cada um, de forma direta e exclusiva; que queria segurar cada um junto ao coração; que estava lhes dizendo as verdades, os fatos imperiosos e perigosos que lhes haviam sido ocultados.

"Dizem que quero dinheiro — poder! Olhem só, recusei ofertas de firmas de direito aqui mesmo em Nova York para ganhar três vezes o que vou receber como presidente! E poder — ora, o presidente é um empregado de cada cidadão no país, e não só das pessoas de consideração, mas também de cada chato que aparece importunando por meio de telegrama, telefone e carta. E no entanto, é verdade, é absolutamente verdade que quero poder, um poder grande, desmedido, imperial — mas não para mim — não — para *vocês*! — o poder da sua permissão pra esmagar os financistas judeus que escravizaram vocês, que os fazem se matar de trabalhar para pagar os juros de suas obrigações; os banqueiros sequiosos — e nem todos judeus, longe disso! — os líderes trabalhistas safados, tanto quanto os chefes safados, e, mais do que todos, os espiões furtivos de Moscou que esperam que vocês lambam as botas dos tiranos autoproclamados que governam não pelo amor e pela lealdade, como pretendo fazer, mas pelo horrível poder do chicote, da cela escura, da pistola automática!"

Ele pintou a seguir um paraíso da democracia em que, com as velhas máquinas políticas destruídas, cada humilde trabalhador seria rei e soberano, representantes dominantes eleitos dentre sua própria espécie de gente, sem que tais representantes ficassem cada vez mais indiferentes, como sempre fora até então, pois que viviam longe, em Washington, mas alerta ao interesse público pela supervisão de um Executivo fortalecido.

Pareceu quase razoável, por um tempo.

Ator supremo, Buzz Windrip era apaixonado, mas nunca grotescamente descontrolado. Não gesticulava com demasiada extravagância; apenas, como Gene Debs nos velhos tempos, esticava um indicador ossudo que parecia espetar cada um e enganchar cada coração. Eram seus olhos furiosos, os grandes olhos arregalados e trágicos, que os sobressaltavam, e sua voz, ora trovejante, ora humildemente suplicante, que os acalmava.

Era com toda obviedade um líder honesto e misericordioso; um homem das dores, e familiarizado com o sofrimento.

Doremus ficou admirado, "Macacos me mordam! Ora, o sujeito é danado de bom quando você chega a conhecê-lo! E simpático. Faz com que me sinta como se estivesse passando uma noitezinha agradável com Buck e Steve Perefixe. E se Buzz estiver com a razão? E se — a despeito de toda a demagogice oca que, suponho, precisa despejar sobre os otários — tiver razão ao alegar que somente ele, e não Trowbridge ou Roosevelt, é capaz de acabar com o latifúndio improdutivo? E esses Minute Men, seus seguidores — ah, foi bem torpe o que vi na rua, mas, mesmo assim, a maioria deles é muito educada, uns rapazes de boa estampa. Ver Buzz e depois escutar o que ele tem a dizer de verdade causa uma certa surpresa — meio que faz o sujeito pensar!".

Mas do que o sr. Windrip *dissera* de verdade, Doremus não conseguia se lembrar uma hora mais tarde, após ter saído do transe.

Ficou tão convencido de que Windrip venceria que, na noite de terça, não esperou no *Informer* pela chegada dos resultados. Mas de um modo ou de outro as eleições chegaram a ele.

Passando por sua casa, após a meia-noite, na neve enlameada marchou um desfile triunfante e razoavelmente embriagado, carregando tochas e berrando à melodia de "Yankee Doodle" uma nova letra que a sra. Adelaide Tarr Gimmitch compusera naquela semana:

*As serpentes desleais ao nosso Buzz*
*Estamos expulsando num varão,*
*Vão desejar nunca terem sido,*
*Quando as pusermos na cadeia!*

*Refrão:*

*Sacode e sacode e não deixa cair*
*Ele nada de braçada para a vitória.*
*Você é o totó mais ingrato,*
*Se não votou em Buzz.*

*Todo MM ganha um chicote*
*Para usar em algum traidor,*
*E deixamos pra lá todo Antibuzz*
*Por ora, a gente cuida disso mais tarde.*

"Antibuzz", palavra creditada à sra. Gimmitch, mas mais provavelmente inventada pelo dr. Hector Macgoblin, seria extensamente usada pelas patrióticas senhoras como um termo expressando deslealdade tão criminosa contra o Estado que caberia até ao pelotão de fuzilamento. No entanto, assim como aquela esplêndida síntese da sra. Gimmitch, "Unkies", para os soldados das Forças Expedicionárias Americanas, nunca pegou de fato.

Entre os manifestantes embrulhados em roupas de inverno, Doremus e Sissy acreditaram conseguir divisar Shad Ledue, Aras Dilley, aquele prolífico ocupante de terras em Mount Terror, Charley Betts, o comerciante de mobília, e Tony Mogliani, o vendedor de frutas, o mais ardente divulgador do fascismo italiano no centro de Vermont.

E, embora não pudesse ter certeza na penumbra além das tochas, Doremus ficou deveras inclinado a pensar que o grande automóvel seguindo a procissão era o de seu vizinho, Francis Tasbrough.

Na manhã seguinte, no *Informer*, Doremus veio a saber que os nórdicos triunfantes não causaram tanto estrago assim — haviam meramente derrubado duas latrinas, despedaçado e queimado o letreiro da alfaiataria de Louis Rotenstern e de algum modo espancado cruelmente Clifford Little, o joalheiro, um rapazote frágil de cabelos cacheados que Shad Ledue desprezava porque organizava peças de teatro amador e tocava órgão na igreja do sr. Falck.

Nessa noite Doremus encontrou, na varanda da frente, um bilhete em giz vermelho sobre papel pardo de açougue:

*Você vai ver com quantos paus se faz uma canoa Dorezinha querida se não cair de bruço no chão e rastejar pro MM, pra Liga, pro Chefe e pra mim*
*Um amigo*

Foi a primeira vez que Doremus ouviu falar no "Chefe", uma sonora variação americana do "Líder" ou do "Governante" como um título popular para o sr. Windrip. Não tardaria para se tornar oficial.

Doremus queimou a advertência vermelha sem contar para a família. Mas acordou várias vezes com a lembrança, não achando muita graça.

# 13

E quando estiver preparado para me aposentar, vou construir para mim um bangalô moderno em algum lugar agradável, não em Como nem em qualquer outra das proverbiais ilhas gregas, podem ter certeza, mas num lugar como Flórida, Califórnia, Santa Fé etc., e me devotar apenas à leitura dos clássicos, como Longfellow, James Whitcomb Riley, Lord Macaulay, Henry van Dyke, Elbert Hubbard, Platão, Hiawatha etc. Alguns amigos meus dão risada de mim por isso, mas sempre cultivei um gosto pelo que há de melhor na literatura. Herdei da minha mãe, assim como tudo mais que algumas pessoas tiveram a bondade de admirar em mim.

*Hora Zero*, Berzelius Windrip

Por mais que Doremus tivesse certeza da eleição de Windrip, a ocasião foi como o longamente temido falecimento de um amigo.

"Muito bem. Pro diabo com este país, se é assim. Todos estes anos tenho trabalhado — e nunca quis participar desses comitês, diretorias e feiras de doações para a caridade! — e que grande tolice *tudo isso* não parece agora! O que sempre quis fazer foi me escafeder para uma torre de marfim — ou, em todo caso, imitação de marfim, em celuloide — e ler tudo que estava ocupado demais pra ler."

Esse foi Doremus, no fim de novembro.

E de fato tentou, e por alguns dias aproveitou, evitando todo mundo salvo sua família e também Lorinda, Buck Titus e o padre Perefixe. Na maior parte, porém, descobriu que não apreciava os "clássicos" que não lera até então, mas sim os que eram familiares a sua juventude: *Ivanhoe, Huckleberry Finn, Sonho de uma noite de verão, A tempestade, L'Allegro, The Way of All Flesh* (não muito juvenil aí), *Moby Dick, The Earthly Paradise, St. Agnes' Eve, The Idylls of the King*, a maior parte de Swinburne, *Orgulho e preconceito, Religio Medici, Vanity Fair*.

Provavelmente não era tão diferente assim do presidente eleito Windrip em sua reverência um tanto acrítica em relação a qualquer livro de que ouvira falar antes dos trinta... Nenhum americano cujos pais viveram no país por mais de duas gerações é completamente diferente de qualquer outro americano.

Numa coisa o escapismo literário de Doremus faltou-lhe inteiramente. Ele tentou reaprender latim, mas agora não conseguia, sem as palavras elogiosas de um professor, acreditar que "Mensa, mensae, mensae, mensam, mensa" — toda essa idiótica UMA mesa, de uma mesa, para uma mesa, à na junto ou sobre a mesa — era capaz de cativá-lo outra vez como fizera outrora a doçura melíflua de Virgílio e da chácara Sabina.

Então ele se deu conta de que sua busca lhe faltara em tudo.

A leitura foi bastante boa, prazerosa, gratificante, excetuando que se sentiu culpado por ter escapulido para uma Torre de Marfim. Por muitos anos fizera do dever social um hábito. Queria estar "por dentro" das coisas e a cada dia ficava mais irritado, e a cada dia ficava mais irritável conforme Windrip começava, mesmo antes de sua posse, a impor seus ditames ao país.

O partido de Buzz, com as deserções para os jeffersonianos, tinha menos do que a maioria no Congresso. De Washington chegou a Doremus a "informação privilegiada" de que Windrip estava tentando comprar, bajular e chantagear congressistas da oposição. Um presidente eleito, mesmo ainda sem assumir o cargo, possui poder não consagrado, se assim o desejar, e Windrip — sem dúvida com promessas de favores excepcionais no que tangia à distribuição de cargos — conquistou alguns. Cinco congressistas jeffersonianos tiveram sua eleição questionada. Um desapareceu de forma surpreendente, e, fumegando na esteira de seu galope, subiram os vapores diabólicos dos desvios de dinheiro. A cada novo triunfo de Windrip, todos os bem-intencionados e enclausurados Doremus do país ficavam mais ansiosos.

Durante toda a "Depressão", de 1929 em diante, Doremus sentira a insegurança, a confusão, a sensação de futilidade em tentar fazer qualquer coisa mais estável do que se barbear ou tomar café da manhã, e isso era geral no país. Ele não podia mais fazer planos, para si ou seus dependentes, como os cidadãos deste país outrora não colonizado haviam feito desde 1620.

Ora, suas vidas inteiras haviam se baseado no privilégio de planejar. As depressões haviam sido apenas tempestades cíclicas, que sem dúvida terminariam em alegres dias de sol; o Capitalismo e o governo parlamentar eram eternos, e sendo eternamente aperfeiçoados pelos votos honestos dos Bons Cidadãos.

O avô de Doremus, Calvin, veterano da Guerra Civil e mal remunerado e iliberal ministro congregacional, ainda planejara, "Meu filho, Loren, terá uma educação teológica, e acho que poderemos construir uma bela casa nova em quinze ou vinte anos". Isso lhe dera um motivo para trabalhar, e um objetivo.

Seu pai, Loren, jurara, "Mesmo se eu tivesse de economizar um pouco nos livros, e talvez abrir mão dessa extravagância de comer carne quatro vezes por semana — muito ruim para a digestão, aliás —, meu filho Doremus receberá ensino superior, e quando se tornar periodista, como deseja, acho que talvez eu seja capaz de ajudá-lo por um ou dois anos. E então espero — ah, em meros cinco ou seis anos mais — comprar aquele Dickens completo com todas as ilustrações — ah, uma extravagância, mas uma coisa que vai ficar para meus netos apreciarem pelo resto da vida!".

Mas Doremus Jessup não podia planejar, "Mandarei Sissy para o Smith antes que ela estude arquitetura", ou "Se Julian Falck e Sissy se casarem e ficarem aqui em Fort, darei a eles o terreno sudoeste, e um dia, talvez daqui a quinze anos, o lugar todo estará cheio de belas crianças outra vez!". Não, Daqui a quinze anos, suspirou Sissy pode estar preparando picadinho com batata para o tipo de trabalhadores que chamavam "picadinho com batata" de a especialidade do garçom; e Julian pode estar em um campo de concentração — fascista *ou* comunista!

A tradição de Horatio Alger, de esfarrapados chegando a Rockefellers, desaparecera da América onde um dia prevalecera.

Parecia uma ligeira tolice alimentar esperança, tentar predizer acontecimentos, abrir mão do sono em um bom colchão para se esfalfar debruçado numa máquina de datilografia, e quanto a economizar dinheiro — idiotice!

E para um editor de jornal — que deve saber, no mínimo tão bem quanto a Enciclopédia, tudo sobre história, geografia, economia, política, literatura, métodos de jogar futebol, localmente e no exterior — era exasperante parecer impossível agora saber alguma coisa com certeza.

"Ele não faz ideia do que se trata tudo isso" passara, no período de um ou dois anos, de zombaria coloquial para uma sensata afirmação geral relativa a quase qualquer economista. Outrora, bastante modestamente, Doremus presumira ter um conhecimento decente de finanças, tributação, padrão-ouro, exportações agrícolas, e em qualquer situação costumava pontificar com um sorriso que o Capitalismo Liberal iria pastorear a nação rumo ao Socialismo Estatal, com o controle governamental de minas, ferrovias e energia hidráulica corrigindo de tal forma todas as desigualdades de renda que qualquer leão de um trabalhador de estruturas de aço de bom grado ficaria junto a qualquer cordeiro de um empreiteiro, e todas as cadeias e sanatórios de tuberculose ficariam esvaziados.

Agora ele sabia que nada sabia de fundamental e, como um monge solitário afligido por uma condenação pecaminosa, pranteou, "Se pelo menos eu soubesse mais!... Sim, e se ao menos conseguisse me lembrar das estatísticas!".

As idas e vindas dos programas governamentais de recuperação, NRA, FERA, PWA, e todo o resto haviam convencido Doremus de que havia quatro grupos de pessoas que não compreendiam com clareza absolutamente nada sobre como o governo devia ser conduzido: todas as autoridades em Washington; todos os cidadãos que falavam ou escreviam profusamente sobre política; os desnorteados párias que não abriam a boca; e Doremus Jessup.

"Mas", disse ele, "agora, depois da posse de Buzz, tudo vai ficar absolutamente simples e compreensível outra vez — o país vai ser dirigido como as posses pessoais dele!"

* * *

Julian Falck, agora um segundanista em Amherst, voltara para as festividades do Natal, e apareceu no *Informer* pedindo a Doremus que lhe desse uma carona para casa antes do jantar. Ele chamou Doremus de "senhor" e não pareceu achar que ele fosse um fóssil cômico. Doremus gostou disso.

No caminho, pararam para abastecer no posto de John Pollikop, o ebuliente social-democrata, e foram atendidos por Karl Pascal — antigo operador do burrinho a vapor na pedreira de Tasbrough, antigo líder grevista, antigo prisioneiro político na cadeia do condado sob a fraca acusação de incitação ao tumulto e, desde então, um modelo de devoção comunista.

Pascal era um sujeito magro, mas forte; seu rosto emaciado e bem-humorado de bom mecânico era tão encardido de graxa que a pele acima e abaixo dos olhos parecia branca como barriga de peixe, e, por sua vez, essa borda pálida fazia seus olhos, olhos escuros e alertas de ciganos, parecerem ainda maiores... Uma pantera acorrentada a um carrinho de carvão.

"Bem, o que vai fazer depois dessa eleição?", disse Doremus. "Ah! Essa é uma pergunta estúpida! Acho que nenhum de nós, implicantes crônicos, pretende falar muito sobre o que planejamos fazer após janeiro, quando Buzz puser as mãos na gente. Ficar na surdina, hein?"

"Vou ficar na surdina mais surda da minha vida toda. Pode apostar! Mas quem sabe apareçam algumas células comunistas por aqui, quando o fascismo começar a espezinhar as pessoas. Nunca fiz muito sucesso com a minha propaganda antes, mas agora, fique só vendo!", exultou Pascal.

"Você não parece tão deprimido assim com a eleição", admirou-se Doremus, ao que Julian interpôs, "Não mesmo — parece bem animado com isso!".

"Deprimido! Ora, meu bom Deus, sr. Jessup, achava que fosse mais tarimbado em suas táticas revolucionárias, a julgar pelo modo como nos deu seu apoio na greve da pedreira — mesmo o senhor *sendo* o tipo perfeito do pequeno-burguês capitalista! Deprimido? Ora, não percebe que se os comunistas tivessem pagado por isso não teriam conseguido nada mais elegante para nossos propósitos do que a eleição de um pró-plutocrata, um ditador militarista cobiçoso como Buzz Windrip! Olhe! Ele vai deixar todo mundo um bocado insatisfeito. Mas com as mãos nuas as pessoas não podem fazer nada contra as tropas armadas. Então ele vai fazer o maior escarcéu a favor de uma guerra e assim milhões de pessoas terão armas e rações alimentícias em suas mãos — todos prontos para a revolução! Três vivas para Buzz e John Prang, o Batista!"

"Karl, é engraçado isso vindo de você. Eu realmente acredito que você acredita no comunismo!", admirou-se o jovem Julian. "Não é?"

"Por que não vai e pergunta para seu amigo, o padre Perefixe, se ele acredita na Virgem?"

"Mas você parece gostar da América, e não parece tão fanático. Lembro que quando eu era um menino de uns dez anos e você — imagino que tivesse uns vinte e cinco, vinte e seis, na época — você costumava esquiar com a gente e fazer a maior algazarra, e fez um bastão de esqui pra mim."

"Claro que eu gosto da América. Vim pra cá quando tinha dois anos — eu nasci na Alemanha — mas meus pais não eram *heinies* alemães — meu pai era francês e minha mãe, uma *hunkie* da Sérvia. (Isso deve fazer de mim cem por cento americano, pode apostar!) Acho que temos a Velha Terra no sangue, de muitas maneiras. Vamos e venhamos, Julian, por lá eu teria de tratá-lo por 'Mein Herr' ou 'Vossa Excelência' ou qualquer coisa estúpida, e você viraria para mim, 'Diga lá, Pascal!' e o sr. Jessup aqui, meu Deus, com ele seria 'Commendatore' ou 'Herr Doktor'! Não, eu gosto daqui. Há indícios de uma futura democracia possível. Mas — mas — o que me irrita — não é aquela lenga-lenga de orador de caixote sobre como um por cento da população na parte de cima tem uma renda agregada equivalente a quarenta e dois por cento na de baixo. Números assim são astronômicos demais. Não significam coisa alguma para o sujeito com os olhos — e o nariz — enfiados numa caixa de transmissão — um sujeito que só vê as estrelas depois das nove da noite, quarta sim, quarta não. Mas o que me irrita é o fato de que mesmo antes dessa Depressão, no que vocês por aqui chamavam de tempos prósperos, sete por cento de todas as famílias do país ganhavam quinhentos dólares por ano ou menos — lembrem-se, esses não eram os desempregados vivendo da assistência do governo, eram os que tinham a honra de ainda fazer um trabalho honesto.

"Quinhentos dólares por ano são dez dólares por semana — e isso significa um quartinho imundo para uma família de quatro! Significa cinco dólares por semana para a comida deles todos — dezoito centavos diários por pessoa para a comida! — até as piores prisões concedem mais que isso. E a magnífica sobra de dois dólares e meio por semana, isso significa nove centavos diários por pessoa para roupas, seguro, transporte, contas médicas, dentista e, pelo amor de Deus, lazer — lazer! —, e o total dos nove centavos restantes por dia podem esbanjar em seus Fords, autogiros e, quando estão esfalfados, atravessar o laguinho a bordo do *Normandie*! Sete por cento de todas as afortunadas famílias americanas em que o velho *tem* emprego!"

Julian ficou em silêncio; então murmurou, "Sabe — o pessoal fala sobre economia na faculdade — em teoria, solidariamente —, mas ver seus próprios filhos vivendo com dezoito centavos por dia para a gororoba — aposto que isso deixa o sujeito bem extremista!".

Doremus se enervou, "Mas qual porcentagem de prisioneiros em seus campos de trabalhos forçados de madeira e minas na Sibéria está ganhando mais do que isso?".

"Aaah! Isso é tudo conversa mole! Essa é a velha objeção padrão para todo comunista — como antes, vinte anos atrás, os mentecaptos ficavam achando que tinham acabado com os socialistas quando caçoavam, 'Se todo o dinheiro fosse distribuído, em cinco anos os trapaceiros teriam tudo para si outra vez'. Provavelmente tem um *coup de grace* padrão como esse lá na Rússia para acabar com quem defende a América. E digo mais!" Karl Pascal brilhava de fervor nacionalista. "Nós, americanos, não temos nada daqueles estúpidos camponeses russki! Vamos nos sair bem melhor quando *nós* tivermos comunismo!"

E nisso, seu empregador, o expansivo John Pollikop, esse felpudo terrier escocês, voltou ao posto de gasolina. John era um excelente amigo de Doremus; fora, com efeito, seu fornecedor durante toda a Lei Seca, contrabandeando pessoalmente uísque do Canadá. Fora renomado, mesmo nessa profissão singularmente escrupulosa, como um de seus praticantes mais confiáveis. Agora ele vicejava na dialética centro-europeia:

"Tardes, seu Jessup, tardes, Julian! Karl já encheu seu tanque? Precisa ficar de olho no sujeito — ele é bem capaz de sonegar um galão de vocês. É um desses cachorros loucos dos comunas — acreditam na Violência, não na Evolução e na Legalidade. Esses — vamos e venhamos, se não tivessem sido tão pilantras, se tivessem se juntado comigo e Norman Thomas e os outros socialistas *inteligentes* numa Frente Unida com Roosevelt e os jeffersonianos, vamos e venhamos, a gente tinha dado uma sova no Buzzard Windrip! Windrip e seus planos!".

("Buzzard" Windrip. Essa foi boa, refletiu Doremus. Ele podia usar no *Informer*!)*

Pascal protestou, "Não que os planos e as ambições pessoais do Buzzard tenham muita coisa a ver com isso. É fácil demais explicar tudo simplesmente pondo a culpa em Windrip. Por que não *lê* seu Marx, John, em vez de viver enchendo a boca pra falar sobre ele? Windrip é só um troço ruim que foi vomitado. Tem mais uma porção de outros fermentando na barriga — economistas picaretas com todo tipo de ptomaína econômica! Não, Buzz não é importante — é da doença que fez a gente devolver o homem que a gente precisa cuidar — a doença de mais de trinta por cento permanentemente desempregados, e a contagem continua. Precisamos curar isso!".

"Vocês, tovarishes malucos, conseguem curar?", retrucou Pollikop, e "Você acha que o comunismo vai curar?", questionou ceticamente Doremus, e, mais educadamente, "Acredita mesmo que Karl Marx estava por dentro das coisas?", preocupou-se Julian, todos os três ao mesmo tempo.

"Pode apostar sua vida que sim!", disse Pascal, com orgulho.

Quando Doremus se afastava, olhou pelo retrovisor e viu Pascal e Pollikop tirando um pneu furado juntos, discutindo asperamente, muito satisfeitos.

O escritório de Doremus no sótão fora para ele um refúgio das ternas solicitudes de Emma, da sra. Candy e de suas filhas, e de todos

---

* *Buzzard*: um tipo de abutre. (N. T.)

os estranhos impulsivos que vinham apertar sua mão querendo que o editor local desse início a suas campanhas para a venda de seguro de vida ou carburadores que ajudavam a economizar combustível, para o Exército da Salvação ou a Cruz Vermelha ou o Lar dos Órfãos ou a Cruzada Anticâncer, ou para revistas diversas que possibilitariam a jovens que a todo custo deviam ser mantidos longe da faculdade suportar a faculdade.

Era um refúgio agora das solicitudes consideravelmente menos ternas dos partidários do presidente eleito. Sob o pretexto de trabalhar, Doremus passou a se esconder ali após a noitinha; e ficava sentado não em uma poltrona confortável, mas rigidamente atrás da sua mesa, rabiscando cruzes, estrelas de cinco pontas, estrelas de seis pontas e elaborados sinais de excluir em folhas amarelas de datilografia, enquanto meditava gravemente.

De modo que, nessa noite, após as demandas de Karl Pascal e John Pollikop:

"'A Revolta contra a Civilização!'

"Mas eis a pior atribulação de todo esse amaldiçoado negócio de análise. Quando me ponho a defender a Democracia contra o Comunismo e o Fascismo e sei lá mais o quê, soo exatamente como os Lothrop Stoddards da vida — ora, chego a soar até como um editorial de Hearst sobre como uma faculdade qualquer teve de chutar um docente Vermelho Perigoso a fim de preservar nossa Democracia para os ideais de Jefferson e Washington! Porém, de algum modo, entoando as mesmas palavras, sou da ideia de que minha música é completamente diferente da de Hearst. Eu *não* acho que nos saímos muito bem com toda a terra arável, as florestas, os minerais e a rija linhagem humana de que dispomos. O que me deixa doente acerca de Hearst e do DAR é que, se *eles* são contra o Comunismo, eu tenho de ser a favor, e não quero ser!

"Desperdício de recursos, então estão quase exauridos — esse tem sido o quinhão americano na revolta contra a Civilização.

"*Podemos* regressar à Idade das Trevas! A crosta de erudição, boas maneiras e tolerância é tão fina! Não seriam necessários mais que alguns milhares de granadas e bombas de gás para varrer todos os jovens impetuosos, todas as bibliotecas, arquivos históricos e escritórios de patentes, todos os laboratórios e galerias de arte, todos os castelos e os templos de Péricles e as catedrais góticas, todas as cooperativas e as fábricas de automóveis — todo tesouro de conhecimento. Nenhum motivo inerente para que os netos de Sissy — se é que os netos de alguém sobreviverão — não estejam habitando cavernas e jogando pedras em pumas.

"E qual é a solução para impedir essa derrocada? Há muitas! Os comunistas possuem uma Solução patenteada que sabem que vai funcionar. Assim como os fascistas, e os rígidos constitucionalistas americanos — que *chamam* a si próprios de defensores da Democracia, sem a menor ideia do que a palavra deveria significar; e os monarquistas — que têm certeza de que se ao menos pudéssemos ressuscitar o kaiser, o tsar e o rei Alfonso, todo mundo seria leal e feliz outra vez, e os bancos iriam simplesmente impingir crédito sobre o pequeno empresário a dois por cento. E todos os pregadores — estes dizem que são os únicos a possuir uma Solução inspirada.

"Bem, senhores, escutei todas as suas Soluções, e agora informo que eu, e somente eu, com exceção talvez de Walt Trowbridge e do fantasma de Pareto, temos a perfeita, a inevitável, a única Solução, qual seja: Não existe Solução! Nunca haverá um estado de sociedade sequer próximo de perfeito!

"Nunca haverá um tempo sem uma grande proporção de pessoas que se sintam pobres por mais que tenham, e que invejem o próximo que sabe vestir roupas baratas de forma vistosa, e que invejem o próximo que é capaz de dançar, fazer amor ou digerir melhor."

Doremus suspeitava que, com um estado mais científico, seria impossível que as jazidas de ferro sempre fossem encontradas exatamente na taxa decidida dois anos antes pela National Technocratic Minerals Commission, por mais elevados, fraternais e utópicos que fossem os princípios dos comissários.

Sua Solução, observou Doremus, era a única que não se encolhia ao pensamento de que dali a mil anos os seres humanos provavelmente continuariam a morrer de câncer, terremotos e infortúnios grotescos como escorregar na banheira. Presumia que a humanidade continuaria a sofrer o ônus de vista cada vez mais fraca, pés que cansam, narizes que coçam, intestinos vulneráveis a bacilos e órgãos reprodutores que são inquietos até a idade da virtude e da senilidade. Parecia-lhe provável, idealismos à parte, que a despeito de toda a "mobília contemporânea" dos anos 1930, a maioria das pessoas continuaria, ao menos por algumas centenas de anos, a sentar em cadeiras, comer em pratos servidos em mesas, ler livros — independentemente de quantos atraentes substitutos fonográficos pudessem ser inventados —, a usar sapatos ou chinelos, dormir em camas, escrever com esse ou aquele tipo de caneta e, em geral, passar vinte ou vinte e duas horas por dia em grande parte como haviam passado em 1930, em 1630. Desconfiava de que tornados, inundações, secas, raios e mosquitos continuariam existindo, junto com a tendência homicida conhecida pelo mais pacato cidadão quando sua bem-amada sai dançando com outro homem.

E, ainda mais fatal e abismal, sua Solução supunha que homens de astúcia superior, de esperteza mais ardilosa, fossem chamados de Camaradas, Confrades, Comissários, Reis, Patriotas, Pequenos Irmãos dos Pobres ou qualquer outro nome auspicioso, continuariam a exercer mais influência do que homens intelectualmente menos dotados, ainda que dignos.

Todas as conflitantes Soluções — exceto a sua, riu Doremus — eram ferozmente propagadas pelos Fanáticos, os "Desequilibrados".

Lembrava-se de um artigo em que Neil Carothers afirmava que os "populistas" da América em meados dos anos 1930 provinham de uma longa e desonrosa linhagem de profetas que acreditavam ter recebido um chamado para sublevar as massas a fim de salvar o mundo, e salvá-lo ao modo próprio dos profetas, e fazê-lo de imediato, e com a maior violência: Pedro, o Eremita, o monge esfarrapado, louco e malcheiroso que, a fim de resgatar o túmulo (não identificado) do Salvador de vagas "afrontas pagãs", liderou nas Cruzadas centenas de milhares de camponeses europeus, para morrer de fome após queimar, estuprar e trucidar camponeses, seus iguais, em vilarejos estrangeiros por todo o caminho.

Houve John Ball, que "em 1381 era um defensor da distribuição da riqueza; ele pregava a igualdade de riqueza, a abolição das distinções de classe e o que hoje seria chamado de comunismo", e cujo seguidor, Wat Tyler, saqueou Londres, com o gratificante resultado final de que subsequentemente a classe trabalhadora foi oprimida mais do que nunca pelo assustado governo. E quase trezentos anos mais tarde, os métodos de Cromwell para explicar o doce fascínio da Pureza e da Liberdade foram fuzilar, retalhar, espancar, esfomear e queimar pessoas, e depois dele os trabalhadores pagaram pela sanha de justiça sanguinária com sangue.

Ruminando a respeito, pescando no lodaçal turvo da memória que a maioria dos americanos têm no lugar de uma clara lagoa da história, Doremus pôde acrescentar outros nomes de populistas bem-intencionados:

Marat, Danton e Robespierre, que ajudaram a mudar o controle da França dos embolorados aristocratas para os enfadonhos comerciantes na penúria. Lênin e Trótski, que deram aos camponeses russos analfabetos os privilégios de bater cartão e de ser tão instruídos, alegres e dignos quanto a mão de obra fabril de Detroit; e o homem de Lênin, Borodin, que estendeu seu obséquio à China. E aquele William Randolph Hearst que em 1898 foi o Lênin de Cuba e transferiu o domínio da ilha dourada das mãos dos cruéis espanhóis para os pacíficos, desarmados e fraternais políticos cubanos de hoje.

O Moisés americano, Dowie, e sua teocracia em Zion City, Illinois, onde os únicos resultados da liderança divina direta — tal como dirigida e encorajada pelo sr. Dowie e seu sucessor ainda mais entusiasmado, o sr. Voliva — foram os sacrossantos residentes verem-se privados de comer ostras, fumar cigarros e praguejar, e morrerem sem a ajuda de médicos em lugar de tê-la, e o trecho de pavimentação através de Zion sempre quebrando a suspensão dos carros dos cidadãos de Evanston, Wilmette, e Winnetka, coisa que pode ou não ter sido uma desejável Boa Ação.

Cecil Rhodes, sua visão de tornar a África do Sul um paraíso britânico, e o fato de torná-la um cemitério de soldados britânicos.

Todas as Utopias — a fazenda Brook, o santuário do palavrório de Robert Owen, Upton Sinclair e sua Helicon Hall — e a regulação delas terminam em escândalo, rixas, pobreza, imundície, desilusão.

Todos os líderes da Lei Seca, tão certos de que sua causa iria regenerar o mundo que por ela ficaram dispostos a fuzilar os transgressores.

Parecia a Doremus que o único populista a construir algo permanente fora Brigham Young, com seus capitães mórmons barbudos, que não só transformaram o deserto de Utah em um Éden como também fizeram isso valer a pena e continuaram a usufruí-lo.

Refletiu Doremus: Abençoados aqueles que não são Patriotas nem Idealistas, e que não acham que devem chegar com tudo e "fazer algo a respeito", algo tão imediatamente importante que todos os céticos devem ser liquidados — torturados — trucidados! O bom e velho homicídio, que desde o assassinato de Abel por Caim sempre foi o novo instrumento pelo qual todas as oligarquias e ditadores, por todas as eras por vir, removeram a oposição!

Nesse acre humor, Doremus duvidava da eficiência de todas as revoluções; ousou até duvidar um pouco de nossas duas revoluções americanas — contra a Inglaterra em 1776 e a Guerra Civil.

Para um editor da Nova Inglaterra contemplar até mesmo a mais ligeira crítica dessas guerras era como se um pregador sulista, batista e fundamentalista questionasse a Imortalidade, a Inspiração Divina da Bíblia e o valor ético de exclamar Aleluia. E contudo, questionou Doremus nervosamente, teria sido mesmo necessário passar quatro anos de uma Guerra Civil inconcebivelmente mortífera, seguida de vinte anos de opressão comercial do Sul, a fim de preservar a União, libertar os escravos e estabelecer a igualdade da Indústria com a Agricultura? Será que havia sido justo com os negros lançá-los tão subitamente, e com tão pouco preparo, na plena cidadania, de modo que os estados sulistas, no que consideravam autodefesa, os excluíssem das eleições, os linchassem, os chicoteassem? Não poderiam, como Lincoln desejou e planejou no começo, ter sido libertados sem o voto, depois recebido educação de forma gradual e competente, sob a proteção federal, de modo que em 1890 pudessem, sem grande animosidade, ter sido capazes de ingressar plenamente em todas as atividades do país?

Uma geração e meia (meditou Doremus) dos mais tenazes e corajosos mortos ou mutilados na Guerra Civil ou, talvez o pior de tudo, tornando-se prolixos heróis profissionais e satélites dos políticos que, em troca de seu sólido voto, reservaram todos os cargos indolentes para o comitê de veteranos da Guerra Civil. Os mais valorosos, esses foram os que mais sofreram, pois enquanto os John D. Rockefellers da vida, os J. P. Morgans, os Vanderbilts, Astors, Goulds, bem como todos seus ladinos camaradas financistas do Sul, não se alistaram, mas permaneceram no quente e seco escritório de contabilidade, atraindo a fortuna do país para suas teias, Jeb Stuart, Stonewall Jackson, Nathaniel Lyon, Pat Cleburne e o bravo James B. McPherson foram mortos... e com eles Abraham Lincoln.

Assim, com o esvaecimento das centenas de milhares que deveriam ter sido os progenitores das novas gerações americanas, pudemos mostrar ao mundo (que de 1780 a 1860 tanto admirara homens como Franklin, Jefferson, Washington, Hamilton, os Adams, Webster) unicamente tais sobras da destruição como McKinley, Benjamin Harrison, William Jennings Bryan, Harding... e o senador Berzelius Windrip e seus rivais.

A escravidão fora um câncer, e naquela época nenhum outro remédio era conhecido salvo a sangria. Não havia os raios X da sabedoria e da tolerância. E, contudo, sentimentalizar esse talho, justificá-lo e nele se regozijar eram pura maldade, uma superstição nacional que mais tarde levaria a outras Guerras Inevitáveis — guerras para libertar os cubanos, para libertar filipinos que não queriam nossa marca da liberdade em seu couro, para Terminar Todas as Guerras.

Que nunca mais, pensou Doremus, pulsemos aos clarins da Guerra Civil, nem achemos divertida a bravura dos impetuosos jovens ianques de Sherman em incendiar as casas de mulheres solitárias, tampouco mostremos particular admiração pela calma do general Lee ao observar milhares se contorcendo na lama.

Ele até se perguntou se, necessariamente, fora uma coisa tão desejável assim as Treze Colônias terem se separado da Grã-Bretanha. Tivessem os Estados Unidos permanecido no Império britânico, possivelmente teriam evoluído para uma confederação capaz de impor a Paz Mundial, em vez de apenas falar a respeito. Rapazes e moças dos ranchos do Oeste, das fazendas do Sul e dos bosques de bordo do Norte podiam ter acrescentado Oxford, a Catedral de York e os vilarejos de Devonshire a seus próprios domínios. Ingleses, e até inglesas virtuosas, talvez tivessem aprendido que mesmo gente sem sotaque de uma residência paroquial em Kentish ou de uma aldeia têxtil de Yorkshire podia em mais de uma maneira ser letrada; e que uma quantidade espantosa de pessoas no mundo todo é incapaz de ser persuadida de que seu principal objetivo na vida deve ser aumentar as exportações britânicas em prol das ações das Classes Superiores.

Costuma-se afirmar, lembrou Doremus, que sem a completa independência política os Estados Unidos não poderiam ter desenvolvido suas virtudes peculiares. Porém não lhe parecia óbvio que a América fosse mais singular que o Canadá ou a Austrália; que Pittsburgh e Kansas City fossem preferíveis a Montreal e Melbourne, Sydney e Vancouver.

Não se devia permitir que nenhum questionamento da eventual sabedoria dos "radicais" que haviam sido os primeiros a defender essas duas revoluções americanas, Doremus admoestou a si mesmo, proporcionasse algum conforto a este eterno inimigo: os reacionários manipuladores de privilégio que condenam como "agitador perigoso" todo homem que ameace suas fortunas; que pulam em suas poltronas com a picada de um mosquito como Debs e mansamente engolem um camelo como Windrip.*

Entre os populistas — detectáveis sobretudo por seu desejo de poder pessoal e notoriedade — e os abnegados combatentes contra a tirania, entre William Walker ou Danton, e John Howard ou William Lloyd Garrison, Doremus percebia, havia a diferença entre um bando ruidoso de ladrões e um homem honesto ruidosamente se defendendo dos ladrões. Ele fora levado a reverenciar os abolicionistas: Lovejoy, Garrison, Wendell Phillips, Harriet Beecher Stowe — embora seu pai houvesse considerado John Brown louco e uma ameaça, e jogado dissimulada lama nas estátuas de mármore de Henry Ward Beecher, o apóstolo em roupas elegantes. E Doremus não podia fazer outra coisa senão reverenciar os abolicionistas agora, embora conjecturasse

---

* Ver Mateus, 23, 24. (N. T.)

levemente se Stephen Douglas, Thaddeus Stephens e Lincoln, homens mais cautelosos e menos românticos, talvez não tivessem feito trabalho melhor.

"Será possível", suspirou, "que os idealistas mais vigorosos e ousados tenham sido os piores inimigos do progresso humano, e não seus maiores criadores? É possível que homens simples com a humilde característica de cuidar da própria vida figurem em patamar mais elevado na hierarquia celestial do que todas as almas emplumadas que abriram caminho à força entre as massas e insistiram em salvá-las?"

# 14

Aderi à Igreja Cristã, ou, como preferem alguns, Campbellita, quando mero garoto, ainda cheirando a cueiros. Mas desejei então e desejo agora que me fosse possível pertencer a toda gloriosa fraternidade; ser um em Comunhão simultaneamente com os bravos Presbiterianos que combatem os pusilânimes, mendazes, destrutivos, quadrúpedes Críticos Históricos, assim chamados; e com os Metodistas que tão ferrenhamente se opõem à guerra, mas com quem em tempos de guerra sempre podemos contar por seu Patriotismo extremo; e com a esplêndida tolerância dos Batistas, o fervor dos Adventistas do Sétimo Dia e, creio, poderia dizer até uma palavra gentil pelos Unitaristas, uma vez que aquele grande membro do executivo, William Howard Thaft, se incluía entre eles, assim como sua esposa.

*Hora Zero*, Berzelius Windrip

Oficialmente, Doremus pertencia à Igreja Universalista, sua esposa e seus filhos, à Episcopal — uma transição americana natural. Ele fora criado para admirar Hosea Ballou, o santo Agostinho dos Universalistas, que, de sua minúscula residência paroquial em Barnard, Vermont, proclamara sua fé em que até o mais pecador teria, após a morte terrena, nova chance de salvação. Mas agora Doremus mal podia entrar na Igreja Universalista de Fort Beulah. O lugar guardava demasiadas lembranças de seu pai, o pastor, e era deprimente ver como as congregações dos velhos tempos, em que duzentas barbas espessas balançavam nos bancos de pinho polido todo domingo de manhã, com suas mulheres e crianças perfiladas junto aos patriarcas, haviam minguado a viúvas idosas, fazendeiros e professoras primárias.

Mas nesse período de busca, Doremus aventurou-se a entrar. A igreja era um prédio de granito atarracado e lúgubre, não particularmente avivado pelos arcos de ardósia multicor acima das janelas, e contudo, quando menino, Doremus achara o edifício e sua torre serrada o suprassumo de Chartres. Ele o amara assim como no Isaiah College amara a Biblioteca, que, com todo seu aspecto de uma acocorada rã de tijolos vermelhos, significara em seu caso liberdade para a descoberta espiritual — e também uma caverna de leitura onde por horas podia se esquecer do mundo sem jamais ser incomodado para a ceia.

Deparou-se, nessa visita à Igreja Universalista, com um grupo disperso de trinta discípulos, escutando as palavras de um "substituto", um aluno de teologia de Boston, que apregoava monotonamente sua retórica bem-intencionada, temerosa e um pouco plagiada relativa à enfermidade de Abijá, filho de Jeroboão. Doremus observou as paredes da igreja, pintadas de um verde forte e brilhante, sem ornamentos, para evitar todas as pecaminosas armadilhas do papismo, conforme escutava a hesitante ladainha do pregador:

"Bem, hum, ora, o que tantos de nós falhamos em perceber é como, hum, como o pecado, como qualquer pecado que nós, hum, que nós possamos ter cometido, qualquer pecado se reflete não em nós mesmos, mas naqueles que, hum, a quem mais queremos ——"

Teria dado qualquer coisa, desejou Doremus, por um sermão que, por mais irracional que fosse, ardorosamente o alçasse a uma coragem renovada, que o banhasse em consolo nesses meses de tormento. Mas com o choque da raiva ele se deu conta de que isso era exatamente o que viera condenando havia poucos dias: o poder irracional e dramático do líder cruzado, clerical ou político.

Muito bem, então — era triste. Simplesmente teria de se virar sem o consolo espiritual da igreja que conhecera nos tempos de faculdade.

Não, primeiro tentaria o ritual de seu amigo, o sr. Falck — o Padre, como Buck Titus às vezes o chamava.

No aconchegante anglicanismo da St. Crispin's P. E. Church, com sua imitação de placas memoriais inglesas, sua imitação de fonte celta, seu atril de águia de latão, seu tapete cor de vinho cheirando a pó, Doremus escutou o sr. Falck: "Ó, Deus Todo-Poderoso, Pai de Nosso

Senhor Jesus Cristo, que não deseja a morte do pecador, mas, antes, que ele abandone seus pecados e viva; e concedeu o poder e o mandamento a seus Ministros, para que declarem e proclamem a seu povo, sendo penitentes, a Absolvição e Remissão de seus pecados ——".

Doremus relanceou a fachada placidamente devota de sua esposa, Emma. O velho ritual, encantador e familiar, parecia-lhe destituído de significado nesse momento, não mais pertinente para uma vida ameaçada por Buzz Windrip e seus Minute Men, não mais trazendo conforto por ter perdido seu antigo e profundo orgulho de ser americano do que a nova montagem de uma peça elisabetana, igualmente encantadora e familiar. Ele olhou em torno inquietamente. Por mais exaltado que pudesse estar o sr. Falck, a maioria da congregação era um pudim de Yorkshire. A Igreja anglicana, para eles, não representava a aspirante humildade de Newman, tampouco o humanismo do bispo Brown (ambos a deixaram!), mas o sinal e a prova da prosperidade — versão eclesiástica de possuir um Cadillac de doze cilindros —, ou, mais ainda, de saber que seu avô possuía a própria carruagem de quatro assentos e um respeitável velho cavalo da família.

Para Doremus, o lugar todo cheirava a bolinhos amanhecidos. A sra. R. C. Crowley estava usando luvas brancas, e em seu busto — pois uma sra. Crowley, mesmo em 1936, ainda não tinha peitos — havia um compacto buquê de tuberosas. Francis Tasbrough vestia um casaco matutino, calça listrada e ao seu lado, na almofada lilás do banco, repousava uma (a única de Fort Beulah) cartola de seda. E mesmo a dileta esposa do coração de Doremus, ou em todo caso a companhia de seu café à mesa do desjejum, a boa Emma, exibia uma pedante expressão de bondade superior que o irritava.

"O espetáculo todo me sufoca!", estrilou. "Preferia estar no meio de um bando de malucos berrando, pulando e recebendo o Espírito Santo — não — essa é a típica histeria de selva de Buzz Windrip. Quero uma igreja, se é mesmo possível ter uma assim, que seja avançada para além da selva e para além dos capelães do rei Henrique VIII. Sei por que, mesmo sendo excessivamente conscienciosa, Lorinda nunca vai à igreja."

Lorinda Pike, nessa chuvosa tarde de dezembro, cerzia uma toalhinha de chá no saguão de sua Taverna do Vale do Beulah, oito quilômetros rio acima do Fort. Não era uma taverna, claro: era uma pensão avantajada no que dizia respeito a seus doze quartos de hóspedes e ao salão de jantar por demais afetado nas dependências de refeições. Apesar de sua antiga afeição por Lorinda, Doremus sempre se amofinou com as lavandas cingalesas de latão, o jogo americano da Carolina do Norte e os cinzeiros italianos expostos para venda sobre as bamboleantes mesas de carteado na sala de jantar. Mas ele tinha de admitir que o chá era excelente, os *scones*, leves, o Stilton, irrepreensível, os ponches de rum particular de Lorinda, admiráveis e a própria Lorinda, inteligente porém adorável — especialmente quando, como nessa tarde cinzenta, não se deixou incomodar nem pelos demais hóspedes, nem pela presença daquele verme, seu sócio, o sr. Nipper, cuja aprazível opinião era a de que, por ter investido alguns milhares de dólares na Taverna, não lhe cabia cota alguma do trabalho ou da responsabilidade, mas metade do lucro.

Doremus entrou de supetão, batendo a neve do corpo, arfando conforme se recuperava da tremedeira causada por vir derrapando desde Fort Beulah. Lorinda acenou distraidamente, lançou outro graveto no fogo e voltou a sua costura, sem nada mais íntimo do que um "Olá. Feio aí fora".

"É — horrível."

Mas sentados lado a lado diante da lareira, seus olhos não tinham necessidade de sorrir para formar uma ponte entre eles.

Lorinda ponderou, "Bom, meu caro, a coisa vai ficar feia. Aposto que Windrip e companhia vão mandar a luta feminina de volta ao século XVI, com Anne Hutchinson e os antinomianos".

"Claro. De volta à cozinha."

"Mesmo que você não tenha uma!"

"Pior do que para nós, homens? Já notou que Windrip nunca *mencionou* liberdade de expressão e liberdade de imprensa em seus artigos de fé? Ah, ele teria defendido as duas coisas com unhas e dentes, se ao menos passassem por sua cabeça!"

"Com certeza. Chá, querido?"

"Não. Por Deus, Linda, sinto vontade de pegar a família e me escafeder para o Canadá *antes* de ser mandado para o xadrez — logo após a posse de Buzz."

"Não. Não faça isso. Precisamos contar com todo jornalista disposto a continuar combatendo o homem, e não ir fungando para o cesto de lixo. E digo mais! O que eu faria sem você?" Pela primeira vez, Lorinda soava insistente.

"Você vai parecer bem menos suspeita se eu não estiver por perto. Mas acho que tem razão. Não posso ir enquanto não puxarem meu tapete. Depois, é melhor sumir. Estou velho demais para aguentar a prisão."

"Não velho demais para fazer amor, espero! *Isso* seria um crime contra uma garota!"

"Ninguém nunca está, a não ser o tipo que costumava ser jovem demais para fazer amor! Enfim, não vou embora — por enquanto."

Ele obtivera, de repente, com Lorinda, a determinação que buscara na igreja. Continuaria tentando varrer o oceano de volta, apenas para sua própria satisfação. Significava, entretanto, que seu eremitério na Torre de Marfim era fechado com rapidez um pouco ridícula. Mas sentiu-se forte outra vez, e feliz. Suas ruminações foram interrompidas pelo corte abrupto de Lorinda:

"Como Emma está vendo a situação política?"

"Não sabe que tem uma! Ela me ouve resmungar, e escutou a advertência de Walt Trowbridge pelo rádio, ontem à noite — você escutou? —, então diz, 'Ai, minha nossa, que horrível!', e em seguida esquece tudo a respeito e se preocupa com a panela queimando! Ela tem sorte! Fazer o quê, provavelmente me acalma e me impede de virar um *completo* neurótico! Provavelmente é por isso que lhe sou tão terrivelmente afeiçoado. E, mesmo assim, sou tonto a ponto de desejar que você e eu ficássemos juntos — hum — reconhecidamente juntos, o tempo todo — e pudéssemos lutar juntos para manter um pequeno lume aceso nessa nova era glacial que se aproxima. Desejo mesmo. O tempo todo. Acho que, neste momento, pesadas todas as coisas, gostaria de dar um beijo em você."

"Estamos comemorando alguma coisa especial?"

"Estamos. Sempre. Sempre é a primeira vez, novamente! Escute, Linda, já parou para pensar como isso é curioso, que com — tudo entre nós — como naquela noite no hotel em Montreal — nenhum de nós pareceu sentir culpa, qualquer constrangimento — que possamos ficar aqui sentados fuxicando desse jeito?"

"Não, meu bem... Querido!... Não me parece nem um pouco curioso. Foi tudo tão natural. Tão bom!"

"E no entanto somos pessoas razoavelmente responsáveis ——"

"Claro. É por isso que ninguém suspeita da gente, nem mesmo Emma. Graças a Deus que não, Doremus! Eu não a magoaria por nada, nem sequer por seus prestativos favores!"

"Besta!"

"Ah, as suspeitas podem recair sobre você, e mais ninguém. Todo mundo sabe que de vez em quando toma umas, joga seu pôquer e conta suas 'picantes'. Mas quem suspeitaria que a excêntrica local, a sufragista, a pacifista, a anticensura, a amiga de Jane Addams e Mãe Bloor pudesse ser uma libertina! Intelectuais! Reformistas insensíveis! Ah, e já conheci tantas agitadoras, todas ataviadas com machadinhas de Carrie Nation e recatadas folhas de estatísticas, dez vezes mais veementes, intoleravelmente veementes, do que qualquer Esposinha rechonchuda com o rosto coberto de ruge e metida numa camisola de chiffon!"

Por um momento, seus olhares entrelaçados foram mais do que meramente afetuosos, habituados e indiferentes.

Ele ficou agitado, "Ah, penso em você o tempo todo, quero você, e no entanto penso em Emma também — e nem sequer tenho o belo egotismo romanesco de me sentir culpado e intoleravelmente enredado em complexidades. Sim, tudo parece mesmo tão natural. Linda, querida!".

Ele foi com furtiva inquietude até a janela, virando para fitá-la a cada dois passos. Era o lusco-fusco, agora, e um vapor subia das ruas. Olhou para fora desatentamente — depois, deveras atentamente.

"Isso é curioso. Mais do que curiosíssimo. De pé atrás daquele grande arbusto, um arbusto de lilases, presumo, do outro lado da rua, tem um sujeito observando. Posso vê-lo sob os faróis quando passa algum carro. E acho que é meu empregado, Oscar Ledue — Shad." Começou a puxar as alegres cortinas vermelhas e brancas.

"Não! Não! Não puxe as cortinas! Ele vai ficar desconfiado."

"Isso mesmo. Engraçado, ele ali, observando — se é *mesmo* ele. Deveria estar em minha casa neste minuto, cuidando da calefação — no inverno, só trabalha para mim algumas horas por dia, o resto do tempo trabalha na fábrica de esquadrias, mas deve estar —— Uma pequena chantagem, imagino. Bom, pode espalhar tudo que viu aqui hoje quando bem entender!"

"Só o que viu hoje?"

"O que quiser! Quando quiser! Tenho o maior orgulho — um velho encarquilhado como eu, vinte anos mais velho do que você! — de ser seu amante!"

E tinha orgulho de fato, embora ao mesmo tempo estivesse lembrando a advertência em giz vermelho que encontrara em sua varanda da frente após a eleição. Antes que tivesse tempo de grandes lucubrações a respeito, a porta foi aberta com estardalhaço e sua filha, Sissy, apareceu de repente.

"Wot-oh, wot-oh, wot-oh! Toodle-oo! Bom dia, Jeeves!* Dia, srta. Lindy. Como vamos vossemecês por essas fazendas velhas sem porteira? Olá, papai. Não, não são os coquetéis — bom, só um, não muito grande — é o espírito da juventude! Deus, mas como faz frio! Chá, Linda, minha boa mulher — chá!"

Tomaram chá. Um círculo na completa domesticidade.

"Levo você para casa, pai", disse Sissy, quando estavam prontos para partir.

"Certo — não — espere um segundo! Lorinda: me empreste uma lanterna."

Marchando pela porta afora, marchando com beligerância através da rua, em Doremus fervia toda a agitada raiva que viera ocultando de Sissy. E escondido parcialmente atrás dos arbustos, curvado sobre sua motocicleta, de fato encontrou Shad Ledue.

Shad levou um susto; ao menos dessa vez, pareceu menos desdenhosamente imperioso do que um policial de trânsito da Quinta Avenida, quando Doremus exclamou, "O que está fazendo aqui?", e ele gaguejou ao responder: "Ah, é que — só um problema com a motoca".

* Alusão a P. G. Wodehouse. (N. T.)

"Então! Devia estar em casa, cuidando da calefação, Shad."

"Bom, acho que preciso mandar consertar minha máquina agora. Já vou andando."

"Não. Minha filha vai me dar uma carona para casa, então pode pôr sua moto na traseira do meu carro e voltar dirigindo." (De algum modo, precisava conversar em particular com Sissy, embora não fizesse a menor ideia do que tinha a dizer.)

"Ela? Raios! Sissy não é capaz de dirigir nem que a vaca tussa! Tem um parafuso a menos!"

"Ledue! A jovem Sissy é uma motorista assaz competente. Pelo menos para meus padrões, e se de fato acha que não está à altura dos *seus* padrões ——"

"Não faz a menor diferença pra mim se dirige assim ou assado! Boa noite!"

Voltando a atravessar a rua, Doremus repreendeu a si próprio, "Foi infantilidade da minha parte. Tentar conversar com o homem como se fosse um cavalheiro! Ah, mas que vontade de esganar esse sujeito!".

Informou Sissy, diante da porta, "Shad apareceu não sei de onde — a moto quebrou — ele pode pegar o meu Chrysler — vou com você".

"Papa-fina! Só nesta semana seis garotos ganharam cabelos brancos andando de carro comigo."

"E eu — eu já ia dizer, acho que é melhor eu dirigir. Está bastante escorregadio esta noite."

"Mas isso ia ser o fim da picada! Oras bolas, meu progenitor bobinho. Sou a melhor motorista da ——"

"Não pode dirigir nem que a vaca tussa! Falta-lhe um parafuso, isso é tudo! Entre! Eu dirijo, está ouvindo? Noite, Lorinda."

"Tudo bem, papaizinho do coração", disse Sissy com uma brejeirice que deixou seus joelhos bambos.

Ele disse para si mesmo, porém, que os modos impertinentes de Sissy, característicos até dos rapazes e moças provincianos que haviam sido amamentados com gasolina, não passavam de uma imitação das mulheres-damas nova-iorquinas, e não durariam mais que um ou dois anos. Talvez essa geração de língua solta precisasse mesmo de um Buzz Windrip e sua Revolução, com todo o sofrimento.

\* \* \*

"Bacana, sei como é papa-fina dirigir com cuidado, mas será que precisa bancar a lesma prudente?", disse Sissy.
"Lesmas não derrapam."
"Não, elas são atropeladas. Prefiro derrapar!"
"Então quer dizer que seu pai é um fóssil!"
"Ah, eu não ——"
"Bom, talvez eu seja mesmo. Tem suas vantagens. Enfim: fico pensando se não é um monte de bobagem esse negócio de a Idade ser tão cautelosa e conservadora e a Juventude sempre tão aventureira, ousada e original! Pegue os jovens nazistas e como gostam de bater em comunistas. Pegue praticamente qualquer classe universitária — os alunos condenando o mestre porque é um iconoclasta e ridiculariza as sagradas ideias da cidade natal. Hoje à tarde mesmo, quando vinha para cá, no carro, estava pensando ——"
"Escute, pai, você costuma visitar a Linda sempre?"
"Ora — bom, não exatamente. Por quê?"
"Por que vocês não —— Do que vocês dois têm medo? Dois reformistas descabelados — você e Lindy foram feitos um pro outro. Por que vocês não — sabe como é — viram amantes?"
"Bom Deus Todo-Poderoso! Cecilia! Nunca ouvi uma garota *decente* falar desse jeito em toda minha vida!"
"Tsc! Tsc! Nunca? Ai, meu Deus! Desculpa!"
"Puxa, Senhor do Céu —— Pelo menos você tem de admitir que é pouco comum uma filha aparentemente leal sugerir que o pai engane a mãe! Sobretudo uma mãe tão adorável como a sua!"
"É mesmo? Bom, talvez. Pouco comum sugerir — em voz alta. Mas imagino que um monte de garotas às vezes meio que *pensam* nisso, de todo modo, quando veem seu Venerando Pai pegando mofo!"
"Sissy ——"
"Ei, olha o poste telefônico!"
"Puxa vida, não passei nem perto! Agora, olhe aqui, Sissy: você simplesmente não deve ser tão do contra — ou a favor, sei lá; sempre faço a maior confusão. Esse assunto é sério. Nunca ouvi sugestão mais absurda, de Linda — Lorinda e eu sermos amantes. Minha querida,

você simplesmente não *pode* ser frívola sobre uma coisa séria como essa!"

"Ah, não *posso*! Desculpe, pai. Só quis dizer —— Sobre a mamãe Emma. Claro que não quero que a magoem, nem mesmo Lindy e você. Mas, ora, bendito seja, Venerando, ela nunca nem sonharia com uma coisa dessas. Você poderia apreciar sua torta e ela não daria pela falta de uma fatia sequer. Os processos mentais da mamãe não são, hum, bem, eles não são muito condicionados pelo sexo, se a gente pode dizer assim — estão mais na linha do complexo de aspirador novo, se entende o que quero dizer — Freud explica! Ah, ela é papa-fina, mas não muito analítica e ——"

"Essa é sua ética, então?"

"Como é? Bom, pel'amor, por que não? Por que não viver uns momentos supimpas e se sentir numa boa com a vida outra vez sem precisar ferir os sentimentos de ninguém? Ora, veja bem, esse é o capítulo dois inteiro do meu livro de ética!"

"Sissy! Por algum acaso faz a menor ideia do que está ou acha que está dizendo? Claro — e talvez a gente deva mesmo se envergonhar de nossa negligência covarde — mas eu, e presumo que sua mãe muito menos, nunca tive uma conversinha sobre 'sexo' com você e ——"

"Graças a Deus! Você me poupou da querida florzinha delicada e seu caso escandaloso com o lírio-tigre na cam... — desculpe — quis dizer no canteiro do vizinho. Fico feliz por isso. Misericórdia! Eu sem dúvida ia odiar ficar vermelha toda vez que olhasse para um jardim!"

"Sissy! Minha filha! Por favor! Não seja assim tão metida a *espertinha*! Essas coisas são muito sérias ——"

Com ar penitente: "Sei, pai. Desculpe. É só que — se ao menos soubesse como me sinto mal quando vejo você sofrendo desse jeito, tão calado e tudo mais. Todo esse negócio horrível desse Windrip e dessa tal de Liga dos Encardidos pôs você pra baixo, não foi? Se pretende lutar contra eles, é bom estar com disposição pra isso — precisa tirar as luvas de pelica e usar o soco-inglês — e tenho meio que o palpite de que Lorinda pode fazer isso por você, ela e mais ninguém. Humpf! Como finge ter ideais elevados! (Lembra do velho chiste que Buck Titus adorava repetir — 'Se quer ser o anjo da guarda das decaídas, guarda uma para mim'? Ah, fraquinha. Acho que vamos tirar essa piada do repertório!) Mas enfim, nossa Lindy tem olhos bem úmidos e famintos ——".

"Isso não tem cabimento! Não tem cabimento! A propósito, Sissy! O que sabe sobre essas coisas? Você não é virgem?"

"Pai! Isso é pergunta que se faça pra sua —— Ah, acho que estava pedindo por isso. E a resposta é: Sou. Por enquanto. Mas não prometo nada para o futuro. Deixa eu lhe dizer agora mesmo, se a situação no país ficar tão ruim quanto você vem dizendo que vai, e Julian Falck estiver sob ameaça de ter de ir para a guerra, para a prisão ou alguma desgraça como essas, sem dúvida não vou deixar nenhum recato de donzela se interpor entre nós, e é bom que esteja preparado para isso!"

"Então *é* mesmo o Julian, não o Malcolm?"

"Ah, acho que sim. Malcolm é um chato de galochas. Está se preparando para assumir seu lugar de direito como coronel ou qualquer coisa assim com os soldadinhos de brinquedo de Windrip. E gosto tanto do Julian! Mesmo sendo a porcaria da criatura menos prática do mundo — como o avô dele — ou você! Ele é um doce. A gente conversou como dois gatinhos ronronando até umas duas da manhã, ontem à noite."

"Sissy! Mas você não —— Ah, minha filhinha! Julian provavelmente é bastante decente — não é um mau sujeito — mas você —— Não deixou que Julian tivesse qualquer intimidade com você, deixou?"

"Que palavrinha mais caquética! Como se alguma coisa pudesse ser tão mais íntima que um bom e competente beijo de dez mil cavalos-vapor! Mas meu bem, só para você não se preocupar — não. As poucas vezes, tarde da noite, em nossa sala, quando dormi com o Julian — bom, a gente *dormiu*!"

"Isso me tranquiliza, mas —— Sua aparente — provavelmente, só aparente — informação sobre uma variedade de assuntos delicados me constrange um pouco."

"Agora me escute! E isso é uma coisa que você devia estar dizendo para mim, não eu para você, sr. Jessup! Parece que este país, e a maior parte do mundo — *estou* falando sério agora, pai; muito sério, Deus nos ajude! — parece que estamos retrocedendo direto à barbárie. É guerra! Não teremos muito tempo para acanhamento e modéstia, tão pouco quanto tem o enfermeiro do hospital militar quando trazem os feridos. As mulherezinhas delicadas — *fora* com elas! É Lorinda e eu que vocês homens vão querer por perto, não é — não é — ora, não é?"

"Talvez — pode ser", suspirou Doremus, deprimido de ver um pouco mais de seu mundo familiar escorregar sob seus pés à medida que a cheia subia.

Estavam próximos da entrada da casa. Shad Ledue acabava de sair da garagem.

"Entra logo de uma vez, não pare, por favor!", disse Doremus para sua filha.

"Certo. Mas seja cuidadoso, benzinho!" Ela não soava mais como sua menininha pequena, a ser protegida, adornada com fitas azuis, alvo de risadas furtivas quando tentava se exibir com modos de adulta. Era subitamente uma camarada de confiança, como Lorinda.

Doremus desceu do carro com determinação e disse calmamente:
"Shad!"
"Oi?"
"Guardou as chaves do carro na cozinha?"
"Hum? Não. Acho que deixei no carro."
"Já falei mais de cem vezes que o lugar delas é lá dentro."
"É? Bom, o que achou da *srta. Cecilia* dirigindo? Fez uma boa visita à velha sra. Pike?"

Seu tom agora era de puro deboche, sem disfarce.

"Ledue, receio que esteja despedido — pode ir agora mesmo!"

"Puxa! Quem diria! O.k., Chefe! Eu já ia dizer neste minuto que estamos formando uma segunda seção da Liga dos Esquecidos no Fort, e vou ser o secretário. Não pagam muito — só mais ou menos o dobro do que me paga — mãos de vaca — mas vai ter alguma importância na política. Boa noite!"

Após o ocorrido, Doremus se lamentou ao lembrar que, a despeito de toda a sua truculência de estivador, Shad aprendera devidamente a escrever em sua escola de tábuas vermelhas em Vermont, e a dominar números o suficiente para provavelmente ser capaz de manter sua secretaria fajuta. Uma lástima!

Quando, como secretário da Liga, duas semanas depois, Shad lhe escreveu pedindo uma doação de duzentos dólares para a instituição, e Doremus recusou, a circulação do *Informer* começou a cair em vinte e quatro horas.

# 15

Normalmente sou bastante brando, na verdade, muitos amigos meus fazem a gentileza de dizer que meus escritos ou discursos são bastante informais. Minha ambição é "viver à beira da estrada e ser amigo do homem", como diz Sam Frost. Mas espero que nenhum dos cavalheiros que me honraram com sua inimizade pense sequer por um momento que, ao me deparar com males públicos suficientemente repulsivos ou com um detrator suficientemente persistente, eu seja incapaz de me erguer nas patas traseiras e emitir o som de um urso-pardo de duas caudas em abril. Assim, logo de cara neste relato da minha luta de dez anos contra eles, como cidadão privado, senador estadual, senador federal, deixem-me dizer que esses sujeitos da Sangfrey River Light, Power, and Fuel Corporation são — e fica aqui o convite a um processo por difamação — o bando mais cruel, mais baixo, mais covarde de poltrões, puxa-sacos, pistoleiros hipócritas, terroristas, ladrões de urnas, adulteradores de livros, distribuidores de propinas, subornadores de perjúrios, empregadores de fura-greves e de modo geral os escroques, mentirosos e trapaceiros mais ignóbeis que jamais tentaram fazer um honesto servo do Povo desistir de uma eleição — não obstante, sempre tive sucesso em dar uma sova neles, de modo que minha indignação com esses cleptomaníacos homicidas não é pessoal, mas inteiramente em nome do público geral.

*Hora Zero*, Berzelius Windrip

Na quarta-feira, 6 de janeiro de 1937, apenas duas semanas antes da sua posse, o presidente eleito Windrip anunciou os nomes dos membros de seu gabinete e seus diplomatas.

Secretário de Estado: seu antigo secretário e assessor de imprensa, Lee Sarason, que também assumia a função de grão-marechal, ou comandante em chefe, dos Minute Men, organização que ficara estabelecida de forma permanente, como inocente banda marcial.

Secretário do Tesouro: um certo Webster R. Skittle, presidente do próspero Fur & Hide National Bank of St. Louis — o sr. Skittle havia sido no passado alvo de um processo do governo por fraudar seu imposto de renda, mas fora absolvido, mais ou menos, e durante a campanha dizia-se que adotara um modo convincente de demonstrar sua fé em Buzz Windrip como o Salvador dos Esquecidos.

Secretário de Guerra: coronel Osceola Luthorne, ex-editor do *Argus* de Topeka (Kansas) e da *Fancy Goods and Novelties Gazette*; mais recentemente abonado no mercado imobiliário. Seu título vinha de sua posição na equipe honorária do governador do Tennessee. Era amigo e parceiro de campanha de longa data de Windrip.

Foi para desapontamento geral que o bispo Paul Peter Prang recusou a indicação para secretário de Guerra, com uma carta em que chamava Windrip de "Meu caro amigo e colaborador" e asseverava que falava sério quando anunciara que não queria cargo algum. Mais tarde, houve decepção similar quando o padre Coughlin recusou a embaixada no México, sem mandar carta, mas apenas um telegrama afirmando, de modo críptico, "Só seis meses atrasado".

Um novo cargo no gabinete, o de secretário de Educação e Relações Públicas, foi criado. O Congresso ainda levaria meses para investigar a legalidade da medida, mas nesse meio-tempo a nova posição foi ocupada com brilhantismo por Hector Macgoblin, médico, ph.D. e pós-doutor honorário em humanidades.

O senador Porkwood foi agraciado com a procuradoria-geral, e todos os demais gabinetes foram preenchidos de forma aceitável por homens que, embora tivessem apoiado enfaticamente os projetos quase socialistas de Windrip para a distribuição de fortunas exorbitantes, eram não obstante renomados por serem homens absolutamente sensatos, sem nada de fanatismo.

Dizia-se, embora Doremus Jessup nunca tivesse como provar, que Windrip aprendera com Lee Sarason a prática de se livrar de amigos e inimigos embaraçosos nomeando-os para cargos no exterior, de preferência o mais exterior possível. De todo modo, como embaixador para o Brasil, Windrip indicou Herbert Hoover, que, sem grande entusiasmo, aceitou; como embaixador na Alemanha, o senador Borah; como governador-geral das Filipinas, o senador Robert La Follette, que recusou; e como embaixadores à Corte de São Jaime, França e Rússia, ninguém menos que Upton Sinclair, Milo Reno e o senador Bilbo do Mississippi.

Esses três fizeram bonito. O sr. Sinclair deleitou os britânicos mostrando um interesse tão amigável em sua política que fez campanha abertamente pelo Partido Trabalhista Independente e publicou uma vigorosa brochura intitulada "Eu, Upton Sinclair, Provo que Walter Elliot, Primeiro-Ministro, Anthony Eden, Secretário de Relações Exteriores, e Nancy Astor, First Lord of the Admiralty, São Todos Mentirosos e Se Recusaram a Aceitar Meus Conselhos Oferecidos a Troco de Nada". O sr. Sinclair também suscitou considerável interesse nos círculos domésticos britânicos defendendo uma lei do Parlamento que proibia o uso de trajes de gala e a caça à raposa, a não ser com escopeta; e por ocasião de sua recepção oficial no Palácio de Buckingham, convidou amistosamente o rei Jorge e a rainha Maria para morar na Califórnia.

O sr. Milo Reno, corretor de seguros e ex-presidente da National Farm Holiday Association, que todos os realistas franceses comparavam a seu grande predecessor, Benjamin Franklin, por sua franqueza, tornou-se grande favorito social nos círculos internacionais de Paris, Basses-Pyrénées e Riviera, e foi em certa ocasião fotografado jogando tênis em Antibes com o Duc de Tropez, Lord Rothermere e o dr. Rudolph Hess.

O senador Bilbo, possivelmente, foi quem se deu melhor.

Stálin pediu seu conselho, baseado em sua amadurecida experiência no *Gleichschaltung**de Mississippi, sobre a organização cultural dos nativos relativamente atrasados do Tadjiquistão, o qual se revelou tão valioso que o excelentíssimo Bilbo foi convidado a passar em revista a comemoração militar em Moscou no dia 7 de novembro seguinte, dividindo a tribuna com a mais elevada classe de representantes do estado sem classes. Foi um triunfo para Sua Excelência. O generalís-

---

* Algo como "nazificação" da sociedade. (N. T.)

simo Voroshilov desmaiou após o desfile de duzentos mil soldados soviéticos, sete mil tanques e nove mil aeronaves; Stálin teve de ser carregado para casa após passar em revista trezentos e dezessete mil homens; mas o embaixador Bilbo estava ali firme e forte no palanque quando o último dos seiscentos e vinte e seis mil soldados passou, todos batendo continência sob a deveras equivocada impressão de que fosse o embaixador chinês; e ele continuou incansavelmente a lhes retribuir a saudação, catorze por minuto, e a entoar "A internacional" baixinho junto com todos eles.

Não repetiu o sucesso mais tarde, porém, quando, perante uma sisuda Associação Anglo-Americana de Exilados do Imperialismo na Rússia Soviética, cantou, com a melodia de "A internacional", o que julgou uma engraçada letra de sua própria lavra:

> *Erguei-vos, prisioneiros da fome,*
>   *Escafedei-vos da Rússia sem mais pruridos.*
> *Na nação de Bilbo todo mundo é rico e come.*
>   *Deus abençoe os Estados Unidos!*

A sra. Adelaide Tarr Gimmitch, após sua entusiástica campanha pelo sr. Windrip, demonstrou publicamente sua fúria por nenhum cargo mais elevado do que um posto alfandegário em Nome, Alasca, lhe ter sido oferecido, embora isso tivesse sido feito na verdade com grande urgência. Ela exigira que fosse criada, especialmente para si, a função ministerial de secretária da Ciência Doméstica, Bem-Estar Infantil e Antivício. Ameaçou virar jeffersoniana, republicana ou comunista, mas em abril correu a notícia de que estava em Hollywood, escrevendo o roteiro para um filme monumental a ser chamado *Eles conseguiram, na Grécia*.

Como um insulto e uma piada entre cupinchas, o presidente eleito nomeou Franklin D. Roosevelt ministro para a Libéria. Os adversários do sr. Roosevelt riram a bandeiras despregadas, e jornais de oposição publicaram uma charge sua sentado com ar infeliz numa palhoça com um cartaz em que "NRA" fora riscado e substituído por "USA". Mas o sr. Roosevelt declinou com um sorriso tão afável que a piada pareceu passar um tanto batida.

* * *

Os seguidores do presidente Windrip trombetearam que era significativo ele ser o primeiro presidente a tomar posse não em 4 de março, mas no dia 20 de janeiro, segundo a cláusula da nova Vigésima Emenda à Constituição. Era um sinal enviado diretamente do Céu (embora, na verdade, o Céu não fosse o autor da emenda, mas o senador George W. Norris, de Nebraska) e provava que Windrip inaugurava um novo paraíso na Terra.

A posse foi turbulenta. O presidente Roosevelt recusou o convite — insinuou educadamente que estava às portas da morte, mas nessa mesma tarde foi visto em uma loja de Nova York comprando livros sobre jardinagem e parecendo mais contente do que o normal.

Mais de mil repórteres, fotógrafos e emissoras de rádio cobriram a posse. Vinte e sete eleitores do senador Porkwood, de todos os sexos, tiveram de dormir no chão do gabinete do senador e em um quarto e sala no subúrbio de Bladensburg alugado a trinta dólares por duas noites. Os presidentes de Brasil, Argentina e Chile viajaram para a cerimônia em um aeroplano da Pan-American, e o Japão enviou setecentos estudantes em um trem especial de Seattle.

Uma fábrica de automóveis em Detroit presenteara Windrip com uma limusine blindada, com vidros à prova de balas, cofre de aço niquelado embutido para guardar documentos, bar embutido e forros feitos de tapeçarias Troissant de 1670. Mas Buzz preferiu fazer o trajeto de casa até o Capitólio em seu velho sedã Hupmobile, e o chofer era um rapaz de sua cidade natal cuja ideia de uniforme para ocasiões de Estado era terno de sarja azul, gravata vermelha e chapéu-coco. Windrip por sua vez usava uma cartola, mas garantiu que Lee Sarason providenciasse que cento e trinta milhões de cidadãos comuns ficassem sabendo pelo rádio, mesmo durante o desfile da posse, que pegara a cartola emprestada apenas para a ocasião com um representante republicano quatrocentão de Nova York.

Mas atrás de Windrip seguia uma escolta antijacksoniana de soldados: a American Legion e, incomensuravelmente mais grandiosos que os demais, os Minute Men, usando capacetes de trincheira de prata polida e liderados pelo coronel Dewey Haik, vestindo túnica escarlate, calças amarelas e elmo com plumas douradas.

Solenemente, ao menos uma vez parecendo um pouco admirado, como um jovem do interior na Broadway, Windrip fez o juramento perante o chefe de Justiça (que o detestava em absoluto) e, aproximando-se mais ainda do microfone, grasnou, "Meus colegas cidadãos, como presidente dos Estados Unidos da América, quero informá-los de que o *verdadeiro* New Deal começa neste exato minuto, e vamos todos desfrutar das múltiplas liberdades a que nossa história nos dá direito — e nos divertir à beça fazendo isso! Obrigado!".

Esse foi seu primeiro ato como presidente. O segundo foi mudar para a Casa Branca, onde se acomodou na Sala Leste de meias nos pés e berrou para Lee Sarason, "Isso é o que planejei fazer por seis anos! Aposto que é o que Lincoln costumava fazer! Agora eles que venham me assassinar!".

O terceiro, na atribuição de comandante em chefe do Exército, foi ordenar que os Minute Men fossem reconhecidos como tropas auxiliares não remuneradas, mas oficiais, do Exército regular, subordinados apenas a seus próprios oficiais, a Buzz e ao grão-marechal Sarason; e que fuzis, baionetas, pistolas automáticas e metralhadoras lhes fossem imediatamente cedidos pelos arsenais do governo. Isso foi às quatro da tarde. Desde as três, por todo o país, bandos de MM exultavam com o pensamento de pistolas e armas, estremecendo com o desejo de tê-las nas mãos.

O quarto golpe foi um recado especial, na manhã seguinte, ao Congresso (em sessão desde 4 de janeiro, o dia anterior tendo caído em um domingo), exigindo a aprovação imediata de uma lei incluindo o Ponto Quinze de sua plataforma eleitoral — que ele tivesse controle completo do legislativo e do executivo e que a Suprema Corte ficasse impossibilitada de barrar qualquer coisa que porventura lhe desse na veneta de fazer.

Por Resolução Conjunta, com menos de meia hora de debate, ambas as casas do Congresso rejeitaram essa exigência antes das três da tarde do dia 21 de janeiro. Antes das seis, o presidente proclamara que um estado de lei marcial existia durante a "presente crise" e mais de cem congressistas haviam sido presos pelos Minute Men, por ordens diretas de Windrip. Os congressistas que cometeram a temeridade de resistir foram cinicamente acusados de "incitação ao tumulto"; os que se renderam em silêncio ficaram livres da acusação. Lee Sarason explicou com ar imperturbável para a imprensa em polvorosa que esses últimos e tranquilos rapazes haviam sido tão ameaçados por "elementos irresponsáveis e sediciosos" que estavam meramente sendo protegidos. Sarason não usou a expressão "sob custódia", que podia ter sugerido coisas.

Para os repórteres veteranos foi estranho ver o secretário de Estado titular, teoricamente uma pessoa de tal dignidade e importância que podia tratar com representantes das potências estrangeiras, atuando como assessor de imprensa e serviçal até para o presidente.

Houve tumultos instantâneos por toda Washington, por toda a América.

Os congressistas recalcitrantes haviam sido arrebanhados na cadeia distrital. Em direção a ela, no anoitecer invernal, marchava uma turba ruidosamente amotinada contra um Windrip em quem tantos deles haviam votado. Entre a multidão protestavam centenas de negros, armados de facas e antigas pistolas, pois um dos congressistas sequestrados era um negro da Geórgia, o primeiro a ocupar um alto cargo no governo desde os tempos de *carpetbagger*.[*]

Cercando a cadeia, atrás de metralhadoras, os rebeldes se depararam com alguns soldados regulares, muitos policiais e uma horda de Minute Men, mas caçoaram destes últimos, chamando-os de "Minnie Mouse" e "soldadinhos de chumbo" e "menininhos da mamãe". Os MM olharam nervosamente para seus oficiais e para os soldados, que fingiam com o maior profissionalismo não sentir medo. A turba atirava garrafas e peixes mortos. Meia dúzia de policiais com armas e cassetetes, tentando empurrar a vanguarda da multidão, foram engolidos pela onda humana para ressurgir grotescamente estropiados e sem uniforme — ao menos os que de fato subiram à tona. Houve dois tiros; e um Minute Man desabou nos degraus da cadeia, outro ficou absurdamente segurando o pulso, de onde jorrava sangue.

---

[*] Nortistas (incluindo negros fugidos da escravidão) que foram para o Sul ao final da Guerra Civil de modo a fazer carreira na política. (N. T.)

Os Minute Men — puxa, diziam para si mesmos, eles nunca tiveram intenção de ser soldados, afinal — queriam apenas se divertir, marchando! Começaram a sair de fininho para a periferia da multidão, escondendo o quepe do uniforme. Nesse instante, de um potente alto-falante numa das janelas inferiores da cadeia, urrou a voz do presidente Berzelius Windrip:

"Dirijo a palavra aos meus rapazes, os Minute Men, por toda a América! A vocês e a mais ninguém peço ajuda para tornar a América um país orgulhoso e rico outra vez. Vocês foram ridicularizados. Foram considerados de 'classe baixa'. Não lhes deram empregos. Disseram-lhes que sumissem de vista como mendigos e fossem atrás de assistência social. Foram mandados para os campos do CCC.* Disseram que não prestavam, por serem pobres. *Mas eu* lhes digo que são, desde ontem à tarde, os maiores senhores desta terra — a aristocracia — os criadores da nova América da liberdade e da justiça. Rapazes! Preciso de vocês! Ajudem-me — ajudem-me a ajudar vocês! Aguentem firme! Qualquer um que tentar impedi-los de passar — deem a esses porcos a ponta de sua baioneta!"

Um MM na metralhadora, que escutara reverentemente, sentou o dedo. A turba começou a cair e nas costas dos feridos, à medida que se afastavam cambaleando, a infantaria de MM, numa correria, cravou suas baionetas. Que som úmido e suculento fazia, e como os fugitivos pareciam espantados, tão engraçados, tombando em pilhas grotescas!

Os MM jamais fizeram ideia, nas tediosas horas de treinamento com baioneta, de que aquilo podia ser tão divertido. Agora queriam mais — e não fora o próprio presidente dos Estados Unidos que lhes dissera, em pessoa, que precisava de sua ajuda?

Quando os remanescentes do Congresso se aventuraram pelo Capitólio, encontraram-no repleto de MM, enquanto um regimento de tropas regulares, sob comando do general de divisão Meinecke, desfilava diante do prédio.

* Civilian Conservation Corps, campos de trabalho do New Deal para jovens desempregados. (N. T.)

O presidente da Câmara dos Representantes e o il.ᵐᵒ sr. Perley Beecroft, vice-presidente dos Estados Unidos e presidente do Senado, tinham o poder de declarar que havia quórum para votação. (Se um bando de membros preferia vadiar na cadeia distrital, folgando em vez de marcar presença no Congresso, de quem era a culpa?) Ambas as casas haviam aprovado uma proposta declarando o Ponto Quinze temporariamente em vigor, durante a "crise" — a legalidade da aprovação era duvidosa, mas quem iria contestá-la, ainda que os membros da Suprema Corte não houvessem ficado sob custódia... apenas confinados a suas casas por esquadrões de Minute Men!

O bispo Paul Peter Prang (disseram depois seus amigos) ficara consternado com o golpe de Estado de Windrip. Sem dúvida, lamentou-se, o sr. Windrip não se lembrara de incluir a Benevolência Cristã no programa que tirara da Liga dos Esquecidos. Embora o sr. Prang houvesse de bom grado parado com suas transmissões desde a vitória da Justiça e da Fraternidade na pessoa de Berzelius Windrip, pretendia voltar a advertir o público, mas quando telefonou para sua familiar estação, a WLFM, em Chicago, o diretor informou-o de que "apenas temporariamente todo acesso às transmissões ficava proibido", a não ser em caso de licença especial concedida pelo gabinete de Lee Sarason. (Ah, essa era apenas uma das dezesseis funções que Lee e seus seiscentos novos assistentes haviam assumido na semana anterior.)

Um tanto timidamente, o bispo Prang foi de carro de sua casa em Persépolis, Indiana, até o aeroporto de Indianápolis e tomou um voo noturno para Washington, a fim de repreender, quem sabe até com umas palmadas brincalhonas, seu travesso discípulo, Buzz.

Não encontrou grande dificuldade em ser admitido para ver o presidente. Na verdade, ficou, como a imprensa noticiou febrilmente, por seis horas na Casa Branca, embora se permaneceu esse tempo todo com o presidente ninguém tivesse conseguido descobrir. Prang foi visto às três da tarde saindo por uma entrada particular para os gabinetes executivos e tomando um táxi. Notaram que estava pálido e cambaleante.

Diante do seu hotel foi empurrado por uma turba que, em um tom curiosamente pouco ameaçador e mecânico, berrava, "Lincha — abaixo os inimigos de Windrip!". Uma dúzia de MM abriu caminho entre a multidão e cercou o bispo. O alferes no comando gritou em alto e bom som para todos escutarem, "Seus covardes, deixem o bispo em paz! Bispo, venha conosco, vamos cuidar da sua segurança!".

Milhões escutaram em seus rádios nessa noite o anúncio oficial de que, como medida de proteção contra misteriosos conspiradores, provavelmente bolcheviques, o bispo Prang fora levado para a cadeia distrital. E depois disso um pronunciamento pessoal do presidente Windrip de que estava em júbilo por ter sido capaz de "salvar dos sórdidos agitadores meu amigo e mentor, o bispo P. P. Prang, pessoa que admiro e respeito como nenhum outro homem vivo".

Ainda não havia, por ora, absolutamente nenhuma censura da imprensa, apenas uma confusa prisão de jornalistas que ofenderam o governo ou os oficiais locais dos MM; e os jornais cronicamente de oposição a Windrip publicaram insinuações nem um pouco lisonjeiras de que o bispo Prang repreendera o presidente e fora pura e simplesmente preso, sem nada daquela tolice de "salvar". Os rumores chegaram a Persépolis.

Nem todos os persepolitanos morriam de amores pelo bispo ou consideravam-no um são Francisco moderno, acolhendo as pequenas aves dos campos em seu belo automóvel La Salle. Alguns vizinhos insinuavam que vivia bisbilhotando janelas de contrabandistas de bebida e de desquitadas complacentes. Mas orgulhosos do homem, seu melhor propagandista, certamente eram, e a Câmara do Comércio de Persépolis mandara instalar na entrada leste da avenida principal a seguinte placa: "Lar do Bispo Prang, a Maior Estrela do Rádio".

Assim, em massa, Persépolis telegrafou para Washington, exigindo a libertação de Prang, mas um mensageiro dos Gabinetes Executivos, natural de Persépolis (era um homem negro, é verdade, mas de repente se tornou um filho dileto, carinhosamente lembrado por antigos colegas de escola), avisou o prefeito que os telegramas estavam entre a tonelada de correspondência que era diariamente levada da Casa Branca sem resposta.

Então um quarto dos cidadãos de Persépolis subiu a bordo de um trem especial para uma "marcha" em Washington. Era um desses pequenos incidentes que a imprensa de oposição podia usar como uma bomba contra Windrip, e o trem foi acompanhado por quase duas dúzias de repórteres tarimbados de Chicago e, mais tarde, de Pittsburgh, Baltimore e Nova York.

Enquanto o trem estava a caminho — e foram curiosos os atrasos e desvios enfrentados pela composição —, uma companhia de Minute Men em Logansport, Indiana, se rebelou contra as ordens de prender um grupo de freiras católicas acusadas de traição em sua atividade letiva. O grão-marechal Sarason sentiu que se fazia necessária uma Lição, sumária e impactante. Um batalhão de MM, enviado de Chicago em rápidos caminhões, prendeu a companhia amotinada e fuzilou um em cada três homens.

Quando os persepolitanos chegaram a Washington, foram informados por um brigadeiro dos MM que os recebeu aos prantos na Union Station de que o pobre bispo Prang ficara tão chocado com a traição de suas correligionárias de Indiana que enlouquecera de melancolia, de modo que se viram tragicamente obrigados a trancafiá-lo no manicômio público de St. Elizabeth.

Ninguém disposto a dar notícias sobre o bispo Prang voltou a vê-lo outra vez.

O brigadeiro trouxe os cumprimentos do próprio presidente aos persepolitanos, bem como um convite para pernoitar no Willard, às custas do governo. Apenas uma dúzia aceitou; o restante tomou o primeiro trem de volta, com cara de poucos amigos; e a partir daí houve uma cidade na América em que nenhum MM jamais ousou aparecer em seus charmosos quepe azul e túnica azul-escura.

O chefe de Estado-Maior do Exército regular fora destituído; em seu lugar assumiu o general de divisão Emmanuel Coon. Doremus e outros ficaram decepcionados ao ver Coon aceitar a indicação, pois sempre ouviram dizer, até nas páginas do *Nation*, que Emmanuel

Coon, embora um oficial militar profissional apreciador de uma boa briga, preferia que essa boa briga fosse do lado do Senhor; que ele era generoso, culto, justo e um homem honrado — e honra era uma qualidade que ninguém esperava que Buzz Windrip pudesse vir a compreender. Diziam os rumores que Coon (o kentuckyano mais "nórdico" que jamais existira, descendente de homens que haviam combatido ao lado de Kit Carson e do comodoro Perry) era particularmente impaciente com a puerilidade do antissemitismo e que nada o satisfazia mais do que, quando escutava algum novo conhecido bancando o superior com relação aos judeus, rosnar, "O senhor por acaso teria notado que meu nome é Emmanuel Coon e que Coon talvez seja uma corruptela de algum nome deveras familiar no East Side de Nova York?".

"Fazer o quê, suponho que até o general Coon pensa, 'Ordens são ordens'", suspirou Doremus.

A primeira proclamação geral do presidente Windrip ao país foi uma bela amostra de literatura e ternura. Ele explicou que inimigos poderosos e secretos dos princípios americanos — dava para inferir que eram uma combinação de Wall Street e Rússia soviética —, ao descobrirem, para sua ira, que ele, Berzelius, seria o presidente, haviam planejado seu derradeiro ataque. Tudo ficaria tranquilo dentro de alguns meses, mas nesse ínterim uma Crise se instaurara, durante a qual o país precisava "ter paciência com ele".

Ele recordava a ditadura militar de Lincoln e Stanton durante a Guerra Civil, quando civis suspeitos foram presos sem mandado. Aludiu a como tudo seria maravilhoso — muito em breve — só um momento — um pouco mais de calma — quando tivesse as coisas sob controle; e terminou por comparar a Crise com a urgência de um bombeiro salvando uma linda jovem de uma "conflagração" e carregando-a pela escada, para seu próprio bem, gostasse ela ou não, e por mais encantadoramente que debatesse seus lindos tornozelos.

O país inteiro riu.

"Que figura, esse Buzz, mas o sujeito é pra lá de competente", disse o eleitorado.

"Pra que vou me preocupar se o bispo Prang ou qualquer outro está no depósito de loucos contanto que eu receba minhas cinco mil pilas por ano, como Windrip prometeu", disse Shad Ledue para Charley Betts, o homem da mobília.

Tudo isso aconteceu nos oitos dias subsequentes à posse de Windrip.

# 16

Não tenho o menor desejo de ser presidente. Minha humilde pessoa seria de muito mais proveito dando apoio ao bispo Prang, a Ted Bilbo, a Gene Talmadge ou qualquer outro Liberal de bitola larga mas dinâmico. Minha única aspiração é Servir.

*Hora Zero*, Berzelius Windrip

Como tantos solteirões afeitos a vigorosas caçadas e cavalgadas, Buck Titus era meticuloso na manutenção do lar e mantinha sua casa de fazenda meio vitoriana um brinco. A casa também era agradavelmente despojada: a sala, um ambiente monástico de pesadas cadeiras de carvalho, mesas sem toalhinhas, numerosos e um tanto sisudos livros de história e exploração, com as convencionais "coleções", além de uma tremenda lareira de pedra rústica. E os cinzeiros eram sólidas peças de cerâmica e peltre, aptos a lidar com toda uma noitada embalada a cigarros. O uísque ficava sobre o aparador de carvalho, com os sifões, e o gelo quebrado sempre a postos em uma jarra térmica.

Contudo, teria sido demais esperar que Buck Titus não tivesse imitações de gravuras de caçada inglesas em vermelho e preto.

Esse eremitério, sempre agradável para Doremus, era um santuário agora, e apenas com Buck ele podia adequadamente criticar Windrip & Cia. e pessoas como Francis Tasbrough, que em fevereiro continuava dizendo, "Sim, as coisas parecem um pouco caóticas lá em Washington, mas isso apenas porque há tantos desses políticos cabeças-duras que continuam achando que podem ir contra Windrip. Além do mais, de qualquer maneira, coisas como essa não poderiam jamais acontecer aqui na Nova Inglaterra".

E, de fato, quando Doremus passava em seus legítimos motivos pelas casas georgianas de tijolo vermelho, os esguios pináculos das velhas igrejas brancas de frente para as Green, quando escutava a indolente ironia das saudações familiares de seus conhecidos, homens tão duradouros quanto suas colinas vermontesas, parecia-lhe que a loucura na capital era tão forasteira, distante e desimportante quanto um terremoto no Tibete.

Constantemente, no *Informer*, ele criticava o governo, mas não com demasiada acidez.

A histeria não pode durar; sejam pacientes, e esperem para ver, aconselhava a seus leitores.

Não que tivesse medo das autoridades. Simplesmente não acreditava que aquela tirania cômica pudesse durar. *Não vai acontecer aqui*, dizia calmo Doremus — até mesmo agora.

A coisa que mais o deixava perplexo era que pudesse haver um ditador aparentemente tão diferente dos fervorosos Hitlers, dos fascistas gesticuladores, dos Césares com louros cingindo os domos calvos; um ditador com algo do vulgar senso de humor americano de um Mark Twain, um George Ade, um Will Rogers, um Artemus Ward. Windrip podia ser divertidíssimo sobre solenes adversários de queixo caído e sobre o melhor método de treinar o que chamou de "cão pulguento siamês". Isso, cismava Doremus, tornava-o menos ou mais perigoso?

Então ele se lembrou do mais louco e cruel de todos os piratas. Sir Henry Morgan, que achava divertidíssimo costurar a vítima dentro de um couro úmido e vê-lo encolher sob o sol.

Pela perseverança com que se estranhavam, dava para perceber que Buck Titus e Lorinda gostavam muito mais um do outro do que admitiriam. Sendo uma pessoa que lia pouco e desse modo levava o que lia muito a sério, Buck ficou transtornado com a predileção que a normalmente estudiosa Lorinda mostrou durante as férias por romances sobre princesas em apuros, e quando ela insistiu despreocupadamente que eram melhores guias de conduta que Anthony Trollope ou Thomas Hardy, Buck urrou para ela e, na debilidade de suas forças ofegantes, nervosamente enchia cachimbos e os batia contra a lareira de pedra. Mas aprovava o relacionamento entre Doremus e Lorinda, que apenas ele (e Shad Ledue!) havia adivinhado, e por Doremus, dez anos mais velho, esse bicho do mato de cabelos desgrenhados se exasperava como uma solteirona contrariada.

Para Doremus e Lorinda, a cabana tomada pela vegetação de Buck se tornou seu refúgio. E precisavam daquilo, em fins de fevereiro, cinco semanas ou perto disso após a eleição de Windrip.

A despeito das greves e tumultos por todo o país, sanguinariamente aplacados pelos Minute Men, o poder de Windrip em Washington se manteve. Os quatro membros mais liberais da Suprema Corte renunciaram e foram substituídos por jurisconsultos surpreendentemente desconhecidos que tratavam o presidente Windrip pelo primeiro nome. Uma série de congressistas continuava sob "proteção" na cadeia do Distrito de Colúmbia; outros enxergaram a luz cegante permanentemente emitida pela Razão e regressaram satisfeitos ao Capitólio. Os Minute Men eram cada vez mais leais — continuavam sendo voluntários não remunerados, mas providos de "contas de despesas" consideravelmente mais polpudas do que o soldo do Exército regular. Nunca na história americana os adeptos de um presidente haviam ficado tão satisfeitos; eram designados não só para quaisquer cargos políticos existentes como também para um monte de inexistentes; e com aborrecimentos como Sindicâncias do Congresso fora do caminho, as arbitragens de licitações ficaram nos melhores termos com todos os fornecedores... Um lobista veterano das siderúrgicas queixou-se de que haviam acabado com a esportividade de sua caçada — mais do que ter licença para tanto, era esperado do sujeito que atirasse em todos os compradores do governo que aparecessem sob sua mira.

Nenhuma mudança foi mais divulgada do que a ordem presidencial que encerrava abruptamente a existência separada de diferentes estados, e dividindo o país todo em oito "províncias" — desse modo, asseverava Windrip, economizando com a redução do número de governadores e todos os demais funcionários públicos e, asseveraram os inimigos de Windrip, deixando-o com a faca e o queijo na mão para reunir seu exército privado e dominar o país.

A nova "Província Nordeste" incluía todo o estado de Nova York ao norte de uma linha que passava por Ossining, e toda a Nova Inglaterra, com exceção de uma faixa litorânea a leste de Connecticut que chegava até New Haven. Era, admitia Doremus, uma divisão natural e homogênea, e ainda mais natural parecia a "Província Metropolitana" urbana e industrial, que incluía a Grande Nova York, o condado de Westchester até Ossining, Long Island, a faixa de Connecticut dependente da cidade de Nova York, Nova Jersey, o norte de Delaware e a Pensilvânia até Reading e Scranton.

Cada província era dividida em distritos numerados, cada distrito em condados identificados por letras, cada condado em pequenos municípios e cidades, e apenas nestas últimas os antigos nomes, com seu apelo tradicional, permaneciam para ameaçar o presidente Windrip com a memória da honorável história local. E corriam boatos de que a seguir o governo mudaria até o nome das cidades — que já se pensava carinhosamente em batizar Nova York de "Berzeliana" e San Francisco de "San Sarason". Provavelmente os boatos eram falsos.

Os seis distritos da Província Nordeste eram: 1, o oeste da parte superior do estado de Nova York, incluindo Syracuse; 2, leste de Nova York; 3, Vermont e New Hampshire; 4, Maine; 5, Massachusetts; 6, Rhode Island e a porção não sequestrada de Connecticut.

O Distrito 3, distrito de Doremus Jessup, foi dividido nos quatro "condados" do sul e do norte de Vermont, e do sul e do norte de New Hampshire, com Hanover como capital — o comissário distrital meramente enxotou os alunos do Dartmouth e se apoderou dos prédios da faculdade como seu gabinete, para considerável aprovação de Amherst, Williams e Yale.

De modo que Doremus vivia agora na Província Nordeste, Distrito 3, Condado B, município de Beulah, e acima dele, para sua admiração e regozijo, havia um comissário provincial, um comissário distrital, um comissário do condado, um comissário-assistente do condado, encarregado do município de Beulah, e todos os MM e juízes militares de emergência que os acompanhavam.

Cidadãos que haviam morado em qualquer estado por mais de dez anos pareciam se ressentir com mais fúria dessa perda de identidade do estado do que da castração do Congresso e da Suprema Corte dos Estados Unidos — com efeito, ressentiam-se disso quase tanto quanto do fato de que, à medida que passaram janeiro, fevereiro e a maior parte de março, continuavam sem ver a cor do donativo governamental de cinco mil dólares (ou talvez de encantadores dez mil) por cabeça; a única coisa que chegou em suas mãos foram os joviais boletins de Washington informando que a "Diretoria de Imposto sobre o Capital", ou DIC, estava reunida.

Moradores da Virgínia cujos avós haviam combatido ao lado de Lee espernearam que de jeito nenhum iam abrir mão do sagrado nome do estado e fazer parte da mera seção arbitrária de uma unidade administrativa contendo onze estados sulistas; os cidadãos de San Francisco, que consideravam os moradores de Los Angeles ainda piores do que os de Miami, agora gemiam de agonia conforme a Califórnia era separada e a porção norte juntada a Oregon, Nevada e outros como a "Província da Montanha e do Pacífico", ao passo que o sul da Califórnia era, sem sua permissão, cedido à Província Sudoeste, junto com Arizona, Novo México, Texas, Oklahoma e Havaí. Como um indício da visão de Buzz Windrip para o futuro, foi interessante ler que essa Província Sudoeste também estava autorizada a reclamar "todas as partes do México que os Estados Unidos pudessem de tempos em tempos julgar necessário controlar, como uma proteção contra a notória traição do México e os complôs judaicos aí engendrados".

"Lee Sarason é mais generoso até do que Hitler e Alfred Rosenberg em proteger o futuro de outros países", suspirou Doremus.

Para comissário da Província Nordeste, compreendendo a parte superior do estado de Nova York e a Nova Inglaterra, foi designado o coronel Dewey Haik, esse soldado-advogado-político-aviador que era o mais sangue-frio e arrogante dentre todos os satélites de Windrip e que tanto cativara os mineiros e pescadores durante a campanha. Uma águia de asas poderosas que gostava de sua carne malpassada. Como comissário do Distrito 3 — Vermont e New Hampshire — apareceu, para um misto de escárnio e fúria de Doremus, ninguém menos do que John Sullivan Reek, a múmia pavoneada mais mumificada de todas, o faroleiro mais garganta de todos, o mais acessível clientelista político ao norte da Nova Inglaterra; um ex-governador republicano que, no alambique patriótico de Windrip, auspiciosamente virou membro da Liga.

Ninguém nunca se preocupara em se mostrar obsequioso com o il.^mo J. S. Reek, mesmo quando fora governador. O representante mais matuto e mirrado o tratava por "Johnny" no palácio do governo (doze cômodos e um telhado vazando); e o foca mais novato berrava, "Então, que conversa mole tem pra hoje, excelência?".

Foi esse comissário Reek que convocou todos os editores em seu distrito a se reunir com ele em sua nova residência de vice-rei na biblioteca de Dartmouth para transmitir a preciosa informação privilegiada sobre como o presidente Windrip e seus comissários subordinados admiravam os honrados colegas jornalistas.

Antes de comparecer à coletiva de imprensa em Hanover, Doremus ganhou de Sissy um "poema" — pelo menos foi assim que ela o chamou — que Buck Titus, Lorinda Pike, Julian Falck e ela haviam composto, a duras penas, tarde da noite, no fortificado solar de Buck:

*Seja manso com Reek,*
*E falso com Haik.*
*Um rima com cagueta,*
*E o outro com serpente.*
*Haik, com seu bico,*
*Está atrás da bufunfa,*
*Mas Sullivan Reek —*
    *Meu Deus!*\*

"Bom, enfim, Windrip pôs todo mundo para trabalhar. E acabou com todos esses horríveis outdoors nas rodovias — muito melhor para o turismo", disseram todos os velhos editores, mesmo aqueles

---

\* "Be meek with Reek,/ Go fake with Haik./ One rhymes with sneak,/ And t' other with snake./ Haik, with his beak,/ Is on the make/ But Sullivan Reek —/ Oh God!" (N. T.)

que se perguntavam se o presidente não estava sendo talvez um pouco arbitrário.

No carro, rumo a Hanover, Doremus viu centenas de outdoors imensos à beira da estrada. Mas exibiam apenas propaganda de Windrip e, abaixo, "COM OS CUMPRIMENTOS DE UMA EMPRESA LEAL" e — muito grande — "MONTGOMERY CIGARETTES" ou "JONQUIL FOOT SOAP". Na breve caminhada de uma vaga de estacionamento até o antigo campus de Dartmouth, três homens diferentes murmuraram para ele, "Arruma uma moeda pra um café aí, patrão — um Minnie Mouse roubou meu emprego e os Camundongos não me aceitam — falam que estou velho demais". Mas isso talvez fosse propaganda moscovita.

Na comprida varanda do Hanover Inn, oficiais dos Minute Men reclinavam-se em espreguiçadeiras de lona, suas botas com esporas (não havia cavalaria na organização MM) apoiadas no parapeito.

Doremus passou por um prédio científico diante do qual havia uma pilha de tubos de vidro quebrados e, num laboratório vazio, pôde ver um pequeno esquadrão dos MM em treinamento.

O comissário distrital John Sullivan Reek recebeu carinhosamente os editores em uma sala de aula... Homens de idade, acostumados a ser reverenciados como profetas, ansiosamente sentados em cadeiras frágeis, de frente para o sujeito gordo em uniforme de comandante dos MM, que fumava um charuto nada militar e os saudava com a mão carnuda.

Reek não levou mais que uma hora para relatar o que o homem mais inteligente teria levado cinco ou seis — ou seja, cinco minutos falando e as cinco horas restantes para se recuperar da náusea causada por ter de proferir uma asneira tão desavergonhada... O presidente Windrip, o secretário de Estado Sarason, o comissário provincial Haik e ele, John Sullivan Reek, estavam todos sendo mal representados pelos republicanos, pelos jeffersonianos, pelos comunistas, pela Inglaterra, pelos nazistas e, provavelmente, pelas indústrias da juta e do arenque; e o que o governo queria era que todo repórter procurasse qualquer membro do governo, sobretudo o comissário Reek, a qualquer hora — exceto talvez entre três e sete da manhã — para "receber informação quente de verdade".

Sua Excelência Reek anunciou então: "E agora, senhores, quero ter o privilégio de apresentá-los a todos os quatro comissários do condado, que foram escolhidos ainda ontem. Provavelmente, cada um de vocês deve conhecer pessoalmente o comissário de seu próprio condado, mas quero que conheçam de forma íntima e cooperativa todos os quatro, pois, sejam eles quem forem, estão comigo em minha inextinguível admiração pela imprensa".

Os quatro comissários, à medida que iam um a um entrando na sala e sendo apresentados, pareceram um bando meio estranho para Doremus: um advogado mofado conhecido mais por citar Shakespeare e Robert W. Service do que por sua argúcia perante um júri. Era luminosamente calvo, a não ser por uma desbotada penugem de cabelos cor de ferrugem, mas dava para perceber que, se a justiça lhe fosse feita, exibiria os cachos esvoaçantes de um poeta de 1890.

Um belicoso clérigo famoso por invadir bares de beira de estrada.

Um trabalhador um tanto quanto tímido, autêntico proletário, que parecia surpreso de se ver ali. (Foi substituído, um mês depois, por um popular osteopata interessado em política e vegetarianismo.)

O quarto dignitário a entrar e fazer uma emocionada mesura para os editores, um brutamontes de aspecto formidável em seu uniforme de líder de batalhão dos Minute Men, apresentado como o comissário para o norte de Vermont, condado de Doremus Jessup, era o sr. Oscar Ledue, outrora conhecido como "Shad".

O sr. Reek o chamou de "capitão" Ledue. Doremus lembrou que o único serviço militar de Shad, antes da eleição de Windrip, havia sido como soldado raso das Forças Expedicionárias Americanas que nunca fora além de um campo de treinamento em solo pátrio e cuja experiência de batalha mais feroz tinha sido derrotar o cabo numa competição de copo.

"Sr. Jessup", disse o il.mo sr. Reek com entusiasmo, "imagino que já deve conhecer o capitão Ledue — ele é da sua encantadora cidade."

"H-hu-hum", disse Doremus.

"Ora", disse o capitão Ledue. "Mas é claro que conheço o velho Jessup! Ele não faz ideia do que está acontecendo. Não sabe coisa ne-

nhuma sobre a economia da nossa revolução social. É um chô-vinis. Mas o pobre velho não faz por mal, e vou deixar que fique em paz, contanto que se comporte!"
"Esplêndido!", disse o il.ᵐᵒ sr. Reek.

# 17

Assim como um bom bife com batatas dá sustância mesmo se o sujeito se mata de trabalhar, as palavras do Bom Livro são todo sustento de que você vai precisar na perplexidade e na atribulação. Se algum dia ocupar posição elevada sobre meu povo, espero que meus ministros venham a citar 2 Reis 18, 31-32: "Fazei as pazes comigo, rendei-vos, e cada qual poderá comer o fruto da sua vinha e da sua figueira e beber a água da sua cisterna, até que eu venha para vos transportar para uma terra como a vossa, terra que produz trigo e vinho, terra de pão e de videiras, terra de azeite e de mel, para que possais viver e não morrer".
*Hora Zero*, Berzelius Windrip

A despeito das reivindicações de Montpelier, antiga capital de Vermont, e de Burlington, a maior cidade do estado, o capitão Shad Ledue se decidiu por Fort Beulah como centro executivo do Condado B, que era formado por nove condados anteriores do norte de Vermont. Doremus nunca concluiu se isso era, como afirmou Lorinda Pike, porque Shad formara uma sociedade com o banqueiro R. C. Crowley, para usufruir dos lucros obtidos com a compra de velhas residências um tanto quanto inúteis como parte de seu quartel-general, ou para o propósito ainda mais sensato de se exibir, em uniforme de líder de batalhão com as letras "CC" sob a estrela de cinco pontas em sua gola, para os camaradas com quem jogara bilhar e bebera destilado de maçã, e também para os "esnobes" cujos gramados um dia ele aparara.

Além das moradias condenadas, Shad se apossou do prédio inteiro do fórum do antigo condado de Scotland e estabeleceu como sala particular o gabinete do juiz, simplesmente jogando porta afora os livros de direito e substituindo-os por pilhas de revistas devotadas ao cinema e à detecção de crimes, pendurando retratos de Windrip, Sarason, Haik e Reek, instalando duas poltronas fundas forradas com pelúcia verde-limão (encomendadas na loja do leal Charley Betts, mas, para ira de Betts, cobradas do governo, que pagaria se e quando) e duplicando a quantidade de escarradeiras judiciais.

Na gaveta superior central de sua escrivaninha Shad guardava a foto de um acampamento de nudismo, uma garrafinha metálica de Benedictine, um revólver .44 e um açoite de cachorro.

Os comissários de condado tinham permissão de manter de um a doze assistentes, dependendo da população local. Doremus Jessup ficou alarmado quando descobriu que Shad tivera a astúcia de escolher para a função homens de alguma instrução e de supostas boas maneiras, como o "professor" Emil Staubmeyer, no papel de comissário-assistente do condado incumbido do Município de Beulah, que incluía as vilas de Fort Beulah, Beulah do Oeste e do Norte, Centro de Beulah, Trianon, Hosea e Keezmet.

Assim como Shad se tornara, sem se valer de baionetas, um capitão, o sr. Staubmeyer (autor de *Hitler e outros poemas de paixão* — inédito) automaticamente se tornou um doutor.

Talvez, pensou Doremus, ele viesse a compreender Windrip & Cia. melhor vendo-os debilmente refletidos em Shad e Staubmeyer do que teria sido no clarão confuso de Washington; e compreender desse modo que um Buzz Windrip — um Bismarck — um César — um Péricles eram como todo o restante da inquieta, indigesta, ambiciosa humanidade, exceto que cada um desses heróis tinha um grau mais elevado de ambição e maior disposição em matar.

Em junho, o alistamento dos Minute Men crescera para quinhentos e sessenta e dois mil homens, e a força agora podia admitir como novos membros apenas os leais patriotas e pugilistas de sua preferência. O Departamento de Guerra lhes concedia sem reservas não apenas "dinheiro de despesas", mas também um soldo que ia de dez dólares por semana para os "inspetores" com algumas horas de serviço semanal em treinamento a nove mil e setecentos dólares por ano para os "brigadeiros" em período integral e dezesseis mil dólares para o grão-marechal, Lee Sarason... felizmente, sem interferir com os salários de seus outros onerosos serviços.

As patentes dos MM eram: inspetor, mais ou menos correspondendo a soldado raso; líder de esquadrão, ou cabo; cornetim, ou sargento; alferes, ou tenente; líder de batalhão, uma combinação de capitão, major e tenente-coronel; comandante, ou coronel; brigadeiro, ou general; grão-marechal, ou general comandante. Os cínicos sugeriam que esses títulos honoráveis evocavam mais o Exército da Salvação do que forças de combate, mas, fosse justificado ou não o sarcasmo barato, nada mudava o fato de que um hilota MM tinha muito mais orgulho em ser chamado de "inspetor", uma designação de respeito em qualquer círculo policial, do que em ser considerado um "soldado raso".

Uma vez que todos os membros da Guarda Nacional não só tinham permissão como também eram encorajados a se tornar membros dos Minute Men, uma vez que todos os veteranos da Grande Guerra recebiam privilégios especiais, e uma vez que o "coronel" Osceola Luthorne, secretário de Guerra, era pródigo em ceder oficiais do Exército regular ao secretário de Estado Sarason para serem usados como instrutores militares dos MM, havia uma surpreendente proporção de homens treinados para um Exército ainda tão recém-formado.

Lee Sarason demonstrara para o presidente Windrip, mediante estatísticas da Grande Guerra, que o ensino superior, e até o estudo dos horrores de outros conflitos, não enfraquecia a masculinidade dos alunos, mas na verdade os tornava mais patrióticos, ufanistas e destros para uma carnificina do que o jovem médio, e quase toda faculdade no país deveria ter, no outono seguinte, seu próprio batalhão de MM, com o treinamento contando como crédito para a graduação. Universitários passariam a receber instrução de oficiais. Outra fonte esplêndida de oficiais dos MM eram os ginásios e as classes de Administração de Empresas da ACM.

A maior parte das fileiras, porém, era composta de jovens lavradores encantados com a oportunidade de viver na cidade e dirigir automóveis em tão alta velocidade quanto quisessem; jovens operários que prefeririam uniformes e a autoridade de enérgicos cidadãos idosos ao uso de macacão e a se debruçar sobre as máquinas; e um número um tanto grande de antigos criminosos, ex-contrabandistas de bebidas, ex-ladrões, ex-gângsteres sindicais, que, por sua habilidade com armas e porretes de couro, e por receberem a garantia de que a majestade da Estrela de Cinco Pontas os reformara completamente, foram absolvidos de suas antigas trapalhadas éticas e calorosamente aceitos nas Tropas de Assalto MM.

Dizia-se que um dos mais humildes desses jovens errantes foi o primeiro patriota a chamar o presidente Windrip de "Chefe", querendo dizer Führer, ou Mago Imperial da KKK, ou Il Duce, ou Potentado Imperial do Santuário Místico, ou Comodoro, ou Treinador da Universidade, ou qualquer coisa sumamente nobre e bem-intencionada. Assim, no glorioso aniversário de 4 de julho de 1937, mais de quinhentos mil vigilantes uniformizados, espalhados por cidades de Guam a Bar Harbor, de Point Barrow a Key West, ficaram em posição de descansar no desfile e cantaram, qual coro de serafins:

*Buzz and buzz and hail the Chief,*
  *And his five-pointed sta-ar,*
*The U.S. ne'er can come to grief*
  *With us prepared for wa-ar.*\*

Alguns espíritos críticos acharam que essa versão do coro de "Buzz and Buzz", agora hino oficial dos MM, carecia, com certa rudeza, da mão meticulosa de Adelaide Tarr Gimmitch. Mas sobre isso nada podia ser feito. Dizia-se que estava na China, organizando correntes de cartas. Enquanto essa preocupação ainda pairava sobre os MM, no dia seguinte veio o baque.

Alguém no estado-maior do grão-marechal Sarason notou que o emblema da URSS não era uma estrela de seis pontas, mas de cinco, exatamente como a da América, de modo que não fazíamos o menor insulto aos soviéticos.

A consternação foi geral. Do gabinete de Sarason vieram a sulfurosa exprobração do idiota anônimo que fora o primeiro a cometer esse erro (a maioria acreditava ter sido o próprio Lee Sarason) e a ordem de que um novo emblema fosse sugerido por cada membro dos MM. Dia

---

\* "Sacode e sacode e viva o Chefe,/ E sua estrela de cinco pontas,/ Os EUA nunca hão de se lamentar/ Conosco preparados para a guerra." (N. T.)

e noite por três dias, os quartéis dos MM ficaram em polvorosa com os telegramas, telefonemas, cartas, cartazes e milhares de rapazes sentados com lápis e réguas desenhando compenetradamente dezenas de milhares de substitutos para a estrela de cinco pontas: círculos dentro de triângulos, triângulos dentro de círculos, pentágonos, hexágonos, alfas e ômegas, águias, aeroplanos, flechas, bombas explodindo no ar, bombas explodindo em arbustos, bodes, rinocerontes e o vale de Yosemite. Correu a notícia de que um jovem alferes do estado-maior do grão-marechal Sarason, aflito com o erro, cometera suicídio. Todo mundo achou que esse haraquiri era uma ótima ideia e demonstrava sensibilidade por parte dos melhores MM; e continuaram a pensar assim mesmo após ficar provado que o alferes meramente se embebedara no Clube de Gamão de Buzz e falara sobre suicídio.

No fim, a despeito de seus incontáveis competidores, foi o grande místico em pessoa, Lee Sarason, quem encontrou o novo emblema perfeito — o leme de um navio.

Simbolizava, comentou ele, não só o Navio do Estado, como também as engrenagens da indústria americana, as rodas e o volante dos carros, o diagrama de roda que o padre Coughlin sugerira dois anos antes para simbolizar o programa da National Union for Social Justice e, particularmente, o emblema da roda do Rotary Club.

A proclamação de Sarason observava ainda que não seria forçado demais declarar que, com mais alguns esboços elaborados, os braços da suástica podiam ser inquestionavelmente ligados ao círculo, e quanto ao KKK da Ku Klux Klan? Três kk faziam um triângulo, não? E todo mundo sabia que o triângulo tinha relação com o círculo.

Assim foi que, em setembro, nas manifestações do Dia da Lealdade (que substituiu o Dia do Trabalho), o mesmo onipresente serafim cantou:

> *Buzz and buzz and hail the Chief,*
>    *And th' mystic steering whee-el,*
> *The U.S. ne'er can come to grief*
>    *While we defend its we-al.*\*

---

\* "Sacode e sacode e viva o Chefe,/ E a mística roda de leme,/ Os EUA nunca hão de se lamentar/ Enquanto estivermos a defender seu bem-estar." (N. T.)

Em meados de agosto, o presidente Windrip anunciou que, uma vez que todos os seus objetivos estavam sendo cumpridos, a Liga dos Esquecidos (fundada por um certo rev. sr. Prang, mencionado na proclamação apenas como alguém do passado recente) estava agora encerrada. Assim como todos os antigos partidos, o Democrata, o Republicano, o Farmer-Labor, ou o que fosse. Só poderia haver um: o Partido Americano do Estado Corporativo e Patriótico — não! acrescentou o presidente, com algo de seu velho bom humor: "Existem dois grupos, o Corporativo e aqueles que não pertencem a partido algum, e desse modo, para usar uma expressão comum, estão apenas sem sorte!".

A ideia do Estado Corporativo ou Corporativista, o secretário Sarason meio que a tinha tirado da Itália. Todas as ocupações foram divididas em seis classes: agricultura; indústria; comércio; transporte e comunicação; banco, seguro e investimento; e um saco de gatos que incluía artes, ciências e magistério. A American Federation of Labor, a Railway Brotherhoods e todas as demais organizações trabalhistas, junto com o Federal Department of Labor, foram suplantadas pelos Sindicatos locais compostos por trabalhadores individuais, acima dos quais ficavam as Confederações Provinciais, todos sob a batuta do governo. Paralelos a eles em cada ocupação havia Sindicatos e Confederações patronais. Finalmente, as seis Confederações de trabalhadores e as seis Confederações patronais foram combinadas em seis Corporações federais conjuntas, que elegiam os vinte e quatro membros do Conselho Nacional de Corporações, que iniciavam ou supervisionavam toda a legislação relativa ao trabalho ou aos negócios.

Havia um diretor permanente desse Conselho Nacional, com voto de qualidade e o poder de regular todo o debate conforme julgasse apropriado, mas ele não era eleito — era nomeado pelo presidente; e o primeiro a ocupar o cargo (sem que isso interferisse com suas atribuições) foi o secretário de Estado Lee Sarason. Apenas para salvaguardar as liberdades da classe trabalhadora, esse diretor tinha o direito de exonerar qualquer membro insensato do Conselho Nacional.

Todas as greves e paralisações ficavam proibidas sob penas federais, de modo que os trabalhadores apenas dessem ouvidos a representantes sensatos do governo e não a agitadores inescrupulosos.

Os partidários de Windrip se autointitulavam Corporativistas ou, de modo mais familiar, "Corpos", apelido usado com mais frequência. Pessoas de má índole chamavam os Corpos de "os Cadáveres". Mas de mortos não tinham nada. Essa descrição se aplicaria mais corretamente, e cada vez mais, a seus inimigos.

Embora os Corpos continuassem a prometer o prêmio de pelo menos cinco mil dólares para cada família, "assim que o subsídio da requerida emissão do bônus for completado", o efetivo controle da pobreza, em particular dos pobres mais carrancudos e insatisfeitos, ficou ao encargo dos Minute Men.

Agora podia ser propalado ao mundo, como decididamente o foi, que o desemprego, sob o benevolente reinado do presidente Berzelius Windrip, praticamente desaparecera. Quase todos os homens sem emprego foram reunidos em gigantescos campos de trabalho, subordinados a oficiais MM. Suas esposas e seus filhos os acompanhavam e se incumbiam de cozinhar, limpar e costurar. Os homens não se limitavam a trabalhar em projetos do Estado; também eram contratados por empregadores privados ao razoável soldo de um dólar por dia. Claro, tão egoísta é a natureza humana, mesmo em Utopia, que isso levou a maioria dos patrões a dispensar aqueles para quem vinham pagando mais de um dólar diário, mas isso se resolveu por si só, pois esses descontentes bem remunerados, por sua vez, foram forçados a ficar nos campos de trabalho.

De seu dólar diário, os trabalhadores nos campos tinham de pagar entre setenta e noventa centavos diários por cama e comida.

Houve certo descontentamento entre as pessoas que outrora possuíam automóveis e banheiros e comiam carne duas vezes por dia quando tiveram de caminhar entre quinze e trinta quilômetros diariamente, tomar banho uma vez por semana junto com mais cinquenta em uma longa vala, comer carne apenas duas vezes por semana — quando comiam — e dormir em beliches, cem em cada dormitório. No entanto havia menos revolta do que um mero racionalista como Walt Trowbridge, o rival ridiculamente derrotado de Windrip, teria esperado, pois toda noite o alto-falante levava aos trabalhadores as preciosas vozes de Windrip e Sarason, do vice-presidente Beecroft, do secretário de Guerra Luthorne, do secretário de Educação e Propaganda Macgoblin, do general Coon ou de algum outro gênio, e esses Olimpianos, dirigindo a palavra aos mais sujos e extenuados desses lumpens tão calorosamente quanto de um amigo para outro, diziam--lhes que constituíam as honradas pedras fundamentais de uma Nova Civilização, a guarda avançada da conquista mundial.

Aguentaram, também, como os soldados de Napoleão. E tinham os judeus e os negros para menosprezar, cada vez mais. Os MM se encarregavam disso. Todo homem é rei contanto que tenha alguém a quem menosprezar.

A cada semana o governo se pronunciava menos sobre as descobertas da junta de investigação que decidiria como os cinco mil dólares por pessoa podiam ser arranjados. Passou a ser mais fácil responder aos descontentes com o tabefe de um Minute Man do que com as repetitivas declarações de Washington.

Mas a maioria dos pontos na plataforma de Windrip foi de fato efetivada — segundo uma sã interpretação deles. Por exemplo, a inflação.

Na América desse período, a inflação não se comparava de modo algum à inflação alemã da década de 1920, mas era suficiente. O salário nos campos de trabalho tinha de ser elevado de um dólar por dia para três, com o que os trabalhadores estavam recebendo o equivalente a sessenta centavos por dia em valores de 1914. Todos lucravam lindamente, exceto os muito pobres, o trabalhador comum, o trabalhador especializado, o pequeno empresário, o profissional liberal e casais de idade que viviam das anuidades de sua poupança — estes últimos realmente sofreram um pouco, na medida em que seus rendimentos foram cortados a um terço do que eram antes. Os trabalhadores, com salários aparentemente triplicados, viram o custo de tudo muito mais do que triplicar.

A agricultura, que mais do que outras atividades devia tirar proveito da inflação, segundo a teoria de que o mercurial preço das safras subiria mais rápido do que qualquer outra coisa, na verdade sofreu mais do que tudo, porque, após um alvoroço inicial de compra do exterior, importadores da produção americana acharam impossível lidar com um mercado tão caprichoso, e a exportação alimentícia americana — o que restara dela — cessou por completo.

Foi o Mundo dos Negócios, esse antigo dragão que o bispo Prang e o senador Windrip haviam se proposto a matar, que conheceu momentos interessantes.

Com o valor do dólar mudando diariamente, os elaborados sistemas de marcação de preço e crédito do Mundo dos Negócios ficaram tão confusos que presidentes e gerentes de vendas ficavam sentados em seus escritórios após a meia-noite, com toalhinhas úmidas na testa. Mas eles tiveram algum consolo, pois com o dólar depreciado foram capazes de resgatar todas as dívidas consolidadas e, quitando-as pelo antigo valor de face, liquidá-las a trinta centavos por centena. Com isso, e a moeda tão oscilante que os empregados não sabiam quanto deveriam receber de salário, e com os sindicatos trabalhistas eliminados, os grandes industriais superaram a inflação com talvez o dobro da riqueza, em valores reais, do que haviam tido em 1936.

E dois outros pontos vigorosamente respeitados na encíclica de Windrip eram os que eliminavam os negros e amparavam os judeus.

A primeira raça levou não muito na esportiva. Houve ocorrências terríveis em que condados sulistas inteiros foram assolados por negros, que compunham a maior parte da população, e todas as propriedades, tomadas. De fato, seus líderes alegavam que isso aconteceu em decorrência de massacres perpetrados pelos Minute Men. Mas como o dr. Macgoblin, secretário de Cultura, disse tão bem, o assunto todo era desagradável e portanto a discussão não seria de grande proveito.

No país inteiro, o verdadeiro espírito do item Nove de Windrip, referente aos judeus, foi fielmente levado adiante. Entendeu-se que os judeus não deviam mais ser proibidos de se hospedar nos hotéis elegantes, como nos odiosos velhos tempos de preconceito contra a raça, mas meramente pagar o dobro pela diária. Entendeu-se que os judeus nunca deveriam ser desencorajados de atuar no comércio, mas meramente pagar propinas mais elevadas para comissários e inspetores e aceitar sem discutir todos os regulamentos, faixas salariais e tabelas de preço decididas pelos imaculados anglo-saxões das diversas associações de comerciantes. E que todos os judeus de todas as condições deviam com frequência anunciar seu júbilo em ter encontrado na América um santuário, após suas deploráveis experiências com o preconceito na Europa.

Em Fort Beulah, Louis Rotenstern, uma vez que sempre fora o primeiro a ficar de pé para os hinos oficiais mais antigos da nação, "The Star-Spangled Banner" ou "Dixie", e agora para "Buzz and Buzz", uma vez que desde antes fora considerado quase um amigo genuíno por Francis Tasbrough e R. C. Crowley, e uma vez que, com a maior boa vontade, costumava passar de graça a calça dominical de um anônimo Shad Ledue, recebeu permissão de ficar com sua alfaiataria, embora o entendimento fosse que devia cobrar dos MM preços apenas simbólicos, ou um quarto de simbólicos.

Mas Harry Kindermann, judeu que lucrara bastante como representante de vendas de açúcar de bordo e maquinário de laticínios, de tal modo que em 1936 pagava a última prestação de seu novo bangalô e seu Buick, sempre fora o que Shad Ledue chamava de "judeuzinho atrevido". Sempre caçoara da bandeira, da Igreja e até do Rotary. Agora via os fabricantes cancelando sua representação sem maiores explicações.

Em meados de 1937, estava vendendo salsicha na beira da estrada, e sua esposa, que costumava sentir tanto orgulho do piano e do antigo armário de pinho americano em seu bangalô, morrera de pneumonia, contraída no barraco de papelão alcatroado para onde haviam se mudado.

Na época da eleição de Windrip, havia mais de oitenta mil funcionários da Federal Emergency Relief Administration empregados pelos governos federal e local nos Estados Unidos. Com os campos de trabalho absorvendo a maior parte das pessoas que viviam da ajuda do governo, esse nobre exército de assistentes sociais, composto tanto por amadores como por profissionais de longa data, ficou órfão.

Os Minute Men que dirigiam os campos de trabalho foram generosos: ofereceram a essa gente caridosa o mesmo dólar diário pago aos proletários, com taxas especiais de alimentação e hospedagem. Mas os assistentes sociais mais astuciosos receberam uma oferta bem melhor: ajudar a recensear todas as famílias e todas as pessoas solteiras do país, com suas finanças, capacidade profissional, treinamento militar e, mais importante e exigindo maior tato para averiguar, sua opinião sigilosa sobre os MM e os Corpos de modo geral.

Boa parte dos trabalhadores sociais disse com indignação que isso era pedir que servissem como espiões, informantes da OGPU americana. Estes foram, por várias acusações sem importância, mandados para a cadeia ou, mais tarde, para campos de concentração — que também eram cadeias, mas cadeias privadas dos MM, desimpedidas de quaisquer antiquados e despropositados regulamentos carcerários.

Na confusão do verão e do início do outono de 1937, os oficiais dos MM locais passaram horas esplêndidas elaborando suas próprias leis, e traidores e rezingões como médicos judeus, músicos judeus, jornalistas negros, professores universitários socialistas, rapazes que preferiam ler ou estudar química a cumprir o viril serviço com os MM, mulheres que se queixaram quando seus homens foram levados pelos MM e desapareceram eram cada vez mais espancados na rua ou presos sob acusações que não teriam sido muito familiares para juristas pré-Corpo.

E, cada vez mais, os contrarrevolucionários burgueses começaram a fugir para o Canadá; assim como outrora, pela "Ferrovia Clandestina",* os escravos negros haviam escapado para os livres ares do Norte.

No Canadá, assim como no México, Bermudas, Jamaica, Cuba e Europa, esses propagandistas vermelhos mentirosos começaram a publicar as mais vis revistas acusando os Corpos de terrorismo homicida — alegações de que um bando de seis MM espancara um velho

---

* *Underground Railroad*: também traduzível como "ferrovia subterrânea", uma rede de rotas secretas que existiu até meados do século XIX. (N. T.)

rabino e o roubara; de que o editor de um pequeno jornal trabalhista em Paterson fora amarrado a sua impressora e deixado ali enquanto os MM incendiavam as instalações; de que a linda filha de um ex--político do Farmer-Labor em Iowa fora estuprada em meio a risadas por jovens mascarados.

Para interromper essa fuga traiçoeira dos mentirosos contrarrevolucionários (muitos dos quais, uma vez aceitos como respeitáveis pregadores, advogados, médicos, escritores, ex-congressistas, ex-oficiais do Exército, eram capazes de passar uma impressão perniciosamente falsa do Corpoísmo e dos MM para o mundo fora da América), o governo quadruplicou o número de guardas que estavam detendo suspeitos em cada porto e até nas trilhas mais minúsculas a cruzar a fronteira; e, numa incursão sumária, despejou tropas de assalto dos MM em todos os aeroportos, particulares e públicos, e em todas as fábricas de aeroplanos, e desse modo, esperavam, fecharam as vias aéreas para os traidores covardes.

Como um dos mais virulentos contrarrevolucionários do país, o ex-senador Walt Trowbridge, rival de Windrip na eleição de 1936, era observado dia e noite por um rodízio de doze guardas MM. Mas parecia haver pouco perigo de que esse adversário, que, afinal, era um maníaco excêntrico, mas não intransigente, se desse ao ridículo de lutar contra o grande Poder que (mediante o bispo Prang) o Céu fizera a mercê de enviar para a cura de uma América aflita.

Trowbridge permaneceu prosaicamente em um rancho de sua propriedade na Dakota do Sul, e o agente do governo no comando dos MM (um homem talentoso, treinado em debelar greves) relatou que, em seu telefone grampeado e na correspondência aberta no vapor, Trowbridge não comunicava nada mais sedicioso do que relatórios sobre o cultivo de alfafa. Não havia ninguém em sua companhia a não ser a mão de obra do rancho e, na casa, um inocente casal idoso.

Washington esperava que Trowbridge começasse a ver a luz. Talvez o nomeassem para a embaixada da Grã-Bretanha, como vice de Sinclair.

No Quatro de Julho, quando os MM prestaram seu glorioso mas infeliz tributo ao Chefe e à Estrela de Cinco Pontas, Trowbridge alegrou seus vaqueiros com uma inusual comemoração pirotécnica. Ao anoitecer, fogos de artifício iluminaram o céu, e a toda volta do pasto doméstico brilhavam potes com pistolões. Longe de ignorar os guardas MM, Trowbridge gentilmente os convidou a ajudar a preparar foguetes e se juntar à turma para beber cerveja e comer linguiça. Os solitários jovens soldados na pradaria — como ficaram felizes em disparar os fogos!

Um aeroplano com licença canadense, um avião de grande porte, suas luzes apagadas, sobrevoou a área iluminada pelos fogos de artifício e, com os motores desligados, de modo a passar despercebido dos guardas, circundou o pasto delineado pelos pistolões e aterrissou rapidamente.

Os guardas haviam ficado sonolentos após a última garrafa de cerveja. Três deles cochilavam sobre a relva baixa e irregular.

Foram cercados de forma um tanto quanto embaraçosa por homens mascarados em capacetes de aviação, portando pistolas automáticas, que algemaram os guardas que continuavam acordados, pegaram os demais e trancafiaram todos os doze no compartimento de bagagem do avião, fechado por grades.

O líder dos homens, um sujeito de aparência militar, disse para Walt Trowbridge, "Pronto, senhor?".

"Estou. Se puder fazer a gentileza de pegar aquelas quatro caixas, por favor, coronel?"

As caixas continham cópias fotostáticas de cartas e documentos. Prosaicamente trajado com macacão e um enorme chapéu de palha, o senador Trowbridge entrou na cabine do piloto. Elevado, célere e solitário, o avião voou na direção das prematuras Luzes do Norte.

Na manhã seguinte, ainda de macacão, Trowbridge tomou café da manhã no Fort Garry Hotel com o prefeito de Winnipeg.

Duas semanas depois, em Toronto, começou a publicar novamente seu semanário, *A Lance for Democracy*, e na primeira página de seu exemplar inaugural havia a reprodução de quatro cartas indicando que, antes de se tornar presidente, Berzelius Windrip se beneficiara de donativos pessoais de financistas numa quantia superior a um milhão de dólares. Para Doremus Jessup, para alguns milhares de Doremus Jessups, foram contrabandeados exemplares do *Lance*, embora ser pego com um fosse punível (talvez não legalmente, mas efetivamente, sem dúvida) com a morte.

Mas foi apenas no inverno, tão cuidadosamente seus agentes secretos tiveram de atuar na América, que Trowbridge conseguiu pôr em plena operação a organização chamada por seus homens de "New Underground", a "NU", que ajudou milhares de contrarrevolucionários a fugirem para o Canadá.

# 18

Nas cidades pequenas, ah, aí reside a paz duradoura que tanto amo, e que jamais pode ser perturbada nem pelo mais estridente Sabichão dessas megalópoles presunçosas como Washington, Nova York etc.
*Hora Zero*, Berzelius Windrip

A política de "pagar para ver" de Doremus, como a maioria das políticas fabianas,* ficara cada vez mais vacilante. Pareceu particularmente vacilante em junho de 1937, quando ele foi para Beulah do Norte para o quadragésimo aniversário de formatura de sua turma no Isaiah College.

Como era o costume, os ex-alunos se vestiam comicamente. Sua classe usava roupa de marinheiro, mas circulavam pelo salão, calvos e lúgubres, nesses bem-intencionados trajes de alegria, e havia uma expressão de insegurança até nos olhos dos três membros que eram entusiásticos Corpos (sendo comissários do Corpo local).

Após a primeira hora, Doremus pouco viu seus colegas. Ele fora à procura de seu familiar correspondente, Victor Loveland, professor do departamento de línguas clássicas que, um ano antes, o informara sobre a proibição do presidente Owen J. Peaseley de criticar o treinamento militar.

Em seu auge, a imitação barata de chalé Anne Hathaway em que Loveland morava nunca fora nenhum palácio — os professores-assistentes do Isaiah não costumavam alugar palácios. Mas com a sala pretensiosamente elegante atulhada de cadeiras cobertas por sacos de aniagem, tapetes enrolados e caixas de livros, estava mais para um

---

\* De Sociedade Fabiana, organização socialista britânica. (N. T.)

brechó. Em meio aos destroços sentavam Loveland, sua esposa, seus três filhos e um certo dr. Arnold King, experimentador em química.

"O que é tudo isso?", disse Doremus.

"Fui despedido. 'Radical' demais", grunhiu Loveland.

"É! E seu ataque mais maldoso foi contra o tratamento dado por Glicknow ao uso do aoristo em Hesíodo!", choramingou sua esposa.

"Bom, eu mereço — por não ter sido maldoso com nada a partir de 300 d.C.! A única coisa que me envergonha é que não estão me mandando embora por eu ter ensinado meus alunos que os Corpos tiraram a maior parte de suas ideias de Tibério, ou quem sabe por ter feito uma tentativa decente de assassinar o comissário distrital Reek!", disse Loveland.

"Para onde você vai?", perguntou Doremus.

"Essa é a questão! Não sabemos! Ah, primeiro para a casa do meu pai — que é um caixote de seis quartos em Burlington — meu pai tem diabetes. Mas lecionar —— o presidente Peaseley ficou postergando a assinatura do meu novo contrato e acabou de me informar dez dias atrás que posso esquecer —, tarde demais para conseguir emprego no ano que vem. Pessoalmente, estou pouco me lixando! Estou mesmo! Fico feliz de ter sido levado a admitir que como professor de faculdade nunca fui, como tanto gostava de tentar me convencer, nenhum Erasmo júnior, inspirando as nobres almas jovens a sonhar com a casta beleza clássica — Deus me livre! —, mas apenas um empregado, mais um atendente de balcão no Departamento de Produtos Clássicos em Liquidação, tendo estudantes por entediados clientes, e tão sujeito a ser contratado e despedido quanto qualquer faxineiro. Não se esqueça de que na Roma Imperial, os professores, até mesmo os tutores da nobreza, eram escravos — com liberdade de sobra, imagino, em suas teorias sobre a antropologia de Creta, mas tão passíveis de serem estrangulados quanto qualquer outro escravo! Não estou reclamando ——"

Dr. King, o químico, interrompeu com um apupo: "Claro que está reclamando! Por que não, diacho? Com três filhos? Por que não reclamar! Já eu, eu tenho sorte! Sou metade judeu — um desses judeus furtivos e manhosos de quem Buzz Windrip e seu namorado, Hitler, vivem falando: tão manhoso que desconfiei do que estava acontecendo meses atrás e assim — eu também fui mandado embora, sr. Jessup

— consegui um emprego com a Universal Electric Corporation... Eles não se incomodam com judeus por lá, contanto que cantem no trabalho e achem uns projetos faraônicos de um milhão por ano para a companhia — pelo salário de três mil e quinhentos anuais! Adeusinho para a porcaria dos meus estudos! Embora —" e Doremus achou que ele estava, no fundo, mais triste do que Loveland "— meio que odeie ter que abrir mão da minha pesquisa. Ah, droga, que se dane tudo!".

A versão de Owen J. Peaseley, Mestre em Artes (Oberlin), Doutor em Leis (Conn. State), presidente do Isaiah College, foi bem diferente.
"Ora, não, sr. Jessup! Acreditamos plenamente na liberdade de expressão e de pensamento aqui na velha faculdade. O fato é que tivemos de dispensar Loveland só porque o Departamento de Estudos Clássicos está com excesso de pessoal — a baixa demanda por grego e sânscrito e coisas assim, sabe, com todo esse interesse moderno em biofísica quantitativa, conserto de aeroplanos e coisas assim. Mas já o dr. King — hum — receio que tenhamos de fato sentido um pouco que ele flertava com a tragédia, vangloriando-se de ser judeu e tudo mais, sabe, e —— Mas não podemos conversar sobre coisas mais agradáveis? O senhor provavelmente ficou sabendo que o secretário de Cultura Macgoblin acaba de consumar seu plano para a indicação de um diretor de ensino em cada província e distrito? — e que o professor Almeric Trout, da Aumbry University, está escalado para ser diretor em nossa Província Nordeste? Bem, tenho algo muito gratificante para acrescentar. O dr. Trout — e que estudioso profundo, que orador eloquente ele é! — o senhor sabia que em teutônico 'Almeric' significa 'nobre príncipe'? — e ele teve a bondade de me indicar para diretor de Educação do Distrito de Vermont-New Hampshire! Não é emocionante?! Queria que fosse um dos primeiros a ficar sabendo, sr. Jessup, porque é claro que uma das principais funções do diretor será trabalhar em parceria com os editores de jornal na grande tarefa de disseminar os ideais Corporativistas e combater as falsas teorias — sim, ah, sim."
Pelo jeito um grande número de pessoas estava ávido por trabalhar em parceria com os editores ultimamente, pensou Doremus.

Ele notou que o presidente Peaseley parecia um boneco feito de flanela cinza desbotada de uma qualidade apropriada às anáguas em um asilo de órfãs.

A organização dos Minute Men foi menos favorecida nos vilarejos sossegados do que nos centros industriais, mas ao longo de todo o verão soube-se que uma companhia de MM fora formada em Fort Beulah e executava treinamentos no Arsenal sob orientações de oficiais da Guarda Nacional e do comissário do condado Ledue, que foi visto acordado até tarde da noite em seu luxuoso quarto novo na pensão da sra. Ingot, lendo um manual sobre uso de armas em formações militares. Mas Doremus declinou de dar uma olhada neles, e, quando seu rústico mas ambicioso repórter, "Doc" (também conhecido como Otis) Itchitt, entrou vibrando sobre os MM e quis publicar uma matéria ilustrada na edição de sábado do *Informer*, Doremus torceu o nariz.

Foi somente após o primeiro desfile público, em agosto, que Doremus os viu, e não ficou feliz.

Todo mundo na região se juntou para ver; ele podia escutar as pessoas rindo e se movimentando sob a janela de sua sala; mas permaneceu teimosamente editando um artigo sobre fertilizantes para pomares de cerejeira. (E adorava desfiles, como uma criança!) Nem mesmo o som de uma banda martelando o "Boola Boola" o atraiu para a janela. Mas então foi puxado por Dan Wilgus, o veterano da composição e chefe da oficina de impressão do *Informer*, um homem alto como um poste e dono de um bigode preto caprichado tal como não se via desde o desaparecimento do bartender das antigas. "Precisa dar só uma olhada, Patrão; grande espetáculo!", implorou Dan.

Através do puritanismo de tijolos vermelhos à Chester Arthur da President Street, Doremus viu marchar uma companhia de jovens surpreendentemente bem treinados, vestindo uniforme da cavalaria da Guerra Civil, e no exato momento em que passavam pelo prédio do *Informer* a banda municipal tocou alegremente "Marching through Georgia". Os rapazes sorriram, apertaram o passo e seguraram no alto seu estandarte com o leme e o MM estampados.

Quando tinha dez anos, Doremus vira nessa mesmíssima rua um desfile de Memorial Day do GAR. Os veteranos tinham em média menos de cinquenta anos na ocasião e alguns deles, apenas trinta e cinco; haviam avançado com leveza e alegria — e à melodia de "Marching Through Georgia". De modo que agora em 1937 ele observava mais uma vez os veteranos de Gettysburg e Missionary Ridge. Ah — podia vê-los todos — o tio Tom Veeder, que fizera para ele apitos de salgueiro; o velho sr. Crowley, com seus olhos cor de centáurea; Jack Greenhill, que pulava sela com as crianças e estava destinado a morrer em Ethan Creek —— Encontraram-no com o grosso cabelo pingando. Doremus se impressionou com as bandeiras MM, a música, os valorosos rapazes, ainda que odiasse tudo pelo que marchavam, e odiasse o Shad Ledue que reconheceu com incredulidade no robusto cavaleiro à testa da coluna.

Entendia agora por que os jovens marchavam para a guerra. Mas "Ah, sei — você *acha* que entende!", pôde escutar Shad caçoando em meio à música.

O humor desajeitado característico dos políticos americanos persistiu até mesmo em meio à erupção. Doremus leu a respeito e sardonicamente "destacou" no *Informer* um espetáculo de menestréis apresentado na Convenção Nacional dos Clubes de Patronos em Atlantic City, no fim de agosto. Como *end men** e interlocutor achavam-se pessoas não menos distintas do que o secretário de Tesouro, Webster R. Skittle, o secretário de Guerra, Luthorne, e o secretário de Educação e Relações Públicas, dr. Macgoblin. Era o bom e velho humor de clube dos Elks, não corroído por nenhuma das noções de dignidade e obrigações internacionais que, a despeito de seus grandes serviços, aquele personagem esquisito, Lee Sarason, era suspeito de tentar introduzir. Ora (admiraram-se os Patronos), os Figurões eram tão democráticos que até troçavam de si mesmos e dos Corpos, eles eram despretensiosos a esse ponto!

---

* Em um *minstrel show* (brancos maquiados de negros), dois atores (um em cada *end*, "ponta") que entabulavam diálogo cômico com um terceiro (o *interlocutor*). (N. T.)

"Quem era aquela dama descendo a rua com você?", perguntava o rechonchudo sr. secretário Skittle (fantasiado de criada em um vestido de algodão de bolinhas) ao sr. secretário Luthorne (com o rosto pintado de preto e grandes luvas vermelhas).
"Dama nenhuma, era o jornal de Walt Trowbridge."
"Acho que nunca fui apresentada, Mist' Bones."
"Ora — você sabe — 'Uma Tia pela Plutocracia.'"*

Diversão inocente, não confusamente sutil demais, aproximando as pessoas (vários milhões escutavam pelo rádio o espetáculo do Clube de Patronos) de seus magnânimos senhores.

Mas o ponto alto do espetáculo foi o dr. Macgoblin ousando provocar sua própria facção, ao cantar:

*Agitação e bebidas e negócios, que farra!*
*Esse trabalho está cada vez melhor,*
*Quando me mandar de Washington,*
*Eu vou pra Sibéria!*\*\*

Parecia a Doremus que ele andava escutando um bocado sobre o secretário de Educação. Então, no fim de setembro, escutou algo não muito agradável sobre o dr. Macgoblin. A história, como veio a saber, era mais ou menos a seguinte:

Hector Macgoblin, esse grande cirurgião-boxeador-poeta-marinheiro, sempre dera um jeito de ter inimigos às mancheias, mas após o início de sua investigação das escolas, para expurgá-las de quaisquer docentes de que porventura não gostasse, acumulou quantidade tão extraordinária deles que era acompanhado por guarda-costas. Nessa época, em setembro, estava em Nova York, encontrando uma série de "elementos subversivos" na Columbia University — contra os protestos do presidente Nicholas Murray Butler, que insistia já ter se livrado de

---

* O diálogo, escrito em parte num intraduzível jargão supostamente negro, alude ao *Lance for Democracy* ("Uma lança pela democracia"), com o trocadilho "A Nance for Plutocracy" (*nance*: "homossexual"). (N. T.)
\*\* O primeiro verso (*"Buzz and booze and biz, what fun!"*) joga com as palavras das canções anteriores. (N. T.)

todos os pensadores recalcitrantes e perigosos, sobretudo os pacifistas da escola de medicina — e os guarda-costas de Macgoblin eram dois antigos professores de filosofia que em suas respectivas universidades haviam sido admirados até por seus decanos em tudo, exceto o fato de que bebiam demais e arrumavam encrenca. Um deles, nesse estado, costumava tirar o sapato e golpear a cabeça da pessoa com o calcanhar, se ela estivesse discutindo em defesa de Jung.

Com esses dois em uniforme de líderes do batalhão MM — o seu era de brigadeiro —, após um dia proveitosamente passado expulsando da Columbia todos os professores que votaram em Trowbridge, o dr. Macgoblin saiu com sua dupla de armários para executar a aposta de que era capaz de tomar um drinque em cada bar da Fifty-second Street sem apagar.

Saíra-se bem até que, às dez e meia, sentindo-se afetuoso e filantrópico, decidiu que seria uma esplêndida ideia telefonar para seu venerado ex-professor na Leland Stanford, o dr. Willy Schmidt, biólogo, outrora de Viena, agora no Rockefeller Institute. Macgoblin ficou indignado quando alguém no apartamento do dr. Schmidt informou-o de que o doutor saíra. Furioso, disse: "Saiu? Saiu? Como assim, saiu? Um bode velho daqueles não tem direito algum de sair! À meia-noite! Onde ele está? Aqui é do Departamento de Polícia! Onde ele está?".

O dr. Schmidt estava na casa daquele nobre estudioso, o rabino dr. Vincent de Verez.

Macgoblin e seus doutos gorilas resolveram fazer uma visitinha a De Verez. No caminho, nada digno de nota aconteceu, a não ser que, discutindo o preço da corrida com o chofer do táxi, Macgoblin achou por bem nocauteá-lo. Os três, sentindo-se no mais alegre e pueril estado de espírito, apareceram jovialmente na antediluviana residência do dr. De Verez nos Sixties. O vestíbulo era bastante decrépito, com uma humilde exposição dos guarda-chuvas e galochas do bom rabino, e tivessem os invasores visto os quartos, teriam se deparado com celas trapistas. Mas a comprida sala de estar, com a parte de visitas e a particular unidas num só ambiente, era metade museu, metade sala de descanso. Como ele mesmo apreciava tais coisas e se ressentia de que um estranho as possuísse, Macgoblin observou desdenhosamente o tapete de orações balúchi, o guarda-louça jacobita, o pequeno mostruário com incunábulos e manuscritos árabes em pergaminho prateado e escarlate.

"Lugarzinho papa-fina! Olá, doutor! Como vai o holandês? Como vai a pesquisa de anticorpos? Estes aqui são o Dr. Nemo e o Dr., hum, Dr. Seilaquem, os famosos ladrões de cola. Grandizamigosmeus. Apresente-nos seu amigo judeu."

Mas é bem possível que o rabino De Verez nunca tivesse ouvido falar do secretário de Educação Macgoblin.

O empregado que deixara entrar os invasores e permanecera nervosamente junto à porta da sala — ele é a única fonte da maior parte da história — disse que Macgoblin cambaleou, escorregou em um tapete, quase caiu, depois riu tolamente ao sentar, acenando para que seus capangas sentassem nas poltronas e pedindo, "Ei, rabino, que tal um uísque? Um dedinho de Scotch com soda. Sei que o seu gueonim nunca mandou pra goela nada além de néctar com neve servido por uma virgem com um saltério, cantando sobre o Monte Abora, ou quem sabe um tantinho de sangue sacrificial de criança cristã — ha, ha, só uma piada, rabino; sei que esses 'Protocolos dos Anciões de Sião' são a maior patacoada, mas vêm a calhar pra burro na propaganda, mesmo assim, e —— Mas quer dizer, pra uns góis simples como nós, um veneninho de verdade! *Ouviu?*".

O dr. Schmidt fez menção de protestar. O rabino, que cofiava a barba branca, fez um gesto de silêncio e, com um aceno da frágil mão anciã, sinalizou para o empregado a postos, que relutantemente levou uísque e sifões.

Os três coordenadores da cultura quase encheram o copo antes de acrescentar a soda.

"Olha aqui, De Verez, por que vocês judeus não vão se danar, não caem fora, não tiram a carcaça de cena, e começam uma Sião pra valer, digamos, na América do Sul?"

O rabino pareceu perplexo com o ataque. O dr. Schmidt bufou, "O dr. Macgoblin — um promissor ex-aluno meu — é secretário de Educação e fárias coisas mais — sei lá mais o quê! — em Washington. Corpo!".

"Ah!" O rabino suspirou. "Já ouvi falar desse culto, mas meu povo aprendeu a ignorar a perseguição. Tivemos o descaro de adotar a tática de seus Antigos Mártires Cristãos! Mesmo que fôssemos convidados para seu festim Corporativista — coisa que, compreendo, mui entusiasticamente não somos! —, receio que não seríamos capazes de comparecer. Sabe, acreditamos num único Ditador, Deus, e receio que não vejamos um rival de Jeová na pessoa do sr. Windrip!"

"Aah, mas quanta conversa fiada!", murmurou um dos eruditos capangas, e Macgoblin exclamou, "Ah, poupe-nos a ingresia! Pelo menos numa coisa concordamos com esses comunistas imundos apaixonados pelos judeuzinhos — em se livrarem do bando todo de divindades, Jeová e o resto, que viveram da assistência social por tanto tempo!".

O rabino foi incapaz de responder, mas o pequeno dr. Schmidt (com seu bigode de donut, pança de cerveja e botas pretas de abotoar com solas de mais de um centímetro) disse, "Macgoblin, creio que posso usar de franquessa com um antigo aluno, não hafendo aqui nenhum repórter nem microfone. Sabe por que bebe feito um porco? Porque está com fergonha! Fergonha por focê, um antigo estudante promissor, ter se fendido pra essas flibusteiros com cérebro de fígado em decomposição e ——".

"Bom parar por aí, profs!"

"Por mim a gente amarrava esses sediciosos filhos d'uma cadela e sentava a pua neles!", protestou um dos brutamontes.

Macgoblin perdeu as estribeiras, "Seus sabichões — seus intelectuais imprestáveis! Seu, seu judeuzinho imundo, com sua blibl... biblioteca metida, enquanto o Cidadão Comum morre de fome — e ia morrer mesmo, se o Chefe não salvasse ele! E esses livros de coleção — roubados das economias da coitada da sua congregação miserável de lambe-botas bufarinheiros!".

O rabino ficou como que hipnotizado, acariciando a barba, mas o dr. Schmidt deu um pulo, gritando, "Focês drês, seus salafrários, não foram confidados! Endraram aqui à força! Fora! Xá! Fora!".

Um dos capangas cobrou Macgoblin, "Vai ficar aí ouvindo esses dois hebreus insultarem a gente — insultar o divino Estado Corpo inteiro e o uniforme dos MM? Chumbo neles!".

Nesse momento, desde que chegara, à sua já abundante calibragem Macgoblin acrescentara dois uísques cavalares. Ele puxou a pistola automática e disparou duas vezes. O dr. Schmidt desabou. O rabino

De Verez escorregou em sua poltrona, a têmpora palpitando com sangue. O empregado tremia junto à porta e um dos guarda-costas atirou em sua direção, depois foi em seu encalço pela rua, atirando, e uivando com a graça da piada. Esse ilustre capanga foi morto na hora, num cruzamento, por um guarda de trânsito.

Macgoblin e o outro capanga foram presos e levados perante o comissário do Distrito Metropolitano, o grande vice-rei dos Corpos, cujo poder equivalia ao de três ou quatro governadores estaduais somados.

O dr. De Verez, embora ainda não estivesse morto, estava com o pé por demais na cova para testemunhar. Mas o comissário achou que num caso tão estreitamente relacionado com o governo federal não seria conveniente protelar o julgamento.

Contra o aterrorizado depoimento do empregado russo-polonês do rabino havia os sinceros (e a essa altura sóbrios) testemunhos do secretário de Educação nacional e de seu auxiliar ainda com vida, o ex-professor assistente de filosofia na Pelouse University. Ficou provado que não só De Verez, como também o dr. Schmidt eram judeus — coisa que, por acaso, ele não era, cem por cento. Ficou quase provado que a dupla sinistra andara atraindo inocentes Corpos para a casa do dr. De Verez e fazendo com eles o que um assustado informante judeu chamou de "assassinatos rituais".

Macgoblin e seu amigo foram inocentados por agirem em legítima defesa, e profusamente cumprimentados pelo comissário — e mais tarde em telegramas do presidente Windrip e do secretário de Estado Sarason — por terem defendido a Commonwealth contra aqueles vampiros humanos e um dos complôs mais terríveis de que se tinha notícia na história.

O policial que atirara no outro guarda-costas não foi, tão escrupulosa era a justiça dos Corpos, muito duramente punido — meramente enviado para uma ronda entediante no Bronx. Assim, todo mundo ficou feliz.

Mas Doremus Jessup, ao receber a carta de um repórter de Nova York que conversara em particular com o guarda-costas sobrevivente, não ficou nada feliz. Seu temperamento não andava dos mais afáveis, aliás. O comissário do condado, Shad Ledue, alegando razões humanitárias, obrigara-o a despedir seus entregadores e a empregar MM para distribuir (ou alegremente jogar no rio) o *Informer*. "É a gota — a gota d'água!", enfureceu-se.

Ele havia lido sobre o rabino De Verez e visto fotos do homem. Escutara certa vez o dr. Willy Schmidt falar, quando a Associação Médica do Estado tivera um encontro em Fort Beulah, e em seguida sentara próximo a ele, no jantar. Se eram judeus homicidas, então ele também era um judeu homicida, jurou, e já estava na hora de fazer alguma coisa por seu Próprio Povo.

Nessa noite — era o fim de setembro, 1937 —, não voltou para jantar em casa, mas, com um copo de papel cheio de café e uma fatia de torta intocada a sua frente, curvou-se em sua escrivaninha no *Informer*, redigindo um editorial que, após finalizado, marcou: "Urgente. 12-pt bold — boxe alto prim. pág.".

O começo do editorial, a ser publicado na manhã seguinte, dizia:

> Acreditando que a ineficiência e os crimes do governo Corpo se deviam às dificuldades que faziam parte de uma nova forma de governo, temos aguardado pacientemente pelo fim de uma e outros. Pedimos desculpa aos nossos leitores por tal paciência.
>
> É fácil perceber agora, no revoltante crime de um embriagado membro do governo contra dois idosos inocentes e inestimáveis como o dr. Schmidt e o rev. dr. De Verez, que não devemos esperar outra coisa além do extermínio homicida de todos os adversários honestos da tirania de Windrip e sua gangue Corpo.
>
> Não que todos eles sejam tão depravados quanto Macgoblin. Alguns são meramente incompetentes — como nossos amigos Ledue, Reek e Haik. Mas a ridícula incapacidade destes permite que a crueldade homicida de seus caciques prossiga sem controle.
>
> Buzzard Windrip, o "Chefe", e seu bando de piratas ——

Um homem miúdo, alinhado, de barba grisalha, furiosamente batucando numa antiga máquina de escrever, datilografando com os dois indicadores.

* * *

Dan Wilgus, chefe da sala de composição, olhou e esbravejou como um velho sargento e, como um velho sargento, era apenas teoricamente submisso ao oficial superior. Ele tremia quando entrou com o original e, quase esfregando o papel no nariz de Doremus, protestou, "Diga lá uma coisa, patrão, honestamente, não está pensando que vamos rodar isto aqui, está?".

"Pode apostar que sim!"

"Bom, eu certamente não! Isso é veneno de cascavel! Tudo bem *o senhor* ser jogado no xadrez e provavelmente fuzilado de manhã, se aprecia esse tipo de esporte, mas a gente se reuniu na oficina e todo mundo disse, o diabo me carregue se vou arriscar meu pescoço também!"

"Tudo bem, seu amarelão! Tudo bem, Dan, eu mesmo preparo a composição!"

"Ah, não! Droga, não quero ter de comparecer ao seu enterro depois que os MM terminarem com o senhor e dizer, 'Ele parece meio esquisito!'."

"Depois de trabalhar para mim por vinte anos, Dan! Seu traidor!"

"Olha aqui! Não sou nenhum Enoch Arden ou — ah, como era mesmo o nome, diacho? — Ethan Frome ou Benedict Arnold ou sei lá quem! — e mais de uma vez tive de desancar algum grosseirão no bar enchendo o peito pra dizer que o senhor era o editor sabe-tudo mais desagradável de Vermont, e aliás, acho que podia estar falando a verdade, mas ao mesmo tempo ——" O esforço de Dan para se mostrar bem-humorado e lisonjeiro cessou, e ele se lamuriou, "Droga, patrão, por favor, não!".

"Eu sei, Dan. Provavelmente nosso amigo Shad Ledue vai ficar irritado. Mas não posso continuar aturando coisas como o assassinato do velho De Verez mais do que —— Aqui! Me dá esse original!"

Enquanto o pessoal da composição tipográfica, da impressão e o jovem demônio se alternavam entre se afligir e zombar de sua falta de jeito, Doremus se posicionava diante da linotipo, em sua mão esquerda o primeiro componedor que segurava em dez anos, e olhou hesitante para a máquina. Era como um labirinto para ele. "Esqueci como faz. Só sei achar o magazine!", queixou-se.

"Diabos! Deixa comigo! Todos vocês, seus dissimulados duma figa, caiam fora já daqui! Ninguém sabe droga nenhuma sobre quem compôs esse negócio!", rugiu Dan Wilgus, e os outros impressores evaporaram! — pelo menos até a porta do banheiro.

No editorial, Doremus mostrou a prova de sua indiscrição para Doc Itchitt, esse repórter empreendedor mas desajeitado, e para Julian Falck, no momento, de partida para Amherst, mas que estivera trabalhando para o *Informer* durante todo o verão, combinando artigos impublicáveis sobre Adam Smith com matérias extremamente publicáveis sobre golfe e bailes no country club.

"Poxa, estou torcendo para o senhor ter coragem de ir até o fim e publicar — mas ao mesmo tempo torcendo para que não! Eles vão vir pra cima do senhor!", preocupou-se Julian.

"Naah! Publica logo! Não vão se atrever a fazer coisa alguma! Podem pôr as manguinhas de fora em Nova York e Washington, mas você é forte demais no vale do Beulah para que Ledue e Staubmeyer se atrevam a erguer a mão!", zurrou Doc Itchitt, enquanto Doremus refletia, "Fico pensando se esse jovem e ladino Judas do jornalismo não gostaria de me ver em maus lençóis para poder pôr as mãos no *Informer* e transformá-lo em Corpo!".

Não esperou no jornal até que o exemplar com seu editorial fosse para as máquinas. Voltou para casa cedo e mostrou a prova a Emma e Sissy. Enquanto liam, com ganidos de desaprovação, Julian Falck chegou sem ser notado.

Emma protestou, "Ah, não pode — não deve fazer isso! O que vai ser de nós todos? Honestamente, Dormouse, não temo por mim, mas o que eu faria se você fosse espancado, jogado na prisão ou sabe-se lá o quê? Parte meu coração pensar em você numa cela! E sem muda de roupas de baixo! Não é tarde demais para voltar atrás, é?".

"Não. Para falar a verdade, o jornal só será impresso às onze... Sissy, o que acha?"

"Não sei o que pensar! Ai, droga!"

"Ai, Sis-sy" veio de Emma, mecanicamente.

"Como era antes, você fazia o que era certo e ganhava um doce por isso", disse Sissy. "Agora, parece que o certo virou errado. Julian — fofinho —, o que pensa do Paps metendo um pontapé nos ouvidos peludos do Shad?"

"Ai, Sis——"

Julian interrompeu, "Acho que seria um crime se ninguém tentasse deter esses sujeitos. Quem dera eu pudesse. Mas como?".

"Você provavelmente resolveu o assunto todo", disse Doremus. "Se um homem se arroga o direito de dizer a milhares de leitores o que é o quê — tudo muito agradável, até aqui —, tem uma espécie do que se poderia chamar de obrigação sacerdotal de dizer a verdade. 'Ó tormento maldito.'* Bom! Acho que vou dar mais uma passada no jornal. Estou de volta em casa lá pela meia-noite. Ninguém precisa me esperar — e Sissy, e você, Julian, isso vale particularmente para os dois, criaturas da noite! Quanto a mim e minha casa, vamos servir o Senhor — e, em Vermont, isso significa ir para a cama."

"E sem companhia!", murmurou Sissy.

"*Ai — Cecilia — Jes-sup!*"

Quando Doremus se afastou, Foolish, que ficara sentado em adoração, levantou rápido, esperando um passeio.

De algum modo, mais do que todas as súplicas de Emma, a familiar devoção do cachorro fez Doremus sentir como seria ir para a prisão.

Ele mentira. Não voltou ao jornal. Subiu o vale em direção à Taverna para ver Lorinda Pike.

Mas no caminho parou na casa de seu genro, o jovem e enérgico dr. Fowler Greenhill; não para lhe mostrar a prova, mas ter — talvez na prisão? — outra lembrança da vida doméstica que fora sua riqueza. Entrou calmamente no vestíbulo da casa de Greenhill — uma airosa imitação de Mount Vernon; muito próspera e segura, alegre com a

---

* *Hamlet*, ato 1, cena 5.

mobília de nogueira e ferragens de latão e caixas pintadas russas que Mary Greenhill tanto amava. Doremus pôde escutar David (mas decerto já passara da hora de dormir? — a que *hora* crianças de nove anos vão para a cama nestes dias degenerados?) papeando excitadamente com seu pai, e com o sócio de seu pai, o velho dr. Marcus Olmsted, que estava quase aposentado, mas se incumbia, para o consultório, da obstetrícia, bem como de olhos e ouvidos.

Doremus espiou a sala de estar, com suas alegres cortinas de linho amarelo. A mãe de David escrevia cartas, uma figura viçosa, elegante, diante de uma escrivaninha de bordo, munida de uma pena amarela, papel de carta estampado e mata-borrão prateado. Fowler e David acomodavam-se nos dois braços amplos da poltrona do dr. Olmsted.

"Então você acha que não vai ser médico, como seu pai e eu?", inquiria o dr. Olmsted.

O macio cabelo de David esvoaçou quando balançou a cabeça com a agitação de ser levado a sério pelos adultos.

"Ah — ah — ah, sim. Eu queria. Ah, acho que ia ser legal ser médico. Mas eu queria ser de um jornal, como o vovô. Isso ia ser do barulho! Você disse!"

("Da-vid! Onde você aprendeu a falar desse jeito!")

"Sabe, doutor-tio, um médico, puxa, ele tem que ficar acordado a noite inteira, mas um editor, só fica sentado na sala dele descansando e nunca tem que se preocupar com nada!"

Nesse momento, Fowler Greenhill viu seu sogro na porta lhe fazendo caretas e advertiu David, "Olha, nem sempre! Os editores têm de dar bastante duro às vezes — pense só quando acontecem desastres de trem, inundações e todas essas coisas! Vou lhe dizer. Sabia que eu tenho um poder mágico?".

"O que é 'poder mágico', pai?"

"Vou mostrar. Vou fazer seu avô aparecer aqui das profundezas enevoadas ——"

("Mas ele vem?", resmungou o dr. Olmsted.)

"—— e pedir para ele lhe mostrar todos os problemas que um editor enfrenta. Ele vai aparecer voando pelo ar!"

"Aah, puxa, você não consegue fazer *isso*, pai!"

"Ah, se consigo!" Fowler fez uma pose solene, as luzes no teto suavizando seu rude cabelo ruivo, e girou os braços, invocando, "Presto — vesto — adsit — vovô Jessup — voilà!".

E ali, entrando pela porta, de fato *apareceu* o vovô Jessup!

Doremus ficou apenas dez minutos, dizendo consigo mesmo, "Enfim, nada de mau pode acontecer aqui, nesta sólida residência familiar". Quando Fowler o viu na porta, Doremus suspirou para ele, "Quem dera Davy estivesse certo — só ficar sentado na minha sala sem nenhuma preocupação. Mas presumo que um dia desses vou ter algum choque com os Corpos".

"Espero que não. Um bando cruel. O que acha, pai? Aquele suíno do Shad Ledue me disse ontem que me queriam nos MM como oficial médico. Nem morto! Foi o que eu falei."

"Cuidado com Shad, Fowler. Ele é vingativo. Fez a gente trocar a fiação do prédio todo."

"Não tenho medo do capitão general Ledue nem de cinquenta como ele! Espero que me chame com uma dor de barriga, um dia desses! Vou lhe dar um bom sedativo — cianeto de potássio. Quem sabe ainda tenho o prazer de ver aquele cavalheiro em seu caixão. Essa é a vantagem de ser médico, você sabe! Noite, pai! Durma bem!"

Inúmeros turistas continuavam vindo de Nova York para ver o colorido outono de Vermont, e quando Doremus chegou à Taverna do Vale do Beulah teve de aguardar com irritação enquanto Lorinda pegava toalhas extras, checava horários de trem e se mostrava educada com senhoras idosas se queixando de que havia barulho demais — ou de menos — vindo das cataratas do rio Beulah à noite. Só conseguiu conversar com ela depois das dez. Nesse ínterim, foi um curioso luxo sentir a exaltação de observar cada minuto perdido ameaçá-lo com a proximidade da hora do fechamento, enquanto ficava no salão de refeições, rabiscando as páginas da última *Fortune*.

Lorinda o levou, às dez e quinze, para seu pequeno gabinete — apenas uma escrivaninha de tampo corrediço, uma cadeira de escritório, outra de espaldar reto e uma mesa com pilhas de revistas de hotel defuntas. Um ambiente esmerado de solteirona, contudo, ainda cheirando a fumaça de charuto e velhas pastas de cartas dos proprietários havia muito desaparecidos.

"Depressa, Doreminho. Estou no meio de um pequeno pega com o boca-dura do Nipper." Aboletou-se em cima da mesa.

"Linda, leia esta prova. Para o jornal de amanhã… Não. Espera. Levanta."

"Ãhn?"

Ele puxou a cadeira de escritório e a fez sentar em seu colo. "Ah, *você*!", ela bufou, mas aconchegou o rosto em seu ombro e murmurou com satisfação.

"Leia isso, Linda. Para o jornal de amanhã. Acho que vou publicar, vou mesmo — tenho até as onze para decidir — mas será que devo? Quando saí da redação estava convicto, mas Emma ficou com medo ——"

"Ah, *Emma*! Fica parado. Deixa eu ver." Ela leu rapidamente. Sempre lia. No fim, disse, sem emoção, "É. Você deve publicar. Doremus! Eles na verdade vieram aqui — os Corpos — é como ler sobre o tifo na China e de repente descobrir que está acontecendo na sua própria casa!".

Ela acariciou o ombro dele com seu rosto outra vez, e se enfureceu, "Veja só! Esse Shad Ledue — e pensar que dei aula para ele por um ano na escola do distrito, ainda que eu fosse só dois anos mais velha — que valentão mais desprezível, ainda por cima! Veio me procurar faz alguns dias e teve o desplante de propor que se eu baixasse as diárias para os MM — ele meio que sugeriu que seria um belo gesto de minha parte servir os oficiais MM de graça — eles fechariam os olhos para minha venda de bebidas sem licença nem nada! Ora, teve o inconcebível desplante de me dizer — e com *ar condescendente*! meu querido — que ele e seus amiguinhos estariam dispostos a se hospedar aqui com frequência! Até mesmo Staubmeyer — ah, nosso 'professor' está se revelando de uma lealdade a toda prova! E quando toquei Ledue para fora daqui, o homem soltando fumaça pelas ventas —— Bem, hoje de manhã mesmo recebo a notícia de que tenho de aparecer no tribunal do condado amanhã — uma queixa do meu afetuoso sócio, o sr. Nipper — parece que não está satisfeito com a divisão do nosso trabalho por aqui — e francamente, meu bem, ele nunca mexe uma palha, só fica sentado matando de tédio meus melhores clientes, contando sobre o hotel papa-fina que costumava ter na Flórida. E Nipper tirou suas coisas daqui e se mudou para a cidade. Receio que terei de fazer das tripas coração para me segurar e não dizer o que penso dele diante do juiz".

"Senhor Santíssimo! Escute, doçura, você tem um advogado para isso?"

"Advogado? Deus, não! É só um desentendimento — de parte do nosso Nipper."

"Melhor arranjar um. Os Corpos estão usando os tribunais para todo tipo de patifaria e acusações de sedição. Pega o Mungo Kitterick, meu advogado."

"Ele é estúpido. E insensível."

"Eu sei, mas é organizado, como tantos advogados. Gosta de pôr os pingos nos is. Pode ser que não dê a mínima para a justiça, mas fica horrivelmente aflito com qualquer irregularidade. Por favor, contrate-o, Lindy, porque Effingham Swan estará presidindo o tribunal amanhã."

"Quem?'

"Swan — o juiz militar do Distrito Três — é um novo cargo do Corpo. Uma espécie de juiz itinerante com poderes de corte marcial. Esse Effingham Swan — mandei Doc Itchitt entrevistá-lo hoje, quando chegou — é o perfeito fascista-cavalheiro — estilo Oswald Mosley. Boa família — seja lá o que isso signifique. Formado em Harvard. Direito em Columbia, um ano em Oxford. Mas se bandeou para as finanças em Boston. Banco de investimento. Major ou algo assim durante a guerra. Joga polo e competiu numa regata até as Bermudas. Itchitt diz que é um tremendo bruto, com modos mais doces que um sundae de caramelo e mais eloquente que um bispo."

"Mas vou ficar feliz por ter um *cavalheiro* a quem dar explicações, em vez de Shad."

"O porrete de um cavalheiro machuca tanto quanto o de um bruto!"

"Ah, *você*!", com ternura irritada, passando o indicador pela linha de seu queixo.

Do lado de fora, som de passos.
Levantando de forma abrupta, ela sentou com o maior recato na cadeira de espaldar reto. O som se foi. Ela ruminou:
"Todo esse aborrecimento e os Corpos —— Eles vão fazer alguma coisa com você e comigo. Vão nos provocar tanto que — ou vamos ficar desesperados e nos agarrar de fato um ao outro, e todo mundo pode ir para o diabo, ou então o mais provável é acontecer meu maior medo, vamos nos afundar tanto na rebelião contra Windrip, sentir de tal forma que estamos combatendo algo, que vamos querer abrir mão de tudo por isso, abrir mão até de nós. Assim ninguém vai poder descobrir sobre a gente e nos criticar. Teremos de ficar acima da crítica."
"Não! Não quero nem ouvir isso. Vamos lutar, mas como podemos nos envolver a esse ponto — gente distanciada como nós ——"
"*Vai mesmo* publicar esse editorial amanhã?"
"Vou."
"Tarde demais para derrubar?"
Ele olhou o relógio sobre a escrivaninha — tão ridiculamente parecido com um relógio de escola primária que podia estar flanqueado por retratos de George e Martha Washington. "Bom, sim, é tarde demais — quase onze. Só consigo chegar ao jornal bem depois."
"Tem certeza de que não vai ficar preocupado quando for para a cama hoje à noite? Querido, não quero que se preocupe de jeito nenhum! Tem certeza de que não quer telefonar e cancelar o editorial?"
"Tenho. Absoluta!"
"Fico feliz! Por mim, prefiro levar um tiro a andar sorrateira por aí, paralisada de medo. Bendito seja!"
Ela o beijou e se afastou apressada para trabalhar por mais uma ou duas horas, enquanto ele voltava para casa assobiando, orgulhoso de si.
Mas não dormiu bem, em sua cama de nogueira escura. Sobressaltou-se com os ruídos noturnos de uma velha casa de madeira — as paredes se acomodando, os passos de assassinos incorpóreos esgueirando-se pelas tábuas do assoalho a noite toda.

# 19

Um propagandista honesto de qualquer Causa, isto é, alguém que estude e conceba honestamente o modo mais eficaz de transmitir sua Mensagem, vai descobrir um tanto cedo que não é justo com a gente simples — só serve para deixá-la confusa — tentar fazer com que engula todos os fatos verdadeiros que seriam adequados para uma classe mais elevada de pessoas. E um ponto aparentemente pequeno mas sumamente importante que ele aprende, se discursa o suficiente, é que a noite é um horário melhor para trazer as pessoas para o seu lado, quando estão cansadas do trabalho e a chance de resistir é pequena, do que qualquer hora do dia.

*Hora Zero*, Berzelius Windrip

O *Informer* de Fort Beulah tinha seu próprio edifício de três andares com subsolo na President Street, entre Elm e Maple, do lado oposto à entrada lateral do hotel Wessex. No andar superior ficava a sala de composição; no primeiro, o departamento editorial e fotográfico e a contabilidade; no subsolo, as impressoras; e no térreo, os departamentos de circulação e propaganda, bem como o escritório de recepção, de frente para a calçada, onde o público ia para fazer assinaturas e pagar anúncios classificados. A sala exclusiva do editor, Doremus Jessup, dava vista para a President Street por uma janela não muito suja. Era maior, embora um pouco menos vistosa, do que o escritório de Lorinda Pike na Taverna, mas na parede havia verdadeiros tesouros históricos, como um mapa de levantamento topográfico de Fort Beulah Township em 1891, um retrato a óleo contemporâneo do presidente McKinley, acompanhado de águias, bandeiras, um canhão e a flor do estado de Ohio, o cravo vermelho, uma foto da Associação Editorial da Nova

Inglaterra (em que Doremus era o terceiro borrão em um chapéu-coco na quarta fileira) e o exemplar absolutamente fajuto de um jornal anunciando a morte de Lincoln. Era razoavelmente arrumado — no arquivo de couro envernizado, em tudo mais vazio, havia apenas dois pares e meio de luvas de inverno e um cartucho de escopeta calibre .18.

Doremus era, pelo hábito, extremamente afeiçoado a sua sala. Era o único lugar, à parte o gabinete doméstico, seu e de mais ninguém. Teria odiado ter de sair dali ou dividi-lo com alguém — com possível exceção de Buck e Lorinda — e toda manhã chegava expectante, atravessando o térreo até a larga escada marrom em meio ao aroma agradável de tinta de impressão.

Estava diante da janela de sua sala antes das oito, manhã em que seu editorial saiu, olhando para as pessoas a caminho do trabalho nas lojas e armazéns. Algumas delas eram Minute Men uniformizados. Cada vez mais os MM de meio período usavam seu uniforme nas atividades civis. Havia um burburinho ali embaixo. Ele os viu desdobrar exemplares do *Informer*; viu-os erguer o rosto, apontar para cima, para sua janela. As cabeças próximas, eles discutiam com irritação a primeira página do jornal. R. C. Crowley passou, cedo como sempre a caminho de abrir o banco, e parou para conversar com um balconista da mercearia de Ed Howland, ambos abanando a cabeça. O velho dr. Olmsted, sócio de Fowler, e Louis Rotenstern estacaram na esquina. Doremus sabia que eram ambos amigos seus, mas pareciam inseguros, talvez assustados conforme liam o *Informer*.

O vaivém de gente virou um agrupamento, o agrupamento, uma multidão, a multidão, uma turba, todos arregalando os olhos para sua sala, começando um clamor. Havia dezenas ali que não conhecia: fazendeiros respeitáveis que foram à cidade para fazer compras, outros, menos respeitáveis, que foram à cidade para beber, trabalhadores do campo próximo, todos num torvelinho em torno dos MM uniformizados. Provavelmente muitos deles não davam a mínima para os insultos contra o Estado Corpo, mas apenas extraíam um prazer imparcial e impessoal da violência, natural à maioria das pessoas.

O murmúrio ficou mais elevado, menos humano, mais como estalos de vigas queimando. Seus olhares se uniram num só. Ele ficou, francamente, assustado.

Apenas parcialmente se deu conta do grande Dan Wilgus, o chefe de composição, a seu lado, a mão em seu ombro, mas calado, e de Doc Itchitt cacarejando, "Nossa — minha nossa — só espero que não — meu Deus, espero que não subam aqui!".

A multidão entrou em ação, rápida e em uníssono, sem nenhum outro incitamento além do grito de um MM anônimo: "Vamos pôr fogo no jornal, linchar todo o bando de traidores!". Estavam correndo pela rua, invadindo o escritório de entrada. Ele escutou o som de coisas quebrando e seu medo se transformou em fúria protetora. Desceu a galope a escada ampla e cinco degraus acima do escritório de entrada olhou para a multidão, equipada com machados e foices saqueados da loja de ferragens de Pridewell ali perto, atacando o balcão diante da porta de entrada, quebrando o mostruário de cartões-postais e amostras de materiais timbrados e, com mãos obscenas, esticando os braços sobre o balcão para rasgar a blusa da atendente.

Doremus gritou, "Saiam daqui, seus vagabundos!".

Vinham em sua direção, as mãos como garras se abrindo e fechando horrivelmente, mas não esperou que chegassem. Precipitou-se escada abaixo, de degrau em degrau, tremendo não de medo, mas de raiva insana. Um cidadão truculento agarrou seu braço, começou a torcê-lo. A dor foi atroz. Nesse momento (Doremus quase sorriu, tão grotescamente parecido foi com o resgate feito, no último segundo, por um grupo de desembarque dos Fuzileiros) entrou marchando pela porta de entrada o comissário Shad Ledue, à testa de vinte MM com baionetas caladas e, trepando pesadamente sobre o balcão arruinado, gritou:

"Basta disso agora! Sumam já daqui, todo o maldito bando de vocês!".

O agressor de Doremus largara seu braço. Será que deveria, perguntou-se Doremus, sentir-se calorosamente em dívida com o comissário Ledue, com Shad Ledue? Sujeito mais poderoso e de confiança — o porco imundo!

Shad rugiu: "Ninguém vai depredar este lugar. Jessup merece ser linchado, não tenham dúvida, mas recebemos ordens de Hanover — os Corpos vão confiscar as instalações e usá-las. Caiam fora, vocês!".

Uma mulher rude das montanhas — em outra existência, tricotara junto à guilhotina — passara pelo balcão e urrava para Shad, "Eles são traidores! Vamos enforcar todos! Vamos enforcar *você* se nos impedir! Quero meus cinco mil dólares!".

Shad desceu calmamente do balcão e esbofeteou a mulher. Doremus sentiu seus músculos ficarem tensos com o esforço de avançar contra Shad para vingar a boa senhora que, afinal de contas, tinha tanto direito quanto o outro de executá-lo, mas ele relaxou e, com impaciência, perdeu a vontade de realizar esse heroísmo de araque. As baionetas dos MM que abriam clarões na multidão eram uma realidade, não algo a atacar movido pela histeria.

Shad, do balcão, vociferava, a voz parecendo uma roda de serra, "Vamos logo com isso, Jessup! Levem-no daqui, homens".

E Doremus, absolutamente impotente, marchou pela President Street, subindo a Elm Street em direção ao fórum e à cadeia do condado, cercado por quatro Minute Men armados. A coisa mais estranha, refletiu, era que um homem pudesse partir assim, numa jornada inexplorada que talvez levasse anos, sem se preocupar com planos e passagens, sem bagagem, sem nem sequer um lenço limpo de reserva, sem avisar Emma aonde estava indo, sem avisar Lorinda — ah, Lorinda era capaz de cuidar de si mesma. Mas Emma ficaria preocupada.

Ele percebeu que o guarda a seu lado, com as divisas de um líder de esquadrão, ou cabo, era Aras Dilley, o relapso fazendeiro de Mount Terror que ele tantas vezes ajudara... ou acreditara ter ajudado.

"Ah, Aras!", disse.

"Hum!", disse Aras.

"Vamos! Cala a boca e continua andando!", disse o MM atrás de Doremus, cutucando-o com a baioneta.

Não o machucou muito, na verdade, mas Doremus cuspiu de raiva. Até então presumira, inconscientemente, que sua dignidade, seu corpo eram sagrados. A obscena morte podia tocá-lo, mas não um estranho mais vulgar.

Apenas quando estavam quase chegando ao fórum ele pôde perceber que as pessoas olhavam para ele — Doremus Jessup! — como um prisioneiro sendo levado para a cadeia. Tentou mostrar orgulho de ser um prisioneiro político. Não conseguiu. Prisão era prisão.

A cadeia do condado ficava no fundo do prédio, agora centro do quartel-general de Ledue. Doremus nunca estivera ali nem em nenhuma outra cadeia, a não ser como repórter, entrevistando compassivamente essa curiosa, inferior espécie de gente que misteriosamente era presa.

Entrar por aquela vergonhosa porta do fundo — ele, que permanecera sempre orgulhosamente na entrada do fórum, o editor, cumprimentado pelo escrivão, pelo xerife, pelo juiz!

Não se via sinal de Shad. Silenciosamente, os quatro guardas de Doremus conduziram-no por uma porta de aço e um corredor até uma pequena cela cheirando a cloro e, ainda sem dizer palavra, deixaram-no ali. A cela tinha um catre com um colchão de palha úmido e um travesseiro de palha ainda mais úmido, um banquinho, pia com torneira de água fria, privada, dois cabides para roupas, uma pequena janela com barras e mais nada além de um auspicioso cartaz enfeitado com não-me-esqueças em relevo e um texto do Deuteronômio, "ELE VIVERÁ LIVRE EM SUA CASA POR UM ANO".

"Assim espero!", disse Doremus, com cara de poucos amigos.

Ainda não eram nove da manhã. Ficou na cela, sem falar, sem comida, tomando apenas água de torneira, colhida nas mãos em concha, e com um cigarro por hora, até depois da meia-noite, e nessa inabitual calmaria percebeu como na prisão os homens acabavam enlouquecendo.

"Sem choro. Você está aqui faz só algumas horas, e um monte de pobres-diabos ficam na solitária por anos a fio, jogados ali dentro por tiranos piores do que Windrip... sim, e às vezes também por bons e educados juízes dotados de consciência social com quem já joguei bridge!"

Mas a sensatez do pensamento não o deixou particularmente animado.

Podia escutar um tagarelar distante vindo da cela coletiva, onde bebuns e vagabundos, e os autores de pequenos delitos entre os MM, aglomeravam-se em invejável camaradagem, mas o som não passava de um pano de fundo para a imobilidade corrosiva.

Mergulhou num trêmulo torpor. Sentiu que sufocava, e ofegou em desespero. Apenas de vez em quando pensava com clareza — nesse caso, apenas sobre a vergonha de ser preso ou, ainda mais enfaticamente, sobre a terrível dureza do banquinho em seus fundilhos pobremente acolchoados, e como isso era tão mais agradável, apesar de tudo, do que o catre, cujo colchão tinha a qualidade de minhocas esmagadas.

A certa altura, sentiu enxergar claramente o caminho:

"A tirania dessa ditadura não é primordialmente culpa do Mundo dos Negócios, tampouco dos demagogos que fazem seu trabalho sujo. É culpa de Doremus Jessup! De todos os conscienciosos, respeitáveis, mentalmente indolentes Doremus Jessups da vida que permitiram aos demagogos se imiscuir no poder sem protestar com suficiente veemência.

"Alguns meses atrás eu pensava que a carnificina da Guerra Civil, e toda a agitação dos violentos abolicionistas que ajudaram a perpetrá-la, era malévola. Mas possivelmente eles *tiveram* de ser violentos, pois cidadãos tranquilos como eu não poderiam ser acordados de outro modo. Se nossos avós tivessem tido a presteza e a coragem de ver os males da escravidão e de um governo conduzido por cavalheiros e somente para cavalheiros, não teria havido necessidade alguma de agitadores, guerra e sangue.

"Foi gente da minha espécie, os Cidadãos Responsáveis que nos sentimos superiores porque nos tornamos prósperos e o que acreditamos ser 'educados', que acarretou a Guerra Civil, a Revolução Francesa e agora a Ditadura Fascista. Eu assassinei o rabino De Verez. Fui eu que persegui os judeus e os negros. Não posso pôr a culpa em nenhum Aras Dilley, nenhum Shad Ledue, nenhum Buzz Windrip, apenas em minha própria alma tímida e mente letárgica. Perdão, ó Senhor!

"Será tarde demais?"

Mais uma vez, à medida que a escuridão penetrava em sua cela como o inescapável lodo de uma enchente, ele pensou furiosamente:

"E quanto a Lorinda. Agora que levei um choque de realidade — precisa ser uma coisa ou outra: Emma (que é meu pão) ou Lorinda (meu vinho), mas não posso ter ambas.

"Ah, maldição! Que besteira! Por que um homem não pode ter tanto pão como vinho sem precisar preferir um ao outro?

"A menos, talvez, que estejamos todos caminhando para um dia de batalhas em que o combate será acalorado demais para permitir a um homem se deter por qualquer coisa exceto pão... e talvez acalorado demais para permitir que se detenha até por isso!"


A espera — a espera na cela sufocante — a implacável espera enquanto o imundo vidro da janela passava do entardecer às trevas desoladas.

O que estava acontecendo lá fora? O que acontecera a Emma, a Lorinda, à equipe do *Informer*, a Dan Wilgus, a Buck, Sissy, Mary e David?

Puxa, esse era o dia em que Lorinda tinha de responder à ação movida por Nipper! Hoje! (Decerto tudo deveria ter sido resolvido um ano antes!) O que acontecera? O juiz militar Effingham Swan tratou-a como merecia?

Mas Doremus passou mais uma vez dessa viva agitação para o transe da espera — a espera; e, cochilando no banquinho horrivelmente desconfortável, ficou confuso quando em alguma hora perversamente tardia (pouco após a meia-noite) foi despertado pela presença de MM armados diante das barras da cela, e pelo falar arrastado de caipira do líder de esquadrão, Aras Dilley:

"Ora, acho que é melhor o s'or levantar agora, melhor levantar! O juiz quer ver o s'or — o juiz falou que quer ver o s'or. Heh! Tô apostando que o s'or nunca pensou que eu ia ser um líder de esquadrão, num foi, s'or Jessup?".

Doremus foi escoltado por corredores tortuosos até a familiar entrada lateral do tribunal — a entrada onde vira Thad Dilley, o degenerado primo de Aras, entrar com seu andar bamboleante para receber a sentença por ter assassinado a esposa com um porrete... Não podia evitar o pensamento de que ele e Thad eram parecidos agora.

Mantiveram-no na espera — na espera! — por um quarto de hora diante da porta fechada do tribunal. Teve tempo de considerar os três guardas comandados pelo líder de esquadrão Aras. Acontecia de saber que um deles cumprira sentença em Windsor por roubo qualificado; outro, um carrancudo jovem fazendeiro, fora um tanto dubiamente absolvido de uma acusação de queimar o celeiro do vizinho num ato de vingança.

Recostou contra a parede cinza ligeiramente suja do corredor.

"Fique direito aí, você! Que diacho tá pensando que é isto aqui? Fazendo a gente ficar acordado até tarde desse jeito!", disse o rejuvenescido e redimido Aras, agitando sua baioneta e ardendo de desejo de usá-la no *bourjui*.

Doremus se aprumou.

Ficou muito aprumado, ficou rígido, sob um retrato de Horace Greeley.

Até então, Doremus gostara de pensar nesse que era o mais famoso dos editores radicais, e que fora impressor em Vermont de 1825 a 1828, como seu colega e camarada. Agora sentia-se um colega apenas do revolucionário Karl Pascal.

Suas pernas, já não tão jovens, tremiam; suas panturrilhas doíam. Iria desmaiar? O que estava acontecendo ali dentro, no tribunal?

Para se poupar da ignomínia de desfalecer, examinou Aras Dilley. Embora seu uniforme fosse novo, Aras cuidara dele como sua família e ele haviam cuidado da própria casa em Mount Terror — outrora um sólido chalé vermontês de reluzentes tábuas brancas, agora enlameado e podre. Seu quepe estava enterrado na cabeça, havia manchas em sua calça, as perneiras folgadas, e um botão da túnica pendia da linha frouxa.

"Eu não faria questão de ser o ditador de um Aras, mas também não me agrada que ele e seus comparsas se tornem meus ditadores, sejam eles chamados de Fascistas, Corpos, Comunistas, Monarquistas, Eleitores Democráticos Livres ou o que for! Se isso faz de mim um cúlaque reacionário, que seja! Creio que nunca apreciei de fato os confrades ineptos, a despeito de todas as mãos que apertei. Acaso o Senhor espera de nós que amemos os chupins tanto quanto as andorinhas? Eu não! Ah, sei; Aras passou por maus bocados: hipoteca e sete filhos. Mas o primo Henry Veeder e Dan Wilgus — isso, e Pete Vutong, o canadense, que mora do outro lado da estrada e possui exatamente o mesmo tipo de terras que Aras —, todos eles nasceram pobres, e

vivem com bastante decência. Lavam a orelha e o batente da porta, pelo menos. Quero ser mico de circo se vou abrir mão completamente da doutrina americana-wesleyana de Livre-Arbítrio e de Vontade de Realização, mesmo que isso me expulse da Comunhão Liberal!"
Aras espiara a sala do tribunal e dava risadinhas.
Então Lorinda saiu — após a meia-noite!
Seu sócio, o desprezível Nipper, veio atrás, com uma expressão de humilde triunfo.
"Linda! Linda!", chamou Doremus, as mãos esticadas, ignorando o escárnio dos curiosos guardas, tentando ir em sua direção. Aras o puxara para trás e escarnecera de Lorinda, "Continua andando — nada de parar aí!", e ela continuou andando. Parecia curvada e desligada de um jeito que Doremus nunca julgara ser possível, em toda a sua luminosa determinação.
Aras cacarejou, "Ha, ha, ha! Sua amiga, irmãzinha Pike ——".
"Amiga da minha esposa!"
"Tudo bem, patrão. Que seje! A amiga da sua esposa, a irmãzinha Pike, teve o que mereceu por se meter com o juiz Swan! Saiu da sociedade com o s'or Nipper — ele vai cuidar daquela Taverna lá deles, e a maninha Pike vai voltar pras panelas na cozinha, que é o lugar dela! — como é capaz que vai ser com muitas dessas mulheres lá suas, que se acham tão chiques e independentes, elas vão ter o que merecem também, espera só pra ver!"
Mais uma vez Doremus teve bom senso suficiente de olhar para as baionetas; e uma voz poderosa dentro da sala do tribunal trombeteou: "Próximo caso! D. Jessup!".

Na bancada dos juízes estavam Shad Ledue, uniformizado como líder de batalhão dos MM, o ex-superintendente Emil Staubmeyer, representando o papel de alferes, e um terceiro homem, alto, um tanto bem-apessoado, um rosto para lá de massageado, com as letras "JM" na gola de seu uniforme de comandante, ou pseudocoronel. Talvez fosse cerca de quinze anos mais novo do que Doremus.
Aquele, sabia Doremus, devia ser o juiz militar Effingham Swan, vindo de Boston.

Os Minute Men o conduziram à frente da bancada e se retiraram, com apenas dois deles, um jovem lavrador de rosto leitoso e um ex--atendente de posto de gasolina, permanecendo de guarda atrás das portas duplas da entrada lateral...

O comandante Swan aguardava de pé, e, como se estivesse cumprimentando seu amigo mais antigo, arrulhou para Doremus, "Meu caro colega, lamento todo esse inconveniente. Apenas uma inquirição de rotina, sabe. Por favor, sente-se. Cavalheiros, no caso do sr. Doremus, certamente não precisamos passar pela farsa de um inquérito formal. Vamos todos nos sentar em volta daquela estúpida mesa enorme ali — lugar onde sempre ficam os réus inocentes e os advogados culpados, sabem — descer desse altar elevado — um pouco místico demais para o gosto de um reles investidor como eu. Primeiro o senhor, professor; primeiro o senhor, meu caro capitão". E para os guardas, "Queiram ter a gentileza de esperar no corredor, sim? Fechem a porta".

Staubmeyer e Shad, a despeito da frivolidade de Effingham Swan, ostentando um ar tão pomposo quanto seus uniformes lhes permitiam, marcharam até a mesa. Swan os seguiu airosamente e para Doremus, ainda de pé, ofereceu sua cigarreira de casco de tartaruga, cantarolando, "Fume um cigarro, sr. Doremus. Precisamos todos ser tão exageradamente formais?".

Doremus aceitou com relutância, sentou com relutância quando Swan gesticulou na direção de uma cadeira — com algo não tão airoso e afável na rispidez do gesto.

"Meu nome é Jessup, comandante. Doremus é meu primeiro nome."

"Ah, compreendo. Poderia ser. Um tanto. Muito Nova Inglaterra. Doremus." Swan recostava em sua poltrona de madeira, as mãos de unhas aparadas com esmero atrás da cabeça. "Vou lhe dizer, meu caro. A memória da pessoa é uma coisa deveras desgraçada, sabe. Vou simplesmente chamá-lo de 'Doremus', sem o 'senhor'. Então, como vê, pode se aplicar tanto ao primeiro (ou de batismo, como acredito que a mais miserável gente em Back Bay insiste em chamar) — seja o de batismo ou o sobrenome. Então deveremos todos nos sentir entre amigos e em segurança. Agora, Doremus, meu caro, pedi aos meus amigos no MM — quero crer que não foram por demais inoportunos, como essas unidades paroquianas às vezes parecem ser —, mas lhes dei ordens de convidá-lo a vir aqui, na verdade, apenas para ouvir seu conselho de jornalista. Acaso lhe parece que a maioria dos camponeses aqui esteja caindo em si e pronta para aceitar o Corpo *fait accompli*?"

Doremus grunhiu, "Mas pelo que entendi fui arrastado para cá — e se quer saber, seu esquadrão não poderia ter sido mais, como diz, 'inoportuno'! — devido ao editorial que escrevi sobre o presidente Windrip".

"Ah, aquilo foi você, Doremus? Viu? — eu tinha razão — a memória é a coisa mais desgraçada! De fato, acho que me recordo agora de algum incidente de menor importância nesse sentido — sabe — mencionado na agenda. Pegue mais um cigarro, meu caro."

"Swan! Não gosto nem um pouco desse jogo de gato e rato — pelo menos, não quando eu sou o rato. Quais são as acusações contra mim?"

"Acusações? Ah, minha tia única! Apenas coisas triviais — difamação, transmitir informação secreta para forças estrangeiras, alta traição, incitamento homicida à violência — sabe, essas coisas enfadonhas de sempre. E tudo muito fácil de se livrar, caro Doremus, se apenas tiver a bondade de se persuadir — já vê como estou ansioso para ficar em bons termos com você e poder contar com a inestimável ajuda de sua experiência aqui — se vier a decidir que convenha ao juízo — apropriado, sabe, para seus anos venerandos ——"

"Diacho, venerando uma pinoia. Apenas sessenta. Sessenta e um, melhor dizendo."

"Questão de proporção, meu caro. Eu mesmo estou com quarenta e sete, e não tenho dúvida de que a garrida juventude já *me* trata por venerando! Mas como ia dizendo, Doremus ——"

(Por que ele se encolhia de fúria toda vez que Swan o chamava pelo nome?)

"— com sua posição de membro do Conselho dos Anciãos e com as responsabilidades para com sua família — seria revoltante *demais* se alguma coisa acontecesse a *eles*, como sabe! — você simplesmente não pode se dar ao luxo de ser demasiado impetuoso! E nosso único desejo é apenas que colabore conosco em seu jornal — adoraria ter uma chance de explicar parte dos planos ainda não revelados dos Corpos e do Chefe para você. Veria uma nova luz!"

Shad grunhiu, "Ele? Jessup não consegue enxergar uma nova luz nem se estiver na ponta do seu nariz!".

"Um momento, meu caro capitão... E além do mais, Doremus, claro que o instamos a nos ajudar fornecendo uma lista completa de todas as pessoas na vizinhança, conforme seja de seu conhecimento, que secretamente se opõem ao Governo."

"Espionar? Eu?"

"Exato!"

"Se estou sendo acusado de —— Insisto em ver meu advogado, Mungo Kitterick, e em ser julgado, nada desse açulamento de ursos ——"*

"Nome singular. Mungo Kitterick! Ah, minha tia única! Por que isso me passa a imagem tão absurda de um explorador com uma gramática grega na mão? Não está compreendendo, meu caro Doremus. Habeas corpus — o devido processo da lei — uma lástima! — todas essas antigas santidades, datando, sem dúvida, da Magna Carta, sendo suspensas — ah, mas apenas temporariamente, sabe — estado de crise — uma infeliz necessidade, a lei marcial ——"

"Diacho, Swan ——"

"Comandante, meu caro amigo — uma ridícula questão de disciplina militar, bem sabe — *tremenda* tolice!"

"Sabe perfeitamente bem que isso nada tem de temporário! É permanente — isto é, contanto que os Corpos durem."

"Poderia ser!"

"Swan — comandante — tirou esse 'poderia ser' e 'minha tia' das histórias de Reggie Fortune, não foi?"

"Ora, então aqui temos um colega fanático por histórias de detetive! Mas se não é espúrio deveras!"

"E eis aí Evelyn Waugh! O senhor é um homem um tanto literário para um adepto do iatismo e da equitação, comandante."

"I-a-tis-mo, e-qui-ta-ção, homem li-te-rá-rio! Estarei eu, Doremus, mesmo em meu *sanctum sanctorum*, sendo, como diriam as raças inferiores, feito de gato e sapato? Ah, meu caro Doremus, isso não pode ser! E bem quando o sujeito está tão fragilizado, após ter

---

* *Bear-baiting*: entretenimento que consistia em torturar um urso numa arena. (N. T.)

sido tão, como devo dizer, enxovalhado por sua afável amiga, a sra. Lorinda Pike? Não, não! Quão impróprio à majestade da lei!"

Shad interrompeu outra vez, "É, tivemos um tempo papa-fina com sua namorada, Jessup. Mas eu já estava sacando sobre vocês dois antes".

Doremus se levantou de um pulo, a cadeira caindo para trás com estrépito. Tentou agarrar a garganta de Shad do outro lado da mesa. Effingham Swan avançou, empurrando-o de volta para outra cadeira. Doremus soluçava de fúria. Shad nem se dera ao trabalho de levantar e prosseguiu desdenhosamente:

"Isso mesmo, vocês dois vão se ver numa bela duma encrenca se tentarem se meter a brincar de espionagem com os Corpos. Ora, ora, Doremus, divertido à beça, você e Lindy, fazendo a festa do pijama nos últimos dois anos! Ninguém ficou sabendo, não é mesmo? Mas o que *você* não sabia era que a Lindy — e raios me partam se eu imaginava que uma velha solteirona magrela como ela podia ter tanto entusiasmo! — andou tapeando você esse tempo todo, dormindo com cada droga de hóspede que passou pela Taverna, e é claro que com aquele sócio desprezível lá dela, o Nipper!"

A mão enorme de Swan — a mão de um macaco com manicure — segurou Doremus em sua cadeira. Shad caçoou. Emil Staubmeyer, que ficara com a ponta dos dedos unidos, riu amigavelmente. Swan deu um tapinha nas costas de Doremus.

Ele ficou menos cabisbaixo com o insulto contra Lorinda do que com a sensação de solidão impotente. Era demais; a noite estava tão quieta. Teria ficado feliz até com os guardas MM voltando do corredor. A rústica inocência deles, por mais bronca e brutal que fosse, teria sido reconfortante após a malevolência fácil dos três juízes.

Swan retomava placidamente: "Mas suponho que devemos na verdade voltar ao assunto — por mais agradável, meu caro e astuto detetive literário, que fosse discutir Agatha Christie, Dorothy Sayers e Norman Klein. Talvez possamos fazê-lo um dia, quando o Chefe nos jogar a ambos na mesma prisão! Na verdade, meu caro Doremus, não há a menor necessidade de incomodar seu cavalheiro legal, o sr. Monkey Kitteridge. Estou inteiramente autorizado a conduzir esse julgamento — por mais peculiar que seja, Doremus, *é* um julgamento, a despeito da atmosfera de Saint Botolph! E quanto a testemunhos, já disponho de tudo que preciso, tanto nas inadvertidas admissões da boa srta. Lorinda como no efetivo texto de seu editorial criticando o Chefe, assim como nos relatórios um tanto pormenorizados do capitão Ledue e do dr. Staubmeyer. O certo seria levá-lo daqui direto para o fuzilamento — e dispomos de plenos poderes para fazer tal coisa, se assim o desejarmos, ah, sim! — mas também cometemos nossas faltas — somos misericordiosos demais. E talvez possamos encontrar melhor uso para você do que servir de fertilizante — como muito bem sabe, é um tanto magrelo para dar um fertilizante adequado.

"Vai ser solto sob condicional, para auxiliar e instruir o dr. Staubmeyer, que, por ordens do comissário Reek, em Hanover, acaba de ser feito editor do *Informer*, mas sem dúvida carece de determinados aspectos do treinamento técnico. Você vai ajudá-lo — ah, de bom grado, estou certo! — até que aprenda. Depois veremos o que será feito de sua pessoa!… Seguirá escrevendo seus editoriais, com o brilhantismo a que estamos todos acostumados — ah, eu lhe asseguro, as pessoas sempre param no Boston Common para discutir suas obras-primas; fazem isso há anos! Mas vai escrever apenas o que o dr. Staubmeyer instruí-lo a escrever. *Entendeu?* Ah. Hoje — como já passa da meia-noite — vai redigir suas humildes desculpas pela diatribe — ah, sim, ponha humilde nisso! Sabe como é — vocês jornalistas veteranos fazem essas coisas com a maior perfeição — basta admitir que foi mentiroso e parcial, esse tipo de coisa — brilhante e espirituoso — você *sabe*! E na segunda que vem, irá, como a maioria dos outros jornais que só servem para embrulhar peixe, começar a publicação seriada do *Hora Zero* do Chefe. Vai achar divertido!"

Batidas e gritos na porta. Protestos dos guardas ali atrás. O dr. Fowler Greenhill entrou pisando duro, parando com as mãos na cintura, gritando ao marchar em direção à mesa. "O que os três cômicos meritíssimos pensam que estão fazendo?"

"E quem seria nosso impetuoso amigo? Causa-me certa irritação", perguntou Swan a Shad.

"Dr. Fowler — genro do Jessup. E um canastrão. Ora, dois dias atrás, ofereci a ele ficar encarregado da inspeção médica de todos os MM do condado, e ele disse — o cabeça ruiva espertalhão aqui! —

disse que você, eu, o comissário Reek, o dr. Staubmeyer e todos nós éramos um bando de indigentes que estaria cavando valas num campo de trabalho se não tivéssemos roubado alguns uniformes de oficiais!"

"Ah, disse mesmo?", ronronou Swan.

Fowler protestou: "Ele é um mentiroso. Nunca mencionei seu nome. Nem sei quem é o senhor".

"Meu nome, caro senhor, é comandante Effingham Swan, JM!"

"Bom, JM, continuo na mesma. Nunca ouvi falar!"

Shad interrompeu, "Como diabos passou pelos guardas, Fowler?". (Dito por quem nunca ousara chamar o influente e célere cabeça ruiva de nada mais familiar que "Doutor".)

"Ah, todos os seus Minnie Mouses me conhecem muito bem. Tratei a maior parte dos seus exímios soldados de doenças que não ouso mencionar. Bastou dizer aos dois na porta que estava aqui por motivos profissionais."

Swan seguia com os modos mais sedosos: "Ah, e de que maneira *queremos* sua presença aqui, meu caro — ainda que não tenhamos sabido de nada senão neste minuto. Quer dizer então que se trata de um desses bravos Esculápios rurais?".

"Isso mesmo! E se o senhor tivesse estado na guerra — coisa que duvido, pelo modo afetado de falar — talvez se interessasse em saber que também sou membro da American Legion — deixei Harvard, entrei para o serviço em 1918 e voltei depois para terminar. E quero avisá-lo dos três projetos de Hitler ——"

"Ah! Mas meu caro amigo! Um mi-li-tar! Que coisa mais *admirável*! Nesse caso, deveremos tratá-lo como alguém responsável — responsável pelas próprias asneiras — não apenas como o tosco labrego que aparenta ser!"

Fowler se curvava com ambos os punhos sobre a mesa. "Agora já ouvi o suficiente! Vou enfiar nessa sua cara de bufão ——"

Shad erguera os punhos e contornava a mesa, mas Swan ergueu a voz, "Não! Deixe que termine! Creio que aprecia cavar a própria cova. Sabe como é — as pessoas têm as ideias mais singulares sobre lazer. Algumas senhoras gostam até de pescar — com todas aquelas escamas gosmentas e o odor terrível! A propósito, doutor, antes que seja tarde demais, fique sabendo que também estive na guerra para pôr um fim a todas as guerras — major. Mas prossiga. Quero escutar o que tem a dizer, mas só mais um pouco".

"Corta a conversa fiada, está ouvindo, JM? Vim aqui apenas informá-lo que não vou aturar — ninguém vai aturar — o sequestro do sr. Jessup — o homem mais honesto e útil em todo o vale do Beulah! Os típicos sequestradores furtivos e desonestos! Se pensa que esse seu sotaque fajuto de bolsista Rhodes o poupa de ser só mais um Inimigo Público covarde e assassino, nesse seu uniforme de soldadinho de chumbo ——"

Swan ergueu a mão a seu modo polido de Back Bay. "Um momento, doutor, se puder fazer a gentileza." E para Shad: "Creio que já escutamos o suficiente do Camarada aqui, não é mesmo, comissário? Queira levar o filho da mãe lá fora e fuzilá-lo".

"O.k.! Papa-fina!". Shad riu e disse para os guardas na porta entreaberta, "Vão buscar o cabo da guarda e um pelotão — seis homens — fuzis carregados — pra ontem, viram?".

Os guardas não estavam muito longe no corredor e seus fuzis já estavam carregados. Levou menos de um minuto para Aras Dilley aparecer batendo continência na porta e Shad bradou, "Aqui! Pega esse patife imundo!". Apontou para Fowler. "Leva ele lá pra fora."

Obedeceram, por mais que Fowler se debatesse. Aras Dilley estocou o pulso direito de Fowler com a baioneta. O sangue jorrou da mão tantas vezes esfregada para uma cirurgia, e como sangue o cabelo ruivo caiu sobre sua testa.

Shad saiu junto com eles, sacando a pistola automática do coldre e fitando-a com alegria.

Doremus foi imobilizado, a boca tampada, por dois guardas quando tentou ir atrás de Fowler. Emil Staubmeyer pareceu um pouco assustado, mas Effingham Swan, cortês e bem-humorado, apoiou os cotovelos na mesa e batucou nos dentes com um lápis.

Do pátio, o som de uma salva de fuzis, uma lamúria aterradora, um solitário tiro de misericórdia e nada mais.

# 20

O verdadeiro problema com os judeus é que eles são cruéis. Qualquer um com conhecimento de História sabe como torturaram pobres devedores em catacumbas secretas durante toda a Idade Média. Ao passo que o Nórdico distingue-se por sua bondade e generosidade com os amigos, filhos, cães e pessoas de raças inferiores.

*Hora Zero*, Berzelius Windrip

A revisão no tribunal provincial de Dewey Haik acerca da sentença de Swan para Greenhill foi influenciada pelo testemunho do comissário de condado Ledue de que após a execução ele encontrou escondidos na casa de Greenhill um monte de documentos sediciosos: exemplares do *Lance for Democracy* de Trowbridge, livros de Marx e Trótski, panfletos comunistas incitando os cidadãos a assassinar o Chefe.

Mary, a sra. Greenhill, insistiu que seu marido nunca lera tais coisas; que sempre fora indiferente à política, quando muito. Naturalmente, sua palavra não podia ser aceita contra a do comissário Ledue, do comissário-assistente Staubmeyer (conhecido por toda parte como homem erudito e honrado) e do juiz militar Effingham Swan. Fazia-se necessário punir a sra. Greenhill — ou, antes, mandar uma firme advertência às demais senhoras Greenhill — confiscando todas as propriedades e o dinheiro que Greenhill lhe deixara.

Em todo caso, Mary não lutou com demasiado vigor. Talvez percebesse sua culpa. Em dois dias a mulher mais confiante, correta e conversadora de Fort Beulah se transformou numa bruxa calada, arrastando-se pela cidade em roupas pretas, maltrapilha e desgrenhada. O filho e ela foram morar com seu pai, Doremus Jessup.

Houve quem dissesse que Jessup devia ter lutado por ela e suas posses. Mas ele não tinha permissão legal de fazê-lo. Estava em condicional, sujeito, à mercê das autoridades propriamente constituídas, a uma sentença penitenciária.

Assim Mary voltou para casa e para o quarto atulhado que deixara quando se casou. Não podia, afirmou, suportar as lembranças. Instalou-se no quarto do sótão que nunca fora "terminado". Ficava lá dentro o dia inteiro, a noite inteira, e seus pais nunca escutavam um ruído. Mas dali uma semana seu pequeno David estava brincando no jardim alegremente... brincando de ser um oficial dos MM.

A casa toda parecia morta, e todos que viviam ali dentro pareciam assustados, nervosos, constantemente à espera de algo ignorado — todos exceto David e, talvez, a sra. Candy, atribulada em sua cozinha.

As refeições costumavam ser notoriamente alegres no lar dos Jessup; Doremus papeava com o público constituído da sra. Candy e Sissy, desconcertando Emma com as afirmações mais ultrajantes — que planejava viajar para a Groenlândia; que o presidente Windrip gostava de andar pela Pennsylvania Avenue em um elefante; e a sra. Candy era tão escrupulosa quanto qualquer boa cozinheira na tentativa de deixá-los mudamente sonolentos após o jantar e de encorajar a sorrateira expansão da pequena pança já rotunda de Doremus com sua *mince pie*, sua torta de maçã com banha suficiente para fazer os olhos explodirem em doce agonia, os gordurosos bolinhos de milho e as batatas-doces carameladas com frango grelhado, a sopa de amêijoas preparada com creme de leite.

Agora havia pouca conversa entre os adultos à mesa, e, embora Mary não se mostrasse ostensivamente "corajosa", mas incolor como um copo d'água, eles a observavam com nervosismo. Tudo que falavam parecia apontar para o assassinato e os Corpos; se a pessoa dissesse, "Está fazendo calor este outono", ficava com a impressão de que a mesa pensava, "Então os MM podem marchar por um bom tempo ainda antes do cair da neve", e depois engasgava e pedia bruscamente o molho. Mary sempre estava lá, uma estátua de pedra enregelando as almas calorosas e comuns aconchegadas a seu lado.

De modo que aconteceu de David dominar a conversa à mesa, pela primeira jubilosa vez em seus nove anos de experimentação com a vida, e David apreciou isso deveras, ao passo que seu avô, muito pelo contrário.

Ele tagarelava como uma horda inteira de macacos, sobre Foolish, sobre seus novos coleguinhas (os filhos de Medary Cole, o moleiro), sobre o fato aparente de que crocodilos raramente são encontrados no rio Beulah, bem como sobre o fato mais tocante de que a prole dos Rotenstern se mandara com o pai para Albany.

Mas Doremus gostava de crianças; ele as aprovava; sentia, com gravidade incomum para pais e avós, que eram seres humanos e portanto tão capazes quanto qualquer um de vir a ser editores. Mas em suas veias não corria suficiente seiva do azevinho natalino para que apreciasse a vivaz tagarelice infantil. Em poucos homens corre, fora de Louisa May Alcott. Ele pensou (embora não fosse demasiado dogmático a respeito) que a conversa de um correspondente de Washington sobre política provavelmente era mais interessante do que os comentários de Davy sobre cereais e cobras de jardim, de modo que seguia amando o menino e desejando que calasse a boca. E escapou, assim que possível, da melancolia de Mary e do zelo sufocante de Emma, quando ele se sentia, toda vez que Emma suplicava, "Ah, você *precisa* comer só mais um *pouquinho* desse recheio de castanha, Mary querida", prestes a explodir em lágrimas.

Doremus tinha a suspeita de que Emma estava essencialmente mais amedrontada com sua estadia na cadeia do que com o assassinato de seu genro. Um Jessup simplesmente não ia para a cadeia. Pessoas que iam para a cadeia eram *más*, apenas incendiários de celeiros e homens acusados desse passatempo fascinantemente obscuro, um "delito estatutário", eram maus; e quanto a pessoas más, você podia tentar ser clemente e gentil, mas não sentava para as refeições com elas. Era tudo tão irregular, e uma tremenda perturbação na rotina da casa!

Assim Emma o amou e se preocupou com ele até que Doremus quis sair para pescar e chegou de fato ao ponto de pegar suas iscas artificiais.

Mas Lorinda lhe dissera, com olhos brilhantes e despreocupados, "E eu achando que você não passava de um liberal ruminante que não se importava em ser ordenhado! Estou tão orgulhosa! Você me deu coragem para lutar —— Escute, no minuto em que fiquei sabendo de sua prisão, toquei o Nipper para fora da minha cozinha com uma faca de pão!... Bem, enfim, pensei em fazer isso!".

O jornal estava mais silencioso que sua casa. O pior é que isso não era tão ruim assim — que, percebeu ele, no fim das contas podia passar a servir o Estado Corpo sem sentir mais vergonha do que velhos colegas que nos tempos pré-Corpo haviam redigido anúncios para colutórios bucais fraudulentos ou cigarros insípidos, ou escrito matérias mecânicas sobre amor jovem para revistas supostamente respeitáveis. Em um pesadelo desperto após sua prisão, Doremus imaginara Staubmeyer e Ledue na redação do *Informer* debruçados sobre ele com chicotes, exigindo que desfiasse nauseantes elogios aos Corpos, berrando em sua orelha até que se levantava, matava e era morto. Na verdade, Shad mantivera distância do jornal, e o superior de Doremus, Staubmeyer, não podia ter se mostrado mais cordial, modesto e um tanto enjoativamente cheio de elogios para sua perícia profissional. Staubmeyer pareceu satisfeito quando, em lugar do pedido de "desculpa" exigido por Swan, Doremus afirmou que "Doravante este jornal cessará todas as críticas ao presente governo".

Doremus recebeu do comissário distrital Reed um jovial telegrama de agradecimentos por "garbosamente decidir voltar seu grande talento para servir o público e corrigir erros sem dúvida cometidos por nós num esforço de criar novo Estado mais realista". Ugh!, exclamou Doremus, e não jogou o telegrama no cesto de roupas usado como cesto de lixo, mas cuidadosamente foi até lá e o enterrou entre os papéis amassados.

A permanência no *Informer* nesses dias de prostituição do periódico permitiu-lhe impedir Staubmeyer de dispensar Dan Wilgus, que desprezava o novo chefe e passara a ser atipicamente respeitoso com Doremus. E ele inventou o que chamava de "Editorial iau-iau". Era o truque baixo de expor com a maior ênfase possível uma acusação contra o Corpoísmo, depois responder da forma mais fraca que podia, como que choramingando "Iau-iau-iau — isso é o que *você* diz!". Nem Staubmeyer nem Shad perceberam que fazia isso, mas

Doremus torcia, receoso, para que o astuto Effingham Swan nunca visse os Iau-iaus.

Assim, semana após semana ele foi se virando razoavelmente — e não se passava um minuto em que não odiasse aquela escravidão abjeta, quando não tinha de se obrigar a ficar ali, quando não tinha de rosnar para si mesmo, "Mas então por que *fica*?".

A resposta insincera a esse questionamento vinha de forma bastante fácil e convencional: "Estava velho demais para recomeçar. E tinha esposa e família para sustentar — Emma, Sissy, e agora Mary e David".

Todos esses anos escutara homens responsáveis que não estavam sendo inteiramente honestos — anunciantes de rádio que bajulavam locutores tolos e empurravam produtos que não prestavam, chilreando como canários "Obrigado, major Blister" quando teriam preferido mandar o major Blister às favas, pregadores que não acreditavam nas decadentes doutrinas que alardeavam, médicos que não ousavam dizer às senhoras inválidas que elas eram umas exibicionistas lascivas, comerciantes que mascateavam latão como se fosse ouro — escutara todos eles complacentemente se desculparem, explicando que estavam velhos demais para mudar, e que tinham "esposa e família para sustentar".

Por que não deixar que a esposa e a família morressem de fome ou fossem à luta e se virassem por conta própria, não por outra razão além de para que o mundo pudesse ter a chance de ficar livre da por demais enfadonha, maçante e torpe enfermidade de precisar ser sempre um pouco desonesto?

Assim ele se exasperava — e prosseguia mecanicamente produzindo um jornal maçante e um pouco desonesto — mas não para sempre. De outro modo a história de Doremus Jessup seria de uma monotonia comum demais para valer a pena ser contada.

Repetidas vezes, debruçado sobre folhas de papel almaço (enfeitadas ainda com círculos concêntricos, quadrados, espirais e o mais improvável peixe), ele calculava que mesmo sem vender o *Informer* ou a casa, como sob a espionagem Corpo certamente não poderia caso fugisse para o Canadá, conseguiria juntar vinte mil dólares. Digamos, o suficiente para lhe proporcionar uma renda de mil por ano — vinte dólares por semana, contanto que pudesse sair com o dinheiro do país, coisa que os Corpos tornavam dia após dia mais difícil.

Bem, Emma, Sissy, Mary e ele *podiam* viver com isso, em um chalé de quatro dormitórios, e talvez Sissy e Mary conseguissem arrumar trabalho.

Mas quanto a ele ——

Estava perfeitamente bem falar de homens como Thomas Mann, Lion Feuchtwanger e Romain Rolland, que no exílio continuavam sendo escritores cujas palavras iam ao encontro de uma demanda, sobre os professores Einstein ou Salvemini, ou, com o Corpoísmo, sobre os americanos exilados ou autoexilados, Walt Trowbridge, Mike Gold, William Allen White, John Dos Passos, H. L. Mencken, Rexford Tugwell, Oswald Villard. Em lugar algum do mundo, a não ser possivelmente na Groenlândia ou na Alemanha, tais astros seriam incapazes de encontrar trabalho e um reconfortante respeito. Mas o que um velho rocinante da imprensa, sobretudo se já passara dos quarenta e cinco, faria numa terra estrangeira — e ainda mais se a esposa, chamada Emma (ou Carolina ou Nancy ou Griselda ou fosse qual fosse seu nome), não tivesse o menor desejo de viver em uma cabana de taipa em nome da honestidade e da liberdade?

Assim ponderava Doremus, bem como centenas de milhares de outros artesãos, professores, advogados e sabe-se lá mais quem em dezenas e dezenas de países sob ditadura, que tinham consciência suficiente para se ressentir da tirania, eram escrupulosos o bastante para não aceitar cinicamente suas propinas e contudo não tão anormalmente corajosos a ponto de ir de bom grado para o exílio, a masmorra ou o cepo da degola — em especial quando tinham "esposa e família para sustentar".

Doremus deu a entender para Emil Staubmeyer certa vez que Emil estava "pegando tão bem o traquejo" que ele pensava em sair, em deixar o negócio do jornal para sempre.

O até então afável sr. Staubmeyer disse bruscamente, "E o que você iria fazer? Se escafeder para o Canadá e se juntar aos propagandistas contra o Chefe? Pode tirar o cavalinho da chuva! Vai continuar por aqui e me ajudar — ajudar a gente!". E nessa tarde o comissário Shad Ledue apareceu e grunhiu, "O dr. Staubmeyer me disse que está fazendo um trabalho bastante razoável, Jessup, mas quero avisar para continuar desse jeito. Não esquece que o juiz Swan só deixou você solto sob condicional... se reportando a mim! Vai ficar tudo certo contanto que se empenhe!".

"Contanto que se empenhe!" A única vez em que o jovem Doremus odiara seu pai foi quando ele usara essa frase condescendente.

Ele percebeu que, a despeito de toda a aparente calma prosaica do cotidiano no jornal, corria igual risco de gradativamente aceitar sua condição servil e de enfrentar chicotadas e grades, caso não aceitasse. E continuava a ficar nauseado toda vez que escrevia: "A multidão de cinquenta mil pessoas que saudou o presidente Windrip no estádio universitário da cidade de Iowa foi um sinal impressionante do interesse cada vez maior de todos os americanos pelos assuntos políticos", e Staubmeyer mudava para: "A vasta e entusiasmada multidão de setenta mil admiradores leais que aplaudiam efusivamente e escutavam o discurso inspirador do Chefe no belo estádio universitário da linda cidade de Iowa, no estado de Iowa, é um sinal impressionante porém bastante típico da devoção crescente de todos os americanos genuínos ao estudo político sob a inspiração do governo Corpo".

Talvez sua maior irritação fosse Staubmeyer ter impingido uma mesa e sua lustrosa e suada pessoa à sala privada de Doremus, antes um santuário de seus resmungos solitários, e que Doc Itchitt, até então seu deferente discípulo, parecesse sempre estar a rir dele sub-repticiamente.

Sob uma tirania, a maioria dos amigos é um inconveniente. Um quarto deles ficam "razoáveis" e se tornam seus inimigos, um quarto fica com medo de abrir a boca e um quarto é morto e o leva junto. Mas o abençoado último quarto mantém você vivo.

Quando estava com Lorinda, lá se foram todos os folguedos prazerosos e a conversa compreensiva com que haviam mitigado o tédio. Ela agora era feroz, e vibrante. Puxava-o com frequência para mais perto, mas logo em seguida estaria pensando nele apenas como um camarada em complôs para exterminar os Corpos. (E era com efeito extermínio de verdade que tinha em mente; de seu plausível pacifismo não restara muita coisa para contar história.)

Ela se ocupava de bom número de trabalhos periculosos. O sócio Nipper não fora capaz de mantê-la na cozinha da Taverna; ela sistematizara as tarefas de tal maneira que contava com muitos dias e muitas noites livres, e começara uma aula de cozinha para garotas e jovens esposas de fazenda que, pegas entre as gerações provinciana e industrial, não haviam aprendido nem a boa cozinha rural com fogo de lenha, nem a lidar com produtos enlatados e grelhas elétricas — e que muito certamente não haviam aprendido a se unir para obrigar as pequenas e sovinas companhias energéticas dos proprietários locais a fornecer eletricidade a tarifas toleráveis.

"Pelamordedeus, não fala pra ninguém, mas estou ficando amiga dessa mulherada pelo campo afora — me preparando para o dia em que começaremos a nos organizar contra os Corpos. Eu dependo delas, não das madames que costumavam ser sufragistas mas sem sequer suportar pensar na revolução", sussurrou Lorinda. "A gente *precisa* fazer alguma coisa."

"Tudo bem, Lorinda B. Anthony", ele suspirou.

E Karl Pascal continuava firme.

Na garagem de Pollikop, quando viu Doremus após a prisão, disse, "Nossa, coisa mais triste quando fiquei sabendo que engaiolaram o senhor! Mas diga lá, agora não está pronto pra se juntar a nós comunistas, sr. Jessup?". (Ele olhou em torno ansiosamente ao dizer isso.)

"Achei que não existiam mais bolcheviques."

"Ah, era para a gente ter sido varrido do mapa. Mas aposto que o senhor notou algumas greves misteriosas aparecendo aqui e ali, mesmo não *podendo* mais ter greves! Por que não se junta a nós? É o seu lugar, c-camarada!"

"Veja bem, Karl: você sempre disse que a diferença entre os socialistas e os comunistas era que você acreditava na plena posse de todos os meios de produção, não só dos serviços públicos; e que admitia a violenta guerra de classes, enquanto os socialistas, não. Isso é conversa pra boi dormir! A verdadeira diferença é que vocês comunistas servem a Rússia. É sua Terra Santa. Bom — a Rússia tem todas as minhas orações, logo depois das orações por minha família e pelo Chefe, mas o que espero ver civilizada e protegida de seus inimigos não é a Rússia, e sim a América. É uma coisa tão banal de se dizer? Bom, não seria banal um camarada russo comentar que fosse pela Rússia! E a América necessita de nossa propaganda um pouco mais todo dia. Outra coisa: sou um intelectual de classe média. Nunca me chamei de um troço idiota assim, mas como vocês Vermelhos cunharam o nome, sou obrigado a aceitar. Essa é minha classe e é nisso que estou interessado. Os proletários podem até ser uns sujeitos nobres, mas certamente não acho que os interesses dos intelectuais de classe média e dos proletários sejam os mesmos. Eles querem pão. Nós queremos — bom, tudo bem, pode dizer, queremos bolo! E quando aparece um proletário ambicioso o bastante para querer bolo também — ora, na América, ele vira um intelectual de classe média o mais rápido que puder — *se* puder!"

"Olha, quando a gente pensa em três por cento da população sendo dona de noventa por cento da riqueza ——"

"Eu não penso nisso! Não é uma *inferência lógica* que só porque uma boa parte dos intelectuais pertence aos noventa e sete dos quebrados — que um monte de atores, professores, enfermeiras, músicos não ganham um centavo a mais do que cenaristas ou eletricistas — logo seus interesses sejam os mesmos. Não se trata do que você ganha, mas é como gasta que determina sua classe — se prefere serviços fúnebres maiores ou mais livros. Estou cansado de me justificar por não ter o pescoço sujo!"

"Francamente, sr. Jessup, isso é uma bobagem sem tamanho, e o senhor bem sabe!"

"É mesmo? Bom, meu carroção americano é uma droga de bobagem sem tamanho e não a droga de bobagem sem tamanho do aeroplano-propaganda de Marx e Moscou!"

"Ah, o senhor ainda vai se juntar a nós."

"Escuta, camarada Karl, Windrip e Hitler vão se juntar a Stálin bem antes dos descendentes de Dan'l Webster. Sabe, não gostamos do assassinato como argumento — essa é a verdadeira marca do Liberal!"

Sobre *seu* futuro o padre Perefixe foi breve: "Vou voltar para o Canadá, que é meu lugar — longe da liberdade do rei. Odeio entregar os pontos, Doremus, mas não sou nenhum Thomas à Becket, só um clérigo simples, assustado e gorducho!".

A surpresa entre os antigos conhecidos foi Medary Cole, o moleiro. Um pouco mais novo do que Francis Tasbrough e R. C. Crowley, menos intensamente aristocrático do que esses nobres senhores, já que apenas uma geração o separava de um fazendeiro ianque de barbicha no queixo, e não duas, como no caso deles, havia sido satélite dos dois no Country Club e, em termos de virtude sólida, presidente do Rotary Club. Sempre considerara Doremus um homem que, sem a justificativa de ser judeu, *hunky* ou pobre, era no entanto irreverente acerca da sacralidade de Main Street e Wall Street.* Eram vizinhos, uma vez que o "chalé Cape Cod" de Cole ficava logo abaixo de Pleasant Hill, e não tinham o hábito de se visitar.

Mas quando Cole apareceu trazendo David, ou procurando sua filha, Angela, a nova coleguinha de David, quase na hora do jantar de uma fria noite de outono, ele entrou agradecido para tomar um ponche de rum quente e perguntou a Doremus se realmente achava que a inflação era "uma coisa tão boa assim".

E desabafou, certa noite, "Jessup, não tem outra pessoa nesta cidade para quem me atrevo a dizer isto, nem mesmo minha esposa, mas estou ficando terrivelmente cheio de ter esses Minnie Mouses ditando onde devo comprar meus sacos de aniagem e o que posso pagar para os meus homens. Não vou fingir que algum dia dei muita bola para os sindicatos de trabalho, mas naquela época pelo menos os sindicalistas levavam parte da propina. Agora é tudo para sustentar os MM. A gente paga, e paga bem, para ser intimidado por eles. Parece menos razoável do que era em 1936. Mas, por favor, não conte para ninguém que eu falei isso!".

---

* Expressão que contrapõe o homem comum (*main street*: a avenida principal de uma cidade, onde se concentra o comércio tradicional) aos grandes investidores do mercado financeiro. (N. T.)

E Cole foi embora, abanando a cabeça, perplexo — logo ele que votara com tanto entusiasmo no sr. Windrip.

Um dia, no fim de outubro, atacando repentinamente cada cidade, vilarejo e cafundó remoto, os Corpos acabaram com todo crime na América para sempre, feito tão titânico que foi mencionado até no *Times* de Londres. Setenta mil Minute Men selecionados, trabalhando em combinação com policiais municipais e estaduais, todos sob os chefes do serviço secreto do governo, prenderam cada criminoso conhecido ou levemente suspeito do país. Eles foram julgados com procedimentos de corte marcial; um em cada dez foi fuzilado sumariamente, quatro em dez foram sentenciados à prisão, três em dez foram inocentados e soltos... e dois em cada dez acolhidos pelo MM como inspetores.

Houve protestos de que ao menos seis em dez eram inocentes, mas isso foi adequadamente respondido pela corajosa declaração de Windrip: "O modo de impedir o crime é impedir o crime!".

No dia seguinte, Medary Cole falou muito perto do ouvido de Doremus, "Às vezes me senti inclinado a criticar certas características da política Corpo, mas viu o que o Chefe fez com os gângsteres e escroques? Maravilhoso! Sempre falei para você que o que este país precisa é de uma mão firme como a de Windrip. O homem não fica pisando em ovos! Ele viu que o jeito de impedir o crime era ir lá e impedir o crime!".

Então foi revelada a Nova Educação Americana, que, como Sarason tão acertadamente dissera, deveria ser muito mais nova do que as Novas Educações de Alemanha, Itália, Polônia ou mesmo Turquia.

As autoridades fecharam de uma hora para outra dezenas de faculdades menores e mais independentes, como Williams, Bowdoin, Oberlin, Georgetown, Antioch, Carleton, Lewis Institute, Commonwealth, Princeton, Swarthmore, Kenyon, todas vastamente diferentes entre si, mas parecidas no fato de não haverem ainda se tornado completas máquinas. Poucas universidades estaduais foram fechadas; elas meramente seriam absorvidas pelas universidades Corpo centrais, representadas em cada uma das oito províncias. Mas o governo começou com apenas duas. No Distrito Metropolitano, a Universidade Windrip se apossou dos edifícios do Rockefeller Center e do Empire State, com a maior parte do Central Park como quintal (excluindo por completo o público geral do parque, pois o resto serviria como campo de treinamento dos MM). A segunda era a Universidade Macgoblin, em Chicago e arredores, utilizando os prédios das universidades de Chicago e Northwestern, e o Jackson Park. O presidente Hutchins, de Chicago, não ficou nada satisfeito com o arranjo todo e declinou do oferecimento de servir como professor-assistente, de modo que as autoridades tiveram de educadamente mandá-lo para o exílio.

Os fofoqueiros de plantão sugeriram que batizar a Universidade de Chicago em homenagem a Macgoblin em lugar de Sarason sugeria o início de um esfriamento entre Sarason e Windrip, mas os dois líderes puseram um fim a esses boatos aparecendo juntos na grande recepção dada ao bispo Cannon pela Woman's Christian Temperance Union e sendo fotografados num aperto de mãos.

Cada uma das duas universidades pioneiras começou por matricular cinquenta mil alunos, tornando ridículo o ensino superior pré-Corpo, em que nenhuma instituição, em 1935, contara com mais de trinta mil alunos. As matrículas foram provavelmente facilitadas pelo fato de que qualquer um podia entrar para a universidade apresentando uma certidão de que completara dois anos em uma escola secundária ou numa de negócios, bem como a recomendação de um comissário Corpo.

O dr. Macgoblin observou que essa criação de novas universidades mostrava a enorme superioridade cultural do Estado Corpo em comparação com os nazistas, bolcheviques e fascistas. Enquanto esses amadores na recivilização haviam meramente descartado todos os traiçoeiros professores ditos "intelectuais" que obstinadamente se recusaram a lecionar física, culinária e geografia segundo os princípios e fatos determinados pelos politburos, e os nazistas haviam meramente acrescentado a sensata medida de exonerar os judeus que ousavam tentar ensinar medicina, os americanos foram os primeiros a inaugurar novas e completamente ortodoxas instituições, livres desde o início de qualquer mácula do "intelectualismo".

Todas as universidades Corpo deviam ter a mesma grade curricular, inteiramente prática e moderna, livre de toda tradição elitista.

Excluídos por completo estavam grego, latim, sânscrito, hebraico, estudos bíblicos, arqueologia, filologia; toda história antes de 1500 — a não ser pelo curso que mostrava que, ao longo dos séculos, a chave da civilização fora a defesa da pureza anglo-saxã contra os bárbaros. Filosofia e sua história, psicologia, economia, antropologia eram mantidas, mas, para evitar os erros supersticiosos dos livros didáticos comuns, deveriam ser estudadas apenas em novos livros preparados por jovens estudiosos de talento, sob a batuta do dr. Macgoblin.

Os alunos eram encorajados a ler, falar e tentar escrever línguas modernas, mas não deviam perder tempo com a chamada "literatura"; reimpressões de jornais recentes eram usadas em vez de antiquadas ficção e poesia sentimental. Quanto ao inglês, algum estudo de literatura era permitido, a fim de fornecer citações para os discursos políticos, mas os principais coros eram em publicidade, jornalismo partidário e correspondência comercial, e nenhum autor anterior a 1800 podia ser mencionado, exceto Shakespeare e Milton.

No domínio da chamada "ciência pura", percebeu-se que apenas pesquisa excessiva e sumamente confusa fora realizada, mas nenhuma universidade pré-Corpo jamais oferecera tal fartura de cursos em engenharia de mineração, arquitetura de chalés à beira de lagos, treinamento moderno para contramestre e métodos de produção, ginásticas de exibição, curso superior de contabilidade, terapias para pé de atleta, técnicas de conservação em lata e desidratação de frutas, treinamento em jardim de infância, organização de torneios de xadrez, dama e bridge, cultivo da força de vontade, música de banda para reuniões de massa, criação de schnauzer, fórmula de aço inoxidável, construção de estradas de concreto e todos os outros assuntos realmente úteis para a formação das mentes e caracteres nesse mundo novo. E nenhuma instituição acadêmica, nem mesmo West Point, jamais reconhecera tão ricamente o esporte como um departamento acadêmico não subsidiário, mas primordial. Todos os jogos mais familiares eram seriamente ensinados e a eles acrescentavam-se as mais absorventes disputas de velocidade em treinamento de infantaria, aviação, bombardeio e operação de tanques, veículos blindados e metralhadoras. Tudo isso contava créditos, embora os alunos tivessem recomendação de não escolher esportes em mais de um terço de seus créditos.

O que realmente mostrava a diferença em relação à retrógrada ineficácia de antes era que, com a aceleração educacional das universidades Corpo, qualquer jovem brilhante podia se formar em dois anos.


Conforme lia os prospectos dessas olimpianas universidades Ringling-Barnum e Bailey, Doremus lembrava que Victor Loveland, que um ano antes ensinava grego numa pequena faculdade chamada Isaiah, agora lecionava interpretação de texto e aritmética em um campo de trabalho Corpo no Maine. Fazer o quê, o próprio Isaiah College fora fechado e seu antigo presidente, o dr. Owen J. Peaseley, diretor distrital de Educação, passaria a braço direito do professor Almeric Trout quando fosse fundada a Universidade da Província Nordeste, que deveria suplantar Harvard, Radcliffe, Boston University e Brown. Ele até já trabalhava no grito de guerra da universidade, e para esse "projeto" enviara cartas a 167 dos mais proeminentes poetas da América, pedindo sugestões.

# 21

Não era apenas a usual mistura de chuva e neve de novembro, formando uma cortina proibitiva diante das montanhas, tornando as estradas pistas escorregadias, onde um carro podia rodopiar e bater nos postes, que mantinha Doremus obstinadamente dentro de casa nessa manhã, apoiado em suas escápulas diante da lareira. Era a sensação de que não fazia sentido ir para o jornal; sem a menor chance até de uma luta pitoresca. Mas ele não estava contente diante do fogo. Não conseguia encontrar uma notícia autêntica nem nos jornais de Boston ou Nova York, ambos lugares onde os matutinos haviam sido combinados pelo governo num único tabloide, recheado de tiras cômicas e fofocas de Hollywood e, com efeito, carecendo apenas de notícias de verdade.

Ele praguejou, largou de lado o *Daily Corporate* nova-iorquino e tentou ler um novo romance sobre uma mulher cujo marido era indelicado na cama e estava absorvido demais nos romances que escrevia sobre romancistas mulheres cujos maridos eram absorvidos demais nos romances que escreviam sobre romancistas mulheres para apreciar as delicadas sensibilidades de romancistas mulheres que escreviam sobre romancistas homens —— Enfim, jogou o livro sobre o jornal. As aflições da mulher não pareciam muito importantes agora, em um mundo candente.

Ele podia escutar Emma na cozinha discutindo com a sra. Candy sobre a melhor maneira de preparar uma torta de frango. Conversavam sem trégua; na verdade, conversavam menos do que pensavam em voz alta. Doremus admitia que o bom preparo de uma torta de frango era assunto de importância, mas o burburinho de vozes o irritava. Então Sissy entrou na sala de supetão, ela que uma hora e meia antes deveria ter ido para a escola, onde cursava o terceiro ano — para se formar no ano seguinte e possivelmente frequentar alguma nova e horrorosa universidade provinciana.

"Ora veja! O que faz em casa? Por que não está na escola?"

"Ah. *Isso*." Ela sentou na grade acolchoada diante da lareira, o queixo apoiado nas mãos, o rosto erguido para ele, sem vê-lo. "Não sei se vou voltar pra lá. A gente tem que repetir este juramento toda manhã: 'Prometo servir o Estado Corporativo, o Chefe, todos os Comissários, a Roda Mística e os soldados da República em pensamentos e ações'. Ora, eu pergunto! É uma grande palhaçada ou *o quê*?"

"Como vai entrar para a universidade?"

"Rá! Sorrindo para o professor Staubmeyer — se não engasgar por causa disso!"

"Ah, bem —— Bem ——" Ele não conseguia pensar em nada mais interessante para dizer.

A campainha, o som de pés sujos de neve no vestíbulo, e Julian Falck entrou com ar encabulado.

Sissy falou, "Ora, macacos me —— O que está fazendo aqui? Por que não está em Amherst?".

"Ah. *Isso*." Ele se agachou ao lado dela. Distraidamente, segurou sua mão, e ela não pareceu sequer notar. "Chegou a vez de Amherst. Os Corpos estão fechando o lugar hoje. Fiquei sabendo no sábado passado e me mandei. (Eles têm o agradável costume de cercar os alunos quando fecham uma faculdade e prender alguns só pra alegrar os professores.)" E para Doremus: "Bem, acho que o senhor vai ter de encontrar um lugar para mim no *Informer*, limpando as máquinas. Pode ser?".

"Receio que não, meu rapaz. Daria tudo para poder fazer isso. Mas sou um prisioneiro ali dentro. Meu Deus! Só precisar dizer isso já me faz perceber que grande desgraça é minha situação!"

"Ah, lamento, senhor. Entendo, claro. Bom, só não sei o que vou fazer. Lembra em '33 e '34 e '35, quantos tipos excelentes havia por aí — e alguns deles eram médicos, outros com faculdade de direito, e engenheiros formados e assim por diante — que simplesmente não achavam emprego? Bom, está pior agora. Procurei em Amherst, e tentei em Springfield, e estou aqui na cidade faz dois dias — eu tinha esperança de conseguir alguma coisa antes de ver você, Sis — puxa, até perguntei para a sra. Pike se ela não precisava de alguém para lavar a louça na Taverna, mas por enquanto, nada. 'Jovem respeitável, dois anos de faculdade, conhecimento noventa e nove vírgula três completo e castiço dos Trinta e Nove Artigos, dirige automóvel, professor de tênis e bridge, temperamento afável, aspira a posição — cavando valas.'"

"Você *vai* conseguir alguma coisa! Vou dar um jeito, meu docinho!", insistiu Sissy. Doremus achou que estava menos moderna e fria com Julian, agora.

"Obrigado, Sis, mas, sinceramente — não quero bancar o chorão, mas parece que vou ter de me alistar na porcaria do MM ou ir para um campo de trabalho. Não posso ficar em casa sugando o vovô. O pobre coitado do Reverendo não tem o suficiente nem pra manter um bichano alimentado com pó de arroz."

"Olha! Olha!" Sissy agarrou Julian e roubou-lhe um beijo, atrevida. "Tive uma ideia — é a nova sensação. Vocês sabem, uma dessas coisas 'Novas Carreiras para Jovens'. Escutem só! No verão passado tinha uma amiga da Lindy Pike hospedada com ela, uma decoradora de interiores de Buffalo, e ela disse que se divertiram pra diabo ——"

("Siss-sy!")

"— comprando vigas de verdade, genuínas, aparelhadas à mão, que todo mundo tanto deseja hoje em dia nessas casas suburbanas em estilo Old English fajuto. Então, olha! Por aqui tem uns dez milhões de celeiros velhos com vigas desbastadas à mão, praticamente apodrecendo — os fazendeiros provavelmente ficariam felizes se alguém levasse embora. Eu mesma meio que pensei nisso — sendo arquiteta, né — e John Pollikop disse que me venderia um supimpa caminhão de cinco toneladas com vigas parecendo velhas e encardidas por quatrocentos paus — em dinheiro pré-inflação *de verdade*, quer dizer — e no ato. Vamos lá, pessoal, pôr a mão num carregamento chique desses."

"Papa-fina!", disse Julian.

"Bom ——", disse Doremus.

"S'embora!", disse Sissy, com um pulo. "Vamos perguntar pra Lindy o que ela acha. É a única nessa família com algum tino comercial."

"Acho que não estou muito a fim de sair nesse tempo — as estradas estão horríveis", bufou Doremus.

"Bobagem, Doremus! Com o Julian de motorista? Ele é meio disléxico e tem uma caligrafia de doer, mas dirige melhor do que eu! Ora, vai ser um prazer derrapar com ele! Vamos! Ei, mãe! A gente volta daqui a uma ou duas horas."

Se Emma disse alguma coisa além do distante "Mas pensei que já estivesse na escola", nenhum dos três mosqueteiros escutou. Agasalharam-se todos e puseram-se a andar com cuidado redobrado na neve escorregadia.

Lorinda Pike estava na cozinha da Taverna, em um vestido de morim estampado com as mangas arregaçadas, mergulhando donuts no óleo fervente — imagem saída diretamente dos tempos românticos (que Buzz Windrip tentava restaurar), quando uma mulher que criara onze filhos e assistira ao parto de dezenas de vacas era tida como frágil demais para votar. Estava com o rosto vermelho do fogão, mas ergueu um olhar animado para eles, e a título de saudação disse, "Aceitam um donut? Ótimo!". Conduziu-os para longe da cozinha e de seu bando xereta composto por uma ajudante canadense e dois gatos, e foram sentar na linda copa, com suas fileiras de pratos, xícaras e pires italianos de maiólica nas prateleiras, absolutamente inadequados em Vermont, atestando certa afetação artística de Lorinda, embora, pelo asseio e ordem, revelando uma mulher que gostava de pegar no pesado. Sissy esboçou seu plano — por trás das estatísticas havia a agradável imagem sua e de Julian, dois ciganos em cáqui, na traseira de um caminhão cigano, mascateando antigas vigas prateadas de pinho.

"Negativo. De jeito nenhum", disse Lorinda, pesarosa. "O rico negócio dos velhos casarões suburbanos — ah, isso não existe mais: é surpreendente o número de revendedores e profissionais que têm se dado muito bem depois de ter sua riqueza confiscada e distribuída para as massas. Mas toda a construção está nas mãos dos empreiteiros envolvidos com a política — o bom e velho Windrip é tão coerentemente americano que deixou intocada nossa prática tradicional de molhar as mãos, ainda que tenha jogado pela janela nossa tradicional independência. Não iam deixar um centavo de lucro para vocês."

"Ela provavelmente tem razão", disse Doremus.

"Sempre tem uma primeira vez na vida", zombou Lorinda. "Ora, fui tão simplória que pensei que as mulheres que votavam conheciam os homens bem demais para cair em suas nobres palavras no rádio!"

Acomodaram-se no sedã diante da Taverna; Julian e Sissy na frente, Doremus no banco traseiro, digno e miserável, embrulhado como múmia.

"É isso aí", disse Sissy. "Que época mais supimpa pros jovens sonhadores esse Ditador trouxe. Você pode marchar com as bandas marciais — ou ficar em casa, sentado — ou ir para a prisão. *Primavera di Bellezza!*"

"É... Bom, vou encontrar alguma coisa para fazer... Sissy, você casa comigo — assim que eu arrumar um trabalho?"

(Era inacreditável, pensou Doremus, como esses antissentimentais sentimentalistas modernos conseguiam ignorá-lo... Como animais.)

"Antes, se quiser. Embora o casamento me pareça uma absoluta estupidez no momento, Julian. Eles não podem pegar e mostrar que todas as drogas das nossas velhas instituições são uma porcaria fajuta, haja vista como a Igreja e o Estado e tudo mais abaixam a cabeça pros Corpos, e continuar esperando que a gente ache que são do barulho! Mas para as cabeças imaturas como seu avô e Doremus, imagino que a gente vá ter que fingir que os pregadores que representam o Grande Chefe Windrip continuam tão sagrados que podem vender a licença de Deus para amar!"

("Sis-sy!")

"(Ah. Esqueci que estava aí, pai!) Mas, de qualquer jeito, filhos a gente não vai ter. Ah, claro que gosto de crianças! Queria ter uma dúzia desses diabinhos por perto. Mas se as pessoas foram moles a ponto de entregar o mundo de bandeja pras múmias empavonadas e pros ditadores, melhor não esperar que uma mulher decente traga filhos para esse manicômio! Ah, quanto mais a pessoa *gosta* mesmo de crianças, menos vai querer que nasçam, daqui pra frente!"

Julian estufou o peito para falar de forma tão ingênua e enamorada quanto qualquer pretendente de um século atrás, "É. Mas, mesmo assim, a gente vai ter filhos".

"Diabos! Imagino que sim!", disse a menina de ouro.

Foi o negligenciado Doremus que encontrou emprego para Julian. O velho dr. Marcus Olmsted tentava se preparar para assumir o trabalho de seu ex-sócio, Fowler Greenhill. Estava fraco demais para dirigir no inverno e sentia um ódio tão fervoroso dos assassinos de seu amigo que não aceitaria nenhum jovem dos MM ou que houvesse em parte admitido a autoridade destes indo para um campo de trabalho. Assim, Julian foi escolhido para ser seu chofer, dia e noite, e pouco depois para auxiliá-lo em anestesias, fazer curativos em pernas feridas; e o Julian que no intervalo de uma semana havia "decidido que queria ser" aviador, crítico de música, engenheiro de ar condicionado, arqueólogo das escavações em Yucatán, ficou absolutamente resolvido pela medicina e virou, para Doremus, um substituto de seu genro morto. E Doremus escutava as vanglórias, rusgas e gritinhos de Julian e Sissy na penumbra da sala de visitas, e graças a eles — graças a eles e a David, Lorinda e Buck Titus — encontrou determinação suficiente para ir ao *Informer* sem estrangular Staubmeyer.

# 22

O dia 10 de dezembro era aniversário de Berzelius Windrip, embora em seus tempos iniciais de vida pública, antes de proveitosamente descobrir que mentiras às vezes são impressas e injustamente lembradas contra você, tivesse o hábito de dizer para todo mundo que seu aniversário era no dia 25 de dezembro, como alguém que ele admitia ser um líder ainda maior, e gritar, com lágrimas genuínas nos olhos, que seu nome completo era Berzelius Noel Weinacht Windrip.\*

Seu aniversário em 1937, ele o comemorou pela histórica "Ordem de Regulamento", que afirmava que, embora o governo Corporativo houvesse provado não só sua estabilidade como também sua boa vontade, havia ainda certos "elementos" estúpidos ou maldosos que, em sua sórdida inveja do sucesso Corpo, queriam destruir tudo que era bom. O magnânimo governo ficou por aqui e o país foi informado de que, desse dia em diante, qualquer pessoa que em palavras ou atos tentasse prejudicar ou desacreditar o Estado seria executada ou presa. Na medida em que as cadeias já estavam superlotadas, tanto por esses criminosos caluniadores como pelas pessoas a quem o magnânimo Estado tinha de proteger mantendo-as "sob custódia", seriam imediatamente abertos, em todo o país, campos de concentração.

Doremus supunha que o motivo para os campos de concentração não era apenas o aprovisionamento de espaço extra para as vítimas, mas, acima de tudo, o aprovisionamento de lugares onde os jovens MM mais dispostos pudessem se divertir sem a interferência de policiais profissionais e carcereiros das antigas, a maioria dos quais via seus prisioneiros não como inimigos a serem torturados, mas apenas como gado a ser guardado em segurança.

\* "Natal" em inglês (*noel*) e alemão (*Weinacht*). (N. T.)

No dia 11, um campo de concentração foi entusiasticamente inaugurado, com banda de música, flores de papel e discursos do comissário distrital Reek e de Shad Ledue, em Trianon, quinze quilômetros a norte de Fort Beulah, no que fora uma moderna escola experimental para moças. (As alunas e seus professores, não servindo de material aproveitável para o Corpoísmo de modo algum, foram simplesmente enxotados.)

E nesse dia e em todos os dias depois desse, Doremus recebeu de amigos jornalistas por todo o país notícias secretas do terrorismo Corpo e das primeiras rebeliões sangrentas contra os Corpos.

No Arkansas, um grupo de noventa e seis antigos meeiros, que sempre se queixaram de suas agruras porém não pareciam nem um pouco mais felizes nos bem administrados e higiênicos campos de trabalho com concertos de banda semanais e gratuitos, atacaram o escritório do superintendente em um campo e mataram o próprio e cinco assistentes. Um regimento MM de Little Rock os cercou, perfilou-os diante de um milharal assolado pelo inverno, ordenou que corressem e os metralhou pelas costas à medida que se afastavam cambaleando comicamente.

Em San Francisco, os estivadores tentaram começar uma greve absolutamente ilegal, e seus líderes, notórios comunistas, foram tão traiçoeiros em seus discursos contra o governo que um comandante MM mandou amarrar três deles em um fardo de ratã embebido em óleo e atear fogo. O comandante mandou um recado para todos os descontentes alvejando dedos e orelhas dos criminosos enquanto queimavam, e ele era um atirador tão capaz, o devido crédito seja dado ao eficiente treinamento MM, que não matou um único homem enquanto os mutilava desse jeito. Em seguida foi à procura de Tom Mooney (libertado pela Suprema Corte dos Estados Unidos no início de 1936), mas esse notório agitador anti-Corpo ficara compreensivelmente assustado e se mandara numa escuna para o Taiti.

Em Pawtucket, um homem que provavelmente nunca se envolvera com as corrompidas ideias sediciosas desses chamados líderes trabalhistas, na verdade um dentista de clientela chique e diretor de banco, absurdamente, ressentiu-se das atenções que meia dúzia de MM uniformizados — estavam todos de licença, e meramente imbuídos de espírito juvenil, em todo caso — concederam a sua esposa em um café e, na confusão, atirou e matou três deles. Normalmente, uma vez que não era da conta do público, de todo modo, os MM não forneciam detalhes sobre como disciplinavam os rebeldes, mas nesse caso, no qual o tolo de um dentista se revelara um maníaco homicida, o comandante MM local permitiu que os jornais noticiassem o fato de que o dentista recebera sessenta e nove vergastadas com uma vara de aço flexível, e depois, quando voltou a si, fora deixado a refletir sobre sua estupidez homicida em uma cela com cinco centímetros de água no chão — mas, ironicamente, nenhuma para beber. Infelizmente, o sujeito morreu antes de ter a oportunidade de procurar conforto religioso.

Em Scranton, o líder católico de uma igreja da classe trabalhadora foi raptado e espancado.

No centro de Kansas, um homem chamado George W. Smith, de forma despropositada, juntou duzentos fazendeiros armados de escopetas e rifles esportivos e, absurdamente, algumas pistolas automáticas, e os liderou num ataque para incendiar um quartel MM. Tanques MM foram chamados e os pretensos rebeldes caipiras, dessa vez, não foram usados como advertência, mas subjugados com gás mostarda, depois liquidados com granadas de mão, o que foi uma ação muito inteligente, uma vez que não restou nada dos patifes para parentes sentimentais enterrarem e fazer propaganda.

Mas na cidade de Nova York o caso foi oposto — em vez de serem surpreendidos dessa maneira, os MM cercaram todos os suspeitos de comunismo nos antigos burgos de Manhattan e do Bronx, e todas as pessoas denunciadas por terem sido vistas associando-se a tais comunistas, e internaram o bando inteiro nos dezenove campos de concentração de Long Island... A maioria se queixou de que não era comunista coisa nenhuma.

Pela primeira vez na América, com exceção da Guerra Civil e da Guerra Mundial, as pessoas ficaram com medo de dizer o que lhes passava pela cabeça. Nas ruas, nos trens, nos teatros, os homens olhavam em volta para ver quem estaria escutando antes de ousarem até mesmo dizer que havia uma seca no Oeste, pois alguém podia supor que estavam pondo a culpa pela seca no Chefe! Eram particularmente cautelosos com garçons, que supostamente escutariam na espreita em que todo garçom vive de um modo ou de outro e informariam aos MM. Pessoas que não podiam resistir a falar de política referiam-se a Windrip como "coronel Robinson" ou "dr. Brown" e a Sarason como "Juiz Jones" ou "meu primo Kaspar", e podiam-se escutar mexericos sibilando um "Shhh!" para a frase aparentemente inocente, "Meu primo não parece tão entusiasmado em jogar bridge com o Doutor como costumava ficar — aposto que uma hora dessas ele para de jogar".

A todo momento todo mundo sentia medo, um medo inominável e onipresente. Estavam tão apreensivos quanto homens em um distrito com a peste. Qualquer movimento súbito, qualquer som inesperado de passos, qualquer coisa não familiar escrita em um envelope fazia com que tomassem um susto; e por meses não sentiram segurança para se abandonar inteiramente ao sono quando iam dormir. E com a chegada do medo o orgulho foi embora.

Dia após dia, tão comuns agora quanto boletins do tempo eram os rumores de gente que havia sido subitamente levada "sob custódia" e dia após dia cada vez mais eram pessoas célebres. No começo, os MM, afora o golpe isolado contra o Congresso, ousaram prender apenas gente desconhecida e indefesa. Agora, com incredulidade — pois esses líderes haviam parecido invulneráveis, acima da lei comum —, ouvia-se falar de juízes, oficiais do Exército, ex-governadores, banqueiros que não colaboraram com os Corpos, advogados judeus que haviam sido embaixadores, todos sendo despachados para sujas e malcheirosas celas comuns.

Para o jornalista Doremus e sua família, igualmente de interesse era o fato de que entre esses célebres prisioneiros havia inúmeros jornalistas: Raymond Moley, Frank Simonds, Frank Kent, Heywood Broun, Mark Sullivan, Earl Browder, Franklin P. Adams, George Seldes, Frazier Hunt, Garet Garrett, Granville Hicks, Edwin James, Robert Morss Lovett — homens que diferiam bizarramente entre si, exceto em sua aversão comum a serem os pequenos discípulos de Sarason e Macgoblin.

Poucos na redação de Hearst foram presos, porém.

A peste se aproximou ainda mais de Doremus quando renomados editores em Lowell, Providence e Albany, que nada haviam feito além de deixar de se mostrarem entusiasmados pelos Corpos, foram levados para "interrogatório" e liberados apenas semanas — meses — depois.

E ficou ainda mais próxima quando chegou o momento de queimar livros.

Por todo o país, livros que pudessem ameaçar a Pax Romana do Estado Corporativo estavam alegremente sendo queimados pelos mais doutos Minute Men. Essa forma de salvaguardar o Estado — tão moderna que mal se ouvira falar dela antes de 1300 a.C. — foi instituída pelo secretário de Cultura Macgoblin, mas em cada província os cruzados tinham permissão de se divertir escolhendo seus próprios traidores da letra de fôrma. Na Província Nordeste, o juiz Effingham Swan e o dr. Owen J. Peaseley foram nomeados censores pelo comissário Dewey Haik, e seu índex foi liricamente louvado no país inteiro.

Pois Swan percebeu que o real perigo não residia em anarquistas óbvios e rancorosos como Darrow, Steffens, Norman Thomas, que eram o verdadeiro perigo; como cascavéis, o alarde que faziam traía seu veneno. Os verdadeiros inimigos eram homens cuja santificação pela morte assustadoramente lhes permitira se infiltrar até em respeitáveis bibliotecas escolares — homens tão perversos que haviam se constituído em traidores do Estado Corpo muitos anos antes até de haver Estado Corpo; e Swan (com Peaseley cantarolando seu consentimento) proibiu a venda ou posse dos livros de Thoreau, Emerson, Whittier, Whitman, Mark Twain, Howells e *The New Freedom*, de Woodrow Wilson, pois, embora mais tarde na vida Wilson tivesse se tornado um sensato político manipulador, antes disso fora incomodado por irritantes ideais.

Não é preciso nem dizer que Swan denunciou todos os estrangeiros ateus, mortos ou vivos, como Wells, Marx, Shaw, os irmãos Mann, Tolstói e P. G. Wodehouse com sua propaganda inescrupulosa contra a tradição aristocrática. (Quem podia dizer? Talvez, um dia, num império corporativo, ele pudesse ser Sir Effingham Swan, baronete.)

E numa questão Swan revelou ofuscante genialidade — teve a antevisão de enxergar o perigo neste livro cínico, *The Collected Sayings of Will Rogers*.

Doremus ouvira falar dos livros queimados em Syracuse, Schenectady e Hartford, mas a coisa lhe pareceu tão improvável quanto histórias de fantasmas.

A família Jessup estava jantando, pouco depois das sete, quando na varanda escutaram o som de passos duros, parcialmente já esperados, inteiramente temidos. A sra. Candy — mesmo a desinteressada sra. Candy levou as mãos ao peito, agitada, antes de se afastar para abrir a porta. Até mesmo David permaneceu sentado à mesa, a colher suspensa no ar.

A voz de Shad, "Em nome do Chefe!". Pés pesados no vestíbulo, e Shad a entrar gingando na sala de jantar, quepe na cabeça, a mão na pistola, mas sorrindo, e vociferando com malévola jovialidade, "Qual é a boa, pessoal! Busca de livros perniciosos. Ordens do comissário distrital. Vamos lá, Jessup!". Ele olhou para a lareira que tantas vezes ajudara a alimentar, carregando braçadas de lenha, e riu com desprezo.

"Se quiser esperar na outra sala —"

"'Esperar na outra sala' o diabo que o carregue! Vamos queimar os livros hoje mesmo! Rápido com isso, Jessup!" Shad olhou para a exasperada Emma; olhou para Sissy; deu uma piscadela com pesada deliberação e riu baixinho, "Como vai, s'ora Jessup. Oi, Sis. Como anda a criança?".

Mas para Mary Greenhill não olhou, ela tampouco.

No vestíbulo, Doremus encontrou o séquito de Shad, quatro encabulados MM e um Emil Staubmeyer ainda mais encabulado, que se lamuriou, "Ordens — você sabe — só ordens".

Doremus tomou o cuidado de não abrir a boca; conduziu-os ao seu gabinete.

Mas uma semana antes removera toda publicação que qualquer Corpo em sã consciência poderia considerar radical: seu *Das Kapital*, Veblen, todos os romances russos e até o *Folkways*, de Summer, e *O mal-estar na civilização*, de Freud; Thoreau e os demais velhotes patifes banidos por Swan; antigos fichários de *Nation* e *New Republic* e os exemplares que pudera obter de *Lance for Democracy* de Walt Trowbridge; retirara tudo e os escondera em um velho sofá de crina no vestíbulo superior.

"Falei para você que não tinha nada", disse Staubmeyer, após a busca. "Vamos andando."

Shad disse, "Rá! Eu conheço esta casa, alferes. Costumava trabalhar aqui — tive o privilégio de instalar aquelas janelas contra mau tempo que você está vendo ali, e de levar uns sabões bem aqui nesta sala. Não vai lembrar dessa época, doutor — quando eu também costumava cortar sua grama, e você costumava ser tão metido!". Staubmeyer corou. "Pode apostar. Sei onde estou pisando, e tem um monte de livros bobos lá embaixo, na sala de estar."

De fato, naquele ambiente variadamente chamado de sala de visitas, sala, sala de estar, salão e até, certa vez, por uma solteirona que pensava nos editores como pessoas românticas, estúdio, havia duzentos ou trezentos volumes, a maioria em "coleções padronizadas". Shad os observou com ar carrancudo, conforme esfregava o desbotado tapete de Bruxelas com suas esporas. Estava preocupado. *Tinha* de encontrar algo sedicioso!

Apontou o tesouro mais caro a Doremus, a edição de Dickens extrailustrada em trinta e quatro volumes que pertencera a seu pai, e fora a única extravagância tresloucada do velho. Shad virou para Staubmeyer, "Esse sujeito, Dickens — não se queixava um bocado sobre as condições — sobre escolas e a polícia e tudo mais?".

Staubmeyer protestou, "Sim, mas Shad — mas, capitão Ledue, isso foi há cem anos ——".

"Não faz diferença. Gambá morto fede mais que vivo."

Doremus exclamou, "É, mas não durante cem anos! Além do mais ——".

Os MM, obedecendo ao gesto de Shad, já puxavam os volumes de Dickens das prateleiras, deixando que caíssem no chão, suas capas rachando. Doremus segurou o braço de um MM; da porta, Sissy gritou. Shad avançou pesadamente, um enorme punho vermelho apontado para o nariz de Doremus, rosnando, "Quer levar uma sova agora ou mais tarde?".

Doremus e Sissy, lado a lado em um sofá, observaram os livros sendo amontoados numa pilha. Ele segurava sua mão, murmurando, "Shh — shh!". Ah, Sissy era uma bela garota, e jovem, mas uma bela e jovem professora fora atacada, suas roupas arrancadas, e abandonada na neve ao sul da cidade, apenas duas noites antes.

Doremus não poderia ter ficado longe da queima de livros. Era como ver pela última vez o rosto de um amigo falecido.

Gravetos, palha de madeira e toras de abeto haviam sido empilhados na neve fina das Green. (No dia seguinte haveria um belo retalho estorricado na relva centenária.) Em torno da pira dançavam MM, meninos de escola, alunos da um tanto quanto dilapidada escola de negócios na Elm Street e rapazes anônimos das fazendas, pegando livros na pilha vigiada pelo imensamente satisfeito Shad e atirando-os na fogueira. Doremus viu seu *Martin Chuzzlewit* voar pelo ar e aterrissar no tampo ardente de uma antiga cômoda. Ele caiu aberto numa ilustração de Phiz de Sairey Gamp, que definhou instantaneamente. Quando pequeno, sempre rira daquele desenho.

Viu o velho ministro, o sr. Falck, contorcendo as mãos. Quando Doremus tocou seu ombro, o sr. Falck lamentou, "Levaram meu *Urn Burial*, minha *Imitação de Cristo*. Não sei por quê, não sei por quê! E estão queimando os dois ali!".

Quem eram os donos, Doremus não sabia, tampouco por que haviam sido apreendidos, mas viu *Alice no país das maravilhas*, e *Omar Khayyám*, e Shelley, e *O homem que foi quinta-feira*, e *Adeus às armas*, todos juntos, ardendo, para suprema glória do Ditador e suprema iluminação de seu povo.

O fogo estava quase apagado quando Karl Pascal abriu caminho até Shad Ledue e berrou, "Fiquei sabendo que vocês filhos da mãe — saí pra levar um sujeito e fiquei sabendo que invadiram meu quarto e pegaram meus livros quando eu estava fora!".

"Pode apostar que sim, camarada!"

"E vocês estão queimando — queimando meus ——"

"Ah, não, camarada! Queimando não. Valiosos pra diabo, camarada." Shad riu com vontade. "Eles ficaram na central de polícia.

A gente só estava esperando você. Foi mesmo uma beleza encontrar todos os seus livrinhos comunistas. Aqui! *Levem ele!*"

Assim Karl Pascal foi o primeiro prisioneiro levado de Fort Beulah para o Campo de Concentração de Trianon — não; errado; o segundo. O primeiro, tão inconspícuo que quase é esquecido, era um sujeito comum, um eletricista que nunca sequer falara de política. Brayden, esse era seu nome. Um Minute Man que gozava das graças de Shad e Staubmeyer queria o emprego de Brayden. Brayden foi mandado para o campo de concentração. Brayden foi açoitado quando declarou, ao ser interrogado por Shad, que não sabia coisa alguma sobre possíveis conspirações contra o Chefe. Brayden morreu, sozinho numa sala escura, antes de janeiro.

Um rodado viajante inglês que reservou duas semanas em dezembro para fazer um estudo detalhado das "condições" na América escreveu para seu jornal londrino e mais tarde afirmou pelo rádio à BBC: "Após uma meticulosa vista-d'olhos pela América, percebo que, longe de haver algum descontente com o governo Corpo entre o povo, nunca estiveram tão felizes e tão resolutamente determinados a criar um Admirável Mundo Novo. Perguntei a um proeminente banqueiro judeu sobre as asserções de que seu povo estava sendo oprimido, e ele me assegurou: 'Quando ouvimos falar de rumores tolos como esse, achamos a maior graça'".

# 23

Doremus ficou nervoso. Os Minute Men haviam aparecido, não com Shad, mas com Emil, e um estranho líder de batalhão de Hanover, para examinar as cartas particulares em seu estúdio. Foram bastante educados, mas de uma meticulosidade alarmante. Então ele percebeu, pela desordem em sua mesa no *Informer*, que alguém vasculhara seus papéis. Emil o evitou no jornal. Doremus foi convocado ao escritório de Shad e rudemente interrogado sobre a correspondência que, segundo um delator, mantinha com os agentes de Walt Trowbridge.

Então Doremus ficou nervoso. Então Doremus ficou certo de que sua hora de ser levado a um campo de concentração estava chegando. Olhava por cima dos ombros para todo estranho que parecia segui-lo na rua. O homem das frutas, Tony Mogliani, rebuscado defensor de Windrip, de Mussolini e do fumo de mascar como cura para cortes e queimaduras, lhe fez perguntas demais sobre seus planos para quando fosse "pendurar as chuteiras no jornal"; e certa vez um pedinte na porta tentou fazer perguntas para a sra. Candy, espiando nesse ínterim as prateleiras da despensa, talvez para verificar se havia algum sinal de escassez de provisões, como seria se estivessem fechando a casa para fugir... Mas talvez o pedinte fosse mesmo um pedinte.

Trabalhando, no meio da tarde, Doremus recebeu um telefonema daquele fazendeiro-intelectual, Buck Titus:

"Vai estar em casa hoje à noite, lá pelas nove? Ótimo! Preciso falar com você. É importante! Olha, veja se consegue reunir toda a sua família, Linda Pike e o jovem Falck também, pode ser? Tive uma ideia. É importante!"

Como ideias importantes, nesse preciso momento, em geral implicavam ir preso, Doremus e suas mulheres aguardaram com os nervos à flor da pele. Lorinda entrou tagarelando ansiosamente, pois a visão de

Emma sempre fazia com que tagarelasse ansiosamente, e em Lorinda ele não encontrou alívio. Julian chegou acanhado, e nada de alívio em Julian tampouco. A sra. Candy, sem que ninguém pedisse, serviu chá com um tantinho de rum, e isso trouxe algum alívio, mas passou tudo num torpor de espera inquieta até Buck chegar intempestivamente, dez minutos atrasado e coberto de neve.

"Desculpafazertodomundesperar, mas estava dando uns telefonemas. Tenho uma notícia que você ainda não vai receber nem no jornal, Dormouse. O incêndio na floresta está cada vez mais perto. Hoje à tarde prenderam o editor do *Herald* de Rutland — nenhuma acusação contra ele apresentada ainda — nenhuma publicidade — soube por um agente comercial que conheço em Rutland. Você é o próximo, Doremus. Calculo que só estavam aliviando para o seu lado até Staubmeyer colher algumas informações a seu respeito. Ou quem sabe Ledue teve a bela ideia de torturá-lo com a espera. De qualquer maneira, precisa cair fora. E amanhã! Para o Canadá! Para ficar! Por automóvel. Por avião não dá mais — o governo canadense deu um basta a isso. Você, Emma, Mary, Dave, Sis e todos os agregados, droga — e quem sabe Foolish e a sra. Candy e o canário!"

"Impossível! Leva semanas para eu juntar os investimentos que fiz. Acho que daria para levantar uns vinte mil, mas ia levar semanas."

"Me passa a procuração, se confia em mim — e acho bom confiar! Vai ser mais fácil pra mim do que pra você juntar esse dinheiro — minha situação com os Corpos é melhor que a sua — tenho vendido cavalos pra eles e acham que fico bem no papel do coadjuvante desbocado só esperando a deixa pra participar! Estou com mil e quinhentos dólares canadenses pra você aqui mesmo no meu bolso, para o começo."

"A gente nunca vai conseguir atravessar a fronteira. Os MM estão vigiando cada palmo, de olho em suspeitos como eu."

"Tenho carta de motorista canadense, e placas registradas do Canadá, prontas para pôr no meu carro — vamos com o meu — é menos suspeito. Consigo passar por fazendeiro de verdade — porque sou mesmo fazendeiro, acho — vou levar todo mundo, a propósito. Estou com as placas escondidas debaixo das garrafas em uma caixa de cerveja! Então, tudo combinado, a gente sai amanhã à noite, se o céu não estiver claro demais — vamos torcer para nevar."

"Mas Buck! Pelo amor de Deus! Não posso fugir. Não sou culpado de nada. Não tenho por que fugir!"

"Só salvar sua vida, meu rapaz, só isso!"

"Não tenho medo deles."

"Ah, tem sim!"

"Ah — bom — se olhar dessa forma, provavelmente tenho! Mas não vou deixar um bando de lunáticos e pistoleiros me expulsar do país que eu e meus ancestrais construímos!"

Emma engasgava com o esforço de pensar em algo convincente; Mary parecia chorar sem lágrimas; Sissy dava gritinhos; Julian e Lorinda começaram a falar e interromperam um ao outro; e foi a sra. Candy, espontaneamente, que, da porta, tomou as dores: "Ora, mas se isso não é bem de homem! Teimosos como mulas. Todos vocês. Sem exceção. E uns exibidos, o bando todo. Claro que não vão parar e pensar como as mulheres vão se sentir se forem presos e fuzilados! Vocês simplesmente param na frente do trem e falam que, por terem feito parte da equipe que construiu os trilhos, têm mais direito de estar ali do que a locomotiva, e depois que ela atropelou todo mundo e foi embora esperam que a gente fique pensando nos grandes heróis que são! Bom, pode ser que *alguém* chame isso de heroísmo, mas ——".

"Ah, às favas todos vocês, implicando comigo, tentando me deixar confuso e faltar com o que acho ser meu dever com o Estado ——"

"Você está com mais de sessenta anos, Doremus. Talvez um monte de nós possamos cumprir melhor nosso dever hoje no Canadá do que ficando aqui — como Walt Trowbridge", implorou Lorinda. Emma fitou sua amiga Lorinda sem particular afeição.

"Mas deixar os Corpos roubarem o país sem protestar! Não!"

"Esse é o tipo de argumento que levou milhões à morte, tornar o mundo seguro para a democracia e o fascismo é inevitável!", zombou Buck.

"Pai! Vem com a gente. Porque não podemos ir sem você. E estou ficando com medo aqui." Sissy também parecia assustada; Sissy, a indomável. "Hoje à tarde Shad me parou na rua e queria que eu fosse com ele. Fez cócega no meu queixo, o amorzinho! Mas francamente, o jeito que ele sorria, como se tivesse certeza de que eu — eu fiquei com medo!"

"Vou pegar uma escopeta e\_\_\_\_" } exclamaram Doremus,
"Ah, eu mato aquele filho\_\_\_\_" } Julian e Buck,
"Deixa eu pôr as mãos naquele\_\_\_\_" } todos juntos, e se entreolharam raivosamente, depois encabulados, quando Foolish latiu para o vozerio e a sra. Candy, recostada contra o batente como um bacalhau congelado, bufou com desprezo, "Mais quebra-locomotivas!".

Doremus riu. Ao menos uma vez em sua vida mostrou gênio, pois consentiu: "Tudo bem. Vamos. Mas imaginem apenas que sou um homem de grande força de vontade e que levaram a noite toda para me convencer. Partimos amanhã à noite".

O que ele não disse era que planejava, no momento em que deixasse sua família a salvo no Canadá, com dinheiro no banco e talvez um emprego para distrair Sissy, fugir e voltar para sua luta propriamente dita. Queria ao menos matar Shad antes de ser morto.

Faltava apenas uma semana para o Natal, feriado recebido sempre com animação e montes de fitas coloridas na casa dos Jessup; e esse dia frenético de preparativos para a fuga teve um esquisito júbilo natalino. Para não levantar suspeitas, Doremus passou a maior parte do tempo no jornal, e pelo menos umas cem vezes ficou com a impressão de que Staubmeyer o relanceava com a régua na mão — uma ira ameaçadora e oculta que usara contra cochichadores e outros jovens delinquentes na escola. Mas tirou duas horas de almoço e foi para casa mais cedo, e sua longa depressão sumiu com a perspectiva do Canadá e da liberdade, com uma inspeção empolgada de roupas que era similar ao preparativo para uma pescaria. Trabalharam no andar de cima, atrás de cortinas fechadas, sentindo-se como espiões em um romance de E. Phillips Oppenheim, cercados no aposento ducal escuro e com piso de pedra de uma antiga estalagem logo além de Grasse. No andar inferior, a sra. Candy se ocupava pretensamente de parecer normal — após a fuga, ela e o canário ficariam, e ela deveria se mostrar surpresa quando os MM informassem que os Jessup pareciam ter escapado.

Doremus retirara quinhentos dólares em cada um dos bancos locais, mais para o final desse dia, comunicando que pensava em adquirir uma opção em um pomar de maçãs. Era um animal doméstico adestrado demais para se mostrar ruidosamente alegre, mas não pôde deixar de observar que, embora estivesse levando nessa fuga para o Egito apenas todo o dinheiro que podia conseguir juntar, além de cigarros, seis lenços, dois pares extras de meia, um pente, uma escova de dentes e o primeiro volume de *O declínio do Ocidente*, de Spengler — decididamente não era seu livro favorito, mas vinha tentando se obrigar a ler havia anos, em viagens de trem —, embora, de fato, não estivesse levando nada que não pudesse enfiar nos bolsos do sobretudo, Sissy aparentemente tinha necessidade de toda sua lingerie nova e de um grande retrato emoldurado de Julian, Emma, de um álbum Kodak mostrando os três filhos nas idades de um a vinte, David, de seu novo modelo de aeroplano, e Mary, de seu ódio silencioso e sombrio que era mais pesado de carregar do que muitos baús.

Julian e Lorinda estavam lá para ajudá-los; Julian pelos cantos com Sissy.

Com Lorinda, Doremus não teve senão um momento livre... no antiquado banheiro de hóspedes.

"Linda. Ah, meu Deus!"

"Vamos conseguir! No Canadá, você terá tempo de recuperar o fôlego. Junte-se a Trowbridge!"

"Sei, mas deixar você —— Eu esperava que de algum modo, por algum milagre, você e eu pudéssemos quem sabe passar um mês juntos, digamos em Monterey, Venice ou no Yellowstone. Odeio quando a vida parece nos separar e não ir a lugar algum e não ter plano nem sentido."

"Mas teve sentido! Nenhum ditador pode nos sufocar completamente agora! Vamos!"

"Adeus, minha Linda!"

Nem mesmo nesse momento ele a alarmou confessando que planejava voltar para o perigo.

Abraçando-se junto a uma envelhecida banheira revestida de estanho com a madeira pintada de um marrom desolador, num recinto que cheirava levemente ao gás do velho aquecedor de água quente — abraçando-se em um topo de montanha à bruma tingida de crepúsculo.

A escuridão, o vento cortante, a neve malevolamente obstinada e, em meio a isso, Buck Titus impetuosamente animado em seu veterano Nash, parecendo o mais fazendeiro possível em um boné de pele de foca muito gasto aqui e ali e um atroz capote de couro de cachorro. Doremus pensou nele mais uma vez como um cavaleiro do capitão Charles King perseguindo os sioux através de pradarias ofuscadas pela nevasca.

Espremeram-se nervosamente dentro do carro; Mary ao lado de Buck, ao volante; na traseira, Doremus entre Emma e Sissy; no chão, David, Foolish e o aeroplano de brinquedo embrulhados juntos sob uma manta, indistinguíveis. O bagageiro e os para-lamas dianteiros com pilhas de malas cobertas por uma lona.

"Puxa, queria ir junto!", gemeu Julian. "Olha! Sis! Grande ideia para um romance de espionagem! Mas falo sério: mande cartões-postais de lembrança para o meu avô — vistas de igrejas e coisas assim — assine apenas 'Jane' — e tudo que disser sobre a igreja vou saber que na verdade está falando sobre você e —— Ah, dane-se todo o mistério! Quero *você*, Sissy!"

A sra. Candy enfiou mais um embrulho entre a já intolerável bagunça de bagagem que ameaçava desabar sobre os joelhos de Doremus e a cabeça de David, e disse, "Bom, se *precisam mesmo* sair por esse mundo afora — É um bolo de coco". E com raiva: "Assim que dobrarem a esquina podem jogar essa porcaria na valeta, se quiserem!". Correu aos soluços para a cozinha, onde Lorinda aguardava sob o umbral iluminado, calada, as mãos trêmulas estendidas para eles.

O carro já sacolejava sob a neve que caía antes de haverem furtivamente cruzado Fort Beulah por ruazinhas escuras e afastadas e acelerarem na direção norte.

Sissy cantarolou alegremente, "Bem, Natal no Canadá! Doces e cerveja e muita decoração!".

"Ah, mas eles têm Papai Noel no Canadá?", ouviu-se a voz de David, questionando, infantil, ligeiramente abafada pela manta de colo e as orelhas peludas de Foolish.

"*Claro* que sim, meu amor!", tranquilizou-o Emma e, para os adultos, "Mas isso não foi a coisa mais bonitinha?"

Para Doremus, Sissy sussurrou, "É bom mesmo ser bonitinho. Levou dez minutos para ensinar ele a dizer isso hoje à tarde! Segura minha mão. Espero que Buck saiba dirigir!".

Buck Titus conhecia cada caminho remoto de Fort Beulah até a fronteira, preferivelmente no tempo deplorável, como essa noite. Depois de Trianon, tomou estradas esburacadas onde teria de dar ré se cruzasse com outro carro. Subindo aclives entre barulhos e engasgos do motor, percorrendo colinas solitárias, ziguezagueando pelas estradas, avançaram aos trancos e barrancos rumo ao Canadá. A neve úmida cobriu o para-brisa, depois congelou, e Buck teve de dirigir com a cabeça para fora da janela aberta, e a ventania entrou e envolveu seus pescoços rígidos.

Doremus não conseguia enxergar nada além do pescoço esticado e torcido de Buck e o para-brisa congelado, na maior parte do tempo. Exceto que de vez em quando uma luz distante, abaixo do nível da estrada, indicava que avançavam por um penhasco e que se derrapassem despencariam por trinta, cinquenta metros — provavelmente capotando. A certa altura de fato derraparam, e enquanto ofegavam na eternidade de quatro segundos, Buck jogou o carro em direção a uma rampa na beira da estrada, voltou a descer para a esquerda e finalmente recuperou a direção — acelerando como se nada tivesse acontecido, enquanto Doremus sentia os joelhos fracos.

Por um longo tempo permaneceu paralisado de medo, mas afundado no sofrimento, com frio e surdo demais para sentir qualquer coisa exceto um lento desejo de vomitar à medida que o carro sacolejava. Provavelmente dormiu — pelo menos acordou, e acordou com a sensação de empurrar o carro ansiosamente colina acima, conforme este refugava e gaguejava no esforço de vencer a subida escorregadia. E se o motor morrer — e se os freios falharem e o carro derrapar para trás, capotando, saindo da estrada, caindo —— Uma quantidade de cenários imaginários o torturava, hora após hora.

Então tentou permanecer acordado, e se mostrar alegre e prestativo. Notou que o para-brisa coberto de gelo, iluminado pela luz rebatida na neve à frente deles, era um lençol de diamantes. Notou isso, mas não conseguiu se forçar a pensar muito em diamantes, tampouco em lençóis.

Tentou entabular conversa.

"Ânimo. Café da manhã ao chegar — do outro lado da fronteira!", tentou com Sissy.

"Café da manhã!", disse ela, com amargura.

E seguiram em frente, pneus comendo cascalho, naquele caixão ambulante com apenas o lençol de diamantes e a silhueta de Buck vivos no mundo.

Após horas incontáveis, o carro empinou e tombou e empinou outra vez. O motor acelerou; o som ergueu-se a um rugido intolerável; contudo, o carro não parecia se mover. O motor parou abruptamente. Buck praguejou, enfiou a cabeça de volta como uma tartaruga e o arranque emitiu um gemido longo e lamentoso. O motor tornou a roncar, tornou a parar. Podiam escutar os estalos de galhos endurecidos, o gemido de Foolish no sono. O carro era uma cabana ameaçada pelo mau tempo na natureza selvagem. O silêncio parecia aguardar, assim como eles aguardavam.

"Problema?", disse Doremus.

"Empacou. Sem tração. Um acúmulo de neve úmida — deve ter vazado de alguma manilha de drenagem estourada, eu acho. Diabo! Precisamos sair pra dar uma olhada."

Fora do carro, descendo do estribo escorregadio, o vento maligno gelou Doremus até os ossos. Estava tão rígido que mal conseguia parar em pé.

Como as pessoas fazem, achando importante e aconselhável, Doremus olhou para o montículo com uma lanterna elétrica, e Sissy olhou para o montículo com a lanterna, e Buck tomou a lanterna deles com impaciência e olhou duas vezes.

"Vamos pegar ——" e "Galhos ajudam", disseram Sissy e Buck ao mesmo tempo, enquanto Doremus esfregava as orelhas geladas.

Os três foram e voltaram com pequenos galhos, depositando-os diante dos pneus, enquanto Mary, dentro do carro, educadamente perguntava, "Posso ajudar?", sem que ninguém em particular parecesse responder.

Os faróis pousaram sobre uma choupana abandonada à beira da estrada; uma cabana de pinho cinza e sem pintura, com o vidro das janelas quebrado e faltando a porta. Emma, saindo do carro aos suspiros e, sobre a neve acumulada, dando passinhos tão delicados quanto um cavalo num desfile, disse com modéstia, "Aquela casinha ali — quem sabe eu podia ir lá e preparar um pouco de café quente no fogão a álcool — não tinha espaço para uma garrafa térmica. Café quente, Dormouse?".

Para Doremus ela soou, bem nesse momento, nem um pouco a esposa, mas tão sensata quanto a sra. Candy.

Quando o carro enfim conseguiu tração no caminho de galhos e parou ofegante e a salvo além do montículo de neve, eles fizeram, ao abrigo da choupana, uma refeição de café com fatias do voluptuoso bolo de coco da sra. Candy. Doremus refletiu com seus botões, "Que delícia de lugar. Gostei. Não chacoalha nem derrapa. Não quero mais sair daqui".

Mas saiu. A segura imobilidade da cabana ficou para trás, negras milhas atrás, e estavam de volta aos sacolejos e arfadas e náusea e frio inescapável. David ora chorava, ora tornava a pegar no sono. Foolish acordava para tossir inquisitivamente e voltava a sonhar com caçadas a coelhos. E Doremus dormia, a cabeça oscilando como o topo de um mastro em um mar encrespado, seu ombro contra o de Emma, sua mão quente sobre a de Sissy, e sua alma em um júbilo inominável.

Acordou à aurora parcial obscurecida por uma película de neve. O carro estava parado no que parecia ser um cruzamento de aldeia, e Buck examinava um mapa à luz da lanterna elétrica.

"Ainda não chegamos?", sussurrou Doremus.

"Só mais alguns quilômetros até a fronteira."

"Alguém nos parou?"

"Negativo. Ah, vamos conseguir, não se preocupe, meu velho."

Saindo de East Berkshire, Buck pegou não a estrada principal para a fronteira, mas uma velha trilha de madeireiros tão pouco utilizada que os sulcos eram cobras gêmeas. Embora Doremus nada dissesse, os demais sentiam sua intensidade, sua ansiedade, que era como escutar um inimigo na escuridão. David sentou ereto, a manta azul em volta dele. Foolish sobressaltou-se, resfolegou, pareceu ofendido, mas, captando o espírito do momento, confortavelmente pousou uma pata no joelho de Doremus e insistiu para que ele o cumprimentasse lhe dando a mão, repetidas vezes, tão solenemente quanto um senador veneziano ou um agente funerário.

Mergulharam na penumbra de um pequeno vale arborizado. Um holofote dardejou, e pousou incandescente sobre eles, desnorteando-os de tal forma que Buck quase saiu da estrada.

"Tenha dó", disse, suavemente. Ninguém mais disse nada.

Aproximou-se devagar da luz, que estava montada sobre uma plataforma diante de uma pequena cabana. Dois Minute Men postavam-se na estrada, gotejando com a radiância emitida pelo carro. Eram jovens e rústicos, mas com eficientes rifles de repetição.

"Pra onde estão indo?", perguntou o mais velho, bastante afavelmente.

"Pra casa, em Montreal." Buck mostrou sua carteira canadense... Motor a gasolina e luz elétrica, embora Doremus visse o guarda de fronteira como uma sentinela em 1864, examinando um salvo-conduto à luz da lanterna, ao lado de uma carroça onde se escondiam os espiões do general Joe Johnston, disfarçados como mão de obra de uma fazenda sulista.

"Acho que está tudo bem. Parece em ordem. Mas tivemos problemas com refugiados. Vai ter que esperar até o líder do batalhão chegar — quem sabe só lá pelo meio-dia."

"Mas, bom Deus, inspetor, não podemos fazer isso! Minha mãe em Montreal está muito doente."

"É, já ouvimos essa antes! E quem sabe é verdade, dessa vez. Mas receio que vai ter que esperar pelo chefe. Seu pessoal pode entrar e ficar perto do fogo, se quiser."

"Mas precisamos ——"

"Você escutou o que eu disse!" Os MM acariciavam seus rifles.

"Tudo bem. Mas vamos fazer o seguinte. A gente volta para East Berkshire, toma um café da manhã e um banho e volta pra cá. Meio-dia, você disse?"

"O.k.! E diga lá, Irmão, parece meio gozado, você pegando essa estradinha, quando tem uma rodovia de primeira. Inté. Passar bem... Só não tenta fazer isso de novo. O chefe pode estar aqui da próxima vez — e ele não é um fazendeiro que nem você e eu!"

Os refugiados, ao se afastarem, ficaram com a incômoda sensação de que os guardas riam deles.

Três postos de fronteira tentaram, e nos três foram rechaçados.

"Bem?", disse Buck.

"É. Acho que sim. De volta para casa. Minha vez de dirigir", disse Doremus, cansado.

A humilhação da retirada foi ainda pior, porquanto nenhum dos guardas se dera ao trabalho de fazer mais do que rir deles. Eram presas fáceis demais para que os caçadores se preocupassem com a armadilha. A única emoção clara de Doremus, quando, o rabo entre as pernas, regressavam para a expressão de escárnio de Shad Ledue e o "Puxa, mas minha nossa!", da sra. Candy, era o desapontamento por não ter atirado nem ao menos em um mísero guarda, e ele se encolerizou:

"Agora sei por que homens como John Brown se tornaram assassinos furiosos!"

# 24

Ele não conseguia se decidir se Emil Staubmeyer, e, por seu intermédio, Shad Ledue, estava ciente de que tentara fugir. Staubmeyer parecia de fato saber de algo, ou seria apenas sua imaginação? Que diacho Emil insinuara quando falou, "Ouvi dizer que as estradas não são muito boas lá para o norte — não muito boas!". Soubessem ou não, era um tormento ter de sentir calafrios com medo de que um brutamontes analfabeto como Shad Ledue pudesse descobrir que desejava ir para o Canadá, enquanto um sadista da régua como Staubmeyer, um Squeers* com diplomas em "pedagogia", pudesse agora aplicar a palmatória a homens adultos em lugar de fedelhos rebeldes e fosse o editor do *Informer*! O *Informer* de Doremus! Staubmeyer! *Aquela* lousa humana!

A cada dia que passava Doremus achava mais paralisante, um incitamento à fúria mais instantâneo, escrever alguma coisa mencionando Windrip. Sua sala particular — a alegremente estrepitosa sala de linotipia — a bulha da sala de impressão, com seu cheiro de tinta que para ele até então fora como o cheiro de maquiagem para um ator — tudo isso era odioso agora, e sufocante. Nem mesmo a fé de Lorinda, nem mesmo os comentários sarcásticos de Sissy e as histórias de Buck eram capazes de lhe dar esperança.

Maior foi seu júbilo, portanto, quando seu filho Philip telefonou de Worcester: "Em casa, domingo? Merilla está em Nova York, espairecendo, e fiquei sozinho da silva por aqui. Pensei em fazer uma visitinha pra passar o dia e ver como andam as coisas aí por suas bandas".

"Venha! Esplêndido! Já faz tanto tempo que não nos vemos. Vou pedir para sua mãe preparar uma panela de feijão agora mesmo!"

---

* Wackford Squeers, personagem de Charles Dickens em *Nicholas Nickleby*. (N. T.)

Doremus ficou feliz. À exceção de um breve momento em que sua amaldiçoada tendência à dúvida veio minar sua alegria, quando se perguntou se não passava de um mito sustentado desde a infância essa história de que Philip apreciava tanto assim os feijões e o pão preto de Emma; e se perguntou também por que exatamente Americanos modernos como Philip sempre usavam o telefonema de longa distância em vez de se dar ao terrível trabalho de ditar uma carta um ou dois dias antes. Não parecia de fato muito eficiente, refletiu o antiquado editor de vilarejo, gastar setenta e cinco centavos em uma ligação a fim de economizar cinco centavos de seu tempo.

"Ah, deixe disso! Afinal, vou ficar encantado em ver o rapaz! Aposto que não há jovem advogado mais inteligente em Worcester. Eis um membro da família que é um verdadeiro sucesso!"

Ficou um pouco chocado quando Philip entrou, como uma procissão de um homem só, na sala de estar, no fim da tarde de sábado. Ultimamente esquecera como seu honrado jovem advogado ficava cada vez mais calvo, com apenas trinta e quatro anos. E Philip lhe pareceu também um pouco grave e senatorial nas palavras, e excessivamente cordial.

"Por Júpiter, pai, não sabe como é bom estar de volta à velha morada. Mamãe e as meninas estão lá em cima? Por Júpiter, senhor, que coisa mais horrível o assassinato do pobre Fowler. Horrível! Fiquei simplesmente horrorizado. Deve ter acontecido algum engano, porque o juiz Swan tem a esplêndida reputação de ser um homem escrupuloso."

"Engano algum. Swan é um monstro. Literalmente!" Doremus soou menos paternal do que quando levantara rapidamente para apertar a mão do estimado filho pródigo.

"Sério? Precisamos conversar sobre isso. Vou verificar se não pode haver uma investigação mais estrita. Swan? Sério! Certamente investigaremos a fundo. Mas primeiro devo subir e dar uma boa beijoca na querida mamãe, e em Mary e na pequena Sis."

E essa foi a última vez que Philip mencionou Effingham Swan ou qualquer "investigação mais estrita" das ações desse ou daquele ou daquel'outro. Durante toda a tarde, foi infatigavelmente filial e fraternal, e sorria como um vendedor de automóveis quando Sissy perdeu a paciência com ele: "Qual é o negócio com toda essa babação de ovo, Philco?".

Doremus e ele só foram ficar a sós quase à meia-noite.

Acomodaram-se no sacrossanto estúdio. Philip acendeu um dos excelentes charutos de Doremus como se fosse um ator de cinema fazendo o papel de um homem acendendo um excelente charuto, e murmurou afavelmente:

"Puxa, senhor, mas que charuto excelente! Sem dúvida, excelente!"

"E por que não seria?"

"Ah, eu só — Estava apenas apreciando ——"

"Qual o problema, Phil? Tem alguma coisa passando por sua cabeça. Fala logo! Você e Merilla não andaram brigando, foi?"

"Claro que não! Mas de modo algum! Ah, não aprovo tudo que Merry faz — ela é um pouco extravagante — mas tem um coração de ouro, e vou lhe dizer uma coisa, Pai Estimado, não existe jovem mulher da sociedade em Worcester capaz de causar impressão melhor em todo mundo, sobretudo nos belos jantares."

"Então o que é? Desembucha, Phil. Alguma coisa séria?"

"S-sim, receio que sim. Olha, papai... Ah, por favor, sente-se e ponha-se confortável!... Fiquei terrivelmente preocupado ao ouvir dizer que o senhor, hum, que o senhor teve um leve entrevero com as autoridades."

"Você quer dizer os Corpos?"

"Naturalmente! Quem mais?"

"Pode ser que eu não reconheça a autoridade deles."

"Ah, ouça, Pai Estimado, por favor, sem brincadeiras hoje! Estou falando sério. Para ser sincero, ouvi dizer que foi mais que um 'leve entrevero' com eles."

"E quem seria seu informante?"

"Ah, só por cartas — velhos colegas de escola. Mas o senhor *não é* exatamente pró-Corpo, *não*?"

"Como adivinhou?"

"Bom, andei —— Eu não votei em Windrip, pessoalmente, mas começo a perceber que estava errado. Posso ver agora não só seu grande magnetismo pessoal, como também sua capacidade construtiva — o homem domina de verdade a arte de governar. Alguns dizem que isso é obra de Lee Sarason, mas não acredite por um minuto sequer. Veja tudo que Buzz fez em seu estado natal, antes até de se juntar a Sarason! E alguns dizem que Windrip é rude. Bem, Lincoln e Jackson também eram. Mas o que acho sobre Windrip ——"

"A única coisa que você deve achar sobre Windrip é que os capangas dele assassinaram seu excelente cunhado! E um monte de outros homens igualmente bons. Você aprova esses assassinatos?"

"Não! Claro que não! Como pode sugerir tal coisa, papai! Ninguém abomina a violência mais do que eu. Mesmo assim, não se pode fazer uma omelete sem quebrar alguns ovos ——"

"Que inferno!"

"Mas, Pai Estimado!"

"Não me venha com 'Pai Estimado'! Se eu ouvir essa frase de que 'não se pode fazer omelete' outra vez, vou eu mesmo cometer um assassinato! Ela é usada para justificar toda atrocidade sob todo despotismo. Fascistas, nazistas, comunistas ou a guerra trabalhista americana. Omelete! Ovos! Por Deus, mocinho, as almas e o sangue dos homens não são cascas de ovo para serem quebradas pelos tiranos!"

"Ah, desculpe, senhor. Acho que talvez a frase seja um pouco batida! Só quis dizer — só estou tentando encarar a situação de forma realista!"

"'Realista'! Eis aí mais um eufemismo usado para justificar homicídio!"

"Mas, francamente, sabe — coisas horríveis de fato acontecem devido à imperfeição da natureza humana, mas podemos perdoar os meios se os fins forem uma nação rejuvenescida que ——"

"Não posso fazer nada do tipo! Nunca vou perdoar o mal e as mentiras e os meios cruéis, e posso menos ainda perdoar os fanáticos que usam isso como desculpa! Parafraseando Romain Rolland, um país que tolera meios malévolos — costumes, padrões de ética malévolos — por uma geração ficará tão envenenado que nunca terá bons fins. É apenas curiosidade, mas faz ideia de como está citando à perfeição todo defensor do bolchevismo que menospreza a decência, a bondade, a verdade no trato diário com a 'moralidade burguesa'?

Eu não fazia ideia de que se afeiçoara de tal forma ao materialismo de Marx!"

"Eu! Um marxista! Bom Deus!" Doremus sentiu prazer em ver que sacudira o filho daquela pose presunçosa de doutor-isso-excelência- -aquilo. "Ora, uma das coisas que mais admiro nos Corpos é que, ao que eu saiba, absolutamente — disponho de informação confiável de Washington — fomos salvos de uma invasão simplesmente terrível de agentes vermelhos de Moscou — comunistas se passando por líderes trabalhistas decentes!"

"Não me diga!" (Acaso o tolo esquecera que seu pai era um jornalista e dificilmente se deixaria impressionar por esse negócio de "informação confiável de Washington"?)

"Digo! E para ser realista — desculpe-me, senhor, se não gosta da expressão, mas sendo — sendo ——"

"De fato, sendo realista!"

"Isso, pois bem, então!"

(Doremus recordou tais amuos de Philip anos antes. Tivera ele o discernimento, afinal, de se abster do prazer doméstico de espinafrar aquele pirralho?)

"A questão toda é que Windrip, ou, em todo caso, os Corpos, estão aqui para *ficar*, Pai Estimado, e devemos basear nossas atitudes futuras não em alguma desejada Utopia, mas no que realmente temos. E pense só no que já fizeram! Apenas, por exemplo, como removeram os outdoors publicitários das rodovias, e acabaram com o desemprego, e o feito simplesmente estupendo de extirpar o crime por completo!"

"Meu Deus do Céu!"

"Perdão — como disse, papai?"

"Nada! Nada! Prossiga!"

"Mas começo a perceber agora que os benefícios trazidos pelo Corpo não foram apenas materiais, mas espirituais."

"Hein?"

"Isso mesmo! Eles revitalizaram o país todo. Antes havíamos nos tornado sórdidos, apenas pensando em posses e conforto materiais — refrigeradores elétricos, televisores, ar-condicionado. De certa forma perdemos a tenacidade que caracterizou nossos ancestrais pioneiros.

Ora, cada vez mais jovens se recusavam a passar por treinamento militar, e a disciplina, força de vontade e senso de camaradagem que só obtemos com a vida militar —— Ah, perdão! Esqueci que o senhor era um pacifista."

Doremus murmurou sombriamente: "Não mais!".

"Claro que deve haver um monte de coisas sobre as quais não vamos concordar, papai. Mas afinal de contas, como periodista, o senhor deve dar ouvidos à Voz da Juventude."

"Você? Juventude? Você não é nenhum jovem. Mentalmente está com dois mil anos de idade. Data de mais ou menos 100 a.C., em suas belas e novas teorias imperialistas!"

"Não, mas deve me escutar, papai! Por que imagina que vim de Worcester só para vê-lo?"

"Sabe Deus!"

"Quero que fique claro. Antes de Windrip, estávamos de mãos atadas aqui na América, enquanto a Europa rompia seus grilhões — tanto a monarquia como esse antiquado sistema parlamentar-democrático--liberal que na verdade significa o governo dos políticos profissionais e dos 'intelectuais' egocêntricos. Temos de alcançar a Europa outra vez — temos de expandir — é a lei da vida. Uma nação, como um homem, precisa ir para a frente ou para trás. Sempre!"

"Sei, Phil. Eu costumava escrever essas mesmas coisas com essas mesmas palavras antes de 1914!"

"É mesmo? Bom, continuando —— Temos de nos expandir! Ora, o que precisamos fazer é pegar o México todo, e quem sabe a América Central, e uma boa fatia da China. Ora, é pelo próprio bem *deles* que temos de fazer isso, da forma como são mal governados! Eu posso estar errado, mas ——"

"Impossível!"

"— Windrip, Sarason, Dewey Haik e Macgoblin, todos esses sujeitos, eles são *grandes* — estão me fazendo parar para pensar! E quanto à missão que me traz aqui ——"

"Você acha que devo tocar o *Informer* segundo a teologia Corpo!"

"Bem — bem, sim! Isso é mais ou menos o que eu ia dizer. (Só não entendo por que não tem se mostrado razoável em relação a tudo isso — com sua mente penetrante e não sei o que mais!) Afinal, a hora do individualismo egoísta já passou. Precisamos de ação em massa. Um por todos e todos por um ——"

"Philip, incomoda-se de me dizer aonde diabos você *realmente* quer chegar? Corta a conversa mole!"

"Bom, já que insiste — em 'cortar a conversa mole', como diz — não muito educado, me parece, haja vista como me dei ao trabalho de vir desde Worcester! — tenho informação confiável de que o senhor vai se meter em terríveis problemas se não parar de se opor — ou pelo menos deixar ostensivamente de dar seu apoio — ao governo."

"Muito bem! E daí? São *meus* terríveis problemas!"

"Essa é exatamente a questão! Não são! Só acho que pelo menos uma vez na vida o senhor devia pensar na mamãe e nas meninas, em vez de serem sempre essas suas 'ideias' egoístas de que se orgulha tanto! Numa crise como essa, simplesmente não tem mais graça nenhuma bancar o 'liberal' excêntrico."

A voz de Doremus soou como o estouro de um rojão. "Corta a conversa mole. Já falei! O que está tramando? O que a gangue Corpo quer com você?"

"Fui procurado com respeito à honra muito elevada de ser um juiz militar assistente, mas sua atitude, como meu pai ——"

"Philip, acho, estou achando, que, como pai, amaldiçoo você não só porque é um traidor, como também por ter se tornado uma múmia empavonada! Boa noite."

## 25

Feriados foram inventados pelo demônio, para influenciar as pessoas a crer na heresia de que a felicidade pode ser obtida com ruminações. O que estava planejado para ser um dia de festejos para o primeiro Natal de David com seus avós foi, como viram perfeitamente, talvez o último Natal de David com eles. Mary disfarçara as lágrimas, mas, na véspera de Natal, quando Shad Ledue apareceu para perguntar a Doremus se Karl Pascal alguma vez conversara com ele sobre comunismo, Mary aproximou-se de Shad no vestíbulo, encarou-o, ergueu a mão como um gato boxeador e disse, com calma assustadora, "Seu assassino! Vou matar você e matar Swan!".

Ao menos dessa vez Shad não pareceu achar graça.

Para fazer do feriado a mais fiel imitação de alegria possível, fizeram muito barulho, mas os ramos de azevinho, as estrelas de lantejoulas em um pinheiro alto, a devoção familiar na serena casa antiga de um vilarejo não eram diferentes, no fundo, da bebedeira desesperada na noite da cidade. Doremus refletiu que, no que tangia ao esforço de fingir essa feliz domesticidade, talvez todos pudessem igualmente se embriagar e relaxar, os cotovelos fincados nas mesas sujas de algum café. Ele agora tinha outra coisa pela qual odiar os Corpos — por roubar o afeto seguro do Natal.

Para a refeição do meio-dia, Louis Rotenstern foi convidado, pois era um solteirão miserável e, ainda por cima, porque era judeu, agora inseguro, desprezado e ameaçado numa ditadura insana. (Não existe cumprimento maior para os judeus do que o fato de que o grau de sua impopularidade é sempre a medida científica da crueldade e da estupidez do regime sob o qual vivem, de modo que até um cidadão judeu de mente comercial, apegado a dinheiro e pesadamente cômico como Rotenstern, ainda assim é um parâmetro sensível da barbárie.) Após o jantar chegou Buck Titus, a pessoa mais preferida de David, trazendo uma quantidade espantosa de tratores, caminhões de bombeiros e arco e flechas de verdade, da Woolworth, e insistiu com estridência que a sra. Candy dançasse com ele o que não muito precisamente chamava de "a luz fantástica", quando alguém bateu pesadamente na porta.

Aras Dilley e quatro homens entraram marchando.

"Cadê o Rotenstern. Ah, você, Louie? Pega seu casaco e vamos — ordens."

"Que ideia é essa? O que querem com ele? Qual a acusação?", quis saber Buck, ainda com o braço em torno da constrangida sra. Candy.

"Sei lá se tem alguma acusação. Só recebi ordens de levar pra interrogatório no quartel-general. O comissário distrital Reek tá na cidade. Só fazendo perguntas pr'algumas pessoas. Vamos lá, *você aí*!"

Os alegres celebrantes não saíram, como haviam planejado, para esquiar perto da taverna de Lorinda. No dia seguinte, souberam que Rotenstern fora levado para o campo de concentração em Trianon, junto com aquele velho Tory ranzinza, Raymond Pridewell, o comerciante de ferragens.

Ambas as prisões foram inacreditáveis. Rotenstern era manso demais. E se Pridewell nunca fora manso, se sempre proclamara irritado aos quatro ventos que não dava a mínima para Ledue como empregado e menos ainda como governador local, ainda assim — ora, Pridewell era uma instituição sagrada. Podiam perfeitamente arrastar a igreja batista de arenito marrom-avermelhado para a prisão.

Mais tarde, um amigo de Shad Ledue se apossou da loja de Rotenstern. Mas *pode* acontecer aqui, meditou Doremus. Podia acontecer com ele. Quando? Antes de ser preso, devia fazer as pazes com sua consciência deixando o *Informer*.


O professor Victor Loveland, outrora um classicista do Isaiah College, tendo sido despedido de um campo de trabalho por incompetência em lecionar aritmética para lenhadores, estava na cidade, com esposa e filhos bebês, a caminho de um emprego de escritório na pedreira de ardósia de seu tio, perto de Fair Haven. Visitou Doremus e ficou histericamente alegre. Visitou Clarence Little — "apareceu de surpresa para uma visitinha", Clarence teria dito. Ora, esse joalheiro inquieto, intenso, Clarence, que nascera numa fazenda vermontesa e cuidara da mãe até ela falecer, quando ele estava com trinta anos, sempre sonhara em frequentar a faculdade e, sobretudo, estudar grego. Embora Loveland fosse da sua idade, trinta e poucos, para ele o homem era uma combinação de Keats e Liddell. Seu momento mais glorioso fora escutar Loveland lendo Homero.

Loveland se curvava sobre o balcão. "Tem avançado com sua gramática latina, Clarence?"

"Puxa vida, professor, simplesmente não parece mais valer a pena. Acho que sou uma espécie de elo fraco, afinal, e percebi que ultimamente me esforço ao máximo só para seguir tocando a vida."

"Eu também! E não me chame de 'professor'. Sou só o relógio de ponto numa pedreira de ardósia. Que vida!"

Não haviam notado o sujeito tosco de roupas simples que acabara de entrar. Presumivelmente um freguês. Mas o homem grunhiu, "Quer dizer que as duas florezinhas não gostam de como andam as coisas hoje em dia! Pelo jeito não gostam dos Corpos também! Devem pensar que o Chefe é uma grande porcaria!". Deu um cutucão tão dolorido com o polegar nas costelas de Loveland que este ganiu, "Eu nem penso nele!".

"Ah, não, hein? Bom, as duas maricas podem me acompanhar até o fórum!"

"E quem seria o senhor?"

"Ah, só um alferes dos MM, só isso!"

Ele tinha uma pistola automática.

Loveland não apanhou muito porque conseguiu ficar de boca fechada. Mas Little estava tão histérico que o deitaram em uma mesa de cozinha e decoraram suas costas nuas com quarenta golpes de uma vareta para limpar espingarda feita de aço. Descobriram que Clarence usava roupa de baixo de seda amarela, e os MM, que trabalhavam em fábricas e aravam terras, caíram na risada — particularmente um jovem inspetor grandalhão que, segundo os rumores, mantinha ardente amizade com um líder de batalhão de Nashua gordo, quatro-olhos e de voz aguda.

Little teve de receber ajuda para subir no caminhão que levaria Loveland e ele para o campo de concentração de Trianon. Um olho estava fechado e tão cercado por hematomas que o motorista MM disse que parecia uma omelete espanhola.

A carroceria do caminhão era aberta, mas não podiam escapar, pois os três prisioneiros nessa viagem estavam acorrentados pela mão. Ficaram deitados no piso. Nevava.

O terceiro prisioneiro não se parecia em nada com Loveland ou Little. Seu nome era Ben Tripper. Antigo empregado na moenda de Medary Cole. Importava-se tanto com a língua grega quanto um babuíno, mas importava-se muito com seus seis filhos. Fora preso por tentar fazer greve contra Cole e por praguejar contra o regime Corpo quando Cole reduziu o pagamento de nove dólares por semana (em dinheiro pré-Corpo) para sete e cinquenta.

Quanto à esposa de Loveland e os bebês, Lorinda os acolheu até conseguir passar o chapéu e coletar o suficiente para mandá-los de volta à família da sra. Loveland, numa fazenda rochosa do Missouri. Mas então as coisas melhoraram. A sra. Loveland caiu nas graças do proprietário grego de um restaurante e arrumou trabalho lavando louça e satisfazendo de outras maneiras o proprietário, que passava brilhantina no bigode.

O governo do condado, numa proclamação assinada por Emil Staubmeyer, anunciou que iriam regularizar a agricultura nas terras improdutivas de Mount Terror. Para começar, meia dúzia das famílias mais pobres foram transferidas para a casa grande, quadrada, quieta, velha daquele fazendeiro grande, quadrado, quieto, velho, Henry Veeder, primo de Doremus Jessup. Essas famílias paupérrimas tinham muitos filhos, um sem-número, de modo que havia quatro ou cinco pessoas dormindo no chão de cada cômodo da casa onde Henry e sua esposa haviam placidamente vivido sozinhos desde que seus próprios filhos cresceram. Henry não gostou, e o disse, não com muito tato, para os MM que arrebanharam os refugiados à força. Para piorar, os desapossados gostaram menos ainda. "Num é grande coisa, mas a gente tem nossa casa. A gente nem sabe pra que precisa ser enfiado na do Henry", disse um. "Num é pros outros vim m'incomodar, e num é pra eu incomodar os outros. Nunca apreciei aquela cor de burro quando foge que o Henry pintou o celeiro, mas acho que isso é da conta dele."

Assim Henry e dois lavradores regularizados foram levados para o campo de concentração de Trianon e o resto permaneceu na casa de Henry, sem nada para fazer além de esvaziar a despensa de Henry e aguardar ordens.

"E antes de ser enviado para fazer companhia a Henry, Karl e Loveland, vou pedir as contas", jurou Doremus, perto do fim de janeiro.

Foi falar com o comissário do condado Ledue.

"Quero sair do *Informer*. Staubmeyer aprendeu tudo que eu tinha para ensinar."

"Staubmeyer? Ah! Você quer dizer o comissário-assistente Staubmeyer!"

"Não me venha com essa, por favor. Não estamos desfilando e não estamos brincando de soldado. Incomoda-se de eu sentar?"

"Não me parece que esteja nem um pouco preocupado se me incomodo ou não! Mas já posso ir lhe dizendo nesse minuto, Jessup, sem ficar de palhaçada, você não vai largar o emprego. Acho que eu podia encontrar razão suficiente pra mandá-lo para Trianon por um milhão de anos, com noventa chibatadas, mas — você sempre se sentiu por cima da carne-seca, o editor honesto a toda prova, então acho meio que divertido ver você beijando os pés do Chefe — e os meus!"

"Não vou fazer mais nada disso! Pode ter certeza! E admito que mereço seu desprezo por ter feito algum dia!"

"Puxa, mas se isso não é elegante! Só que vai fazer exatamente o que eu mandar, e é bom que goste! Jessup, suponho que ache que foi uma época supimpa pra mim ser seu empregado! Ver você, sua patroa e as garotas saindo pra um piquenique enquanto eu — ah, eu era só o seu empregado de orelhas sujas, a sua sujeira! Eu que ficasse em casa pra limpar o porão!"

"Talvez não quiséssemos que viesse junto, Shad! Bom dia!"

Shad riu. O som dos portões do campo de concentração de Trianon ecoou nessa risada.

Foi na verdade Sissy que deu a sugestão a Doremus.

Ele foi a Hanover para ver o superior de Shad, o comissário distrital John Sullivan Reek, aquele político jovial e rubicundo de outrora. Foi recebido depois de apenas uma hora de espera. Levou um choque ao ver como Reek ficara pálido, hesitante e assustado. Mas o comissário tentou mostrar autoridade.

"Bem, Jessup, o que posso fazer por você?"

"Me permite ser franco?"

"Como? Como? Ora, certamente! A franqueza sempre foi meu forte!"

"Assim espero. Governador, percebo não haver utilidade para mim no *Informer*, em Fort Beulah. Como deve saber, tenho treinado Emil Staubmeyer para ser meu sucessor. Bem, ele tem toda competência para assumir o jornal agora, e quero pedir demissão. Na verdade estou apenas atrapalhando."

"Por que não fica mais um pouco e vê em que ainda pode lhe ser de alguma ajuda? Haverá pequenos trabalhos aparecendo de tempos em tempos."

"Porque me tira do sério receber ordens onde me acostumei a dá-las durante tantos anos. Pode entender isso, não pode?"

"Meu Deus, se posso entender? E como! Bem, vou pensar a respeito. Não se incomodaria em escrever pequenos artigos para meu pequeno periódico, não? Possuo parte de um jornal por lá."

"Não! Decerto! Encantado!"

("Acaso isso significa que Reek acredita que a tirania Corpo está prestes a sucumbir numa revolução, de modo que começa a se mostrar neutro? Ou apenas que está lutando para não ser descartado?")

"Sim, posso perceber como se sente, irmão Jessup."

"Obrigado! Incomoda-se em me dar um bilhete para eu levar ao comissário do condado Ledue, dizendo-lhe para me liberar, sem que eu seja prejudicado? — de teor veemente?"

"Não. De modo algum. Apenas um minuto, velho colega; vou escrever agora mesmo."

Doremus fez a menor cerimônia possível ao deixar o *Informer*, que fora seu trono por trinta e sete anos. Staubmeyer foi condescendente, Doc Itchitt parecia intrigado, mas a equipe de impressão, liderada por Dan Wilgus, apertou sua mão profusamente. E assim, aos sessenta e dois, mais forte e mais ansioso do que jamais estivera em toda sua vida, Doremus não tinha nada mais importante para fazer do que tomar café da manhã e contar para o neto histórias sobre o elefante.

Mas isso durou menos de uma semana. Evitando as suspeitas de Emma e Sissy e até de Buck e Lorinda, chamou Julian de lado:

"Olha aqui, rapaz, acho que chegou a hora de eu começar a cometer um pouco de alta traição. (E pelo amor dos Céus, bico fechado sobre tudo isso — não comente nem com a Sissy!) Acho que já sabe que os comunistas são teocráticos demais para meu gosto. Mas me parece que possuem mais coragem, devoção e estratégias inteligentes do que qualquer um desde o Primeiros Mártires Cristãos — a quem se assemelham também nos cabelos e no apreço por catacumbas. Quero entrar em contato com eles e ver se há alguma atividade clandestina que possa fazer por eles — digamos, distribuir panfletos do Cristianismo Primitivo escritos por são Lênin. Mas é claro, teoricamente, os comunistas foram todos presos. Consegue se aproximar de Karl Pascal, em Trianon, e descobrir quem eu poderia ver?".

Julian disse, "Acho que sim. O dr. Olmsted é chamado lá às vezes quando precisam — eles o odeiam, porque ele os odeia, mas, mesmo assim, o médico do campo é um bebum indigente e precisam de um médico de verdade por perto quando os guardas machucam o pulso de tanto bater nos prisioneiros. Vou tentar, senhor".

Dois dias depois Julian voltou.

"Meu Deus, que esgoto é aquele lugar em Trianon! Eu já havia esperado por Olmsted antes, no carro, mas nunca tive coragem de entrar. Os prédios — eram belos prédios, muito bem cuidados, quando funcionava a escola de meninas ali. Agora as instalações estão aos cacos, e puseram divisórias de madeira para fazer celas, e o lugar todo fede a fenol e fezes, e o ar — não tem ar nenhum — a sensação é de que você está preso numa caixa fechada com pregos — não sei como alguém consegue viver naquelas celas por uma hora — e contudo tem seis homens empilhados numa cela de três e meio por três, com pé-direito de só dois metros, e a única luz vem de uma lâmpada de uns vinte e cinco watts, no teto — não daria pra ler com isso. Mas eles saem para se exercitar por duas horas diariamente — caminham pelo pátio — também estão tão curvados, e parecem todos com vergonha, toda rebeldia eliminada à força dos espancamentos — até Karl um pouco, e o senhor se lembra de como era orgulhoso e um pouco sardônico. Bom, consegui visitá-lo, e ele diz que é para entrar em contato com esse homem — aqui, escrevi o nome — e pelo amor de Deus, jogue no fogo assim que memorizar!"

"Ele foi — eles ——?"

"Ah, sim, levou uma surra, com certeza. Não queria falar a respeito. Mas tem uma cicatriz no rosto, que vai da têmpora até o queixo. E vi Henry Veeder, só de passagem. Lembra como era — forte como um carvalho? Agora sente tremores o tempo todo, e leva um susto e engasga quando escuta um barulho repentino. Não me reconheceu. Acho que não reconhece mais ninguém."


Doremus anunciou para sua família e fez saber a todos em Gate\* que continuava à procura da opção em um pomar de macieiras para se aposentar, e viajou para o sul, levando pijama, escova de dentes e o primeiro volume do *Declínio do Ocidente* de Spengler numa maleta.

O endereço fornecido por Karl Pascal era de um deveras distinto fabricante de toalhas de altar e vestes sacerdotais, que tinha sua oficina e escritório acima de um restaurante em Hartford, Connecticut. Ele falou sobre o clavicórdio, a *spinetta di serenatta* e a música de Palestrina por uma hora antes de mandar Doremus para um engenheiro atarefado na construção de uma represa em New Hampshire, que o mandou ao dono de uma alfaiataria numa travessa de Lynn, que enfim

---

\* Ver 2 Samuel 1, 20. (N. T.)

o mandou para o norte de Connecticut e para o quartel-general no Leste do que restava dos comunistas na América.

Ainda carregando sua maleta, subiu uma escorregadia colina, intransponível por automóvel, e bateu na porta verde desbotada de um atarracado chalé de fazenda da Nova Inglaterra disfarçado por velhos arbustos hibernais de lilases e espireias. Uma nodosa esposa rural o atendeu com expressão hostil.

"Gostaria de falar com o sr. Ailey, o sr. Bailey ou o sr. Cailey."

"N' tem ninguém em casa. O s'or vai ter que voltar depois."

"Então vou esperar. O que mais a pessoa pode fazer hoje em dia?"

"Certo. Vamos entrando."

"Obrigado. Entregue esta carta para eles."

(O alfaiate o advertira, "Fai barecer tuto muito tolo, as senhas e tuto mais, mas se alkém do comitê for bara o brison ——". Fazendo um som espremido, ele passou a tesoura diante da garganta.)

Doremus sentava agora no minúsculo vestíbulo diante de uma escada íngreme como uma vertente de telhado; compunham o ambiente papel de parede com delicados motivos florais, gravuras Currier & Ives e cadeiras de balanço pintadas de preto com almofadas de morim. Não havia o que ler senão um hinário metodista e um dicionário de mesa. O primeiro ele conhecia de cor e, de todo modo, sempre adorou dicionários — não poucas vezes a leitura de um o desviara do trabalho, na redação do jornal. Folheou as páginas com satisfação:

> Fenil, *s., Quím.* Radical monovalente $C_6 H_5$, tido como base de numerosos derivados do benzeno; como hidroxibenzeno $C_6 H_5$ OH.
>
> Ferecrateano, *s.* Catalético trímetro coriâmbico ou glicônico cataléctico; composto de um espondeu, um coriambo e uma sílaba cataléctica.

"Bom! Nunca soube de nada *disso* antes! Será que sei agora?", pensou Doremus, bem-humorado, antes de perceber que olhando para ele do vão de uma porta muito estreita havia um homem muito grande de cabelo grisalho desgrenhado e usando tapa-olho. Doremus o reconheceu de fotos. Era Bill Atterbury, mineiro, estivador, veterano líder dos IWW (Industrial Workers of the World), antigo líder grevista da AFL, cinco anos em San Quentin e cinco respeitáveis anos em Moscou, e dito atualmente secretário do ilegal Partido Comunista.

"Sou o sr. Ailey. O que posso fazer pelo senhor?", quis saber Bill.

Conduziu Doremus a uma bolorenta sala nos fundos onde, a uma mesa que devia ser de mogno sob os arranhões e grumos de sujeira, sentavam um sujeito atarracado de cabelo crespo cor de estopa e profundas rugas na pele grossa e pálida do rosto, e um jovem esguio e elegante evocativo da Park Avenue.

"Comofai?", disse o sr. Bailey, num sotaque de judeu russo. Dele Doremus nada sabia a não ser que não se chamava Bailey.

"Dia", disse o sr. Cailey — cujo nome era Elphrey, se Doremus estava correto em sua suposição, e que era filho de um banqueiro milionário, e irmão de um explorador, da esposa de um bispo e de uma condessa, e ele mesmo um ex-professor de economia na Universidade da Califórnia.

Doremus tentou se explicar para esses conspiradores da ruína carrancudos e de olhar furtivo.

"O senhor está disposto a se tornar membro do Partido, e, no caso extremamente improvável de vir a ser aceito, receber ordens, quaisquer ordens, sem questionar?", perguntou Elphrey, muito suavemente.

"Quer dizer, se estou disposto a matar e a roubar?"

"O senhor andou lendo histórias de detetive sobre os 'Vermelhos'! Não. O que teria de fazer seria bem mais complicado do que se divertir com uma submetralhadora. O senhor estaria disposto a esquecer que já foi um dia um respeitável editor de jornal, dando ordens, e caminhar pela neve, vestido como um mendigo, para distribuir panfletos sediciosos — mesmo se, pessoalmente, acreditar que os panfletos não trazem o menor benefício para a Causa?"

"Bem, eu — eu não sei. Parece-me que um jornalista com algum treinamento ——"

"Diabo! Nossa única preocupação é manter os 'jornalistas treinados' *longe*! Precisamos é de coladores de cartazes treinados que gostem do cheiro de cola de farinha e odeiem dormir. E — mas o senhor está um pouco velho para isso — fanáticos loucos que saiam por aí incitando greves, sabendo que vão levar uma surra e terminar numa cela."

"Não, acho que eu —— Olhem. Tenho certeza de que Walt Trowbridge vai se juntar aos socialistas, parte dos ex-senadores radicais da esquerda, a turma do Farmer-Labor etc. ——"

Bill Atterbury gargalhou. Uma erupção tremenda, um pouco amedrontadora. "Isso, tenho certeza de que vão participar — todos os Fascistas Sociais reformistas, sujos, dissimulados, estúpidos como Trowbridge, que estão fazendo o serviço dos capitalistas e trabalhando pela guerra contra a Rússia Soviética sem nem sequer mostrarem o bom senso suficiente de perceber que estão fazendo isso e para serem pagos por sua cafajestagem!"

"Admiro Trowbridge!", rosnou Doremus.

"Não me diga!"

Elphrey se levantou, quase cordial, e dispensou Doremus, dizendo, "Sr. Jessup, eu mesmo fui criado em um sólido lar burguês, ao contrário desses dois operários aqui, e aprecio o que está tentando fazer, ainda que eles, não. Imagino que a rejeição que sente por nós é ainda mais forte do que a nossa em relação ao senhor!".

"Berfeito, camarada Elphrey. Focê e esse sujeito estão com formigas na sua calça de bourjui, como seu Hugh Johnson diria!", interpôs risonhamente o russo, o sr. Bailey.

"Mas me pergunto apenas se Walt Trowbridge não vai estar à caça de Buzz Windrip enquanto vocês rapazes continuam discutindo se o camarada Trótski foi culpado de rezar a missa virado para o norte? Tenham um bom dia!", disse Doremus.

Quando contou o episódio para Julian, dois dias depois, e Julian comentou "Fico pensando quem saiu vitorioso, se o senhor ou eles?", Doremus asseverou, "Acho que ninguém venceu — exceto as formigas! Enfim, agora sei que nem só de pão preto vive o homem, mas de toda palavra que sai da boca do Senhor nosso Deus... Os comunistas, sisudos e limitados; os ianques, tolerantes e rasos; não admira que um Ditador consiga nos manter divididos e trabalhando para ele!".

Mesmo na década de 1930, quando se acreditava piamente que o cinema, o automóvel e as revistas de moda haviam dado um fim ao provincianismo de boa parte dos vilarejos americanos, em comunidades como Fort Beulah todos os profissionais aposentados que não podiam se dar ao luxo de viajar para a Europa, a Flórida ou a Califórnia, como Doremus, ficavam tão perdidos quanto um cachorro velho numa tarde de domingo com a família fora. Vadiavam por lojas, saguões de hotel, a estação de trem e a barbearia, onde era antes um prazer do que uma irritação terem de esperar um quarto de hora pela barba feita três vezes por semana. Não havia cafés, como teria sido na Europa continental, e nenhum clube exceto o country club, e esse era na maior parte um refúgio de jovens à noite e nos fins de tarde.

O elevado Doremus Jessup, o homem livresco, sentia uma desolação tão perene com a aposentadoria quanto teria sentido o banqueiro Crowley.

Fingia jogar golfe, mas não conseguia ver nenhum sentido especial em interromper uma boa caminhada para bater numa bolinha, e, pior ainda, os campos agora eram pontilhados de uniformes MM. E carecia de suficiente confiança, como sem dúvida não era o caso de Medary Cole, para se sentir bem-vindo hora após hora no saguão do hotel Wessex.

Permanecia em seu estúdio no andar superior e lia o máximo que seus olhos aguentavam. Mas percebia irritado a irritação de Emma e a ira da sra. Candy em ter um homem pela casa o dia inteiro. Sim! Pegaria o que conseguisse pela casa e pela pequena cota de ações do *Informer* que o governo tivesse lhe deixado após confiscar o jornal, e iria — isso, simplesmente iria — para as Rochosas ou qualquer lugar que fosse uma novidade.

Mas percebeu que Emma não tinha o menor desejo de conhecer lugares novos; e percebeu que Emma, à cuja matronal ternura sempre fora reconfortante voltar após um dia de trabalho, enfastiava-o e era por ele enfastiada quando estava o tempo todo presente. A única diferença era que ela não parecia capaz de admitir que a pessoa pudesse, sem genuína crueldade ou alguma intenção de se mandar para Reno,[*] enfastiar-se com o cônjuge fiel.

"Por que não pega o carro e vai visitar Buck ou Lorinda?", ela sugeriu.

---

[*] Na época considerada a "capital do divórcio". (N. T.)

"Você nunca fica um pouco enciumada de minha amiga, Linda?", disse ele, com ar desinteressado — porque estava muito interessado em saber.

Ela riu. "Você? Na sua idade? Como se alguém pudesse considerar *você* para amante!"

Bem, Lorinda considerou, enfureceu-se ele, e prontamente "pegou o carro e foi visitá-la", a cabeça um pouco mais leve quanto às lealdades de parte a parte.

Apenas uma vez regressou à redação do *Informer*.

Não se via Staubmeyer em parte alguma, e ficou evidente que o verdadeiro editor era aquele matuto finório, Doc Itchitt, que nem sequer levantou da cadeira quando Doremus chegou, tampouco deu ouvidos quando Doremus aventou sua opinião sobre a nova cara das páginas de correspondência rural.

Isso foi uma apostasia mais difícil de aturar do que a de Shad Ledue, pois Shad, em sua rusticidade, sempre tivera certeza de que Doremus era um tolo, quase tão estúpido quanto o "pessoal da cidade", ao passo que Doc Itchitt outrora apreciara os encaixes precisos, as superfícies polidas e as bases robustas da perícia artesanal de Doremus.

Dia após dia, ele esperou. Grande parte de uma revolução, para muitas pessoas, nada é além de espera. Esse é um dos motivos para os turistas raramente perceberem qualquer coisa que não contentamento numa população oprimida. A espera e sua irmã, a morte, parecem tão contentes.

Por vários dias agora, no fim de fevereiro, Doremus notara o corretor de seguros. Afirmava ser um certo sr. Dimick; sr. Dimick, de Albany. Um homem grisalho e insípido, em roupas cinzentas, empoeiradas e amarrotadas, de olhos esbugalhados que fitavam o interlocutor com fervor inexpressivo. Você o encontrava pela cidade toda, nas quatro drogarias, no salão do engraxate, e ele sempre murmurava, monotonamente, "Meu nome é Dimick — sr. Dimick, de Albany — Albany, Nova York. Gostaria de saber se por acaso não estaria interessado nesse ma-ra-vi-lho-so novo tipo de apólice para seguro de vida. Ma-ra-vi-lho-so!". Mas, pelo tom de voz, não parecia achar muito ma-ra-vi-lho-so.

O sujeito era uma praga.

Vivia impondo sua arrastada e indesejável presença entre os comerciantes e no entanto parecia vender poucas apólices, se é que vendia alguma.

Levou dois dias para Doremus perceber que por algum motivo cruzava com o sr. Dimick de Albany uma impressionante quantidade de vezes ao dia. Quando saía do Wessex, viu o sr. Dimick recostado contra um poste de luz, ostensivamente olhando em outra direção, e contudo três minutos depois e a duas quadras dali o sr. Dimick entrou depois dele no Vert Mont Pool & Tobacco Headquarters e escutou a conversa de Doremus com Tom Aiken sobre incubadoras de peixes.

Doremus gelou de repente. Fez questão de ir sorrateiramente à cidade naquela noite e viu o sr. Dimick conversando com o motorista de ônibus da linha Beulah-Montpelier, com uma intensidade que nada tinha de insípida. Doremus o fuzilou. O sr. Dimick lançou-lhe um olhar úmido e grasnou, "B'noite, seu D'remus; queria conversar com o senhor sobre seguro, qualquer hora, quando estiver com tempo", e se afastou.

Mais tarde, Doremus pegou seu revólver e o limpou, exclamou "Ah, pinoia!", e o guardou. Nesse ínterim escutou a campainha e desceu para dar com o sr. Dimick sentado no porta-chapéus de carvalho do vestíbulo, esfregando seu chapéu.

"Gostaria de ter uma palavrinha com o senhor, se não estiver muito ocupado", lamuriou-se o sr. Dimick.

"Tudo bem. Vamos entrando. Sente-se."

"Alguém pode nos ouvir?"

"Não! Do que se trata?"

A insipidez e a lassidão do sr. Dimick sumiram. Sua voz ficou brusca:

"Acho que seus Corpos locais estão de olho em mim. Preciso agir rápido. Vim aqui por parte de Walt Trowbridge. O senhor provavelmente imaginou — tenho observado a semana toda, perguntado por aí. Queremos que seja o representante de Trowbridge e nosso aqui. A guerra secreta contra os Corpos. A 'nu', a 'New Underground', é como a gente chama — como a Underground secreta que levava os escravos para o Canadá antes da Guerra Civil. Quatro divisões: imprimir propaganda, distribuir, coletar e partilhar informação sobre as indignidades Corpo, levar suspeitos clandestinamente para o Canadá ou o México. Claro que não sabe nada sobre mim. Posso ser um espião Corpo. Mas dê uma olhada nessas credenciais e telefone para seu amigo, o sr. Samson, da Burlington Paper Company. Seja cuidadoso, pelo amor de Deus! As linhas podem estar grampeadas. Pergunte a ele com o pretexto de que está interessado em seguro. Ele é um de nós. O senhor vai ser um de nós! Agora, *ligue!*"

Doremus telefonou para Samson: "Diga lá, Ed, tem esse sujeito chamado Dimick, um tanto magrelo, de olhos saltados, certo? Posso confiar nos conselhos dele sobre seguro?".

"Pode. Ele trabalha para o Walbridge. Claro. Faz negócio com ele."
"Estou fazendo!"

# 26

A sala de composição do *Informer* fechava às onze da noite, pois o jornal tinha de ser distribuído para cidades a mais de sessenta quilômetros dali e não havia uma edição local posterior. Dan Wilgus, o chefe da oficina, ficou depois que os outros foram embora, incumbido de preparar um cartaz dos Minute Men anunciando que haveria um grande desfile no dia 9 de março, e de quebra que o presidente Windrip desafiava o mundo.

Dan parou, olhou atento em volta e seguiu com passos decididos para o depósito. À luz de uma lâmpada empoeirada, o lugar parecia uma tumba de notícias mortas, com antigos cartazes em vermelho e preto de feiras de condado escocesas e provas com versinhos indecentes coladas nas paredes. De um estojo de corpo oito, outrora usado para a composição de panfletos, mas que depois deu lugar à máquina de monotipia, Dan pegou punhados de tipos em cada um dos diversos compartimentos, embrulhou-os em papel de impressão e os guardou no bolso de sua jaqueta. As caixas de tipos saqueados pareciam cheias apenas até a metade, e, para disfarçar, ele fez algo que teria chocado qualquer impressor decente, mesmo se estivesse de greve. Encheu-as com tipos não de outro estojo de corpo oito, mas com velhos tipos de corpo dez.

Daniel, grande e peludo, parcimoniosamente escolhendo os minúsculos tipos, era tão absurdo quanto um elefante brincando de ser frango.

Apagou as luzes no andar superior e desceu pesadamente a escada. Relanceou as salas do editorial. Não havia ninguém por lá, exceto Doc Itchitt, num pequeno círculo de luz que através da viseira em sua testa lançava um brilho verde em seu rosto doentio. Ele estava corrigindo um artigo do editor titular, o alferes Emil Staubmeyer, e ria baixinho conforme o riscava com um grande lápis preto. Ergueu a cabeça, sobressaltado.

"Oi, Doc."

"Oi, Dan. Fazendo serão?"

"É. Só terminando um pedido. Boa noite."

"Diga lá, Dan, tem visto o velho Jessup ultimamente?"

"Não sei dizer quando foi a última vez, Doc. Ah, sim, encontrei com ele na farmácia Rexall faz uns dois dias."

"Continua amargo sobre o regime como sempre?"

"Ah, ele não comentou nada. O velho tolo de uma figa! Mesmo que não goste dos nossos bravos rapazes de uniforme, devia perceber que o Chefe está aqui para ficar, pelo amor de Deus!"

"Sem dúvida devia! E o regime é papa-fina. O sujeito pode subir num jornal agora sem ser passado pra trás por um bando de esnobes que se acham tão sabidos porque fizeram faculdade!"

"Isso mesmo. Bom, pro diabo com o Jessup e todos os outros pavões. Boa noite, Doc!"

Dan e o Irmão Itchitt fizeram sisudamente a saudação dos MM, os braços esticados. Dan saiu na rua e seguiu para casa. Parou na frente do bar do Billy, no meio de um quarteirão, e apoiou o pé na roda de um velho Ford encardido para amarrar o cadarço. Enquanto fazia isso — após tê-lo desamarrado —, ergueu o rosto e olhou para os dois lados da rua, esvaziou o conteúdo de seus bolsos em um balde de seiva amassado que estava no banco da frente do carro e seguiu em seu rumo com ar majestoso.

Do bar apareceu Pete Vutong, o fazendeiro franco-canadense que morava em Mount Terror. Pete estava obviamente bêbado. Cantarolava a pré-histórica cançãozinha "Hi Lee, Hi Low", no que julgava ser alemão, a saber: *"By unz gays immer, yuh longer yuh slimmer"*. Cambaleava, de modo que precisou içar o corpo para dentro do carro e guiou descrevendo padrões complicados até dobrar a esquina. Então ficou sóbrio, espantosa e subitamente; e espantosa foi a velocidade com que o barulhento Ford se afastou da cidade.

Pete Vutong não era um Agente Secreto muito bom. Era um pouco óbvio. Mas, também, era espião havia apenas uma semana.

Nessa semana Dan Wilgus depositara quatro pesados pacotes em um balde de seiva no Ford.

Pete passou pelo portão da propriedade de Buck Titus, diminuiu, largou o balde em uma vala e foi para casa.

Assim que raiou o dia, Buck Titus, levando para passear seus três fialas irlandeses, ergueu o balde de seiva com o pé e passou os pacotes para seu bolso.

E na tarde do dia seguinte Dan Wilgus, no porão da casa de Buck, imprimia, em corpo oito, um panfleto intitulado "Quantas Pessoas os Corpos Assassinaram?". A assinatura dizia "Espartano", e Espartano era um dos inúmeros pseudônimos do sr. Doremus Jessup.

Ficaram todos — todos os cabeças da divisão local do New Underground — muito felizes quando certa vez, a caminho da casa de Buck, Dan foi revistado por um MM que não conhecia e nenhum material de impressão foi encontrado, tampouco qualquer documento mais incriminador do que papéis de cigarro.

Os Corpos haviam feito um regulamento licenciando todos os negociantes em maquinário de impressão e papel e obrigando-os a manter listas de compradores, de modo que, exceto por contrabando, era impossível obter material para produzir os pérfidos folhetos. Dan Wilgus roubou os tipos; Dan, Doremus, Julian e Buck haviam roubado juntos toda uma velha máquina de impressão manual que ficava no subsolo do *Informer*; e o papel foi contrabandeado do Canadá pelo veterano John Pollikop, que se regozijou em voltar à boa e velha ocupação de que se vira privado após a revogação da Lei Seca.

É duvidoso se Dan Wilgus teria se juntado a algo tão dissociado do relógio de ponto e das escarradeiras do jornal motivado por uma indignação abstrata contra Windrip ou o comissário do condado Ledue. Ele foi levado à sedição em parte por gostar de Doremus e em parte pela indignação contra Doc Itchitt, que exultava publicamente porque todos os sindicatos de impressores haviam sido absorvidos pelas confederações do governo. Ou talvez porque Doc houvesse escarnecido dele nas poucas ocasiões — não mais do que uma ou duas vezes por semana — em que havia fumo mascado no peito da sua camisa.

Dan grunhiu para Doremus, "Tudo bem, patrão, acho que talvez eu vá com o senhor. E olha, quando a gente tiver essa tal revolução do homem acontecendo, deixa eu levar a carroça dos condenados com o Doc dentro. Olha, lembra do *Conto de duas cidades*? Livrinho bom. Olha, que tal publicar uma vida humorística do Windrip? Só precisa contar os fatos!".

Buck Titus, feliz como um menino convidado para acampar, ofereceu sua casa afastada e, em especial, seu imenso porão para servir de quartel-general do New Underground, e Buck, Dan e Doremus arquitetaram seus complôs mais insidiosos com auxílio de ponchos de rum quentes e da lareira de Buck.

A célula do NU em Fort Beulah, tal como composta em meados de março, duas semanas após Doremus tê-la fundado, consistia nele próprio, em suas filhas, Buck, Dan, Lorinda, Julian Falck, dr. Olmsted, John Pollikop, padre Perefixe (e ele discutia com o agnóstico Dan, e o ateu Pollikop, mais do que jamais o fizera com Buck). A sra. Henry Veeder, cujo marido fazendeiro se encontrava no Campo de Concentração de Trianon, Harry Kindermann, o judeu desapossado, Mungo Kitterick, esse advogado deveras não judeu e não socialista, Pete Vutong e Daniel Babcock, fazendeiros, e algumas dezenas de outros mais. O reverendo sr. Falck, Emma Jessup e a sra. Candy eram mais ou menos instrumentos involuntários do NU. Mas fossem quem fossem, independentemente de sua fé ou condição social, Doremus encontrou neles todos a paixão religiosa que perdera nas igrejas; e se altares, se janelas de vidro multicor nunca haviam sido objetos peculiarmente santos a seus olhos, ele os compreendia agora conforme exultava debruçado sobre cacarecos tão sagrados quanto tipos gastos e uma impressora manual rangente.

Uma vez foi o sr. Dimick de Albany novamente; uma vez, outro corretor de seguros — que morreu de rir com a sorte acidental de fazer o seguro do novo Lincoln de Shad Ledue; uma vez foi um armênio vendendo tapetes; uma vez, o sr. Samson de Burlington, procurando lascas de pinheiro para polpa de papel; mas, fosse quem fosse, Doremus recebia notícias do New Underground toda semana.

Estava mais ocupado do que jamais estivera nos tempos de jornal, e feliz como na aventura de juventude em Boston.

Cantarolando e muito alegre, manuseava a pequena prensa, com o animado bump-bump-bump do pedal, admirando sua própria habilidade ao inserir as folhas. Lorinda aprendera com Dan Wilgus a montar os tipos, com mais fervor do que precisão acerca dos *ei* e *ie*. Emma, Sissy e Mary dobravam folhas novas e costuravam os folhetos a mão, todo mundo trabalhando no velho porão de paredes de tijolo e pé-direito elevado que cheirava a serragem, cal e maçãs apodrecidas.

À parte os folhetos assinados pelo Espartano, e por Anthony B. Susan — que era Lorinda, exceto às sextas —, sua principal publicação ilícita era o *Vermont Vigilance*, um semanário de quatro páginas que em geral tinha apenas duas e que, tamanha a jovialidade liberada de Doremus, saía cerca de três vezes por semana. O periódico era composto de matérias contrabandeadas para eles por outras células do NU, e de reimpressões do *Lance for Democracy* de Walt Trowbridge e de jornais canadenses, britânicos, suecos e franceses, cujos correspondentes na América publicavam por meio de ligações de longa distância notícias que o secretário de Educação Macgoblin, chefe do departamento de imprensa do governo, passava boa parte do tempo negando. Um correspondente inglês enviou da zona rural, por ligação de longa distância para a Cidade do México, de onde foi retransmitida para Londres, a notícia do assassinato do presidente da University of Southern Illinois, um homem de setenta e dois anos que fora baleado pelas costas "quando tentava escapar".

Doremus descobriu que nem ele nem qualquer outro cidadão comum ficara sabendo de um centésimo do que se passava na América. Windrip & Cia., como Hitler e Mussolini, haviam descoberto que um Estado moderno pode, pelo processo triplo de controlar cada artigo na imprensa, cortar de cara qualquer ligação que possa se tornar perigosa e manter todas as metralhadoras, artilharia, automóveis blindados e aeroplanos nas mãos do governo, dominar a complexa população moderna melhor do que jamais fora feito no período medieval, quando o campesinato rebelde se armava apenas de forcados e de boa vontade, mas o Estado não estava muito mais armado que isso.

Informações chocantes, inacreditáveis, chegaram aos ouvidos de Doremus antes que ele se desse conta de que sua própria vida, e a de Sissy, Lorinda e Buck, não passavam de acidentes sem importância.

Na Dakota do Norte, dois supostos líderes dos fazendeiros foram obrigados a correr diante de um automóvel dos MM, entre os acúmulos de neve de fevereiro, até perder o fôlego, apanharam com uma bomba de pneu para continuar correndo, cambaleando, voltaram a cair e então levaram um tiro na cabeça, o sangue manchando a neve da pradaria.

O presidente Windrip, que ao que parecia estava ficando consideravelmente mais apreensivo do que nos velhos e atrevidos tempos, viu dois de seus guarda-costas pessoais dando risadinhas na antessala de seu escritório e, com um grito, pegou uma pistola automática em sua mesa e começou a atirar contra os dois. Sua mira era ruim. Os suspeitos receberam o tiro de misericórdia de outros guardas.

Uma multidão de jovens, sem usar uniforme de tipo algum, arrancou as vestes de uma freira na praça da estação em Kansas City e a perseguiu, golpeando-a com as mãos nuas. A polícia os deteve após algum tempo. Não houve prisões.

Em Utah, um comissário de condado não mórmon levou um ancião mórmon até uma rocha nua onde, por ser em altitude elevada, o ancião simultaneamente ficou tremendo de frio e ofuscado pelo clarão um tanto incômodo em seus olhos — uma vez que antes o comissário cuidadosamente arrancara suas pálpebras. Os comunicados oficiais do governo enfatizavam o fato de que o torturador foi exprobrado pelo comissário distrital e removido de seu posto. Não mencionavam o fato de ter sido renomeado para um condado na Flórida.

Os diretores do Cartel do Aço reorganizado, muitos dos quais haviam sido funcionários das companhias siderúrgicas no período anterior a Windrip, ofereceram para o secretário de Educação Macgoblin e o secretário de Guerra Luthorne um festival aquático em Pittsburgh. O salão de jantar de um grande hotel foi transformado em um tanque d'água aromatizado com rosas e os convidados ilustres flutuavam em uma barca romana dourada. As garçonetes eram jovens nuas, que nadavam para a barca segurando bandejas e, no mais das vezes, baldes de vinho.

O secretário de Estado Lee Sarason foi preso no porão de um clube de rapazes formosos em Washington sob acusações vagas de um policial que se desculpou assim que reconheceu Sarason, e o liberou, e que nessa mesma noite foi baleado na cama por um misterioso ladrão.

Albert Einstein, que se exilara da Alemanha por sua traiçoeira devoção à matemática, à paz mundial e ao violino, era agora exilado da América pelos mesmos crimes.

A sra. Leonard Nimmet, esposa de um pastor congregacional em Lincoln, Nebraska, cujo marido fora enviado ao campo de concentração por um sermão pacifista, foi baleada através da porta e morreu, ao se recusar a abri-la para uma seção em treinamento dos MM que procurava literatura sediciosa.

Em Rhode Island, a porta de uma pequena sinagoga ortodoxa em um porão foi trancada por fora depois de frágeis recipientes de vidro com monóxido de carbono terem sido jogados do lado de dentro. As janelas haviam sido lacradas com pregos, e, de todo modo, os dezenove homens na congregação só sentiram o cheiro do gás quando era tarde demais. Foram encontrados caídos no chão, as barbas apontando para cima. Tinham todos mais de sessenta anos.

Tom Krell — mas o seu foi um caso realmente cruel, porque ele foi pego com um exemplar do *Lance for Democracy* e credenciais provando que era mensageiro do New Underground — algo também estranho, pois todo mundo sempre o respeitara como um carregador de bagagens bom, decente e sem imaginação de um depósito ferroviário provinciano em New Hampshire — foi jogado dentro de um poço com um metro e meio de água no fundo e paredes de cimento liso, e simplesmente deixado ali.

Um ex-juiz da Suprema Corte, Hoblin, de Montana, foi arrancado da cama tarde da noite e interrogado por sessenta horas sem pausa sob a acusação de que se correspondia com Trowbridge. Dizia-se que o chefe do interrogatório era um homem que, anos antes, o juiz Hoblin sentenciara por roubo qualificado.

Num só dia Doremus recebeu informes de que quatro diferentes sociedades literárias ou dramáticas — uma finlandesa, uma chinesa, uma de Iowa e mais outra pertencente a um grupo misto de mineiros da cadeia montanhosa Mesaba, Minnesota — haviam sido dispersadas, seus funcionários espancados, seus clubes destruídos e seus velhos pianos quebrados, sob a acusação de que possuíam armas ilegais, o que, em todos os casos, os membros declararam ser pistolas antiquadas utilizadas como acessórios teatrais. E nessa semana três pessoas foram presas — em Alabama, Oklahoma e Nova Jersey — pela posse dos seguintes livros subversivos: *O assassinato de Roger Ackroyd*, de Agatha Christie (e com certa justiça também, haja vista que a cunhada de um comissário de condado em Oklahoma se chamava Ackroyd); *Waiting for Lefty*, de Clifford Odets; e *February Hill*, de Victoria Lincoln.

"Mas um monte de coisas assim aconteceu bem antes de Buzz Windrip entrar em cena, Doremus", insistia John Pollikop. (Nunca, até terem se reunido no porão deliciosamente ilegal, ele chamara Doremus de outra coisa que não "sr. Jessup".) "Você nunca pensou a respeito porque não passava de notícia rotineira para pôr no jornal. Coisas como os meeiros, os rapazes de Scottsboro, os conluios dos atacadistas californianos contra o sindicato agrícola, a ditadura em Cuba, a maneira como os delegados falsos em Kentucky atiraram nos mineiros em greve. E acredite, Doremus, a turba reacionária que perpetrou esses crimes é feita desses mesmos garotões que são assim com o Windrip. E o que me deixa com medo é que, se Walt Trowbridge algum dia conseguir promover um levante e chutar Buzz de lá, os mesmos abutres vão se mostrar terrivelmente patrióticos, democráticos e parlamentaristas junto com o Walt, e receber os despojos igualmente."

"Então Karl Pascal converteu você ao comunismo antes de ser mandado para Trianon", provocou Doremus.

John Pollikop deu um pulo de um metro no ar, ou assim pareceu, e enquanto descia gritava, "Comunismo! Nunca conseguiram formar uma Frente Unida! Ora essa, aquele sujeito, Pascal — ele era só um propagandista, e vou dizer uma coisa — vou dizer ——".

O trabalho mais difícil de Doremus era traduzir artigos da imprensa alemã, a mais favorável aos Corpos. Suando, mesmo ao frescor de março no espaçoso porão de Buck, Doremus se debruçava sobre uma mesa de cozinha, folheando um léxico Alemão-Inglês, resmungando, batendo nos dentes com um lápis, coçando o cocuruto, parecendo um menino de escola usando uma barba grisalha falsa, e gemendo para Lorinda, "Mas como diacho você traduziria 'Er erhält noch immer eine zweideutige Stellung den Juden gegenüber'?". Ela respondeu, "Ora, querido, o único alemão que sei é a frase que Buck me ensinou para 'Deus te abençoe' — 'Verfluchter Schweinehund'."

Ele traduziu palavra por palavra, com o *Völkischer Beobachter*, e mais tarde verteu para um inglês compreensível, este tributo gratificante ao Chefe e Inspirador:

> A América tem um brilhante começo começado. Ninguém parabeniza o presidente Windrip com maior sinceridade do que nós alemães. Os pontos de tendência como objetivo para a fundação de um estado do Povo. Infelizmente está o presidente não ainda preparado com a tradição liberal para romper. Ele mantém ainda sempre uma atitude duplo sentido face a face os judeus. Não podemos senão presumir que logicamente essa mudança de atitude deve à medida que o movimento forçado é as completas consequências de sua filosofia extrair. Ahasaver, o Judeu Errante, sempre será o inimigo de um povo autoconsciente livre, e a América também aprenderá que ainda mais com o comprometimento do Povo Judeu pode como com a Peste Bubônica.

Do *New Masses*, ainda publicado sub-repticiamente pelos comunistas, com o risco de suas vidas, Doremus obteve muitos artigos sobre mineiros e operários fabris que estavam às portas da inanição e que iam para a prisão até mesmo por criticarem um chefete... Mas a maior parte do *New Masses*, com uma presunção devota inabalada por qualquer coisa que houvesse acontecido desde 1935, era dedicada às notícias mais recentes sobre Marx, e a vilipendiar todos os agentes do New Underground, incluindo aqueles que haviam sido espancados com porrete, jogados na cadeia e mortos, como "informantes reacionários do fascismo", e o folheto vinha lindamente adornado com um cartum de Gropper mostrando Walt Trowbridge, em uniforme de MM, beijando o pé de Windrip.

Os boletins chegavam a Doremus em uma dezena de maneiras malucas — trazidos por mensageiros no papel de seda mais fino que existia; enviados pelo correio para a sra. Henry Veeder e Daniel Babcock entre as páginas de catálogos, por um agente do NU que era balconista na unidade de remessas postais da Middlebury & Roe; despachado em embalagens de pasta de dente e cigarro para a drogaria de Earl Tyson — um balconista de lá era agente do NU; deixados perto da mansão de Buck por um motorista de aspecto bruto, e portanto inocente, de um caminhão de mudanças interestadual. Tão precariamente obtidas, as notícias nada tinham da obviedade de seus tempos no jornal, quando, numa remessa de cascas de cebola da AP, havia notícias de tantos milhões de mortos pela fome na China, de tantos estadistas assassinados na Europa central, de tantas igrejas novas construídas pelo bondoso sr. Andrew Mellon, quase tudo rotineiro. Agora, ele era como um missionário do século XVIII no norte do Canadá, à espera de notícias que levariam a primavera toda para viajar de Bristol e descer a baía de Hudson, perguntando-se a todo instante se a França havia declarado guerra, se Sua Majestade dera à luz sem problemas.

Doremus percebeu que ficava sabendo, ao mesmo tempo, sobre a batalha de Waterloo, a Diáspora, a invenção do telégrafo, a descoberta dos bacilos, as Cruzadas, e se levava dez dias para as notícias chegarem até ele, os historiadores levariam dez anos para avaliá-las. Será que ficariam com inveja e considerariam que ele vivera bem no meio da crise da história? Ou apenas sorririam para as crianças da década de 1930, que acenavam com bandeiras e brincavam de ser heróis nacionais? Pois ele acreditava que esses historiadores não seriam comunistas, fascistas, americanos belicosos nem ingleses nacionalistas, mas apenas os típicos liberais sorridentes contra quem os fanáticos beligerantes da atualidade mais imprecavam como sendo uns fracos irresolutos.

Em todo esse tumulto secreto a tarefa mais árdua de Doremus foi evitar suspeitas que pudessem mandá-lo para um campo de concentração; ele precisava passar a impressão de ser apenas o inofensivo velho ocioso que de fato fora, três semanas antes. Atordoado de sono porque trabalhara a noite toda no quartel-general, bocejou a tarde inteira no saguão do hotel Wessex e conversou sobre pesca — o retrato de um homem desanimado demais para ser uma ameaça.

Tinha ocasionais recaídas, nas noites em que não havia o que fazer no porão de Buck e podia vadiar em seu estúdio doméstico e vergonhosamente se permitir ficar quieto e ser civilizado, no anseio pela Torre de Marfim. Com frequência, não porque fosse um grande poema, mas porque fora o primeiro que, em sua infância, definitivamente o surpreendera ao evocar a beleza, relia "Arabian Nights" de Tennyson:

> *A realm of pleasure, many a mound*
> *And many a shadow-chequered lawn*
> *Full of the city's stilly sound,*
> *And deep myrrh-thickets blowing round*
> *And stately cedar, tamarisks,*
> *Thick rosaries of scented thorn,*
> *Tall orient shrubs, and obelisks*
>     *Graven with emblems of the time,*
>     *In honor of the golden prime*
>     *Of good Haroun Alraschid.*\*

Por algum tempo então podia vagar em companhia de Romeu e Jürgen, de Ivanhoe e Lord Peter Wimsey; via a *Piazza* San Marco, e as torres imemoriais de Bagdá que nunca existiram; com dom João de Áustria marchava para a guerra, e tomava a estrada dourada para Samarcanda sem um visto.

"Mas Dan Wilgus preparando a composição de proclamações de rebelião e Buck Titus distribuindo-as à noite numa motocicleta

---

\* "Um reino de deleites, muitos morros/ E muitos gramados axadrezados de sombra/ Repletos do som plácido da cidade,/ E cerrados arbustos de mirra soprando em torno/ E o majestoso cedro, tamargueiras,/ Densas roseiras de oloroso espinho,/ Altos arbustos orientais, e obeliscos/ Gravados com emblemas do tempo,/ Em honra do apogeu dourado/ Do bondoso Harum Al-Raschid." (N. T.)

pode ser tão romântico quanto Xanadu... vivendo em um épico exuberante, agora mesmo, mas nenhum Homero ainda emergiu das cidades para escrevê-lo!"

Whit Bibby era um peixeiro ancião e calado e tão ancião quanto parecia seu cavalo, embora não fosse de modo algum silencioso, mas propenso a uma variedade de ruídos constrangedores. Por vinte anos sua familiar carroça, como um pequeno furgão ferroviário, levara cavalinha, bacalhau, truta-de-lago e ostras em lata para todas as fazendas do vale do Beulah. Suspeitar que Whit Bibby se dedicasse a práticas sediciosas teria sido tão absurdo quanto ter suspeitado do cavalo. Os mais velhos lembravam que outrora se orgulhara de seu pai, um capitão na Guerra Civil — e depois disso um rematado bêbado fracassado na lavoura — mas a juventude esquecera até que houvera uma Guerra Civil.

Conspícuo sob o sol vespertino de fins de março que banhava a neve pisoteada e cinzenta, Whit trotou até a casa de fazenda de Truman Webb. Fizera dez entregas de peixe, apenas peixe, em fazendas ao longo do caminho, mas na casa de Webb também deixou, sem dizer palavra, um muito suspeito fardo de folhetos embrulhados em jornal.

Na manhã seguinte, esses folhetos haviam sido todos depositados nas caixas de correio de fazendeiros além de Keezmet, a vinte quilômetros dali.

No dia seguinte, tarde da noite, Julian Falck levou o dr. Olmsted para essa mesma casa de Truman Webb. Ora, o sr. Webb tinha uma tia enferma. Até duas semanas antes, ela não tivera muita necessidade de um médico, mas, como toda a comunidade podia saber, e definitivamente sabia, após escutar pela linha telefônica rural compartilhada, o médico agora tinha de fazer visitas a cada três ou quatro dias.

"Bem, Truman, como está a velha senhora?", perguntou o dr. Olmsted animadamente.

Da varanda da frente Webb respondeu baixinho, "Tudo seguro! Raios! Vigiei com cuidado".

Julian desceu rapidamente, abriu o assento embutido na traseira do carro do médico e ocorreu o espantoso aparecimento de um homem alto usando um fraque urbano e calça listrada, o chapéu largo de feltro sob o braço, erguendo-se, desamarrotando a roupa, grunhindo com a dor de esticar o corpo paralisado. O médico disse:

"Truman, temos uma Eliza muito importante, com os sabujos logo atrás dele, hoje à noite!* Congressista Ingram — camarada Webb."

"Humpf! Nunca pensei que viveria para chamar esses aí de 'camaradas'. Mas é um grande prazer conhecer o senhor, congressista. Vamos deixá-lo do outro lado da fronteira no Canadá em dois dias — conhecemos algumas trilhas na mata ao longo da fronteira — e um delicioso feijão quentinho está a sua espera agora mesmo."

O sótão em que o sr. Ingram dormiu nessa noite, acessível por uma escada oculta atrás de uma pilha de troncos, era a "estação clandestina" que, na década de 1850, quando o avô de Truman era um agente, abrigara setenta e dois escravos negros variados que fugiam para o Canadá, e na parede acima da cabeça fatigada e ameaçada de Ingram ainda podia ser visto, escrito com carvão muito tempo antes, um trecho do salmo 23: "Preparas uma mesa para mim na presença de meus inimigos".

Era um pouco depois das seis da tarde, perto das pedreiras Tasbrough & Scarlett. John Pollikop, com seu guincho, rebocava Buck Titus, em seu automóvel. Paravam de vez em quando e John olhava o motor no carro de Buck muito ostensivamente, à vista das patrulhas de MM, que ignoravam tão óbvio companheirismo. Pararam a certa altura à beira do poço mais profundo da pedreira Tasbrough. Buck desceu e andou a esmo, bocejando, enquanto John fuçou um pouco mais no motor. "Certo!", exclamou Buck. Ambos se debruçaram sobre a enorme caixa de ferramentas na traseira do carro de John, encheram os braços cada um com uma pilha de exemplares do *Vermont Vigilance* e os jogaram pela beirada da pedreira. As folhas voaram ao vento.

Muitos foram recolhidos e destruídos pelos capatazes de Tasbrough, na manhã seguinte, mas pelo menos uma centena, no bolso dos empregados, iniciou sua jornada pelo mundo dos trabalhadores de Fort Beulah.

---

* Referência à personagem de *A cabana do Pai Tomás*. (N. T.)

Sissy entrou na sala de jantar de Jessup esfregando a testa com ar cansado. "Descobri a história toda, pai. A irmã Candy me ajudou. Agora vamos ter uma coisa boa para mandar para os outros agentes. Escute! Fiquei amiguinha do Shad. Não! Sem desespero! Sei direitinho como tirar a pistola dele do coldre se algum dia precisar. E ele começou a se gabar, e me contou que Frank Tasbrough, ele mesmo e o comissário Reek estão todos juntos na maracutaia, vendendo granito para os prédios públicos, e me contou — olha, ele estava meio que se gabando sobre como ele e o sr. Tasbrough viraram os maiores compadres — como o sr. Tasbrough anota todos os valores do esquema num caderninho vermelho que ele guarda na mesa dele — claro que o velho Franky nunca ia imaginar que alguém pudesse dar busca na casa de um Corpo leal como ele! Bom, como você sabe, a prima da sra. Candy está trabalhando para os Tasbrough por um tempo, e que o diabo me carregue ——"

("Sissy!")

"— se essas duas safadinhas não passaram a mão no caderninho vermelho hoje à tarde e eu fotografei todas as folhas e fiz as duas devolverem pro lugar! E o único comentário que nossa querida Candy faz é, 'Aquele fogão dos Tasbrough não expele a fumaça direito. Como alguém vai fazer um bolo decente num fogão *daquele*?'"

# 27

Mary Greenhill, vingando o assassinato de Fowler, era a única dentre os conspiradores que parecia movida mais pelo ódio homicida do que por uma certa sensação incrédula de que tudo não passava de um bom mas ligeiramente absurdo jogo. Para ela, porém, o ódio e a determinação de matar eram a tônica. Ela se elevou acima do escuro poço do luto, e seus olhos se iluminaram, a voz adquirindo uma trêmula alegria. Despiu-se de todo o preto e exibiu cores desafiadoras — ah, tinham de economizar, ultimamente, pôr cada centavo que sobrava no fundo missionário do New Underground, mas Mary ficara tão esbelta que podia usar o mais delicado dos vestidos velhos de Sissy.

Estava mais ousada do que Julian, ou mesmo Buck — de fato, conduziu Buck em suas expedições mais arriscadas.

No meio da tarde, Buck e Mary, parecendo muito matrimoniais, domesticamente acompanhados de David e de um desconfiado Foolish, perambulavam pelo centro de Burlington, onde ninguém os conhecia — embora uma série de cães, bichos da cidade e provavelmente trapaceiros caninos, insistissem com o rústico e constrangido Foolish que já se conheciam de algum lugar.

Era Buck que murmurava "Certo!" de tempos em tempos, quando estavam longe de olhares curiosos, mas era Mary que, calmamente, a um ou dois metros de MM ou policiais, distribuía exemplares amassados de:

A pequena vida de escola dominical de
JOHN SULLIVAN REEK
Escroque Político de Quinta Categoria, &
Algumas Fotos Divertidas
do cel. Dewey Haik, Torturador.

Ela tirou esses folhetos amassados de um bolso interno especialmente cosido em seu casaco de pele de marta; bolso que ia do ombro à cintura. Fora uma recomendação de John Pollikop, cuja prestativa senhora havia outrora usado um bolso exatamente como esse para contrabandear bebida. Os amassados haviam sido feitos cuidadosamente. Vistos de alguns metros de distância, os folhetos pareciam um papel qualquer jogado fora, mas estavam sistematicamente dobrados de modo que as palavras, impressas em vermelho, negrito, HAIK MATOU UM HOMEM A PONTAPÉS, captassem o olhar. E, deixados em cestos de lixo nas esquinas, em inocentes carrinhos de puxar diante das lojas de ferragens, entre as laranjas numa venda onde haviam entrado para comprar uma barra de chocolate para David, captaram centenas de olhares em Burlington nesse dia.

A caminho de casa, com David sentado na frente, ao lado de Buck, e Mary no banco traseiro, ela exclamou, "Isso vai sacudi-los um pouco! Mas, ah, quando o papai terminar seu livreto sobre Swan —— meu Deus!".

David deu uma espiada em sua mãe. Ela estava de olhos fechados, os punhos cerrados.

Sussurrou para Buck, "Queria que a mamãe não ficasse tão brava!".

"Ela é a melhor mãe do mundo, Dave."

"Sei, mas —— Me deixa com tanto medo!"

Mary concebeu e executou sozinha um plano seu. Do balcão das revistas na drogaria de Tyson, furtou uns dez exemplares da *Reader's Digest* e uma dúzia de revistas maiores. Quando as devolveu, pareciam intocadas, mas cada revista continha um panfleto, PREPARE-SE PARA SE UNIR A WALT TROWBRIDGE, e cada *Digest* passara a ocultar um folheto, MENTIRAS DA IMPRENSA CORPO.

Para servir de centro da conspiração, para poder atender o telefone, abrigar fugitivos e manter à distância bisbilhoteiros suspeitos vinte e quatro horas por dia, quando Buck e o resto não estivessem por perto, Lorinda abriu mão da pequena participação que ainda tinha na Taverna do Vale do Beulah e se tornou empregada de Buck, morando no local. Houve escândalo. Mas num momento em que era cada vez mais difícil conseguir pão e carne suficientes, as pessoas tinham pouco tempo para se lambuzar com escândalos como se fossem pirulitos, e em todo caso quem poderia desconfiar dessa implicante exaltada que tão obviamente preferia testes de tuberculina a brincar com pastores numa clareira? E como Doremus estava sempre por perto, como às vezes passava a noite, pela primeira vez esses tímidos amantes tiveram ensejo para a paixão.

Sempre fora menos a lealdade deles à boa Emma — uma vez que ela era contente demais para despertar piedade, segura demais de sua posição necessária na vida para sentir ciúme — do que a aversão a uma inaceitável intriga furtiva que fizera do amor deles cauteloso e relutante. Nenhum dos dois era tão simples a ponto de supor que, mesmo entre pessoas um tanto decentes, o amor é sempre tão monogâmico quanto pão e manteiga, e contudo nenhum dos dois gostava de viver às escondidas.

O quarto dela na casa de Buck, amplo, quadrado e iluminado, com o velho papel de parede paisagístico mostrando uma infinidade de pequenos mandarins graciosamente apeando de liteiras à margem de lagoas orladas por salgueiros, com uma cama de dossel, uma cômoda colonial e um tapete de trapilho de cores esdrúxulas, tornou-se em dois dias, tão rapidamente a pessoa vivia agora nesses tempos revolucionários, o lar mais amoroso que Doremus já conhecera. Ansioso como um jovem noivo, ele entrava e saía do quarto, sem se mostrar excessivamente cheio de dedos sobre o estado do toalete dela. E Buck percebia tudo e apenas dava risada.

Agora livre, Doremus a via como fisicamente mais atraente. Com superioridade paroquiana, notara, durante férias em Cape Cod, com que frequência mulheres fofas e elegantes, ao se desvestir para usar trajes de banho, eram magras, a seus olhos de um modo pouco feminino, com escápulas pontudas e espinhas dorsais tão salientes quanto correntes presas às costas. Pareciam-lhe ardentes e um pouco diabólicas, com suas esguias pernas inquietas e lábios ávidos, mas ele riu ao considerar que a Lorinda, cujos trajes e blusas cinza puritanos pareciam tão mais virginais do que os vestidos de verão de algodão alegres e chamativos das decadentes Bright Young Things, tinha pele mais suave ao toque, era tão mais opulenta na curva que ia do ombro ao seio.

Ele se regozijava com o pensamento de que estava sempre lá na casa, que podia interromper a solene gravidade de um panfleto sobre emissões de títulos para correr até a cozinha e despudoradamente cingir o braço em torno de sua cintura.

Ela, a teoricamente independente feminista, para seu envaidecimento, passou a reclamar suas atenções. Por que não lhe trouxera um doce da cidade? Poderia fazer o favor de chamar Julian para ela, caso não fosse muito incômodo? Por que se esquecera de lhe trazer o livro que prometera — bem, teria prometido se ela ao menos tivesse se lembrado de lhe pedir o livro? Trotava para cá e para lá no cumprimento das tarefas de que era incumbido, feliz como um idiota. Emma havia muito atingira o limite de sua imaginação com respeito às demandas. Ele começava a descobrir que no amor é realmente muito mais venturoso dar do que receber, provérbio acerca do qual, como patrão e homem estável a quem colegas de escola já esquecidos regularmente procuravam para pedir dinheiro emprestado, sempre desconfiara muito.

Estava deitado a seu lado, na espaçosa cama de dossel, ao alvorecer, alvorecer de março com os ramos do olmo defronte à janela ameaçadores e contorcidos ao vento, mas com os derradeiros carvões ainda estalando na lareira, e em absoluto contentamento. Relanceou Lorinda, que exibia no rosto adormecido um franzido que a fazia parecer não mais velha, mas pueril, como uma jovem colegial franzindo comicamente as sobrancelhas por alguma aflição menor, e que de forma desafiadora se agarrava ao antiquado travesseiro com bordas de renda. Riu. Como seriam aventurosos os dois juntos! Aquela pequena produção de folhetos era apenas o início de suas atividades revolucionárias. Iriam penetrar em círculos da imprensa em Washington e obter informação secreta (foi sonolentamente vago sobre qual informação obteriam e como cargas-d'água a conseguiriam) capaz de implodir o estado Corpo. E com o fim da revolução, iriam para as Bermudas, para a Martinica — amantes em picos púrpura, junto a um mar púrpura — tudo púrpura e grandioso. Ou (e ele suspirou e se sentiu heroico conforme se espreguiçava deliciosamente na cama larga e quente), se fossem derrotados, se fossem presos e condenados pelos MM, morreriam juntos, zombando do pelotão de fuzilamento, rejeitando a venda nos olhos, e a fama deles, como a de Servet, Matteotti, professor Ferrer e os mártires de Haymarket, perduraria pelos tempos, aclamada por crianças agitando bandeirolas ——

"Me passa um cigarro, querido!"

Lorinda o fitava com olhos grandes e céticos.

"Não devia fumar tanto assim!"

"Não devia ser tão mandão! Ah, meu amor!" Ela sentou, beijou seus olhos e suas têmporas e desceu vigorosamente da cama, à procura de seus cigarros.

"Doremus! Tem sido maravilhoso desfrutar de sua companhia. Mas ——" Parecia um pouco tímida, sentada de pernas cruzadas no banquinho de assento de ratã diante da penteadeira de mogno — nada de prata, renda ou cristal ali, mas apenas uma simples escova de madeira e o parco luxo de pequenos frascos farmacêuticos. "Mas querido, esta causa — ah, maldita palavra, 'causa' — será que nunca vou conseguir me livrar dela? — mas enfim, esse negócio do New Underground me parece tão importante, e sei que você se sente desse jeito também, mas já notei que desde que nos acomodamos aqui juntos, dois terríveis sentimentalistas, você não está mais muito empolgado em escrever seus venenosos ataques, e estou ficando mais cautelosa em distribuir panfletos. Encasquetei com essa ideia boba de que tenho de poupar minha vida, por sua causa. E deveria estar pensando apenas em poupar minha vida para a revolução. Não se sente assim também? Hein? Hein?"

Doremus girou e pendurou as pernas na beirada da cama, acendeu um deletério cigarro e disse, amuado, "Ah, imagino que sim! Mas — panfletos! Sua atitude é simplesmente um resquício de sua instrução religiosa. De que você tem um *dever* para com a estúpida raça humana — que provavelmente gosta de ser intimidada por Windrip e de ter seu pão e circo — tirando o pão!".

"Claro que é religiosa, uma lealdade revolucionária! Por que não? É uma das poucas sensações religiosas. Um Stálin racional, não sentimental é uma espécie de sacerdote, em todo caso. Não admira que a maioria dos pregadores odeie os Vermelhos e pregue contra eles! Têm ciúme do poder religioso deles. Mas —— Ah, não podemos expor o mundo, nesta manhã, mesmo à mesa do café, Doremus! Quando o sr. Dimick voltou ontem, ordenou que eu fosse para Beecher Falls — você sabe, na fronteira do Canadá — encarregar-me de uma célula do NU por lá — para todos os efeitos para abrir um restaurante durante esse verão. Então, puxa vida, preciso deixar você, e deixar Buck e Sis, e ir. Puxa vida!"

"Linda!"

Ela evitou fitá-lo. Esmagou o cigarro com um gesto enfático, exagerado.

"Linda!"

"O quê?"

"Você sugeriu isso para Dimick! Ele nunca deu qualquer ordem até você sugerir!"

"Bom ——"

"Linda! Linda! Você quer tanto assim fugir de mim? Você — minha vida!"

Ela se aproximou devagar da cama, sentou devagar a seu lado. "É. Fugir de você e fugir de mim mesma. O mundo está acorrentado, e não posso ficar livre para amar até ter ajudado a quebrar essas correntes."

"O mundo nunca vai ficar livre delas!"

"Então nunca vou ser livre para amar! Ah, quem dera tivéssemos fugido juntos em um tempo mais doce, quando eu tinha apenas dezoito anos! Então teria vivido duas vidas inteiras. Bem, ninguém parece ter muita sorte em fazer o relógio andar para trás — quase vinte e cinco anos para trás, aliás. Receio que o Agora seja um fato inescapável. E tenho percebido isto — só nestas duas últimas semanas, com abril se aproximando — que não consigo pensar em nada além de você. Me beije. Eu vou. Hoje."

# 28

Como em geral acontece no serviço secreto, nenhum detalhe que Sissy escarafunchou de Shad Ledue era drasticamente importante para o NU, mas, como as peças faltando de um quebra-cabeça panorâmico, quando acrescentados a outros detalhes colhidos por Doremus, Buck, Mary e o padre Perefixe, esse treinado extrator de confissões, revelaram os esquemas um tanto simples dessa gangue de bandidos Corpo que era tão comovedoramente aceita pelo Povo como se fossem pastores patrióticos.

Sissy relaxava com Julian na varanda, em um dia de abril enganadoramente ameno.

"Caramba, queria sair com você para acampar, daqui a uns dois meses, Sis. Só nós dois. Passear de canoa, dormir numa barraca. Ah, Sis, você *precisa mesmo* jantar com Ledue e Staubmeyer hoje à noite? Eu odeio isso. Deus, como odeio! Estou avisando. Vou matar o Shad! É sério!"

"Sim, preciso, querido. Acho que deixei o Shad louco o bastante por mim para que hoje à noite, quando ele der um jeito de tocar o Emil de perto, e seja lá que companhia obscena Emil trouxer junto, vou fazer com que me conte alguma coisa sobre quem eles estão planejando pegar em seguida. Não tenho medo de Shad, meu Julian julianíssimo."

Ele não sorriu. Disse, com uma solenidade até então ignorada entre a animada juventude estudantil, "Você se dá conta, com esse negócio de se iludir sobre ser capaz de lidar com o Camarada Shad tão bem, que ele é forte como um gorila e tão primitivo quanto? Uma noite dessas — Deus! e pensar nisso! pode ser hoje mesmo! — ele vai perder as estribeiras e agarrar você — zás!".

Ela se mostrou igualmente solene. "Julian, exatamente o que você acha que pode acontecer comigo? O pior que poderia acontecer é eu ser estuprada."

"Senhor do Céu——"

"Você francamente supõe que desde o início da Nova Civilização, digamos em 1914, alguém acredita que esse tipo de coisa é mais sério do que torcer o tornozelo? 'Um destino pior que a morte'! Que pérfido e encarquilhado diácono de suíças inventou essa frase? E como deve tê-la saboreado naqueles seus velhos lábios rachados! Consigo pensar em um monte de destinos piores — digamos, passar anos trabalhando como ascensorista. Não — espere! Não estou sendo leviana. Não tenho o menor desejo, além talvez de uma leve curiosidade, de ser estuprada — pelo menos, não por Shad; ele é por demais carregado no Odor Corporal quando fica excitado. (Ah, Deus, querido, que porco nojento é aquele homem! Eu o odeio quinze vezes mais do que você. Argh!) Mas estaria disposta a permitir até isso se puder salvar uma única pessoa decente de seu porrete sanguinário. Não sou mais a garotinha brincalhona de Pleasant Hill; sou uma mulher assustada de Mount Terror!"

Pareceu, a coisa toda, um tanto irreal para Sissy; uma versão burlesca dos antigos melodramas em que o Vilão Urbano tenta levar Nossa Nell à ruína, a propósito de uma garrafa de Vinho Champanhe, feito o musical da Broadway. Shad, mesmo num paletó de tweed com cinta, suéter escocês caleidoscópico (de Minnesota) e pantalonas de linho branco, carecia da sedução abstraída que convém a um Bicho da Cidade.

O alferes Emil Staubmeyer aparecera na nova suíte privada de Shad no hotel Star com uma desquitada que traía seus dentes de ouro e que tentara terraplenar as erosões na topografia de seu pescoço com uma abundância de base cor de tijolo. Era lindamente pavorosa. Mais dura de digerir que o próprio retumbante Shad — um homem por quem o capelão podia até ter sentido um pouco de pena, após ter sido devidamente enforcado. A sintética solteirona não parava de se aconchegar em Emil e quando, mais para enfastiado, ele correspondeu cutucando seu ombro, ela exclamou entre risadinhas, "Aaai, *para*!".

A suíte de Shad era limpa e relativamente arejada. Fora isso, não havia muito mais o que dizer. A "sala de visitas" era solidamente mobiliada com cadeiras de carvalho e um canapé forrado em couro, além de quatro retratos de marqueses não fazendo nada interessante. O frescor da colcha de linho na cama de metal no outro quarto provocou um desconfortável fascínio em Sissy.

Shad lhes serviu *rye highballs* com *ginger ale* de uma garrafa que fora aberta pelo menos um dia antes, sanduíches de frango e presunto com sabor de salitre e sorvete com seis cores mas apenas dois sabores — ambos de morango. Então aguardou, não muito pacientemente, parecendo o mais general Göring possível, que Emil e sua companhia dessem logo o fora, e que Sissy cedesse a seus encantos viris. Limitou-se apenas a grunhir com as piadinhas pedagógicas de Emil e o homem de cultura abruptamente se levantou e removeu a mulher, relinchando ao se despedir, "Bom, capitão, o senhor e sua namorada não façam nada que o papai não faria!".

"Vamos, boneca — vem aqui dar um beijinho em nós", bradou Shad, afundando em um canto do canapé.

"Ora, *talvez* eu vá, talvez não!" Era de revirar seu estômago, mas ela se mostrou o mais ousadamente provocante que pôde. Foi com passinhos afetados até lá e sentou longe de seu massivo flanco o suficiente apenas para ele esticar o braço e puxá-la para junto de si. Ela o observou com cinismo, recordando sua experiência com a maioria dos Rapazes... embora não com Julian... bem, não tanto com Julian. Sempre, todos eles, executavam o mesmo procedimento, fazendo força para fingir que não havia sistema em suas propostas manuais; e para uma garota espirituosa, a principal diversão no negócio todo era observar o orgulho sorridente deles na própria técnica. A única variação, sempre, era se começavam em cima ou embaixo.

Sim. Como ela pensava. Shad, não sendo tão delicadamente imaginativo quanto, digamos, Malcolm Tasbrough, começou por uma aparentemente distraída mão no joelho.

Ela sentiu um calafrio. Aquela manopla rija foi como a gosma e as contorções de uma enguia. Afastou-se com um alarme virginal que foi um arremedo do papel de Mata Hari que sentia estar interpretando.

"Gosta de mim?", ele perguntou.

"Ah — bem — um pouquinho."

"Ah, ora bolas! Você acha que continuo sendo apenas um empregado! Mesmo eu sendo agora comissário do condado! e líder de batalhão! e provavelmente muito em breve comandante!" Ele mencionou os nomes sagrados com veneração. Era a vigésima vez que fazia a mesma queixa para ela com as mesmas palavras. "E você continua achando que não sirvo pra nada a não ser carregar lenha!"

"Ah, Shad, querido! Ora, sempre penso em você como sendo meu primeiro coleguinha! O jeito como eu costumava tentar brincar de pega-pega e pedir que me deixasse usar o cortador de grama! Puxa! Nunca vou esquecer!"

"Diz isso para valer?" Ele a fitava com o anelo de um estúpido cachorro de fazenda.

"Mas claro! E para falar francamente, já estou cansada de ver você agir como se tivesse vergonha de ter trabalhado para nós! Puxa, não sabe que, quando jovem, papai costumava trabalhar numa fazenda, cortando lenha e aparando o gramado dos vizinhos e essas coisas, e ficava muito feliz por ganhar dinheiro?" Ela refletiu que essa mentira absurda e absolutamente improvisada era linda... Que calhava de não ser mentira ela não sabia.

"Sério? Nossa! Pra valer? Nossa! Mas quer dizer então que o velho também costumava manejar o rastelo! Nunca soube disso! Quer saber, o pobre velho não faz por mal — é só que é teimoso demais."

"Mas você *gosta* dele, não gosta, Shad? Ninguém faz ideia de como é bondoso — quer dizer, nestes tempos meio que complicados, precisamos protegê-lo contra pessoas que talvez não o compreendam, contra gente de fora, não concorda, Shad? *Prometa* protegê-lo, por favor!"

"Bom, vou fazer o que puder", disse o líder de batalhão, com uma complacência tão adiposa que Sissy quase o esbofeteou. "Quer dizer, contanto que se comporte, boneca, e não se misture com nenhum desses rebeldes Vermelhos... e contanto que se mostre disposta a ser boazinha com o amigo!" Puxou-a para si como se estivesse arrastando a saca de grãos de uma carroça.

"Ah! Shad! Você me assusta! Ah, precisa ser gentil! Um homem grande e forte como você pode se permitir ser gentil. Só mulherezinhas precisam ser rudes. E você é tão forte!"

"Bom, acho que ainda como bem! Diga lá, falando em mulherzinha, o que viu naquele frangote mimado do Julian? Não gosta dele de verdade, gosta?"

"Ah, sabe como é", disse ela, tentando sem demasiada obviedade afastar a cabeça de seu ombro. "Sempre fomos amigos, desde crianças."

"Bom, acabou de dizer que eu também era."

"É, eu disse."

Mas em seu esforço de proporcionar todos os famosos prazeres da sedução sem assumir nada do risco, a agente secreta amadora, Sissy, tinha um objetivo ligeiramente confuso. Ia obter de Shad informação valiosa para o NU. Ensaiando rapidamente em sua imaginação, nesse meio-tempo em que supostamente ficava enfraquecida com o fascínio de se recostar no ombro carnudo de Shad, ela escutou sua própria voz insistindo que lhe desse o nome de algum cidadão que os MM estivessem em vias de prender, dando um jeito de escorregar de suas garras, fugindo em disparada para ir ao encontro de Julian — ah, droga, por que não marcara um encontro com Julian para essa noite? — bem, ele devia estar em casa, ou levando o dr. Olmsted para algum lugar — Julian correndo melodramaticamente para a casa da futura vítima e levando-a para a fronteira canadense antes de amanhecer... E talvez fosse uma boa ideia para o refugiado prender em sua porta um bilhete datado de dois dias antes, dizendo que saíra em viagem, de modo que Shad jamais desconfiasse dela... Tudo isso num segundo de narrativa febril, lindamente ilustrado em cores por sua imaginação, enquanto ela fingia que precisava assoar o nariz e desse modo tinha um pretexto para sentar direito. Afastando-se mais um palmo ou dois, ronronou, "Mas é claro que não é só força física, Shad. Você tem tanto mais poder, politicamente. Nossa! Imagino que poderia mandar quase qualquer um em Fort Beulah para o campo de concentração, se quisesse".

"Bom, posso despachar alguns pra lá, se fizerem alguma gracinha!"

"Aposto que sim — e que vai, também! Quem vocês vão prender agora, Shad?"

"Hã?"

"Ah, vamos! Não seja tão mão de vaca com seus segredinhos!"

"O que está tentando fazer, boneca? Me interrogando?"

"Ora, não, claro que não, eu só ——"

"Sei! Quer fazer o coitado desse pateta aqui abrir a matraca, e descobrir tudo que ele sabe — e é muita coisa, pode apostar sua linda vidinha nisso! Sem acordo, boneca."

"Shad, eu só — eu só adoraria ver um esquadrão MM prendendo alguém uma vez. Deve ser incrivelmente emocionante!"

"Ah, é bastante emocionante, pode apostar! Quando os pobres palermas tentam resistir e você joga o rádio deles pela janela! Ou quando a esposa do sujeito perde o respeito e começa a falar umas poucas e boas, e você ensina uma pequena lição a ela fazendo com que assista enquanto derruba o marido e dá uma surra nele — talvez isso soe um pouco duro, mas sabe, a longo prazo é a melhor coisa que se pode fazer por esses vagabundos, pois só assim aprendem a não engrossar."

"Mas — não vai ficar achando que é horrível e indigno de uma mulher, vai? — mas gostaria de ver vocês levando uma dessas pessoas, só uma vez. Vamos lá, conta! Quem vão prender em seguida?"

"Sua danada! Não devia tentar passar a perna no papai aqui! Não, coisa digna de mulher é ir um pouco pra cama comigo! Ah, vamos lá, boneca, um pouquinho de diversão! Você sabe como é louca por mim!" Agora ele a agarrava de verdade, a mão em seu peito. Ela lutou, absolutamente apavorada, não mais cínica e sofisticada. Gritou, "Ah, não — não!". Chorou, lágrimas de verdade, mais de raiva do que de recato. Ele afrouxou o aperto e ela teve a inspiração de soluçar, "Ai, Shad, se você quer mesmo que eu faça amor com você, precisa me dar tempo! Não ia querer que eu fosse uma atirada que o deixasse fazer qualquer coisa comigo — você, na sua posição! Ah, não, Shad, não ia querer fazer isso!".

"Bom, talvez", disse ele, presunçoso como uma carpa.

Ela se levantara, enxugando os olhos — e pela porta, no quarto, sobre uma escrivaninha com gavetas, viu um molho com duas ou três chaves simples. Chaves do escritório dele, de armários e gavetas secretos com planos Corpos! Sem dúvida! Sua imaginação em um segundo fantasiou com ela tirando moldes daquelas chaves, fazendo John Pollikop, o mecânico e faz-tudo, produzir cópias, com ela e Julian de algum modo entrando furtivamente no quartel-general Corpo à noite, passando perigosamente pelos guardas, vasculhando, sorrateiros, o medonho arquivo de Shad ——

Ela gaguejou, "Você se incomoda se eu for ali lavar o rosto? Sou uma chorona — que tola! Por acaso não haveria algum pó de arroz no seu banheiro?".

"Diga lá, o que pensa que sou? Um chucro, um monge, talvez? Pode apostar que tenho pó de arroz ali — no armarinho do banheiro — dois tipos — está bom ou quer mais? As damas são bem tratadas por aqui!"

Doeu, mas ela conseguiu esboçar algo parecido com uma risada antes de entrar e fechar a porta do quarto, e trancá-la.

Voou na direção das chaves. Pegou um bloco de rascunhos amarelo e um lápis e tentou decalcar uma impressão das chaves como costumava fazer com moedas, para usar na pequena MESSEARIA C. JESSUPP & J. FALCK.

O borrão de grafite revelava apenas o contorno geral da chave; as minúsculas chanfraduras imprescindíveis não ficavam marcadas com clareza. Em pânico, experimentou uma folha de papel-carbono, depois papel higiênico, seco e úmido. Não conseguiu nenhum molde. Pressionou a chave em uma vela do hotel que ficava em um castiçal de porcelana junto à cama de Shad. A vela era dura demais. Assim como o sabonete no banheiro. E Shad agora mexia na maçaneta da porta, exclamando "Diacho!", depois gritando "O que cê tá fazendo aí dentro? Tirando um cochilo?".

"Já estou saindo!" Devolveu as chaves ao lugar, jogou o papel amarelo e a folha de carbono pela janela, trocou a vela e o sabonete, estapeou o rosto com uma toalha seca, polvilhou-o como se trabalhasse contra o relógio no reboco de uma parede e saracoteou de volta à sala de visitas. Shad parecia esperançoso. Em pânico, ela percebeu que era agora, antes que ele sentasse confortavelmente e se enchesse de paixão outra vez, o momento de escapar. Passou a mão no chapéu e no casaco, dizendo com expressão anelante, "Outra noite, Shad — precisa me deixar ir agora, querido!" e caiu fora antes que ele pudesse abrir o focinho vermelho.

Ao dobrar o corredor do hotel, topou com Julian.

Ele estava tenso, tentando parecer um guarda, a mão direita no bolso do casaco, como se segurasse um revólver.

Ela se atirou em seus braços e gemeu.

"Por Deus! O que ele fez com você? Vou matá-lo agora mesmo!"

"Ah, não fui seduzida. Não é por esse tipo de coisa que estou chorando! É só porque sou uma espiã muito ruim!"

Mas a história rendeu algum fruto.

Sua bravura encorajou Julian a fazer algo que havia muito desejava e temia: entrar para os MM, vestir seu uniforme, "trabalhar de dentro" e fornecer informação a Doremus.

"Posso pedir para o Leo Quinn — conhecem? — o condutor do papai na ferrovia? — jogava basquete no ginasial? — posso pedir a ele para servir de chofer para o dr. Olmsted no meu lugar, e fazer algumas tarefas gerais para o NU. Ele tem fibra, e odeia os Corpos. Mas olha, Sissy — olha, sr. Jessup —, para fazer os MM confiarem em mim, preciso fingir que me estranhei com vocês e todos os nossos amigos. Olhem! Sissy e eu vamos andar pela Elm Street amanhã à noite, fingindo ser um casal brigado. Que tal, Sis?"

"Perfeito!", animou-se a atriz incorrigível.

Era para ela ficar, toda noite às onze, em um bosque de bétulas no alto de Pleasant Hill depois da residência dos Jessup, onde haviam brincado de casinha na infância. Como a rua fazia uma curva, o ponto de encontro podia ser acessado de quatro ou cinco direções. Ali ele lhe passaria seus relatórios sobre os planos dos MM.

Mas quando entrou no bosque à noite pela primeira vez e Sissy nervosamente apontou a lanterna de bolso para ele, ela gritou ao vê-lo no uniforme MM de inspetor. Aquela túnica azul e o quepe inclinado que haviam simbolizado juventude e esperança agora significavam apenas morte... Ela se perguntou se em 1864 não significara a morte mais do que o luar e as magnólias para a maioria das mulheres. Correu em sua direção, abraçando-o como que para protegê-lo de seu próprio uniforme, e na aura de perigo e incerteza que pairava agora sobre o amor dos dois Sissy começou a amadurecer.

# 29

A propaganda pelo país afora não era tudo para o New Underground; nem sequer a maior parte; e, embora os panfletistas do NU, no país e exilados no exterior, incluíssem centenas dos jornalistas profissionais mais capazes da América, eles ficavam paralisados por certo respeito com os fatos que nunca desencorajara os assessores de imprensa do Corpoísmo. E os Corpos tinham uma equipe notável. Incluía presidentes de faculdade, alguns dos mais célebres anunciantes de rádio que dantes haviam cantarolado sua admiração por colutórios bucais e café não insone, famosos ex-correspondentes de guerra, ex-governadores, antigos vice-presidentes da American Federation of Labor e um verdadeiro artista na figura do consultor de relações públicas de uma corporação principesca de fabricantes de produtos elétricos.

Os jornais talvez não fossem mais tão indecisamente liberais a ponto de publicar as opiniões dos não Corpos; podiam trazer algumas poucas notícias daqueles países antiquados e democráticos, Grã-Bretanha, França e Estados escandinavos; podiam com efeito não publicar praticamente nenhuma notícia do exterior, exceto com respeito aos triunfos da Itália em levar à Etiópia boas estradas, trens pontuais, liberdade de mendigos e homens honrados, bem como todas as demais benesses espirituais da civilização romana. Mas, por outro lado, os jornais nunca antes publicaram tantos quadrinhos — o mais popular era uma tira muito engraçada sobre um ridículo esquisitão do New Underground que se vestia em preto fúnebre, usava uma cartola decorada com crepe e vivia levando cômicas sovas dos MM. Nunca houvera, mesmo no tempo em que o sr. Hearst libertava Cuba, tantas garrafais manchetes vermelhas. Nunca houvera tantas ilustrações dramatizando homicídios — os assassinos eram sempre famigerados anti-Corpos. Nunca houvera tamanha abundância de literatura, digna de suas vinte e quatro horas de imortalidade, quanto os artigos provando, e provando com números, que na América os salários eram universalmente maiores, as mercadorias, universalmente mais baratas, os orçamentos de guerra, menores, mas o Exército e seu equipamento, muito maiores do que jamais haviam sido antes na história. Nunca houvera polêmicas tão probas quanto os argumentos provando que todos os não Corpos eram comunistas.

Quase diariamente, Windrip, Sarason, o dr. Macgoblin, o secretário de Guerra Luthorne ou o vice-presidente Perley Beecroft humildemente se dirigiam aos seus Senhores, o grande Público Geral, pelo rádio, parabenizando-os pela criação de um novo mundo com seu exemplo de solidariedade americana — marchando lado a lado sob a Grande Velha Bandeira, camaradas sob as bênçãos da paz e camaradas sob os auspícios da guerra por vir.

Filmes muito divulgados, subsidiados pelo governo (e poderia haver melhor prova da atenção dispensada pelo dr. Macgoblin e os demais líderes nazistas às artes do que o fato de que atores de cinema que antes dos tempos do Chefe recebiam apenas mil e quinhentos dólares de ouro por semana agora recebiam cinco mil?), mostravam os MM dirigindo veículos blindados a cento e vinte quilômetros por hora, pilotando uma frota de mil aviões e sendo muito carinhosos com uma garotinha e seu gatinho.

Todo mundo, incluindo Doremus Jessup, dissera em 1935, "Se um dia houver uma ditadura fascista por aqui, o humor e a independência pioneira americanos são tão marcantes que ela será absolutamente diferente de qualquer coisa na Europa".

Por quase um ano após a ascensão de Windrip, isso pareceu verdade. O Chefe era fotografado jogando pôquer, com as mangas da camisa arregaçadas e com um chapéu-coco empurrado para trás em sua cabeça, junto com um jornalista, um chofer e dois rudes operários do aço. O dr. Macgoblin liderava pessoalmente uma banda de metais dos Elks e mergulhava numa competição com beldades de maiô de Atlantic City. Jornais respeitáveis diziam que os MM se desculpavam com os prisioneiros políticos por terem de prendê-los e que os prisioneiros gracejavam amigavelmente com os guardas... no início.

Tudo isso sumira, um ano após a posse, e os cientistas surpresos descobriram que chicotes e algemas machucavam com tanta contundência no límpido ar americano quanto nos miasmas nocivos da Prússia.

Doremus, lendo os autores que escondera no sofá de crina — o galante comunista, Karl Billinger, o galante anticomunista, Tchernavin, e o galante neutro, Lorant —, começou a perceber algo como uma biologia das ditaduras, todas as ditaduras. A apreensão geral, as timoratas negações da fé, os mesmos métodos de prisão — batidas súbitas na porta tarde da noite, o esquadrão de polícia forçando entrada, os socos, a busca, as imprecações obscenas dirigidas às mulheres aterrorizadas, o terceiro grau (uma maneira de suavizar o que se entende por tortura) perpetrado pela jovem canalha de policiais, acompanhado de socos e depois de surras formais, quando o prisioneiro é forçado a contar as pancadas até desmaiar, os leitos leprosos e o grude acre, os guardas só por farra disparando seguidas vezes contra um prisioneiro que acredita estar sendo fuzilado, a espera solitária para descobrir o que vai acontecer, até homens enlouquecerem e se matarem enforcados ——

Assim tinham sido as coisas na Alemanha, exatamente assim na Rússia soviética, na Itália, Hungria e Polônia, na Espanha, em Cuba, no Japão, na China. Não muito diferente fora com as bênçãos da liberdade e da fraternidade na Revolução Francesa. Todos os ditadores seguiam a mesma rotina de tortura, como se houvessem todos lido o mesmo manual de etiqueta sádica. E agora, na bem-humorada, amigável, otimista terra de Mark Twain, Doremus presenciava os maníacos homicidas se divertindo tanto quanto o haviam feito na Europa central.

A América seguiu, ainda, as mesmas diretrizes financeiras engenhosas da Europa. Windrip prometera tornar todo mundo mais rico, e conseguira deixar todo mundo, exceto um punhado de algumas centenas de banqueiros, industriais e soldados, bem mais pobre. Não precisava de nenhum mestre matemático para produzir seus pronunciamentos financeiros: qualquer assessor de imprensa de meia-tigela dava conta do recado. Para mostrar uma economia de cem por cento em gastos militares, ao mesmo tempo que o establishment crescia em setecentos por cento, fora necessário lançar todos os gastos com os Minute Men em departamentos não militares, de modo que seu treinamento na arte de espetar a baioneta era debitado no Departamento de Educação. Para mostrar um aumento na média dos salários, faziam-se malabarismos com "categorias de trabalho" e "salários mínimos exigidos" e esquecia-se de declarar quantos trabalhadores já haviam tido direito ao "mínimo" e quanto era lançado como salários, nos livros, para alimentar e abrigar os milhões nos campos de trabalho.

Tudo isso dava esplêndido material de leitura. Nunca houve ficção mais elegante e romântica.

Mesmo Corpos leais começaram a se perguntar por que as Forças Armadas, Exército e MM juntos, estavam sendo tão ampliadas. Será que um alarmado Windrip fazia preparativos para se defender contra um levante da nação? Acaso planejava atacar toda a América do Norte e a do Sul e se declarar imperador? Ou as duas coisas? Em todo caso, as forças estavam tão inchadas que até mesmo com seu despótico poder de tributação o governo Corpo nunca se deu por satisfeito. Começaram a forçar as exportações, praticar o "dumping" de trigo, madeira, cobre, petróleo, maquinário. Aumentaram a produção, forçaram-na por meio de multas e ameaças, depois despojaram o fazendeiro de tudo que tinha, para exportar a preços depreciados. Mas domesticamente os preços não estavam menores, e sim aumentados, de modo que quanto mais era exportado, menos o trabalhador industrial na América tinha para pôr na mesa. E comissários de condado realmente fervorosos tiraram do fazendeiro (inspirados no espírito patriótico de muitos condados do Meio-Oeste em 1918) até mesmo seu grão de plantio, de modo que não havia mais o que lavrar, e nos mesmos acres onde outrora ele cultivara excedente de trigo agora não havia nem pão para comer. E enquanto morria de fome, os comissários continuavam a tentar fazer com que saldasse as prestações dos títulos públicos Corpo que fora obrigado a adquirir.

Mas, de todo modo, quando enfim morresse de inanição, nenhuma dessas coisas o preocupava.

Havia filas de pão agora em Fort Beulah, uma ou duas vezes por semana.

Para Doremus, o fenômeno mais difícil de compreender sobre a ditadura, mesmo o presenciando diariamente em sua rua, era a gradual diminuição da alegria entre o povo.

A América, como a Inglaterra e a Escócia, nunca fora de fato uma nação alegre. Fora antes pesada e ruidosamente jocosa, com um substrato de preocupação e insegurança, na imagem de seu santo padroeiro, Lincoln, o das anedotas espirituosas e do coração trágico. Mas ao menos houvera saudações cordiais, de homem para homem; houvera o clamoroso jazz para dançar, e as animadas cantadas carregadas de gírias dos jovens, e os balidos nervosos do trânsito espantoso.

Toda essa falsa empolgação agora diminuía, dia após dia.

Os Corpos não encontraram nada mais conveniente para esfolar do que os prazeres do público. Depois que o pão mofou, os circos foram fechados. Houve criação ou aumento de impostos sobre automóveis, filmes, teatros, danças e sorvetes com soda. Houve um imposto por tocar fonógrafo ou rádio nos restaurantes. Lee Sarason, ele mesmo um solteirão, teve a ideia de sobretaxar solteirões e solteironas, e, por outro lado, de tributar todos os casamentos em que mais de cinco pessoas estivessem presentes.

Mesmo os jovens mais desajuizados compareciam cada vez menos aos entretenimentos públicos, pois ninguém que não usasse ostensivamente um uniforme gostava de ser notado nesses dias. Era impossível ficar num lugar público sem se perguntar se espiões o estariam observando. Assim o mundo todo permaneceu dentro de casa — e dava um pulo ansioso a cada passo que escutava, a cada toque de telefone, a cada batida de um ramo de hera no vidro da janela.

As dezenas de pessoas definitivamente comprometidas com o New Underground eram as únicas com quem Doremus ousava falar sobre alguma coisa mais incriminadora do que a possibilidade de chover ou não, quando outrora costumava ser o fofoqueiro mais amistoso da cidade. Sempre lhe custara dez minutos a mais do que o humanamente possível para caminhar até o prédio do *Informer*, porque parava em cada esquina para perguntar a alguém sobre a esposa doente, política, cultivo de batata, opiniões sobre o deísmo ou sorte na pescaria.

Lendo sobre rebeldes contra o regime que atuavam em Roma, em Berlim, ele os invejava. Havia milhares de agentes do governo, incógnitos, e portanto mais perigosos, para observá-los; mas também tinham milhares de camaradas com quem buscar encorajamento, mexericos pessoais excitantes, conversas de trabalho e a confiança de que não estavam sendo completamente idiotas de arriscar suas vidas por uma amante tão ingrata quanto a Revolução. Aqueles apartamentos secretos nas grandes cidades — talvez alguns deles fossem de fato cheios da animação otimista que tinham na ficção. Mas os Fort Beulahs da vida, onde quer que fossem no mundo, eram tão isolados, os conspiradores, tão pouco inspiradamente familiares entre si, que apenas uma fé inexplicável os levava a prosseguir.

Agora que Lorinda tinha ido embora, lá se fora certamente qualquer diversão em espreitar pelas esquinas, tentando parecer outra pessoa, meramente para se encontrar com Buck, Dan Wilgus e aquela mulher admirável, Sissy!

Buck, ele e o restante — como eram amadores. Precisavam da orientação de agitadores veteranos como o sr. Ailey, o sr. Bailey e o sr. Cailey.

Seus folhetos ineficazes, seu jornal mal impresso pareciam fúteis contra o enorme clamor da propaganda Corpo. Pareciam pior do que fúteis, pareciam uma insanidade, arriscar-se ao martírio em um mundo onde os fascistas perseguiam os comunistas, os comunistas perseguiam os sociais-democratas, os sociais-democratas perseguiam todo mundo que lutasse por ele; onde "arianos" que pareciam judeus perseguiam judeus que pareciam arianos e judeus perseguiam seus devedores; onde todos os estadistas e clérigos louvavam a Paz e afirmavam com fervor que o único modo de obter a Paz era se preparar para a Guerra.

Que motivo concebível haveria para almejar a probidade em um mundo com tamanho ódio da probidade? Por que se empenhar em qualquer outra coisa além de comer, ler, fazer amor e providenciar horas de sono a salvo da perturbação de policiais armados?

Ele nunca encontrou nenhum motivo particularmente bom. Simplesmente seguia em frente.

\* \* \*

Em junho, quando a célula do New Underground em Fort Beulah vinha funcionando há cerca de três meses, o sr. Francis Tasbrough, o dono de pedreira que valia seu peso em ouro, visitou seu vizinho, Doremus.

"Como tem passado, Frank?"

"Bem, Remus. Como anda nosso velho crítico cricri?"

"Bem, Frank. Ainda cricrilando. Um belo dia cricri, aliás. Aceita um charuto?"

"Obrigado. Tem fósforo? Obrigado. Vi Sissy ontem. Parece bem."

"É, ela está bem. Vi Malcolm passar de carro ontem. Como tem se saído na Provincial University, em Nova York?"

"Ah, bem — bem. Diz que o esporte é ótimo. Vão trazer Primo Carnera, aquele esportista italiano, para dar aulas de tênis no ano que vem — acho que é Carnera — acho que é tênis — mas enfim, o esporte é ótimo por lá, diz Malcolm. Diga lá, hum, Remus, tem uma coisa que venho querendo lhe perguntar. Eu, hum —— O fato é —— Quero que fique certo disso e não repita para ninguém. Sei que posso confiar na sua discrição, apesar de ser um jornalista — ou ter sido, quero dizer, mas —— O fato é (e isso informação de dentro; oficial), estão para acontecer algumas promoções em vários escalões do governo — isso é confidencial, e fiquei sabendo diretamente pelo comissário provincial, o coronel Haik. Luthorne está acabado como secretário de Guerra — é um bom sujeito, mas não conseguiu tanta publicidade para os Corpos com seu gabinete como o Chefe esperava que conseguisse. Haik vai ficar com a função dele, e também assumir a posição de grão-marechal dos Minute Men, que era de Lee Sarason — imagino que Sarason tenha coisas demais para fazer. Mas então, John Sullivan Reek é candidato a comissário provincial; isso deixa o gabinete do comissário distrital para Vermont-New Hampshire vazio, e sou um dos que estão sendo seriamente considerados. Já fiz muitos discursos pelos Corpos, e conheço Dewey Haik muito bem — tive oportunidade de aconselhá-lo sobre a construção de edifícios públicos. Claro que não há nenhum comissário de condado por aqui que se compare a um comissariado distrital — nem mesmo o dr. Staubmeyer

— certamente não Shad Ledue. Agora, se estiver de acordo em se unir a mim, sua influência ajudaria ——"

"Santo Deus, Frank, a pior coisa que poderia acontecer, se quer o trabalho, seria contar comigo do seu lado! Os Corpos não gostam de mim. Bem, claro que sabem de minha lealdade, que não sou um desses anti-Corpos sujos e sorrateiros, mas nunca fiz suficiente barulho no jornal para cair em suas graças."

"Exatamente isso, Remus! Tive uma ideia realmente admirável. Mesmo que não gostem de você, os Corpos o respeitam, e sabem há quanto tempo tem sido importante para o Estado. Ficaríamos todos imensamente satisfeitos se viesse e se juntasse a nós. Agora apenas imagine que fez isso e depois levou ao conhecimento do público que foi por minha influência que se converteu ao Corpoísmo. Pode ser o empurrãozinho de que estou precisando. E cá entre amigos como nós, Remus, devo lhe dizer que esse cargo de comissário distrital viria a calhar para mim no negócio da pedreira, sem falar nas vantagens sociais. E se eu conseguir o cargo, posso lhe prometer que vou tirar o *Informer* das mãos de Staubmeyer e daquele miserável imundo, Itchitt, e devolvê-lo a você para que o conduza como bem entender — contanto, é claro, que tenha o bom senso de se abster de criticar o Chefe e o Estado. Ou, se preferir, acho que provavelmente eu conseguiria arrumar um trabalho para você como juiz militar (não é exigida formação em direito, necessariamente) ou quem sabe o cargo do presidente Peaseley como diretor distrital de Educação — você iria se divertir às pampas nisso! — é realmente um estouro o modo como todos os professores beijam os pés do diretor! Vamos lá, meu velho! Pense só em toda diversão que costumávamos ter nos velhos tempos! Use a cabeça, reconheça o inevitável, junte-se a nós e arrume uma boa publicidade para mim. Que tal — hein, hein?"

Doremus refletiu que o pior teste para um propagandista revolucionário não era arriscar a vida, mas ter de se mostrar civilizado com pessoas como o futuro comissário Tasbrough.

Supôs que sua voz soava educada quando murmurou, "Receio estar velho demais para tentar, Frank", mas, aparentemente, Tasbrough ficou ofendido. Levantou-se abruptamente e se afastou resmungando, "Ah, então muito bem!".

"E não lhe dei a chance de dizer nada sobre ser realista ou quebrar ovos para fazer omelete", lamentou-se Doremus.

No dia seguinte, Malcolm Tasbrough, ao encontrar Sissy na rua, foi curto e grosso. Na época, os Jessup acharam muita graça. Acharam a ocasião menos engraçada quando Malcolm enxotou o pequeno David do pomar de macieiras de Tasbrough, que ele gostava de utilizar como a Grande Floresta Ocidental onde a qualquer momento era mais do que provável topar com Kit Carson, Robin Hood e o coronel Lindbergh caçando juntos.

Contando apenas com a palavra de Frank, Doremus não podia ir além de insinuar no *Vermont Vigilance* que o coronel Dewey Haik seria feito secretário de Guerra e fornecer o verdadeiro histórico militar de Haik, que incluía os fatos de que, como primeiro-tenente na França em 1918, ele se expusera ao combate por menos de quinze minutos e que seu único triunfo de verdade fora comandar a milícia estatal durante uma greve no Oregon, quando onze grevistas foram baleados, cinco deles pelas costas.

Então Doremus esqueceu Tasbrough por completo, e de bom grado.

# 30

Mas pior do que precisar ser civilizado com o fátuo sr. Tasbrough foi manter a boca fechada quando, perto do fim de junho, um jornalista em Battington, Vermont, foi subitamente preso como editor do *Vermont Vigilance* e autor de todos os folhetos de Doremus e Lorinda. Ele foi para o campo de concentração. Buck, Dan Wilgus e Sissy impediram Doremus de confessar, e até de fazer uma visita à vítima, e quando, sem ter mais Lorinda como confidente, Doremus tentou explicar tudo para Emma, ela disse: Mas que grande sorte o governo ter culpado outra pessoa!

Emma formulara a teoria de que a atividade do NU era uma espécie de jogo travesso que mantinha seu rapazinho, Doremus, ocupado após a aposentadoria. Ele importunava um pouco os Corpos. Ela não tinha certeza de que fosse realmente boa coisa importunar as autoridades, mas, mesmo assim, para um sujeito miúdo, seu Doremus sempre fora surpreendentemente impetuoso — exatamente como (ela confidenciara muitas vezes para Sissy) um impetuoso terrier escocês que tivera quando jovem — Mister McNabbit, o nome desse pequeno cachorrinho, mas valha-me Deus! tão impetuoso que agia como se fosse um verdadeiro leão!

Ela ficou até feliz com a partida de Lorinda, embora gostasse dela e se preocupasse com as perspectivas de um restaurante numa cidade nova, cidade onde nunca havia morado. Mas não conseguia deixar de sentir (confidenciou isso não só para Sissy, como também para Mary e Buck) que Lorinda, a despeito de todas as suas ideias disparatadas sobre direitos das mulheres e trabalhadores serem tão bons quanto seus patrões, era uma má influência para a propensão de Doremus a se exibir e chocar as pessoas. (Ficou meio em dúvida por que Buck e Sissy caçoaram tanto. Não fora sua intenção dizer nada particularmente engraçado!)

Por muitos anos se acostumara à rotina irregular de Doremus para ter seu sono perturbado quando ele voltava da casa de Buck num horário inapropriado ao qual ela se referia como "qualquer hora", mas desejava que chegasse "mais a tempo de suas refeições", e desistiu de perguntar por que, ultimamente, parecia gostar de se associar com Gente Comum como John Pollikop, Dan Wilgus, Daniel Babcock e Pete Vutong — valha-me Deus! dizia-se que esse Pete não sabia ler nem escrever, e Doremus com sua educação e tudo mais! Por que não andava mais na companhia de pessoas adoráveis como Frank Tasbrough, o professor Staubmeyer, o sr. R. C. Crowley e aquele seu novo amigo, o il.ᵐᵒ John Sullivan Reek?

Por que não conseguia ficar longe da política? Ela *sempre disse* que isso não era ocupação para um cavalheiro!

Como David, agora com dez anos (e como vinte ou trinta outros milhões de americanos, entre um e cem anos, mas todos com a mesma idade mental), Emma achava os MM em marcha uma bela visão deveras, muito parecido com filmes da Guerra Civil, um tanto quanto educativo; e, embora fosse óbvio que, se Doremus não gostava do presidente Windrip, ela também se opunha a ele, mesmo assim o sr. Windrip não discursava lindamente sobre purificar a língua, frequentar a igreja, reduzir impostos, a bandeira americana?

Os realistas, os fazedores de omeletes, estes de fato subiram na vida, como Tasbrough previra. O coronel Dewey Haik, comissário da Província Nordeste, tornou-se secretário de Guerra e grão-marechal dos MM, ao passo que o antigo secretário, o coronel Luthorne, retirou-se no Kansas e no mercado imobiliário e era bem falado entre todos os homens de negócios por se mostrar assim tão disposto a abrir mão da grandeza de Washington pelo dever para com assuntos práticos e sua família, noticiada em toda a imprensa por estar sentindo demasiado sua falta. Corria o rumor nas células do NU de que Haik podia chegar mais alto até do que o secretário de Guerra; que Windrip estava preocupado com o forçoso crescimento de certa efeminação em Lee Sarason sob o arco luminoso da glória.

Francis Tasbrough foi elevado a comissário distrital em Hanover. Mas o sr. Sullivan Reek não virou, consequentemente, comissário provincial. Dizia-se que tinha amigos demais entre os políticos conservadores cujos cargos os Corpos tão entusiasticamente usurpavam. Não, o novo comissário provincial, vice-rei e general, era o juiz militar Effingham Swan, o único homem que Mary Jessup Greenhill odiava mais do que Shad Ledue.

Swan era um comissário esplêndido. Três dias após assumir, detivera, julgara e prendera John Sullivan Reek e mais sete comissários distritais, tudo num intervalo de vinte e quatro horas, e uma mulher de oitenta anos, mãe de um agente do New Underground, mas de resto acusada de imoralidade, enviada para um campo de concentração para os mais desesperados traidores. O lugar ficava numa pedreira abandonada constantemente sob trinta centímetros de água. Após tê-la sentenciado, dizem que Swan fez a mesura mais cortês.

O New Underground divulgou um alerta, do quartel-general em Montreal, para o aprimoramento das precauções contra ser pego distribuindo propaganda. Agentes estavam desaparecendo de forma um tanto alarmante.

Buck zombou, mas Doremus ficou nervoso. Notou que o mesmo desconhecido, aparentemente um caixeiro-viajante, um sujeito grandalhão de olhar desagradável, entabulara conversa com ele duas vezes no saguão do hotel Wessex, e insinuara com muita obviedade que era anti-Corpo e adoraria ouvir Doremus dizer alguma coisa maldosa sobre o Chefe e os MM.

Doremus ficou cauteloso em suas idas à casa de Buck. Estacionava o carro em meia dúzia de diferentes trilhas de madeireiros e prosseguia a pé para o porão secreto.

Na noite do dia 28 de junho de 1938, acreditou que estava sendo seguido, tão de perto um carro com os faróis pintados de vermelho, ansiosamente observado pelo retrovisor, ficava atrás dele quando tomou a rodovia Keezmet rumo à casa de Buck. Entrou em uma estrada secundária, depois outra. O carro espião continuou a segui-lo. Parou em uma entrada de carros particular do lado esquerdo da estrada e desceu em fúria, a tempo de ver o outro carro passar, com um homem que parecia Shad Ledue ao volante. Fez a volta e, sem mais despistamento, seguiu para a casa de Buck.

No porão, Buck datilografava animado uma pilha de originais do *Vigilance*, enquanto o padre Perefixe, em mangas de camisa, o colete aberto e o peitilho preto solto sob a gola virada para cima, sentava a uma prosaica mesa de pinho, redigindo uma advertência para os católicos da Nova Inglaterra de que, embora os Corpos, ao contrário dos nazistas na Alemanha, tivessem sido astutos o bastante para bajular os prelados, haviam baixado os salários da mão de obra dos moleiros católicos franco-canadenses e prendido seus líderes, de forma tão severa quanto no caso dos admitidamente imorais protestantes.

Perefixe sorriu para Doremus, espreguiçou-se, acendeu um cachimbo e soltou por entre os dentes, rindo, "Como grande eclesiástico, Doremus, é sua opinião que estou cometendo um pecado venal ou mortal publicando essa pequena obra-prima — o trabalho do meu autor favorito — sem o imprimátur do bispo?".

"Stephen! Buck! Acho que fomos descobertos! Talvez seja melhor fechar tudo agora mesmo e tirar a prensa e os tipos daqui!" Contou que fora seguido. Telefonou para Julian, no quartel-general dos MM, e (como havia inspetores franco-canadenses demais a sua volta para se atrever a exercitar seu francês) usou o alemão recente que viera aprendendo com a tradução:

"Denks du ihr Freunds dere haben a Idee die letzt Tag von vot ve mach here?"

E Julian, com sua formação universitária, tinha suficiente cultura internacional para conseguir responder: "Ja, Ich mein ihr vos sachen morning free. Look owid!".

Como mudariam dali? Para onde?

Dan Wilgus chegou, em pânico, uma hora depois.

"Olha! Estamos sendo vigiados!" Doremus, Buck e o padre se juntaram em torno do viking negro. "Agora mesmo, quando cheguei, achei ter escutado alguma coisa nos arbustos, aqui no quintal, perto da casa, e sem nem pensar apontei a lanterna pra ele, e macacos me mordam se não era Aras Dilley, e sem uniforme — e vocês sabem como Aras ama seu Deus — perdão, padre — como ele ama seu uniforme.

Estava disfarçado! Isso mesmo! De macacão! Parecia um asno que tinha passado embaixo de um varal! Bom, ele andou bisbilhotando a casa. Claro que as cortinas estão fechadas, mas não sei o que ele viu e ——"

Os três grandalhões olharam para Doremus, esperando ordens.

"Precisamos sumir com todas essas coisas daqui! Rápido! Tirar e esconder no sótão de Truman. Stephen: telefona para John Pollikop, Mungo Kitterick e Pete Vutong — manda os três virem para cá, rápido — fala para o John passar no Julian e dizer a ele para vir assim que puder. Dan: começa a desmontar a prensa. Buck: junta todo o material." Conforme falava, Doremus ia embrulhando os tipos em folhas de jornal. E às três da manhã seguinte, antes do dia raiar, Pollikop transportava para a fazenda de Truman Webb todo o equipamento de imprimir folhetos do New Underground, no velho caminhão de fazenda de Buck, sobre o qual baliam, para os ouvidos de quem pudesse se interessar, dois novilhos assustados.

No dia seguinte, Julian criou coragem e convidou seus oficiais superiores, Shad Ledue e Emil Staubmeyer, para uma sessão de pôquer na casa de Buck. Eles apareceram, entusiasmados. Encontraram Buck, Doremus, Mungo Kitterick e Doc Itchitt — este último um participante inteiramente inocente em certas tapeações.

Jogaram na sala de visitas de Buck. Mas, durante a noite, Buck anunciou que se alguém quisesse cerveja em vez de uísque havia uma banheira de gelo no porão, e que se alguém quisesse lavar as mãos havia dois banheiros no andar de cima.

Shad rapidamente foi atrás da cerveja. Doc Itchitt ainda mais rapidamente foi lavar as mãos. Ambos demoraram muito mais do que seria o esperado.

Quando foram embora e Buck e Doremus ficaram sozinhos, Buck berrou com um júbilo bucólico: "Mal consegui ficar sério escutando o bom e velho Shad abrir os armários e dar uma busca por folhetos no porão. Bem, capitão Jessup, acho que isso encerra as suspeitas sobre este lugar como um covil de traidores! Por Deus, mas que grande jumento esse Shad!".

Isso aconteceu lá pelas três da manhã do dia 13 de junho.

Doremus ficou em casa, redigindo sedição, a tarde e a noite inteiras do dia 13, escondendo as folhas sob páginas de jornal no forno Franklin em seu estúdio, assim podia dar um sumiço neles com um fósforo, em caso de uma batida — truque que aprendera com o antinazi *Fatherland*, de Karl Billinger.

Seus novos textos eram dedicados aos assassinatos ordenados pelo comissário Effingham Swan.

No primeiro e no segundo dias de julho, quando deu um pulo na cidade, de forma um tanto quanto óbvia veio ao seu encontro o mesmo corpulento caixeiro-viajante que o alugara no saguão do hotel Wessex antes, e que agora insistia em uma bebida juntos. Doremus escapou, e se apercebeu de que estava sendo seguido por um jovem desconhecido, trajado com extravagância numa camisa polo cor de laranja e calça bags cinza, que reconheceu de um desfile em uniforme dos MM em junho. No dia 3 de julho, quase em pânico, Doremus foi para a casa de Truman Webb, ziguezagueando por uma hora para chegar lá, e avisou Truman que não permitisse que mais nada fosse impresso enquanto não estivesse liberado.

Quando Doremus chegou em casa, Sissy informou-o casualmente que Shad insistira em convidá-la a um piquenique dos MM no dia seguinte, Quatro de Julho, e que, com ou sem informação, declinara do convite. Estava com medo dele, rodeado por seus amiguinhos de prontidão.

Doremus passou a noite do dia 3 entre espasmos aflitos. Convencera-se, irracionalmente, de que seria preso antes do amanhecer. A noite estava nublada, elétrica e agitada. Os grilos pareciam cantar compulsivamente, num ritmo aterrorizado. Ele ficou deitado, o coração palpitando ao compasso disso. Queria fugir — mas como e para onde, e como poderia abandonar sua família ameaçada? Pela primeira vez em anos desejou estar dormindo ao lado da imperturbável Emma, ao lado da pequena colina chã de seu corpo. Riu consigo mesmo. O que Emma poderia fazer para protegê-lo contra os Minute Men? Gritar, apenas! E depois? Mas ele, que sempre dormia com a porta fechada, para proteger sua sacrossanta solitude, pulou da cama e foi abrir a porta, assim podia ter o conforto de escutá-la respirando, bem como a colérica Mary se agitando em seu sono e o ocasional murmúrio juvenil de Sissy.

Despertou antes da aurora com o estouro de fogos de artifício vespertinos. Escutou o som de pés marchando. Permaneceu deitado, tenso. Então acordou outra vez, às sete e meia, e ficou levemente irritado por nada ter acontecido.

Os MM apareceram na vizinhança com seus capacetes polidos e qualquer cavalo em condições de servir de montaria — alguns conhecidos por serem os melhores puxadores de arado — para a grande comemoração da Nova Liberdade na manhã de Quatro de Julho. Não se viam membros da American Legion no animado desfile. Essa organização fora completamente suprimida, e inúmeros de seus líderes haviam sido fuzilados. Outros haviam tomado a precaução de assumir seus lugares entre os próprios MM.

As tropas, formando um quadrado de infantaria, com os cidadãos comuns humildemente espremidos atrás delas e a família Jessup dando-se uns ares de importância na periferia, escutaram o discurso do ex-governador Isham Hubbard, um galo velho e rubicundo que podia dizer "Cocoricó" com mais profundidade do que qualquer galináceo desde Esopo. Ele anunciou que o Chefe tinha extraordinária semelhança com Washington, Jefferson e William B. McKinley, e com Napoleão em seus melhores dias.

As cornetas soaram, os MM saíram galantemente marchando para lugar algum e Doremus voltou para casa, sentindo-se bem melhor após rir um pouco. Depois do almoço, como estava chovendo, ele propôs uma partida de bridge para Emma, Mary e Sissy — com a sra. Candy como juíza voluntária.

Mas os trovões nas montanhas o deixaram inquieto. Sempre que não era sua vez a jogar, dava uma andada até a janela. A chuva cessou; o sol ameaçou sair, hesitou por um momento, e a grama úmida pareceu irreal. Nuvens com o fundo esfiapado, como a bainha de uma saia em farrapos, arrastavam-se pelo vale, obstruindo o maciço do monte Faithful; o sol apagou como numa catástrofe de proporções cataclísmicas; e na mesma hora o mundo mergulhou em trevas extremas, que invadiram a sala.

"Puxa, está bem escuro, hein! Sissy, acenda as luzes", disse Emma.

A chuva recomeçou, desabando com estrondo, e para Doremus, observando, o mundo que conhecia pareceu desaparecer, levado pela água. Em meio ao dilúvio viu a silhueta de um carro enorme, os grandes pneus jorrando verdadeiras fontes. "Que tipo de carro será esse? Deve ser um Cadillac dezesseis cilindros, acho", pensou Doremus. O carro virou para entrar por seu portão, quase batendo numa das colunas, e parou abruptamente diante da sua varanda. Dele saltaram cinco Minute Men, capas impermeáveis pretas sobre o uniforme. Antes que pudesse perceber inteiramente devido ao reflexo que não reconhecia nenhum deles, já estavam dentro da sala. O líder, um alferes (e com toda certeza Doremus não *o* reconheceu), marchou em sua direção, olhou casualmente para ele e lhe deu um soco.

A não ser por uma leve estocada da baioneta quando fora preso antes, a não ser por uma ocasional dor de dente ou de cabeça, ou quando esmagava uma unha, havia trinta anos que Doremus Jessup não sabia o que era dor de verdade. Foi tão inacreditável quanto horrível, aquele tormento em seus olhos, seu nariz, sua boca esmagada. Ficou curvado, ofegante, e o alferes voltou a atingir seu rosto, anunciando, "Está preso".

Mary se atirara sobre o alferes e o agredia com um cinzeiro de porcelana. Dois MM a levaram, jogaram-na sobre o sofá e um deles ficou ali, segurando-a. Os dois outros guardas se postaram perto de Emma, paralisada, e de Sissy, alarmada.

Doremus vomitou de repente e desabou, como se estivesse bêbado.

Percebeu que os cinco MM arrancavam os livros das estantes e os atiravam no chão, estragando as capas, e com a coronha de suas pistolas destruíam vasos, abajures e mesinhas de enfeites. Um deles tatuou um tosco M M no painel de madeira branco acima da lareira, com tiros de sua automática.

O alferes disse apenas, "Cuidado, Jim", e beijou a histérica Sissy.

Doremus tentou se levantar. Um MM o chutou no cotovelo. A dor foi excruciante, e Doremus se contorceu no chão. Escutou as passadas deles ao subir. Lembrou-se então de seu manuscrito sobre os assassinatos do comissário provincial Effingham Swan escondido no forno Franklin em seu estúdio.

O som da mobília sendo destruída nos quartos do andar de cima parecia com uma dúzia de lenhadores enlouquecidos.

Em sua agonia, Doremus lutou para ficar de pé — precisava pôr fogo nos papéis no forno antes que fossem encontrados. Tentou olhar para as mulheres. Conseguiu enxergar Mary, presa no sofá. (Quando isso havia acontecido?) Mas sua visão estava turva demais, seu espírito, ferido demais, para ver o que quer que fosse com clareza. Cambaleando, por vezes engatinhando, conseguiu passar pelos homens nos quartos e subir a escada para seu estúdio, no andar superior.

Chegou a tempo de ver o alferes jogando seus adorados livros e seus arquivos de cartas, acumulados durante vinte anos, pela janela, vê-lo remexer os papéis dentro do forno Franklin, examiná-los com um triunfo jubiloso e casquinar, "Belo artigo escreveu aqui. Acho, Jessup, que o comissário Swan vai adorar ver isso!".

"Exijo — ver — o comissário Ledue — o comissário distrital Tasbrough — amigos meus", gaguejou Doremus.

"Não sei nada sobre eles. Estou no comando aqui", riu o alferes, e esbofeteou Doremus, não muito dolorosamente, apenas com ignomínia tão grande quanto a de Doremus ao perceber que sua covardia chegara ao ponto de apelar para Shad e Francis. Não voltou a abrir a boca, não se queixou nem deu ensejo para a diversão dos soldados apelando em vão que poupassem as mulheres, conforme era empurrado por dois lanços de escada — nos últimos degraus foi jogado e aterrissou em cima do ombro — e levado para o carro.

O motorista dos MM, que ficara esperando ao volante, já deixara o motor ligado. O carro saiu à toda, ameaçando derrapar a qualquer momento. Mas aquele Doremus que ficava nauseado com derrapagens nem notou. O que podia fazer a respeito, de qualquer modo? Estava desamparado entre dois soldados no banco traseiro, e sua impotência em fazer o motorista diminuir parecia parte de sua impotência geral em face do poder do ditador... logo ele que sempre tivera a certeza de que em sua dignidade e segurança social era apenas ligeiramente superior às leis, juízes e policiais, a todos os riscos e sofrimento dos trabalhadores comuns.

Foi descarregado, como uma mula teimosa, na entrada da cadeia do fórum. Resolveu que ao ser levado perante Shad exprobraria o canalha de tal forma que ele nunca mais esqueceria. Mas Doremus não foi conduzido para dentro. Foi chutado para um grande caminhão pintado de preto, sem letreiros, perto da entrada do prédio — chutado literalmente, enquanto mesmo em seu estado desnorteado especulava, "Fico pensando o que será pior? — a dor física de levar pontapés ou a humilhação mental de ser transformado em escravo? Diabo! Deixe de sofismas! A dor nos fundilhos é bem pior!".

Fizeram-no subir por uma escadinha na traseira do caminhão.

Do interior escuro veio um gemido, "Meu Deus, você também, não, Dormouse!". Era a voz de Buck Titus, e os demais prisioneiros em sua companhia eram Truman Webb e Dan Wilgus. Dan algemado, porque resistira.

Os quatro estavam machucados demais para falar muita coisa conforme sentiam o caminhão se pôr em marcha e eram jogados uns contra os outros. A certa altura, Doremus falou, com franqueza, "Não sei dizer como me arrependo terrivelmente de ter metido vocês nisso!", e a certa altura, mentiu, quando Buck gemeu, "Eles —— —— machucaram as meninas?".

Deviam ter rodado por três horas. Doremus estava em tal coma de sofrimento que mesmo com suas costas estremecendo a cada sacolejo contra o chão duro, e com o rosto contorcido numa nevralgia, dormitou e acordou aterrorizado, dormitou e acordou, dormitou e acordou com as próprias lamúrias desesperadas.

O caminhão parou. As portas foram abertas para uma inundação de luz em meio a prédios de tijolos pintados de branco. Numa bruma percebeu que estavam no antigo campus do Dartmouth — o atual quartel-general do comissário distrital Corpo.

Esse comissário era seu velho conhecido Francis Tasbrough! Ele seria solto! Todos os quatro ficariam livres!

A incredulidade de sua humilhação arrefeceu. Libertou-se daquele medo nauseabundo como um náufrago avistando um barco próximo.

Mas não viu Tasbrough. Os MM, calados a não ser pelas pragas rogadas mecanicamente, levaram-no a um corredor, depois a uma cela que fora outrora uma entorpecida sala de aula, e deixado ali com um tabefe final na cabeça. Desabou em um catre de madeira com um travesseiro de palha e pegou no sono instantaneamente. Estava aturdido demais — logo ele que costumava observar os lugares com atenção — para notar, na hora ou depois, como era sua cela, exceto que parecia cheia de vapores sulfurosos de um motor de locomotiva.

Quando voltou a si, seu rosto parecia paralisado. Seu casaco estava rasgado e fedendo a vômito. Sentiu-se degradado, como se tivesse feito algo vergonhoso.

Sua porta foi aberta violentamente, uma tigela encrostada de sujeira com café ralo, uma côdea de pão levemente lambuzada de margarina foram empurradas em sua direção e, após ter largado tudo pela metade, nauseado, foi conduzido pelo corredor, por dois guardas, bem quando sentia vontade de ir ao banheiro. Até mesmo isso conseguiu esquecer, na paralisia do medo. Um guarda o segurou pela barba pequena e bem aparada e a puxou, rindo muito. "Sempre quis saber se a barbicha d'um bode sai ou não!", zombou. Enquanto era assim supliciado, Doremus levou um soco atrás da orelha, de outro sujeito, que vociferou, "Vamos lá, cabritinha! Que tal se a gente ordenhar você? Seu porcalhão filho d'uma cadela! O que estava tramando? Parece um alfaiatezinho judeu de ——"

"Ele?", escarneceu o outro. "Nah! É um editor mequetrefe qualquer de algum jornal caipira — vai ser fuzilado, com certeza — sedição — mas espero que deem uma surra nele antes, por ser um editor tão ruim."

"Ele? Editor? Diga lá! Ouçam! Tive uma ideia supimpa. Ei! Amigos!" Quatro ou cinco outros MM apenas parcialmente uniformizados, que estavam numa sala no fim do corredor, olharam. "O tipo aqui é um escritor! Vou fazer com que mostre pra gente como se escreve! Olhem!"

O guarda saiu correndo até uma porta com a placa CAVALHEIROS pendurada, voltou com papel higiênico usado, jogou-o na frente de Doremus e falou, "Vamos lá, ch'fia. Mostra pra gente como escreve seus artigos! Vamos, escreva um pra nós — com o nariz!". O sujeito era fortíssimo. Pressionou o nariz de Doremus contra o papel sujo e o segurou ali, enquanto os colegas davam risada. Foram interrompidos por um oficial, que ordenou, embora com indulgência, "Vamos, rapazes, chega de palhaçada e levem esse —— para a cela do tribunal. O julgamento é de manhã".

Doremus foi conduzido a uma sala encardida com meia dúzia de prisioneiros aguardando. Um deles era Buck Titus. Sobre o olho de Buck havia uma bandagem frouxa, caída de forma a revelar um talho em sua testa, chegando ao osso. Buck, com esforço, deu uma piscadela jovial. Doremus tentou, em vão, não chorar.

Esperou uma hora, de pé, os braços rígidos ao lado do corpo, por ordens de um guarda mal-encarado, estalando um açoite de cachorro com o qual por duas vezes castigou Doremus quando suas mãos relaxaram.

Buck foi conduzido à sala do tribunal, com ele logo atrás. A porta foi fechada. Doremus escutou Buck dar um grito terrível, como se houvesse sofrido um ferimento fatal. O grito sumiu devagar para dar lugar a um som engasgado e ofegante. Quando Buck saiu, seu rosto estava tão sujo e pálido quanto sua bandagem, sobre a qual o sangue agora escorria. O homem na porta da sala gesticulou rudemente com o polegar para Doremus e rosnou, "Você é o *próximo!*".

Agora ele veria Tasbrough!

Mas na pequena sala em que fora jogado — e ficou confuso, porque de algum modo esperava uma grande sala de tribunal — havia apenas o alferes que o detivera no dia anterior, sentado atrás de uma mesa, mexendo em papéis, enquanto dois impassíveis MM se postavam cada um de um lado, imóveis, a mão sobre o coldre da pistola.

O alferes o manteve esperando, depois exclamou com brusquidão desencorajadora, "Nome!".

"Sabe muito bem!"

Os dois guardas ao lado de Doremus lhe deram um soco.

"Seu nome?"

"Doremus Jessup."

"Você é comunista!"

"Não sou!"

"Vinte e cinco chibatadas — e o óleo."

Sem acreditar, sem compreender, Doremus foi conduzido para uma cela do lado oposto da sala. Uma comprida mesa de madeira ali estava escura com o sangue seco, tresandava a sangue seco. Os guardas seguraram Doremus, puxaram violentamente sua cabeça para trás, abriram seus maxilares à força e despejaram um quarto de óleo de rícino em sua boca. Rasgaram sua roupa da cintura para cima, jogaram-na no chão pegajoso. Puseram-no de bruços sobre a mesa e começaram a chicoteá-lo com uma vara de pescar feita de aço. Cada vergastada abria um rasgo na carne de suas costas, e procederam ao castigo lentamente, saboreando cada momento, para impedir que desmaiasse muito rápido. Mas estava inconsciente quando, para grande diversão dos guardas, o óleo de rícino fez efeito. Na verdade ele próprio só se deu conta disso quando voltou a si, flácido, sobre um pedaço imundo de saco de aniagem no chão da cela.

Acordaram-no duas vezes durante a noite para gritar, "Você é um comunista, não é? Melhor admitir! Vai levar porrada até confessar!".

Embora estivesse mais machucado do que jamais estivera na vida, também estava mais furioso; furioso demais para admitir o que quer que fosse, mesmo para salvar sua vida miserável. Simplesmente rosnou "Não". Mas na terceira sessão de tortura perguntou-se raivosamente se "Não" era uma resposta sincera agora. Após cada interrogatório, levava nova surra, com punhos, mas não com a vara de aço, porque o médico do quartel-general proibira.

Era um jovem doutor de aparência esportiva, usando pantalonas de golfe. Bocejou para os guardas no porão tresandando a sangue, "Melhor parar com as chibatadas ou esse — vai apagar".

Doremus ergueu a cabeça da mesa para dizer, engasgando, "O senhor se diz médico e anda com esses assassinos?".

"Ah, cala a boca, seu ——! Traidores sujos como você merecem morrer de porrada — e acho que é isso que vai acontecer, mas talvez os rapazes precisem poupá-lo para o julgamento!" O médico mostrou sua verve científica torcendo a orelha de Doremus até parecer que estava sendo arrancada, riu, "Todo seu, rapazes", e se afastou devagar, cantarolando ostensivamente.

Durante três noites ele foi interrogado e torturado — uma vez, tarde da noite, por guardas que se queixaram da insensibilidade desumana de seus oficiais por fazerem com que trabalhassem tão tarde. Divertiram-se usando uma velha correia de arreio, com fivela, para açoitá-lo.

Quase entregou os pontos quando o alferes encarregado declarou que Buck Titus confessara a propaganda ilegal deles, narrando tantos detalhes do trabalho que Doremus quase acreditou na confissão. Mas não deu ouvidos. Disse consigo mesmo, "Não! Buck morreria antes de confessar qualquer coisa. Isso veio daquele espião, Aras Dilley".

O alferes arrulhou, "Agora, se tiver o bom senso de fazer como seu amigo, Titus, e nos dizer quem está na conspiração além dele, você, Wilgus e Webb, vamos deixar que vá. Sabemos muito bem — ah, sabemos da trama toda! —, mas queremos apenas descobrir se você finalmente caiu em si e se converteu, meu amiguinho. Então, quem mais participou? É só dar os nomes. Vamos deixar que vá embora. Ou prefere o óleo de rícino e a chibata outra vez?".

Doremus não respondeu.

"Dez chibatadas", disse o alferes.


Era levado para uma caminhada de meia hora no campus toda tarde — provavelmente, porque teria preferido ficar deitado em seu catre duro, tentando se manter suficientemente imóvel para que o coração cessasse com as fatídicas marteladas. Meia centena de prisioneiros marchavam, dando voltas e mais voltas, estupidamente. Passou por Buck Titus. Dirigir-se a ele teria resultado em nova surra dos guardas. Cumprimentaram-se com um rápido movimento de pálpebras, e quando viu aqueles imperturbáveis olhos de spaniel Doremus soube que Buck não entregara ninguém.

E no pátio de exercício viu Dan Wilgus, mas Dan não caminhava livre; era conduzido das salas de tortura pelos guardas, e com o nariz amassado, a orelha esmagada, era como se tivesse apanhado de um pugilista. Parecia parcialmente paralisado. Doremus tentou obter informação sobre Dan de um guarda em seu corredor de cela. O guarda — um jovem formoso, de maçãs alvas, conhecido em um vale das White Mountains como o galanteador local, e muito gentil com sua mãe — riu, "Ah, seu amigo, Wilgus? Ele pensa que pode segurar o touro pelos chifres. Ouvi dizer que vive tentando molhar os guardas. Vão fazer com que deixe disso, pode apostar!".

Doremus achou, nessa noite — não podia ter certeza, mas achou ter escutado Dan chorando, durante a noite. Na manhã seguinte, disseram-lhe que Dan, que sempre ficara revoltado quando tinha de compor a notícia de suicídio de algum fracote, se enforcara em sua cela.


Então, inesperadamente, Doremus foi levado para uma sala, dessa vez razoavelmente grande, uma antiga sala de aula de inglês transformada em tribunal, para seu julgamento.

Mas não foi o comissário distrital Francis Tasbrough que viu na bancada, tampouco qualquer juiz militar, e sim um semelhante Protetor do Povo, o grandioso novo comissário provincial Effingham Swan.

Swan olhava o artigo de Doremus a seu respeito quando este foi conduzido diante da bancada. Ele falou — e aquele homem cruel, de aspecto cansado, não era mais o airoso bolsista Rhodes que na outra ocasião brincara com Doremus como um menino arrancando asas de moscas.

"Jessup, você se declara culpado de atividades sediciosas?"

"Mas ——" Doremus lançou um olhar desamparado em torno, à procura de algo como um advogado de defesa.

"Comissário Tasbrough!", exclamou Swan.

Então enfim Doremus viu seu colega de infância.

Tasbrough não fez nada tão louvável como evitar o olhar de Doremus. Na verdade, fitou-o diretamente, e com grande afabilidade, quando deu seu testemunho:

"Excelência, é com grande tristeza que desmascaro esse homem, Jessup, que conheço desde menino, e que tentei ajudar, mas ele sempre foi um sabichão — era alvo de zombaria em Fort Beulah pela maneira como tentava se exibir como grande líder político! — e quando o Chefe foi eleito, ficou furioso porque não ganhou nenhum cargo político, e saía por aí tentando indispor as pessoas — eu mesmo o escutei fazendo isso."

"Já basta. Obrigado. Comissário de condado Ledue... Capitão Ledue, é ou não verdade que Jessup tentou convencê-lo a participar de um violento complô contra minha pessoa?"

Mas Shad não olhou para Jessup quando murmurou, "É verdade".

Swan ganhou ânimo, "Senhores, acho que isso, mais a evidência contida no próprio manuscrito do prisioneiro, que tenho em mãos, é prova suficiente. Prisioneiro, não fosse por sua idade provecta e sua desgraçada fraqueza senil, eu o sentenciaria a cem chibatadas, como faço com todos os comunistas como você que ameaçam o Estado Corporativo. No seu caso, vou condená-lo ao campo de concentração, por determinação desta Corte, mas com sentença mínima de dezessete anos." Doremus fez um cálculo rápido. Estava com sessenta e dois. Teria *então* setenta e nove. Nunca mais veria a liberdade. "E no poder a mim conferido como comissário provincial de emitir decretos de emergência, também o sentencio à morte por fuzilamento, mas suspendo essa sentença — embora apenas até uma primeira tentativa de fuga! E espero que tenha tempo de sobra na prisão, Jessup, para pensar a respeito de como foi tão astuto neste arrebatador artigo que escreveu sobre mim! E para não esquecer que numa manhã fria e cruel qualquer podem levá-lo de sua cela e fuzilá-lo sob a chuva." Encerrou com uma indulgente sugestão para os guardas: "E vinte chibatadas!".

Dois minutos mais tarde, forçaram-no a beber óleo de rícino; deitou tentando morder a madeira manchada da mesa de tortura; e pôde escutar os sibilos da vara de pescar de aço conforme o guarda alegremente a experimentava no ar antes de desferi-la sobre os ferimentos em zigue-zague de suas costas em carne viva.

# 31

À medida que o furgão aberto da prisão se aproximava do campo de concentração de Trianon, a derradeira luz da tarde acariciava os grossos bordos, bétulas e choupos na pirâmide do monte Faithful. Mas o cinza galgou rapidamente a encosta, e todo o vale mergulhou na sombra fria. Em seu assento o debilitado Doremus desfaleceu outra vez, lânguido.

Os primorosos edifícios georgianos da faculdade feminina que haviam sido transformados em campo de concentração em Trianon, quinze quilômetros ao norte de Fort Beulah, estavam mais deteriorados do que o Dartmouth, onde prédios inteiros foram reservados para os luxos dos Corpos e suas jovens primas, todos muito arrogantes e novos-ricos. A faculdade em Trianon parecia ter sido varrida por um dilúvio. Os degraus de mármore foram levados embora. (Um deles agora adornava a residência da esposa do superintendente, a sra. Cowlick, uma mulher gorda, irascível, coberta de joias, religiosa e afeita a anunciar que todos os adversários do Chefe eram comunistas e deviam ser fuzilados sem maiores pudores.) As janelas estavam quebradas. "HURRA PARA O CHEFE!" fora escrito com giz nas paredes de tijolos, ao passo que outras palavras, todas de baixo calão, haviam sido apagadas, não muito bem. Os gramados e os canteiros de malva--rosa estavam tomados por ervas daninhas.

Os edifícios distribuíam-se pelos três lados de um quadrado; o quarto lado e os vãos entre os prédios foram fechados com cercas de pinho sem pintura, encimadas por arame farpado.

Todas as salas, exceto o escritório do capitão Cowlick, o superintendente (o mais próximo de um zé-ninguém que o sujeito pode ser após ter conquistado tais honrarias como capitão do Corpo de Quartéis-mestres e diretor de prisão), estavam cobertas de obscenidades. A sua era a única meramente melancólica, e cheirava a uísque, não amônia, como as demais.

Cowlick não era de má índole tanto assim. Não queria que os guardas do campo, todos MM, tratassem os prisioneiros com crueldade, a não ser quando tentavam escapar. Mas era um homem indulgente; indulgente demais para ferir os sentimentos dos MM e possivelmente criar inibições em suas psiques ao interferir com seus métodos de disciplina. Os pobres coitados provavelmente tinham boas intenções quando açoitavam os ruidosos detentos por insistirem que não haviam cometido crime algum. E o bom Cowlick poupou a vida de Doremus por algum tempo; permitiu que ficasse durante um mês no hospital abafado e tivesse carne de verdade em seu guisado de carne diário. O médico da prisão, um pau-d'água decrépito que recebera seu treinamento profissional no fim da década de 1880 e, de certo modo, quase se encrencara em sua vida civil por ter realizado uma quantidade muito grande de abortos, também era, quando sóbrio, de razoável boa índole e enfim permitiu que Doremus recebesse o dr. Marcus Olmsted, vindo de Fort Beulah, e pela primeira vez em quatro semanas Doremus teve notícia, alguma que fosse, do mundo além da prisão.

Se na vida normal teria sido uma agonia esperar uma hora para saber o que podia estar acontecendo com seus amigos e sua família, agora fazia um mês que não tinha notícias se estavam vivos ou mortos.

O dr. Olmsted — tão culpado quanto o próprio Doremus do que os Corpos chamavam de traição — só se atreveu a conversar com ele por um momento, pois o médico da prisão permaneceu na ala hospitalar o tempo todo, tripudiando dos pacientes com marcas de chibatadas e aplicando iodo mais ou menos perto de seus ferimentos. Olmsted ficou sentado na beira de seu catre, junto das cobertas imundas, sem lavar por meses, e murmurou rapidamente:

"Rápido! Escute! Não fale! A sra. Jessup e suas duas meninas estão bem — assustadas, mas nenhum sinal de que serão presas. Soube que Lorinda Pike está bem. Seu neto, David, parece bem — embora receie que venha a ser Corpo quando crescer, como todos os jovens.

Buck Titus está vivo — em outro campo de concentração — perto de Woodstock. Nossa célula do NU em Fort Beulah está fazendo o que pode — sem publicar, mas a gente passa informação adiante — recebe muita coisa de Julian Falck — grande piada: está sendo promovido, líder de esquadrão dos MM, agora! Mary, Sissy e o padre Perefixe continuam a distribuir folhetos em Boston; ajudam o garoto Quinn (meu motorista) e eu a levar refugiados para o Canadá... É, seguimos em frente... Mais ou menos como uma tenda de oxigênio para um paciente morrendo de pneumonia!... É triste ver você parecendo um fantasma, Doremus. Mas vai sair dessa. Tem nervos muito no lugar, para um pequeno turrão! Aquele médico de prisão curtido em uísque está olhando pra cá. Adeus!"

Ele não teve permissão de ver o dr. Olmsted outra vez, mas foi provavelmente por influência de Olmsted que conseguiu, quando recebeu alta do hospital, ainda trêmulo mas bem o bastante para caminhar aos tropeços, um trabalho muito cobiçado varrendo celas e corredores, limpando lavatórios e esfregando privadas, em vez de integrar a equipe da madeira, no topo do monte Faithful, onde, segundo ouviu dizer, os homens velhos que sucumbiam ao peso dos troncos eram mortos às marteladas pelos guardas sob o olhar sádico do alferes Stoyt, quando o capitão Cowlick não estava vendo. Melhor, também, do que a indesejável inatividade de ser disciplinado na "casinha", onde o sujeito ficava nu, no escuro, e onde os "casos sérios" eram corrigidos sendo mantidos acordados por quarenta e oito ou mesmo noventa e seis horas. Doremus era um limpador de banheiros consciencioso. Não gostava muito do trabalho, mas tinha orgulho em ser capaz de esfregar com tanta perícia quanto um caçador de pérolas profissional num restaurante grego, e satisfação em minimizar um pouco a miséria de seus camaradas de prisão contribuindo para um chão limpo.

Pois, dizia consigo mesmo, eram seus camaradas. Viu que ele, que costumava pensar a seu próprio respeito como um capitalista porque podia contratar e demitir, e porque teoricamente "era dono de seu negócio", se revelara tão desamparado quanto o faxineiro mais itinerante, assim que pareceu valer a pena para o Mundo dos Negócios representado pelo Corpoísmo ver-se livre dele. E contudo, ainda dizia para si, com determinação, que não acreditava na ditadura do proletariado, tanto quanto não acreditava numa ditadura dos banqueiros e donos dos serviços públicos; continuava insistindo que qualquer médico ou pregador, embora financeiramente pudesse ser tão inseguro quanto o mais humilde em seu rebanho, que não se julgasse um pouco melhor do que eles, e privilegiado para gostar de trabalhar um pouco mais duro, era um péssimo médico ou pregador, indigno do nome. Sentia que ele próprio fora um jornalista melhor e mais honrado do que Doc Itchitt, e um estudioso de política vastamente acima da maior parte dos comerciantes, fazendeiros e operários que apreciavam leitura.

Porém o orgulho burguês o abandonara de tal forma que ficou lisonjeado, um pouco emocionado, quando passou a ser universalmente tratado por "Doremus" e não "sr. Jessup", tanto por fazendeiros como pelos trabalhadores braçais, motoristas de caminhão e simples vagabundos das estradas de ferro; quando passaram a ter em suficiente alta conta sua coragem sob tortura e seu temperamento afável na convivência com os demais, espremidos numa cela apertada, para considerá-lo quase tão viril quanto eles mesmos.

Karl Pascal zombava. "Eu avisei, Doremus! Você ainda vai virar comunista!"

"É, pode ser, Karl — depois de vocês comunistas terem se livrado de todos os seus falsos profetas, rezingões e bêbados no poder, e de todos os seus assessores de imprensa do metrô de Moscou."

"Certo, tudo bem, por que não se junta a Max Eastman? Ouvi dizer que escapou para o México e tem todo um grande e puro partido comunista trotskista de dezessete membros por lá!"

"Dezessete? É muito. O que eu quero é ação de massa de um membro só, sozinho numa colina. Sou um tremendo otimista, Karl. Ainda espero que a América possa algum dia se elevar aos padrões de Kit Carson!"

Varrendo e lavando, Doremus tinha oportunidades especiais para fofocar com os outros prisioneiros. Ele ria ao pensar em quantos de seus parceiros de criminalidade eram velhos conhecidos: Karl Pascal, Henry Veeder, seu primo, Louis Rotenstern, que agora parecia um cadáver, para sempre ferido em seu antigo orgulho por ter se tornado um "americano de verdade", Clarence Little, o joalheiro, que estava morrendo de tuberculose, Ben Tripper, que costumava ser o trabalhador mais animado de todos na moenda de Medary Cole, o professor Victor Loveland, do falecido Isaiah College, e Raymond Pridewell, aquele velho Tory que ainda desprezava bajulação, tão limpo em meio à sujeira, de olhar tão afiado que os guardas ficavam constrangidos quando tinham de castigá-lo... Pascal, o comunista, Pridewell, esse republicano da nobreza rural, e Henry Veeder, que nunca dera a menor bola para a política, e que se recuperara do choque inicial da prisão, esses três haviam se tornado íntimos, pois tinham mais arrogância da coragem incondicional do que quaisquer outros na prisão.

A título de lar, Doremus compartilhava com cinco outros uma cela de três metros e meio por três, e dois e meio de altura, que uma estudante veterana considerara outrora excessivamente apertada para uma jovem sozinha. Ali dormiam, em duas camadas de três beliches cada; ali comiam, se lavavam, jogavam cartas, liam e usufruíam da ociosa contemplação que, como o capitão Cowlick exortava todo domingo de manhã, iria emendar suas almas negras e transformá-los em Corpos leais.

Nenhum deles, certamente não Doremus, se queixava muito. Haviam se acostumado a dormir numa gelatina de fumaça de tabaco e cheiro de corpo, a comer guisados que sempre os deixavam nervosamente com fome, a não ter mais dignidade ou liberdade que macacos numa jaula, assim como um homem se acostuma à indignidade de ter de aturar um câncer. Isso apenas os deixou com um ódio mortal de seus opressores, de modo que eles, todos sem exceção homens pacíficos, teriam de bom grado enforcado qualquer Corpo, moderado ou cruel. Doremus compreendia John Brown bem melhor.

Seus companheiros de cela eram Karl Pascal, Henry Veeder e três homens que não conhecia antes: um arquiteto de Boston, um lavrador e um drogado que um dia mantivera restaurantes questionáveis. Eram bons de papo — especialmente o drogado, que defendia placidamente o crime num mundo onde o único crime real fora a pobreza.

A pior tortura para Doremus, à parte a agonia das sessões de açoite, era a espera.
A Espera. Ela se tornou uma coisa distinta, tangível, tão individual e real quanto Pão ou Água. Por quanto tempo ficaria ali? Por quanto tempo ficaria ali? Noite e dia, adormecido e desperto, essa era sua preocupação, e junto a seu beliche ele viu à espera a figura da Espera, um espectro cinzento, asqueroso.
Era como esperar numa estação imunda por um trem atrasado, não durante horas, mas durante meses.
Será que Swan iria se divertir vendo Doremus ser levado da cela e fuzilado? Mas agora já não se importava muito com isso; não conseguia imaginar a cena, tanto quanto conseguia imaginar que beijava Lorinda, caminhava pela floresta com Buck, brincava com David e Foolish ou qualquer coisa menos voluptuosa do que as sempre derrisórias visões de rosbife com molho, de um banho quente, o último e mais suntuoso dos luxos onde a única maneira de se lavarem, exceto pela ducha quinzenal, era com uma camisa suja mergulhada na solitária bacia de água fria para seis homens.
Além da Espera, outro fantasma pairava perto deles — a ideia da Fuga. Era sobre isso (muito mais do que sobre a bestialidade e a idiotice dos Corpos) que sussurravam na cela à noite. Quando fugir. Como fugir. Esgueirar-se pelo mato quando estivessem ao ar livre com a equipe da madeira? Por meio de alguma mágica cortarem as grades da janela em sua cela e descerem por ela abençoadamente sem serem vistos pelas patrulhas? Conseguir se pendurar sob um dos caminhões da prisão e pegar uma carona para a liberdade? (Uma fantasia infantil!) Sonhavam com a fuga de forma tão histérica e frequente quanto um político sonha com votos. Mas tinham de discutir cautelosamente, pois havia informantes por toda a prisão.
Para Doremus isso era duro de acreditar. Ele não conseguia entender como um homem podia trair seus companheiros, e continuou sem acreditar até que, dois meses após Doremus ter ido para o campo

de concentração, Clarence Little dedurou para os guardas o plano de Henry Veeder de fugir numa carroça de feno. Henry recebeu os corretivos apropriados. Little foi solto. E Doremus, provavelmente, sofreu com isso quase tanto quanto todos os outros, por mais firmemente que tentasse sustentar que Little tinha tuberculose e que as surras frequentes haviam dessangrado sua alma.

Os prisioneiros tinham permissão de receber uma visita a cada quinze dias, e, na sequência, Doremus viu Emma, Mary, Sissy e David. Mas um MM sempre ficava a meio metro de distância, escutando, e Doremus não obteve delas nada além de um corrido "Estamos bem — ficamos sabendo que Buck está bem — ficamos sabendo que Lorinda vai bem em seu novo restaurante — Philip escreveu contando que está tudo bem". E certa vez veio o próprio Philip, seu filho pomposo, mais pomposo do que nunca agora como juiz Corpo, e muito magoado com o radicalismo insano de seu pai — consideravelmente mais magoado quando Doremus comentou com amargura que teria preferido mil vezes receber a visita de Foolish, o cão.

E havia as cartas — todas censuradas — pior do que inúteis para um homem que costumava ficar tão feliz em escutar as vozes vivas de seus amigos.

A longo prazo, essas visitas frustradas, essas cartas vazias, tornavam sua espera ainda mais desalentadora, porque sugeriam que talvez estivesse errado em suas visões noturnas; talvez o mundo lá fora não fosse tão terno, impetuoso e aventureiro quanto se lembrava, mas apenas tão desolado quanto sua cela.

Não conhecera Karl Pascal muito bem, porém agora o contencioso marxista era seu amigo mais próximo, seu único e divertido consolo. Karl podia e conseguia provar que o problema de válvulas com vazamento, pastos inaproveitáveis, ensino de cálculo e todos os romances era deixar de se guiar pelos escritos de Lênin.

Com sua nova amizade, Doremus ficava inquieto como uma velha solteirona com o receio de que Karl fosse levado e fuzilado, o reconhecimento normalmente conferido aos comunistas. Descobriu que não precisava se preocupar. Karl já estivera na cadeia antes. Era o agitador treinado por quem Doremus ansiara nos tempos de New Underground. Havia desencavado tantos escândalos sobre as estrepolias financeiras e sexuais de cada guarda ali dentro que estes tinham medo de que mesmo na hora da execução pudesse abrir a boca para o pelotão de fuzilamento. Eram muito mais ansiosos em saber sua avisada opinião do que a do capitão Cowlick, e timidamente lhe traziam pequenos presentes, fumo de mascar e jornais canadenses, como se fossem alunos cortejando um professor.

Quando Aras Dilley foi transferido das patrulhas noturnas em Fort Beulah para o posto de guarda em Trianon — recompensa por ter fornecido a Shad Ledue certa informação sobre R. C. Crowley que custou centenas de dólares ao banqueiro —, Aras, aquele matreiro, aquele calejado bisbilhoteiro, levou um susto ao ver Karl e começou a bancar o devoto e bondoso. Karl já o conhecia de outros carnavais!

A despeito da presença de Stoyt, alferes da guarda, um ex-caixa que costumava gostar de atirar em cachorros e agora, na abençoada salvação do Corpoísmo, gostava de açoitar seres humanos, o campo em Trianon não era tão cruel quanto a prisão distrital em Hanover. Mas da janela suja de sua cela Doremus viu horrores suficientes.

Certo dia, na metade de uma radiante manhã de setembro, com o ar já cheirando à paz do outono, ele viu o pelotão de fuzilamento conduzir seu primo, Henry Veeder, que recentemente tentara fugir. Henry costumava ser um granito monolítico, antes. Caminhava como um soldado. Orgulhava-se, em sua cela, de fazer a barba toda manhã, como no passado fizera com uma bacia de lata cheia d'água aquecida no fogão, na cozinha de sua velha casa em Mount Terror. Agora andava curvado e, às portas da morte, arrastava os pés. Seu rosto de senador romano estava manchado de esterco de vaca, onde o haviam jogado para seu último sono.

Quando passaram marchando pelo portão quadrangular, o alferes Stoyt, no comando do pelotão, deteve Henry, riu na sua cara e calmamente desferiu um pontapé em sua virilha.

Ergueram-no. Três minutos mais tarde Doremus escutou um pipocar de tiros. Três minutos depois disso o pelotão voltou carregando sobre uma porta velha uma figura de barro contorcida, com olhos abertos e vazios. Então Doremus gemeu alto. Quando os padioleiros inclinaram sua maca improvisada, a figura rolou para o chão.

Mas ele veria coisa pior pela janela amaldiçoada. Os guardas trouxeram, como novos prisioneiros, Julian Falck, num uniforme rasgado, e o avô de Julian, tão frágil, tão grisalho, tão desnorteado e aterrorizado em seus trajes clericais sujos de lama.

Observou-os sendo chutados através do pátio em direção a um prédio outrora devotado a aulas de dança e às mais delicadas árias para piano; agora abrigando a sala de tortura e as solitárias.

Apenas dali a duas semanas, duas semanas de espera que foram como uma dor incessante, ele teve a chance, na hora do exercício, de falar por um momento com Julian, que murmurou, "Me pegaram escrevendo informação privilegiada sobre as propinas dos MM. Ia mandar para a Sissy. Graças a Deus não tinha nada ali mostrando para quem era!". Julian continuara andando. Mas Doremus tivera tempo de ver que em seus olhos não havia mais esperança, e que seu rosto inteligente, miúdo e clerical estava coberto de hematomas preto-azulados.

A administração (ou assim Doremus supôs) decidiu que Julian, o primeiro espião entre os MM a ser pego na região de Fort Beulah, era um alvo de diversão bom demais para ser desperdiçado com um fuzilamento sumário. Ele devia ser mantido para dar o exemplo. Muitas vezes Doremus viu os guardas o chutarem através do pátio rumo à sala de açoite e imaginou que podia escutar os gritos de Julian depois. Ele não foi sequer mantido numa cela punitiva, mas num cercado de barras abertas, em um corredor comum, de modo que os detentos de passagem pudessem espiar e vê-lo, com vergões nas costas nuas, encolhido no chão, lamuriando-se como um cão castigado.

E Doremus também viu o avô de Julian atravessar o pátio com passos furtivos, roubar um naco de pão encharcado na lata do lixo e mastigá-lo furiosamente.

A preocupação corroeu Doremus durante todo o mês de setembro, com o temor de que Sissy, agora sem a presença de Julian em

Fort Beulah, pudesse ser estuprada por Shad Ledue... Shad lançaria maliciosos olhares de esguelha nesse ínterim, tripudiando sobre sua ascensão de empregado a senhor irresistível.

A despeito de sua angústia com os Falck, Henry Veeder e qualquer camarada na prisão, por mais rústico que fosse, Doremus estava quase recuperado das surras no fim de setembro. Começou jubilosamente a acreditar que viveria por mais dez anos; ficou levemente envergonhado de seu contentamento, na presença de tamanha agonia, mas sentia-se como um homem jovem e —— E na mesma hora o alferes Stoyt estava ali (duas ou três horas da manhã, devia ser), arrancando Doremus de seu beliche, fazendo-o ficar de pé, voltando a derrubá-lo com um soco tão violento na boca que Doremus instantaneamente tornou a mergulhar em seu medo trêmulo, todo seu aviltamento desumano.

Foi arrastado até a sala do capitão Cowlick.

O capitão foi cortês:

"Sr. Jessup, fomos informados sobre suas ligações com a traição do líder de esquadrão Julian Falck. Ele, hum, bem, para ser franco, cedeu e confessou. Mas o senhor propriamente dito não corre risco, nenhum risco em absoluto, de nova punição, se puder nos ajudar. Mas temos realmente de usar o jovem sr. Falck como advertência, e assim, se quiser nos dizer tudo que sabe sobre a chocante infidelidade do rapaz à causa, o senhor contará com nossa proteção. O que acha de um agradável quarto para dormir sozinho?"

Quinze minutos mais tarde Doremus continuava jurando que não sabia coisa alguma sobre "atividades subversivas" por parte de Julian.

O capitão Cowlick disse, um tanto agastado, "Bem, uma vez que se recusa a aceitar nossa generosidade, receio que devo deixá-lo com o alferes Stoyt... Seja gentil com ele, alferes".

"Sim, senhor", disse o alferes.

O capitão se afastou rápido com ar cansado, e Stoyt de fato falou com gentileza, o que foi uma surpresa para Doremus, pois na sala havia dois guardas diante de quem Stoyt gostava de se exibir.

"Jessup, você é um homem inteligente. Não tem sentido tentar proteger esse rapaz, Falck, porque temos o suficiente contra ele para executá-lo de um jeito ou de outro. De modo que não vai fazer mal nenhum se nos fornecer mais alguns detalhes sobre sua traição. E estará fazendo um favor para si mesmo."

Doremus ficou calado.

"Vai falar ou não?"

Doremus balançou a cabeça.

"Tudo bem, então... Tillett!"

"Traz aqui o cara que dedurou o Jessup!"

Doremus esperava que o guarda fosse buscar Julian, mas foi o avô de Julian que entrou hesitante na sala. No pátio do campo Doremus o vira muitas vezes tentando preservar a dignidade de seu fraque esfregando as manchas com um trapo úmido, mas nas celas não havia cabides para as roupas, e o traje sacerdotal — o sr. Falck era um homem pobre, e o casaco nunca fora dos mais caros, de todo modo — estava grotescamente amarrotado agora. Ele pestanejava de sono, e seu cabelo prateado era uma maçaroca confusa.

Stoyt (o sujeito devia ter trinta e poucos anos) disse animado para os dois mais velhos, "Muito bem então, rapazes, que tal parar com a rebeldia e meter um pouco de bom senso nesses seus miolos mofados, e depois podemos todos dormir um sono decente. Por que não tentam ser honestos, agora que os dois confessaram que o outro era um traidor?".

"Como é?", pasmou-se Doremus.

"Claro! O velho Falck aqui diz que você incluía os artigos do neto dele no *Vermont Vigilance*. Vamos lá, então, se puder fazer o favor de contar pra gente quem publicava aquele pasquim ——"

"Não confessei nada. Não tenho nada para confessar", disse o sr. Falck.

Stoyt gritou, "Quer calar a boca? Seu velho hipócrita!". Stoyt o derrubou no chão com um soco, e quando o sr. Falck procurava se firmar cambaleante nas mãos e nos joelhos desferiu-lhe um pontapé no flanco com a pesada botina. Os outros dois guardas seguravam um gaguejante Doremus. Stoyt zombou do sr. Falck, "Bom, seu velho filho da mãe, já que está de joelhos, vamos ouvi-lo rezar!".

"Rezarei!"

Em agonia, o sr. Falck ergueu a cabeça suja da poeira do chão, endireitou os ombros e postou as mãos em prece, e com uma doçura na voz que Doremus outrora escutara quando os homens eram humanos, exclamou, "Pai, já perdoaste demais! Não os perdoa mais, mas amaldiçoa-os, pois eles sabem o que fazem!". E tombou de bruços, e Doremus percebeu que nunca mais escutaria aquela voz outra vez.

No *Voix Littéraire* de Paris, o célebre e genial professor de belas-letras, Guillaume Semit, escreveu com sua habitual leniência:

Não vou fingir que entendo alguma coisa de política e provavelmente o que presenciei em minha quarta viagem aos Estados Unidos nesse verão de 1938 foi na maior parte superficial e não pode ser considerado uma análise profunda dos efeitos do Corpoísmo, mas asseguro-lhes que nunca antes vi essa nação em tão boa forma, nosso jovem e gigantesco primo no Oeste, com saúde tão renovada e tal disposição. Deixo para meus confrades da economia explicar fenômenos maçantes como as faixas salariais e conto-lhes apenas o que vi, qual seja, que os incontáveis desfiles e as vastas provas atléticas dos Minute Men e dos mancebos e moças do Corpo Youth Movement exibiam rostos tão corados e contentes, um entusiasmo tão inabalável por seu herói, o Chefe, Monsieur Windrip, que involuntariamente exclamei, "Eis uma nação inteira mergulhada no Rio da Juventude".

Por toda parte no país houve uma reconstrução fervorosa dos edifícios públicos e prédios de apartamentos para os pobres tal como nunca vista até então. Em Washington, meu velho colega, o Monsieur le secretário Macgoblin, teve a boa graça de exclamar, naquele seu modo viril mas culto pelo qual é tão conhecido, "Nossos inimigos alegam que nossos campos de trabalho são praticamente escravistas. Vamos lá, meu velho! Deve ver por si mesmo". Ele me conduziu num daqueles maravilhosamente velozes automóveis americanos para um desses campos, perto de Washington, e reunindo os trabalhadores perguntou-lhes com franqueza: "Os senhores sentem alguma prostração?". Como um coro, responderam em uníssono "Não", com espírito parecido ao de nossos bravos soldados nos bastiões de Verdun.

Durante a hora completa que passei ali, recebi permissão de perambular à vontade, fazendo as perguntas que bem entendesse, por intermédio do intérprete gentilmente cedido por Sua Excelência, Monsieur le dr. Macgoblin, e todo trabalhador a que me dirigi assegurou-me que nunca fora tão bem alimentado, tão carinhosamente tratado, e de tal forma assistido que desenvolveu um interesse quase poético na atividade de sua escolha naquele campo de trabalho — essa cooperação científica para o bem-estar geral.

Com certa temeridade aventurei-me a perguntar a M. Macgoblin que veracidade havia nos informes circulando tão vergonhosamente (sobretudo, ai de nós, em nossa adorada França) de que nos campos de concentração os adversários do Corpoísmo são mal alimentados e duramente tratados. M. Macgoblin explicou-me que não havia essa coisa de "campos de concentração", se é que o termo comporta algum significado penológico. São, na verdade, escolas, em que adultos desgraçadamente ludibriados pelos logorreicos profetas dessa religião água com açúcar, o "Liberalismo", são recondicionados a compreender os novos tempos do controle econômico oficial. Em tais campos, assegurou-me, não há de fato nenhum guarda, mas apenas pacientes professores, e homens que foram outrora absolutamente ignorantes do Corpoísmo, e desse modo se opuseram a ele, hoje vivem diariamente como os mais entusiásticos discípulos do Chefe.

Ai de nós que a França e a Grã-Bretanha continuem se debatendo no pântano do Parlamentarismo e da dita Democracia, afundando cada vez mais, dia após dia, na dívida e na paralisia industrial, por causa da covardia e do tradicionalismo de nossos líderes Liberais, homens débeis e ultrapassados que têm medo de optar seja pelo Fascismo, seja pelo Comunismo; que não ousam — ou são por demais ávidos de poder — descartar técnicas ultrapassadas, como os alemães, americanos, italianos, turcos e outros povos corajosos, e depositam o são e científico controle do todo-poderoso Estado Totalitário nas mãos de Homens de Resolução!

Em outubro, John Pollikop, preso sob suspeita de ter possivelmente ajudado um refugiado a escapar, chegou ao campo de Trianon, e as primeiras palavras entre ele e seu amigo Karl Pascal não foram perguntas sobre a respectiva saúde, mas um diálogo derrisório, como se estivessem dando continuidade a uma conversa interrompida apenas meia hora antes:

"Então, seu velho bolchevique, eu bem que disse! Se os seus comunistas tivessem se juntado a mim e a Norman Thomas no apoio a Frank Roosevelt, não estaríamos nesta situação!"

"Pois sim! Mas se foram Thomas e Roosevelt que começaram o Fascismo! Eu te pergunto! Agora cale a boca, John, e escute: O que foi o New Deal senão puro Fascismo? O que fizeram pelo trabalhador? Olha aqui! Não, espera um pouco, escuta ——"

Doremus se sentiu em casa outra vez, e reconfortado — embora também sentisse que Foolish provavelmente tinha mais entendimento econômico construtivo do que John Pollikop, Karl Pascal, Herbert Hoover, Buzz Windrip, Lee Sarason e ele mesmo juntos; ou, em todo caso, Foolish tivera o bom senso de esconder sua falta de entendimento fingindo que não sabia falar inglês.

Shad Ledue, em sua suíte de hotel, considerava que saíra perdendo. Havia sido responsável por enviar mais traidores para os campos de concentração do que qualquer outro comissário de condado na província, e contudo não ganhara uma promoção.

Era tarde; acabara de chegar de um jantar dado por Francis Tasbrough em homenagem ao comissário provincial Swan e um grupo que compreendia o juiz Philip Jessup, o diretor de Educação Owen J. Peaseley e o brigadeiro Kippersly, que investigavam a possibilidade de Vermont pagar mais impostos.

Shad estava descontente. Todos aqueles malditos esnobes tentando se exibir! Conversando durante o jantar sobre aquele espetáculo vagabundo em Nova York — o primeiro teatro de revista Corpo, *Chamando Stálin*, escrito por Lee Sarason e Hector Macgoblin. Como aqueles patetas haviam tagarelado com empolgação sobre "arte Corpo", "drama livre de insinuações judaicas", "a linhagem pura da escultura anglo-saxã" e até, por Deus, sobre "física Corporativa"! Só tentando se exibir. E não prestaram a menor atenção em Shad quando lhes contou sua anedota divertida sobre o pregador pimpão em Fort Beulah, o tal do Falck, que ficara tão enciumado porque os MM realizavam treinamentos aos domingos de manhã, em vez de frequentar seu empório do evangelho, que tentara fazer o neto inventar mentiras sobre os MM, e que Shad o mandara prender em sua própria igreja, o que foi ainda mais engraçado! Não prestaram um pingo de atenção nele, mesmo após ter lido cuidadosamente todo o *Hora Zero* do Chefe, para poder citá-lo, e ainda que tivesse tomado o cuidado de se mostrar refinado nos modos à mesa, esticando o mindinho quando segurava seu copo.

Estava solitário.

Os homens que conhecia tão bem, camaradas do bilhar e da barbearia, pareciam sentir medo dele agora, e os esnobes imundos como Tasbrough continuavam a ignorá-lo.

Sentia solidão ao pensar em Sissy Jessup.

Desde que seu pai fora mandado para Trianon, Shad parecia não conseguir mais fazer com que o visitasse, mesmo ele sendo o comissário do condado e ela nada mais que a filha degradada de um criminoso.

E estava louco por ela. Ora, estaria quase disposto a se casar com ela, se não pudesse tê-la de nenhum outro jeito! Mas quando insinuara tal coisa — ou apenas estivera perto de fazê-lo — ela apenas rira dele, a pequena esnobe imunda!

Pensara, quando era empregado, que ser rico e famoso seria muito mais divertido. Não se sentia nem um pouco diferente do homem que costumava ser! Engraçado!

# 32

O dr. Lionel Adams, bacharel em Yale, ph.D. em Chicago, negro, fora jornalista, cônsul americano na África e, na época da eleição de Berzelius Windrip, professor de antropologia na Howard University. Como se passou com todos os seus colegas, sua cátedra foi usurpada por um branco mais digno e necessitado, cujo treinamento em antropologia fora como fotógrafo numa expedição a Yucatán. Na dissensão entre a escola para negros Booker Washington, que aconselhava paciência com a nova sujeição dos negros à escravidão, e os radicais, que exigiam que se juntassem aos comunistas e lutassem pela liberdade econômica geral, de brancos ou negros, o professor Adams continuou na velha posição fabiana, em cima do muro.

Percorria o país pregando para sua gente que deviam ser "realistas" e construir um futuro possível; não com base em alguma fantasia Utópica, mas no inescapável fato do banimento sofrido.

Perto de Burlington, Vermont, havia uma pequena colônia de negros, agricultores, jardineiros, trabalhadores domésticos, a maior parte descendente de escravos que, antes da Guerra Civil, fugiram para o Canadá pela "Ferrovia Clandestina", liderados por fanáticos como o avô de Truman Webb, mas que amavam suficientemente sua forçosa terra de adoção para voltar à América após a guerra. Da colônia foram para as grandes cidades jovens negros que (antes da emancipação Corpo) haviam sido enfermeiros, médicos, comerciantes, funcionários públicos.

O professor Adams discursou perante essa colônia, convidando os jovens rebeldes a buscar aperfeiçoamento em suas jovens almas, não na mera superioridade social.

Como não o conheciam pessoalmente nessa colônia de Burlington, o capitão Oscar Ledue, apelidado "Shad", foi convocado para censurar a palestra. Ele ficou sentado em uma cadeira no fundo do salão. À parte as reuniões de instrução dos oficiais MM, e a inspiração moral de professores no primário, era a primeira palestra que ouvia na vida, e não achou grande coisa. Ficou irritado por aquele pretinho metido não discursar como os personagens de Octavus Roy Cohen, um de seus autores favoritos, mas se atrever a tentar arranhar um inglês tão bom quanto o do próprio Shad. Mais irritante ainda era que a criatura estridente parecesse tanto com uma estátua de bronze e, enfim, foi simplesmente mais do que um sujeito podia suportar ver aquele grande vagabundo vestindo smoking!

Assim, quando Adams, como se chamava, alegou que havia bons poetas e professores e até médicos e engenheiros entre os pretos, o que era claramente um esforço para incitar a turma a se rebelar contra o governo, Shad sinalizou para seu esquadrão e prendeu Adams no meio da conferência, exclamando, "Seu preto imundo, ignorante e fedido dos diabos! Vou lhe fazer o favor de fechar essa sua boca grande pra sempre!".

O dr. Adams foi levado para o campo de concentração de Trianon. O alferes Stoyt achou que seria uma boa troça em cima daqueles mendigos impudentes (quase comunistas, podia-se dizer), Jessup e Pascal, acomodar o pretinho na mesma cela que eles. Mas na verdade pareceram apreciar a companhia de Adams; conversavam com ele como se fosse branco e instruído! Assim Stoyt o jogou numa solitária, onde podia refletir sobre seu crime de ter cuspido no prato que comia.

O maior choque de todos a ocorrer no campo de Trianon foi em novembro de 1938, quando apareceu bem ali no meio, como o mais recente prisioneiro, ninguém menos que Shad Ledue.

Ele fora o responsável por quase metade das prisões naquele lugar.

Os prisioneiros sussurravam que fora preso por acusações de Francis Tasbrough; oficialmente, por ter levado propina de lojistas; extraoficialmente, por ter deixado de dividir o suficiente da propina com Tasbrough. Mas tais causas vagas foram menos debatidas do que a questão de como matariam Shad agora que estava indefeso.

\* \* \*

Todos os Minute Men que estavam sendo disciplinados, exceto apenas Vermelhos como Julian Falck, eram prisioneiros privilegiados nos campos de concentração; eles ficavam resguardados dos detentos comuns, i.e., criminosos, i.e., políticos, e a maioria deles, uma vez regenerados, eram devolvidos às fileiras dos MM, com um conhecimento muito ampliado de como açoitar descontentes. Shad foi instalado sozinho numa cela simples parecida com um conjugadinho não muito ruim, e toda noite tinha permissão de passar duas horas no refeitório dos oficiais. A escória não tinha acesso a ele, porque seu horário de exercício era diferente do deles.

Doremus pediu aos conspiradores contra Shad para se controlarem.

"Pelo amor de Deus, Doremus, quer dizer que depois das batalhas que travamos você continua um burguês pacifista — que continua acreditando na santidade de um animal sujo como Ledue?", quis saber Karl Pascal.

"Bom, sim, continuo — um pouco. Sei que Shad veio de uma família de doze fedelhos famélicos de Mount Terror. Não muita oportunidade. Mas mais importante do que isso, não acredito em assassinato individual como meio efetivo de combater o despotismo. O sangue dos tiranos é a semente do massacre e ——"

"Está se inspirando em mim e citando uma doutrina sensata quando a hora pede uma pequena liquidação?", disse Karl. "Esse tirano vai perder um bocado de sangue!"

O Pascal que Doremus considerara, em seu ânimo mais violento, nada além de um faroleiro arregalou para ele um olhar destituído de qualquer cordialidade. Karl perguntou aos companheiros de cela, um grupo diferente agora desde a chegada de Doremus, "Vamos nos livrar de Ledue, aquele germe do tifo?".

John Pollikop, Truman Webb, o cirurgião, o carpinteiro, todos balançaram a cabeça afirmativamente, devagar, insensíveis.

Na hora do exercício, a disciplina dos homens marchando para o pátio foi interrompida quando um prisioneiro tropeçou, com um grito, derrubou outro homem e se desculpou em voz alta — bem diante das grades de Shad Ledue. O incidente provocou uma aglomeração na frente da cela. Doremus, na periferia do tumulto, viu Shad olhar para fora, seu rosto largo branco de medo.

Alguém, de algum modo, acendera e jogara na cela de Shad um grande punhado de lixo embebido em gasolina. O chumaço pegou na fina divisória de madeira que separava a cela de Shad da seguinte. O cubículo todo em instantes parecia a boca de uma fornalha acesa. Shad gritava e estapeava suas mangas, seus ombros. Doremus lembrou-se dos gritos de um cavalo atacado por lobos no Distante Norte.

Quando tiraram Shad dali, estava morto. Não tinha mais rosto.

O capitão Cowlick foi deposto do cargo de superintendente do campo e sumiu na insignificância de onde viera. Foi sucedido pelo amigo de Shad, o beligerante Snake Tizra, agora líder de batalhão. Seu primeiro ato executivo foi ordenar que todos os duzentos detentos fossem reunidos no pátio e anunciar, "Não vou lhes dizer nada sobre como pretendo alimentá-los ou lhes conceder horas de sono enquanto não terminar de levar o terror ao coração de cada um, seus assassinos!".

Houve oferecimentos de pleno perdão para qualquer um que entregasse o homem que lançara o chumaço ardente na cela de Shad. Isso foi seguido de entusiásticos juramentos pessoais feitos pelos prisioneiros de que nenhum dedo-duro viveria para desfrutar de sua liberdade. Assim, como Doremus adivinhara, a morte de Shad trouxera mais sofrimento do que valera a pena — mas para ele, pensando em Sissy, pensando no testemunho de Shad em Hanover, valera muito; fora algo precioso e deleitável.

Um tribunal de sindicância especial foi reunido, presidido pelo comissário provincial Effingham Swan em pessoa (ele andava ocupado demais com todos os problemas; usava aeroplanos para cuidar de tudo). Dez prisioneiros, um em cada vinte, foram escolhidos por lote e fuzilados de forma sumária. Entre eles estava o professor Victor Loveland, que, a despeito de todos os farrapos e cicatrizes, permaneceu asseadamente acadêmico até o fim, de óculos e com o cabelo liso cor de estopa partido ao meio, encarando o pelotão de fuzilamento.

Suspeitos como Julian Falck eram surrados com mais frequência, mantidos por mais tempo naquelas celas onde a pessoa não podia ficar de pé, sentar ou deitar.

Então, por duas semanas em dezembro, todas as visitas e todas as cartas foram proibidas, e prisioneiros recém-chegados eram isolados; e os companheiros de cela, como meninos num dormitório, ficavam acordados até tarde da noite em uma discussão sussurrada quanto a se isso significava mais vingança de Snake Tizra ou se havia algo acontecendo no Mundo Exterior que fosse preocupante demais para chegar ao conhecimento dos prisioneiros.

# 33

Quando os Falck e John Pollikop foram presos e se juntaram ao seu pai na prisão, quando outros rebeldes mais tímidos como Mungo Kitterick e Harry Kindermann deixaram atemorizados as atividades do New Underground, Mary Greenhill teve de assumir o controle da célula em Fort Beulah, com apenas Sissy, o padre Perefixe, o dr. Olmsted e seu chofer, além de meia dúzia de outros agentes que sobraram; e controlar foi o que fez, com devoção colérica e não muito tino. Tudo que podia fazer era ajudar na fuga dos refugiados e divulgar as poucas notícias anti-Corpo que conseguia descobrir, sem poder contar com Julian.

O demônio que crescera dentro dela desde que seu marido fora executado agora se tornava um grande tumor, e Mary ficava furiosa com a inação. Com muita gravidade falava sobre assassinatos — e muito antes do tempo de Mary Greenhill, filha de Doremus, tiranos em armaduras douradas protegidos em suas torres haviam estremecido com a ameaça de jovens viúvas entre as colinas escuras.

Queria, antes de mais nada, matar Shad Ledue, que (ela não sabia, mas supunha) fora provavelmente o autor do disparo fatal contra seu marido. Mas nesse pequeno lugar isso podia machucar sua família ainda mais do que já fora machucada. Sugeriu, com toda seriedade, antes de Shad ser preso e morto, que seria um belo ato de espionagem Sissy ir morar com ele. A outrora irreverente Sissy, tão fraca e calada desde que seu Julian fora levado, tinha certeza de que Mary havia enlouquecido, e quando caiu a noite ficou aterrorizada… Lembrou-se de como Mary, em seus tempos de esportista, firme e brilhante como cristal, usara seu chicote de equitação para bater em um lavrador que havia torturado um cão.

Mary já não aguentava mais a cautela do dr. Olmsted e do padre Perefixe, homens que até apreciavam um vago estado chamado Liberdade, mas não mostravam excessivo apreço por serem linchados. Ela vituperava contra eles. Chamam a si mesmos de homens? Por que não saem e *fazem* alguma coisa?

Em casa, irritava-se com sua mãe, que quase pranteava menos a prisão de Doremus do que suas adoradas mesinhas que haviam sido destruídas durante a batida.

Foram os louvores exaltados sobre a grandeza do novo comissário provincial Effingham Swan, tanto na imprensa Corpo como nos memorandos de informes secretos do NU sobre suas expressas penas de morte para os prisioneiros, que a levaram a decidir matar o dignitário. Mais até do que Shad (que ainda não tinha sido mandado para Trianon), ela o culpava pelo destino de Fowler. Ruminava tudo isso muito calmamente. Era esse tipo de pensamento que os Corpos estavam encorajando entre decentes mulheres de família, com seu programa de revitalizar o orgulho nacional americano.

A não ser no caso dos bebês com suas mães, dois visitantes juntos eram proibidos nos campos de concentração. Assim, quando Mary viu Doremus e, em outro acampamento, Buck Titus, no início de outubro, só conseguiu murmurar, quase com as mesmas palavras para ambos, "Escute! Quando estiver indo embora, vou erguer o David — mas, minha nossa, como ele está pesado! — no portão, assim você pode vê-lo. Se alguma coisa acontecer comigo, se eu ficar doente ou qualquer coisa, quando sair você toma conta do David — promete, *promete*?".

Tentou falar num tom casual para não os deixar preocupados. Não foi muito bem-sucedida.

Então ela retirou, de um pequeno fundo que seu pai lhe criara após a morte de Fowler, dinheiro suficiente para dois meses, deixou uma procuração pela qual tanto sua mãe como sua irmã poderiam sacar o resto, deu um rápido beijo de despedida em David, Emma e Sissy e — falante e alegre ao tomar o trem — partiu para Albany, capital da Província Nordeste. Seu álibi foi que precisava mudar de ares e iria ficar nos arredores de Albany com a irmã casada de Fowler.

De fato se hospedou com a cunhada — tempo suficiente para se localizar. Dois dias após sua chegada, foi ao novo campo de treinamento Corpo local do Women's Flying Corps e se alistou para o treino em aviação e bombardeio.

Quando a inevitável guerra viesse, quando o governo decidisse se era Canadá, México, Rússia, Cuba, Japão ou talvez Staten Island que "ameaçava suas fronteiras", e fosse se defender lá fora, então as melhores aviadoras do Corps receberiam Patentes em um exército auxiliar oficial. Os antiquados "direitos" concedidos às mulheres pelos Liberais podiam (para o próprio bem delas) ser revogados, mas seu direito de morrer em batalha nunca estivera mais vivo.

Durante o treinamento, escrevia para tranquilizar a família — na maior parte cartões-postais para David, instando-o a obedecer a tudo que sua avó mandasse.

Morava em uma animada pensão, cheia de oficiais MM que sabiam tudo a respeito das frequentes viagens de inspeção por aeroplano do comissário Swan, e de vez em quando faziam comentários. Era saudada ali com um bom número de propostas insultantes.

Dirigia desde os quinze anos; no trânsito de Boston, atravessando as planícies do Quebec, em estradas de escarpas rochosas durante uma nevasca; já consertara o carro no meio da noite; e tinha olhar acurado, nervos treinados ao ar livre e a serenidade resoluta de um mentecapto evitando ser notado enquanto concebe complôs assassinos. Após dez horas de treinamento, com um aviador MM que achava o ar um lugar tão bom quanto qualquer outro para fazer amor e que nunca conseguiria entender por que Mary ria dele, fez seu primeiro voo solo, com uma aterrissagem admirável. O instrutor disse (entre outras coisas menos apropriadas) que ela não tinha medo nenhum; que a única coisa de que precisava para atingir a maestria era de um pouco de medo.

Nesse ínterim foi uma aluna obediente nas aulas de bombardeio, ramo da cultura dia a dia mais difundido pelos Corpos.

Tinha particular interesse na granada de mão Mills. A pessoa puxava o pino de segurança, prendendo a alavanca contra a granada com os dedos, e lançava. Cinco segundos após a soltura da alavanca, a granada explodia e matava um monte de gente. O artefato nunca fora jogado de um avião, mas talvez valesse a tentativa, pensou Mary. Oficiais MM lhe contaram que Swan, quando uma turba de operários foi mandada embora de uma siderúrgica e começou um tumulto, assumira o comando dos policiais e pessoalmente (riram de admiração com sua presteza) atirara uma granada dessas. O evento causou a morte de duas mulheres e um bebê.

Mary realizou seu sexto voo solo em uma manhã de novembro cinzenta e tranquila sob nuvens de neve. Nunca fora de conversar muito com a equipe de solo, mas nessa manhã se disse empolgada em pensar que podia alçar voo "como um verdadeiro anjo" e subir e circular por aquela vastidão desconhecida de nuvens. Deu tapinhas numa das escoras de seu aparelho, um monoplano Leonard de asa alta com cabine aberta, um aparelho militar novo e muito veloz, feito tanto para perseguições como para rápidas missões de bombardeio... rápidas missões de trucidar algumas centenas de soldados em formação compacta.

Na pista, como fora informada que ele estaria, o comissário distrital Effingham Swan subia a bordo de seu grande avião de cabine para um voo presumivelmente pela Nova Inglaterra. Era alto; um dignitário eminente de aspecto militar, com ares de jogador de polo, usando sarja azul imperiosamente simples e apenas um discreto capacete de aviador. Uma dúzia de puxa-sacos se agitava em torno — secretários, guarda-costas, um chofer, dois comissários de condado, diretores educacionais, diretores trabalhistas — seus chapéus nas mãos, seus sorrisos no rosto, suas almas balançando o rabo de gratidão por lhes permitir existir. Ralhava um bocado com eles e se movia causando agitação. Enquanto subia a escada para a cabine (Mary pensou em "Casey Jones", aquele maquinista que morrera para salvar os passageiros de seu trem, e sorriu), um mensageiro numa motocicleta enorme chegou roncando com os últimos telegramas. Parecia haver meia centena de envelopes amarelos, admirou-se Mary. Ele os jogou para o secretário, que espreitava humildemente às suas costas. A porta do veículo vice-real se fechou atrás do comissário, do secretário e de dois guarda-costas armados até os dentes.

Dizia-se que em seu avião Swan tinha uma escrivaninha que pertencera a Hitler e, antes disso, a Marat.

Para Mary, que acabara de subir em sua cabine, um mecânico gritou, apontando com admiração o avião de Swan, que se punha em movimento, "Puxa, o sujeito é mesmo um figurão — o mandachuva

Swan. Fiquei sabendo que está indo pra Washington, pra dois dedos de prosa com o Chefe, agora de manhã — puxa, pensa só, o Chefe!".

"Não seria horrível se alguém atirasse no sr. Swan e no Chefe? Podia mudar o curso da história", gritou Mary de volta.

"Sem chance! Está vendo aqueles guardas? Então, eles podem enfrentar um regimento inteiro — podem dar uma surra em Walt Trowbridge e todos os comunistas juntos!"

"Acho que é isso mesmo. Só se Deus descesse do céu pra atirar pessoalmente no sr. Swan."

"Ha, ha! Essa é boa! Mas uns dias atrás escutei um tipo dizer que achava que Deus tinha ido dormir."

"Talvez seja hora de ele acordar!", disse Mary, e acenou.

Seu avião alcançava 460 quilômetros por hora — a carruagem dourada de Swan chegava no máximo a 370. Em pouco tempo, ela o sobrevoava logo atrás. O avião de cabine, que parecera tão gigantesco quanto o *Queen Mary* quando o vira da pista, em toda sua amplitude, da ponta de uma asa à outra, agora parecia pequeno como uma pomba branca, oscilando acima do linóleo remendado do solo.

Ela tirou dos bolsos de sua jaqueta de aviador as três granadas de mão Mills que conseguira roubar da escola na tarde do dia anterior. Não fora capaz de obter uma bomba mais pesada. Olhando para elas, tremeu pela primeira vez; Mary tornou-se naquele momento mais uma coisa de sangue quente do que um mero dispositivo ligado ao avião, tão mecânico quanto o motor.

"Melhor deixar de frescura e terminar logo com isso", suspirou, e mergulhou em direção ao avião de cabine.

Sem dúvida sua chegada era indesejável. Nem a Morte, nem Mary Greenhill haviam marcado hora com Effingham Swan nessa manhã; nenhuma das duas telefonara, tampouco negociara com secretárias irritadiças, tampouco tiveram seus nomes datilografados na agenda do grande senhor para seu último dia de vida. Em sua dezena de escritórios, em seu lar de mármore, no salão do conselho e no palanque de desfiles, sua preciosíssima excelência era protegida com unhas e dentes. Ele não estava ao alcance da plebe, como Mary Greenhill — exceto no ar, onde tanto imperadores como plebeus são sustentados apenas por asas de brinquedo e pela graça divina.

Por três vezes Mary executou manobras acima de seu avião e lançou uma granada. Errou as três. O avião de cabine descia, para aterrissar, e os guardas atiravam contra ela.

"Fazer o quê!", disse, e mergulhou abruptamente em direção à brilhante asa de metal.

Em seus últimos dez segundos, pensou no quanto a asa se parecia com a tábua de lavar roupa, de zinco, que vira ser usada pela antecessora da sra. Candy — como era mesmo seu nome? — Mamie ou algo assim. E desejou ter passado mais tempo com David nos últimos meses. E notou que o avião de cabine parecia antes voar em sua direção do que o contrário.

A colisão foi aterradora. Aconteceu no exato instante em que levava a mão ao paraquedas e se levantava para pular — tarde demais. Tudo que viu foi um insano carrossel de asas esmagadas e imensos motores que pareceram ter sido arremessados contra seu rosto.

# 34

Falando sobre Julian antes de sua prisão, provavelmente o quartel-general do New Underground em Montreal achava de excepcional valor seus informes sobre os esquemas de propina, a crueldade e os planos de prender agitadores do NU dos Minute Men. Mesmo assim Julian conseguira alertar quatro ou cinco suspeitos a fugir para o Canadá. Tivera de participar de vários açoitamentos. Tremia de tal forma que os outros riam dele; e desferia as vergastadas com leveza suspeita.

Aguardava uma promoção para o quartel-general distrital dos MM em Hanover, e em função disso estudava datilografia e taquigrafia nas horas vagas. Tinha um belo plano de chegar para o velho amigo da família, o comissário Francis Tasbrough, e dizer que queria por suas próprias nobres qualidades compensar o divino governo pela deslealdade paterna, conseguindo desse modo se tornar seu secretário. Quem dera pudesse espionar os arquivos particulares de Tasbrough! Sem dúvida haveria coisas saborosas para mandar a Montreal!

Sissy e ele conversaram com exaltação em seu encontro sob as árvores. Por meia hora ela foi capaz de esquecer completamente seu pai e Buck na prisão, e o que lhe parecia uma espécie de insanidade no comportamento cada vez mais inquieto de Mary.

No fim de setembro, presenciou a repentina prisão de Julian.

Estava assistindo a uma inspeção de tropas MM nas Green. Podia em tese detestar o uniforme MM azul por ser tudo que Walt Trowbridge (com frequência) chamava de "O antigo emblema do heroísmo e da batalha pela liberdade, sacrilegamente transformado por Windrip e sua gangue num símbolo de tudo que é cruel, tirânico e falso", mas isso não diminuía seu orgulho de ver Julian todo alinhado e lustroso, e oficialmente destacado como líder de esquadrão no comando de seu pequeno exército de dez homens.

Quando a companhia recebeu o comando de descansar, o comissário do condado Shad Ledue chegou à toda em um grande carro, desceu, marchou até Julian, berrou, "Este aqui — este homem é um traidor!", arrancou o emblema MM em formato de leme da gola de Julian, esbofeteou seu rosto e o entregou para seus pistoleiros particulares, com os colegas de Julian grunhindo, gargalhando, assoviando, ganindo.

Não teve permissão de visitar Julian em Trianon. Não sabia coisa alguma a não ser que ainda não fora executado.

Quando Mary morreu, e foi enterrada como heroína militar, o desajeitado Philip veio de seu circuito judicial em Massachusetts. Balançava a cabeça demais e franzia os lábios.

"Juro", disse para Emma e Sissy — embora na verdade não fizesse nada tão salutar e natural quanto jurar — "juro que fico quase tentado a pensar, às vezes, que tanto o papai como a Mary são, ou devo dizer eram, um pouco loucos. Deve ser isso, por mais terrível que seja dizer, mas francamente acho, às vezes, que deve haver um traço de loucura em nossa família. Graças a Deus escapei disso! — se não tenho outras virtudes, pelo menos sou certamente são! ainda que isso possa ter levado o Pai Estimado a achar que eu não passava de medíocre! E é claro que a senhora está completamente livre disso, Mãe Estimada. É você quem deve se cuidar, Cecilia." (Sissy levou um pequeno susto; não por algo tão gratificante quanto ser chamada de louca por Philip, mas por ser chamada de "Cecilia". Afinal, admitiu, provavelmente era seu nome.) "Odeio dizê-lo, Cecilia, mas muitas vezes achei que você tinha uma perigosa tendência a ser imprudente e egoísta. Agora, Mãe Estimada: como a senhora sabe, sou um homem muito ocupado, e simplesmente não posso ficar muito tempo debatendo e conversando, mas me parece a melhor coisa, e acho que quase posso dizer que parece sensato para Merilla também, que, com o falecimento de Mary, a senhora deveria apenas fechar esta casa, que é muito grande, ou, melhor ainda, tentar alugar, enquanto o pobre Pai Estimado estiver — hum — enquanto ele estiver fora. Não vou dizer que minha casa seja tão grande quanto essa, mas é bem mais moderna, com calefação a gás e encanamento novo e tudo mais, e tenho um dos primeiros aparelhos de televisão de Rose Lane. Espero que isso não magoe os seus sentimentos, e como bem sabe, seja lá o que as pessoas dizem a meu respeito, certamente sou um dos primeiros a acreditar em manter as antigas tradições, como o pobre e prezado Eff Swan também foi, mas, ao mesmo tempo, parece-me que o velho lar aqui está um tanto desolado e antiquado — claro que eu *nunca* conseguiria convencer o Pai Estimado a fazer uma reforma, mas —— Enfim, quero que Davy e a senhora venham morar conosco em Worcester, imediatamente. Quanto a você, Sissy, estou certo de que compreenderá que é absolutamente bem-vinda, mas talvez preferisse algo mais ativo, como entrar para a Women's Corps Auxiliary ——"

Seu irmão, enfureceu-se Sissy, era tão *bonzinho* com todo mundo! Não conseguia sequer se animar a insultá-lo muito. Desejou honestamente ser capaz de fazê-lo, ao descobrir que trouxera para David um uniforme dos MM, e quando David o vestiu e saiu desfilando e exclamando, como a maioria dos meninos com quem brincava, "*Hail Windrip!*".

Telefonou para Lorinda Pike em Beecher Falls e avisou Philip que iria ajudar Lorinda no restaurante. Emma e David foram para Worcester — no último momento, na estação, Emma decidiu se desmanchar em lágrimas, embora David lhe pedisse para lembrar que o tio Philip dera sua palavra a eles de que Worcester era como Boston, Londres, Hollywood e o Rancho do Velho Oeste juntos. Sissy ficou para alugar a casa. A sra. Candy, que iria agora abrir sua padaria e nunca informou a pouco prática Sissy se estava ou não recebendo por essas últimas semanas, preparava para ela todos os pratos estrangeiros que apenas Sissy e Doremus apreciavam, e com não pouca animação comiam juntas, na cozinha.

Então foi a vez de Shad dar o bote.

Ele apareceu, cheio de bravatas, em um fim de tarde de novembro. Ela nunca o odiara tanto, mas também nunca o temera tanto, devido ao que podia fazer a seu pai, a Julian, a Buck e aos outros nos campos de concentração.

Ele grunhiu, "Então, seu namoradinho, Jule, que estava se achando tão malandro, a gente ficou por dentro da tramoia daquele patife dos diabos, viu! Ele *nunca* vai incomodar você outra vez!".

"Ele não é tão mau. Esqueça ele... Quer que eu toque alguma coisa no piano?"

"Claro. Manda ver. Sempre gostei de música chique", disse o refinado comissário, refestelando-se em um sofá, apoiando as botas em uma cadeira de damasco, na sala onde um dia limpara a lareira. Se era seu propósito deliberado desencorajar Sissy com respeito àquela instituição anti-Corpo, a Ditadura do Proletariado, estava se saindo ainda melhor do que o juiz Philip Jessup. O libretista Sir William Gilbert teria dito em uma de suas óperas cômicas que Shad era tão, mas tão *pro-le-ta-ri-ado*.

Ela mal tocara por cinco minutos quando ele esqueceu como agora era refinado e zurrou, "Ei, corta esse troço de intelectual e vem sentar um pouco aqui!".

Sissy continuou no banquinho do piano. O que faria se Shad partisse para a ignorância? Não havia nenhum Julian para surgir melodramaticamente na última fração de segundo e salvá-la. Então se lembrou da sra. Candy na cozinha, e se animou.

"Do que diacho está rindo aí?", disse Shad.

"Ah — ah, eu só estava me lembrando daquela história que me contou sobre como o sr. Falck choramingou quando foi preso!"

"É, foi ridículo. O velho Reverendo baliu mais que um bode!"

(Poderia matá-lo? Seria uma atitude sensata? Mary tivera intenção de matar Swan? Será que Eles seriam ainda mais duros com Julian e seu pai se matasse Shad? Falando nisso, será que doía muito ser enforcada?)

Ele bocejou, "Então, Sis, minha menininha, que tal eu e você fazermos uma viagem até Nova York daqui a duas semanas? Viver como granfas por um tempo. Arrumo a melhor suíte no melhor hotel da cidade, e vamos ver alguns espetáculos — ouvi dizer que *Chamando Stálin* é uma peça e tanto — a verdadeira arte Corpo — e posso comprar pra você um champanhe de primeira! E daí, se a gente gostar bastante um do outro, minha vontade, se for a sua também, é preparar o casório!".

"Mas, Shad! A gente nunca poderia viver do seu salário. Quer dizer — quer dizer, claro que os Corpos deviam pagar você melhor — quer dizer, melhor do que estão pagando."

"Ouça, boneca! Não vou me contentar com um salariozinho miserável de comissário de condado pelo resto da vida! Pode acreditar em mim, não demoro muito pra virar milionário!"

Então lhe contou: contou precisamente o tipo de segredo ignominioso que tantas vezes tentara arrancar dele, em vão. Talvez fosse porque estava sóbrio. Shad, quando bebia, invertia a regra e ficava mais rústico e cauteloso a cada copo.

Ele tinha um plano. O plano era brutal e inexequível como só podia ser qualquer plano de Shad Ledue para pôr as mãos numa grana. A essência do esquema era evitar o trabalho pesado e levar infelicidade ao maior número de pessoas possível. Parecia seu plano, quando ainda empregado, de ficar rico criando cães — primeiro roubando os cachorros, e de preferência nos canis.

Como comissário do condado, não se limitara, como era o costume Corpo, a cobrar propina de lojistas e profissionais liberais para oferecer proteção contra os MM. Chegara na verdade a formar uma sociedade com eles, prometendo maiores encomendas dos MM, e, gabou-se, tinha contratos secretos no papel, devidamente assinados e guardados no cofre de seu escritório.

Sissy se livrou dele nesse dia bancando a difícil, embora o deixando presumir que a conquista não levaria mais que três ou quatro dias. Chorou copiosamente depois que saiu — na presença reconfortante da sra. Candy, que primeiro foi guardar uma faca de açougueiro com a qual, Sissy suspeitava, ficara a postos durante todo o transcorrer do encontro.

Na manhã seguinte, Sissy foi para Hanover e com o maior descaramento fofocou para Francis Tasbrough sobre os interessantes documentos que Shad tinha em seu cofre. Nunca mais voltou a ver Shad Ledue.

Sentiu-se muito mal com sua morte. Sentia-se muito mal com todos aqueles assassinatos. Não via heroísmo algum, apenas uma bestialidade bárbara em precisar matar para levar uma vida, na medida do possível, honesta, bondosa e segura. Mas sabia que estaria disposta a fazer a mesma coisa outra vez.

A residência dos Jessup foi alugada com toda pompa por aquele nobre romano, aquele arroto da política, o ex-governador Isham Hubbard, que, cansado de mais uma vez tentar se ajeitar vendendo imóveis e sendo advogado criminal, aceitou de bom grado a nomeação para suceder Shad Ledue.

Sissy logo foi ao encontro de Lorinda Pike, em Beecher Falls.

O padre Perefixe ficou encarregado da célula NU, dizendo meramente, como dissera todos os dias desde que Buzz Windrip fora empossado, que já estava cansado daquele negócio todo, e que ia voltar imediatamente para o Canadá. De fato, sobre sua mesa havia um esquema com o horário de trens para o Canadá.

Esse esquema já contava dois anos, agora.

Sissy andava irritada demais para tolerar atenções maternais, sendo engordada, consolada e alegremente mandada para a cama. A sra. Candy já fizera isso em excesso. E Philip lhe dera todos os conselhos paternais que podia no momento suportar. Foi um alívio quando Lorinda acolheu-a como uma adulta, como uma pessoa sensata demais para insultar manifestando compaixão — acolheu-a, de fato, com tanto respeito quanto se fosse uma adversária, e não sua amiga.

Após o jantar no novo restaurante de Lorinda, numa casa velha agora sem hóspedes durante o inverno a não ser pela infestação constante de refugiados lacrimosos, Lorinda, tricotando, mencionou pela primeira vez a falecida Mary.

"Suponho que a intenção de sua irmã era mesmo matar Swan, hein?"

"Não sei. Parece que os Corpos não pensam assim. Deram um grande enterro militar para ela."

"Bom, claro, não têm a menor vontade de ver as pessoas falando sobre assassinatos e isso meio que virar um costume geral. Concordo com seu pai. Acho que, em muitos casos, assassinatos são antes uma desgraça — um erro tático. Não. Nada bom. Ah, a propósito, Sissy, acho que vou conseguir tirar seu pai do campo de concentração."

"O quê?"

Lorinda era o oposto dos queixumes matrimoniais de Emma; seu tom foi tão prático quanto se estivesse encomendando ovos.

"É. Tentei de tudo. Fui ver Tasbrough e o tal sujeito da Educação, Peaseley. Sem acordo. Querem que Doremus continue preso. Mas aquele rato, Aras Dilley, é guarda em Trianon agora. Estou molhando a mão dele para ajudar seu pai a fugir. Vamos estar com o homem aqui no Natal, só que um pouco tarde, e levá-lo escondido para o Canadá."

"Ah!", disse Sissy.

Dias depois, lendo um telegrama codificado do New Underground que aparentemente tratava de uma entrega de mobília, Lorinda gritou, "Sissy! Adivinha só a bomba! Em Washington! Lee Sarason depôs Buzz Windrip e usurpou a ditadura!".

"*Ah!*", exclamou Sissy.

# 35

Em seus dois anos de ditadura, Berzelius Windrip dia a dia se tornou cada vez mais avaro com o poder. Continuava dizendo a si mesmo que sua principal ambição era levar saúde, do bolso e da alma, a todos os cidadãos, e que se estava sendo brutal era apenas com os tolos e reacionários que desejavam os velhos sistemas canhestros. Mas após dezoito meses de presidência, ficou furioso que México, Canadá e América do Sul (naturalmente propriedades suas, segundo o destino manifesto) respondessem de maneira curta e grossa a suas notas diplomáticas curtas e grossas e não mostrassem a menor boa vontade em se tornar parte de seu inevitável império.

E dia após dia ele queria ouvir um Sim mais alto e convincente de todo mundo que o cercava. Como poderia prosseguir com seu sofrido trabalho se ninguém jamais o encorajava?, perguntava. Todo mundo, de Sarason ao mensageiro, que não estivesse à disposição do seu ego era suspeito de conspiração. Vivia ampliando sua guarda pessoal e com igual constância desconfiava de todos os guarda-costas e os demitia, e certa ocasião atirou em dois deles, de modo que no mundo todo não tinha amigo algum, salvo o antigo braço direito Lee Sarason e, talvez, Hector Macgoblin, com quem pudesse conversar normalmente.

Sentia-se solitário nos momentos em que queria despir os deveres do despotismo junto com os sapatos e o elegante casaco novo. Não saía mais para socializar. Seu gabinete implorava que deixasse de estrepolias em bares e entretenimentos de lojas maçônicas; não era digno, e era perigoso ficar muito perto de estranhos.

Assim ele jogava pôquer com seus guarda-costas, tarde da noite, e nessas horas bebia demais, e praguejava contra eles e os fuzilava com olhos saltados sempre que perdia, coisa que, com toda boa vontade de seus guardas em deixar que vencesse, tinha de ser frequente, porque apertava horrivelmente seus salários e mandava prender os imprestáveis. Buzz buzinava como um ranzinza o tempo todo e nem se dava conta.

Nesse meio-tempo, amava o Povo tanto quanto temia e detestava as Pessoas, e planejava fazer algo histórico. Sem dúvida! Daria a cada família aqueles cinco mil dólares anuais assim que conseguisse arranjar o dinheiro.

E Lee Sarason, sempre preparando suas cuidadosas listas, tão paciente atrás de sua mesa quanto ávido de prazer no sofá em festas noturnas, convencia os oficiais a considerá-lo seu verdadeiro senhor e o mestre do Corpoísmo. Mantinha as promessas que lhes fazia, ao passo que Windrip sempre esquecia as suas. A porta de sua sala tornou-se a porta da ambição. Em Washington, os repórteres falavam discretamente desse secretário-assistente e daquele general como "os homens de Sarason". Sua panelinha não era um governo dentro do governo; era o próprio governo, tirando os megafones. O secretário de Corporações (um antigo vice-presidente da American Federation of Labor) o visitava em segredo toda noite, para informar sobre políticas trabalhistas e em especial sobre líderes proletários insatisfeitos com Windrip como Chefe — ou seja, com sua parte no espólio. Recebia do secretário do Tesouro (embora esse funcionário, um certo Webster Skittle, não fosse tenente de Sarason, mas meramente um amigo) informes confidenciais sobre os negócios dos grandes empregadores, que, já que sob o Corpoísmo era geralmente possível para um milionário persuadir os juízes nos tribunais do trabalho a ver as coisas de um modo razoável, se regozijavam com o fato de que, com as greves proscritas e os patrões considerados funcionários do governo, estariam doravante assegurados no poder para sempre.

Sarason sabia sobre os modos sigilosos com que esses barões da indústria, sua força renovada, usavam as detenções feitas pelos MM para se livrar dos "encrenqueiros", em particular os radicais judeus — um radical judeu sendo um judeu sem alguém que trabalhasse para ele. (Alguns desses barões inclusive eram judeus; não se espera que a lealdade à raça seja levada ao ponto de enfraquecer o bolso.)

A lealdade de todos os negros suficientemente ajuizados para se contentar com a segurança e um bom salário, em lugar dos ridículos anseios de integridade pessoal, Sarason obteve por meio de fotografias em que apertava a mão do célebre clérigo fundamentalista negro, o reverendo dr. Alexander Nibbs, e por meio dos amplamente divulgados Prêmios Sarason para negros com as maiores famílias, os mais rápidos em esfregar um chão e os que tinham mais tempo de trabalho sem tirar férias.

"Nenhum perigo de nossos bons amigos, os negros, virarem Vermelhos quando são encorajados dessa forma", anunciou Sarason para os jornais.

Foi uma satisfação para Sarason que na Alemanha todas as bandas militares estivessem agora tocando sua canção nacional, "Buzz and Buzz", junto com o hino Horst Wessel, pois, embora não houvesse exatamente escrito a música, tampouco a letra, a composição agora era atribuída a ele, no exterior.

Assim como um funcionário de banco podia, muito racionalmente, se preocupar tanto com o destino de uma centena de milhões de dólares em títulos do banco como com dez centavos de seu próprio dinheiro para almoço, do mesmo modo Buzz Windrip se preocupava igualmente com o bem-estar — ou seja, a obediência a ele — de cento e trinta e tantos milhões de cidadãos americanos e com a questão secundária dos humores de Lee Sarason, cuja aprovação era para ele a única reputação que importa. (Quanto à esposa, Windrip não a via com maior frequência do que uma vez por semana, e de todo modo o que aquela bruaca caipira pensava não tinha importância.)

O diabólico Hector Macgoblin lhe dava medo; estimava suficientemente o secretário de Guerra Luthorne e o vice-presidente Perley Beecroft, mas achava-os maçantes; lembravam-no demasiado sua própria infância na cidade pequena, de que se dispusera a escapar ao assumir as responsabilidades por uma nação. Era do imprevisível Lee Sarason que dependia agora, e o Lee em cuja companhia fora pescar, encher a cara e, certa vez, até, cometer assassinato, que parecia uma versão sua mais segura e articulada, agora tinha pensamentos impossíveis de penetrar. O sorriso de Lee era um véu, não uma revelação.

Foi para disciplinar Lee, com a esperança de trazê-lo de volta, que Buzz, ao substituir o cordial mas desastrado coronel Luthorne como secretário de Guerra pelo coronel Dewey Haik, comissário da Província Nordeste (o comentário característico de Buzz foi de que Luthorne não estava "dando duro"), também cedeu a Haik o posto de grão-marechal dos MM, que Lee mantivera junto com uma dúzia de outras funções. De Lee esperava uma explosão, depois o arrependimento e uma amizade renovada. Mas Lee apenas disse, "Muito bem, se quer assim", e disse com frieza.

Mas *como* podia fazer Lee ser um bom menino e voltar a brincar com ele outra vez?, perguntava-se melancolicamente o homem que de vez em quando planejava ser imperador do mundo.

Presenteou Lee com um televisor de mil dólares. Ainda mais friamente Lee agradeceu, e nunca chegou a mencionar como devia estar recebendo bem as ainda trêmulas transmissões de televisão em seu lindo aparelho novo.

Quando Dewey Haik tomou posse, dobrando a eficiência tanto do Exército regular como dos Minute Men (era um demônio para treinar marchas forçadas durante a noite toda, e os homens não podiam se queixar, pois ele dava o exemplo), Buzz começou a se perguntar se Haik não poderia ser seu novo confidente... Realmente odiaria ter de mandar Lee para a prisão, mas, afinal, Lee não pensava duas vezes antes de magoar seus sentimentos, depois de tudo que fizera pelo homem!

Buzz estava confuso. Ficou ainda mais confuso quando Perley Beecroft entrou e disse sucintamente que estava cheio de tanto derramamento de sangue e que ia voltar para sua fazenda, e quanto ao seu importantíssimo cargo de vice-presidente, Buzz sabia muito bem o que fazer com ele.

Seriam essas vastas desavenças nacionais tão parecidas assim com as brigas na drogaria de seu pai?, lamuriava-se Buzz. Ele não podia sem mais nem menos ter mandado fuzilar Beecroft: isso talvez lhe rendesse críticas. Mas era indecente, era um sacrilégio tirar o imperador do sério, e em sua irritação ordenou que um ex-senador e doze trabalhadores que estavam nos campos de concentração fossem conduzidos perante o pelotão de fuzilamento, sob a acusação de que haviam contado anedotas irreverentes sobre ele.

O secretário de Estado Sarason desejava boa-noite ao presidente Windrip na suíte de hotel onde Windrip de fato morava.

Nenhum jornal ousara mencioná-lo, mas Buzz ficava não só incomodado com a magnificência da Casa Branca como também assustado com a quantidade de Vermelhos, loucos e anti-Corpos que, com a mais louvável paciência e engenhosidade, tentavam entrar de fininho na mansão histórica e assassiná-lo. Buzz apenas deixava a esposa lá, em nome das aparências, e, a não ser nas grandes recepções, nunca adentrava parte alguma da Casa Branca salvo o anexo de escritórios.

Gostava dessa suíte de hotel; era um homem prático, que preferia bourbon puro, bolinhos de bacalhau e fundas poltronas de couro no estilo Borgonha, truta *bleu* e Luís XV. Nesse apartamento de doze quartos, ocupando todo o décimo andar de um pequeno hotel de pouca fama, tinha para si apenas um dormitório simples, uma imensa sala de estar que parecia uma combinação de escritório e saguão de hotel, um grande armário de bebidas, outro armário com trinta e sete conjuntos de ternos e um banheiro com jarras e mais jarras dos sais de banho aromatizados de pinho que eram seu único luxo cosmético. Buzz podia chegar em casa num terno deslumbrante como uma manta de cavalo, que seria considerado em Alfafa Center um triunfo da alfaiataria londrina, mas, uma vez em segurança, gostava de calçar suas pantufas de marroquim vermelho afundadas no calcanhar e exibir seus suspensórios vermelhos e sua braçadeira de camisa azul-bebê. Para se sentir correto nesses adereços, preferia a atmosfera do hotel que, por tantos anos antes de ter visto a Casa Branca, lhe fora tão familiar quanto seus celeiros de milho e suas Main Streets ancestrais.

Os outros dez cômodos da suíte, separando por completo seus aposentos dos corredores e elevadores, ficavam cheios de guardas dia e noite. Aproximar-se de Buzz nesse seu lugar de intimidade era muito parecido com visitar uma central de polícia para ver um prisioneiro de homicídio.

\* \* \*

"Haik parece estar fazendo um bom trabalho no Departamento de Guerra, Lee", disse o presidente. "Claro, você sabe, se algum dia espera conseguir de volta o posto de grão-marechal ——"

"Estou bem satisfeito", disse o grande secretário de Estado.

"O que acha de trazermos o coronel Luthorne de volta para ajudar Haik? Ele é muito bom em ludibriar os destacamentos."

Sarason pareceu quase tão constrangido quanto o presunçoso Lee Sarason podia parecer.

"Ora, hum — pensei que soubesse. Luthorne foi liquidado no expurgo, dez dias atrás."

"Deus do Céu! Luthorne assassinado? Por que não fiquei sabendo disso?"

"Achamos melhor manter na surdina. Ele era um sujeito muito popular. Mas perigoso. Sempre falando em Abraham Lincoln!"

"Quer dizer que nunca fico sabendo coisa alguma sobre o que está acontecendo! Diacho, até as notícias de jornal são selecionadas antes de serem trazidas para mim!"

"Achamos melhor não o incomodar com detalhes sem importância, patrão. Sabe disso! Claro, se acredita que não organizei direito seu Estado-Maior ——"

"Calma lá, não precisa ficar nervoso, Lee! Só quis dizer —— Claro que eu sei do duro que você tem dado para me proteger, assim posso ficar com a cabeça voltada para os problemas de Estado. Mas Luthorne —— Eu meio que gostava do homem. Ele sempre dizia coisas engraçadas na mesa do pôquer." Buzz Windrip se sentia solitário, como outrora um certo Shad Ledue se sentira, numa suíte de hotel que diferia da de Buzz apenas por ser menor. Para esquecer disso exclamou, muito animado, "Lee, de vez em quando você se pergunta o que vai acontecer no futuro?".

"Bem, acho que já falamos a respeito."

"Mas, por Deus, pense só no que pode acontecer no futuro, Lee! Pense só nisso! Puxa, talvez a gente consiga até criar um reino norte-americano!" Buzz falava isso meio que a sério — ou talvez um quarto a sério. "Que tal ser o duque da Geórgia — ou grão-duque, ou sei lá como chamam um *Grand Exalted Ruler* dos Elks nesses troços nobiliárquicos? E então que tal um Império da América do Norte e do Sul depois disso? Posso fazer de você um rei, abaixo de mim — digamos, algo como o rei do México. O que ia achar disso, hein?"

"Muito divertido", disse Lee mecanicamente — tão mecanicamente quanto sempre dizia essas mesmas palavras toda vez que Buzz repetia o mesmo disparate.

"Mas precisa ficar ao meu lado e não esquecer tudo que tenho feito por você, Lee, não se esqueça disso."

"Nunca esqueço nada!... A propósito, precisamos liquidar, ou pelo menos prender, Perley Beecroft também. Ele ainda é tecnicamente o vice-presidente dos Estados Unidos, e se o traidor imundo tramar alguma falcatrua para assassinar ou depor você, pode ser visto por alguns literalistas de ideias estreitas como o presidente!"

"Não, não, não! Ele é meu amigo, não importa o que o homem diga sobre mim... o safado!", lamuriou-se Buzz.

"Tudo bem. Você manda. Noite", disse Lee, e deixou esse paraíso que era o sonho de um encanador\* para voltar a seu solar rural decorado em ouro e preto e sedas damasco em Georgetown, que compartilhava com diversos oficiais MM jovens e formosos. Soldados ferozes, porém chegados a música e poesia. Com eles, não era minimamente desapaixonado, como parecia ser agora com Buzz Windrip. Ora ficava furioso com seus jovens companheiros, e então os açoitava, ora se entregava a um paroxismo de desculpas, e lambia suas feridas. Jornalistas que outrora tinham sido seus amigos diziam que trocara a viseira verde por uma grinalda de violetas.

Em uma reunião de gabinete no fim de 1938, o secretário de Estado Sarason revelou aos líderes do governo notícias perturbadoras. O vice-presidente Beecroft — acaso ele não avisara que o sujeito devia ter sido fuzilado? — fugira para o Canadá, abjurara o Corpoísmo e se unira à conspiração de Walt Trowbridge. Já subiam borbulhas de uma rebelião em ebulição no Meio-Oeste e no Noroeste, especialmente

---

\* Sujeito disfarçado, incumbido de deter vazamento de informações. (N. T.)

em Minnesota e nas duas Dakota, onde os agitadores, alguns deles de influência política no passado, exigiam que seus estados se separassem da União Corpo e formassem uma commonwealth cooperativa (na verdade, quase socialista) própria.

"Diabos! Não passam de um bando de gargantas irresponsáveis!", escarneceu o presidente Windrip. "Por Deus! Eu pensava que você fosse o olho de águia que nos mantinha a par de tudo, Lee! Está esquecendo que fiz pessoalmente um discurso especial no rádio para essa região do país na semana passada? E a reação foi maravilhosa. Os cidadãos do Meio-Oeste são absolutamente leais a mim. Apreciam o que estou tentando fazer!"

Sem nem sequer se dignar a responder, Sarason exigiu que, a fim de unir todos os elementos nacionais por intermédio desse útil Patriotismo que sempre surge perante a ameaça de uma agressão do estrangeiro, o governo orquestrasse imediatamente alguns insultos e ameaças contra o país numa bem planejada série de deploráveis "incidentes" na fronteira mexicana, e declarasse guerra contra o México assim que a América mostrasse que estava ficando furiosa e patriótica o bastante.

O secretário do Tesouro Skittle e o procurador-geral Porkwood fizeram que não com a cabeça, mas o secretário de Guerra Haik e o secretário de Educação Macgoblin concordaram com Sarason em gênero, número e grau. No passado, observou o erudito Macgoblin, os governos costumavam simplesmente se deixar arrastar para uma guerra, agradecendo à Providência por ter fornecido um conflito como solução contra o descontentamento interno, mas é claro que, nessa era de propaganda deliberada e planejada, um governo efetivamente moderno como o deles tinha de pensar que tipo de guerra deveriam vender, e planejar a campanha de vendas conscientemente. Mas, de sua parte, estava disposto a deixar o projeto todo para o gênio da publicidade, o Irmão Sarason.

"Não, não, não!", protestou Windrip. "Não estamos preparados para uma guerra! Claro que um dia dominaremos o México. É nosso destino dominar e cristianizar o país. Mas tenho medo de que esse seu bendito esquema saia pela culatra. Você põe armas nas mãos de um monte de irresponsáveis, e eles podem usá-las, podem se voltar contra você, começar uma revolução e derrubar toda a droga da nossa turma! Não, não! Tenho pensado muito se todo esse negócio dos Minute Men, com suas armas e treinamento, não teria sido um erro. Foi ideia sua, Lee, não minha!"

Sarason falou sem se alterar: "Meu caro Buzz, um dia você me agradece por iniciar essa 'grande cruzada de cidadãos-soldados defendendo seus lares' — como adora proclamar pelo rádio — e no dia seguinte quase borra a roupa, de tanto medo que tem deles. Decida-se por uma coisa ou outra!".

Sarason deixou a sala, sem se curvar.

Windrip se queixou, "Não vou aturar Lee falando comigo desse jeito! Ora, esse duas caras imundo, eu inventei o sujeito! Um dia desses vai encontrar outro secretário de Estado circulando por aqui! Pelo visto pensa que empregos como o dele dão em árvore! Talvez queira ser presidente de banco ou algo assim — quer dizer, pelo jeito ele quer ser o Imperador da Inglaterra!".

O presidente Windrip, em seu quarto de hotel, foi despertado tarde da noite pela voz de um guarda do lado de fora de seu quarto: "Ah, claro, deixa ele passar — é o secretário de Estado". Nervoso, o presidente acendeu o abajur sobre o criado-mudo... Precisara dele ultimamente, para pegar no sono com alguma leitura.

No clarão limitado ele viu Lee Sarason, Dewey Haik e o dr. Hector Macgoblin se aproximarem da cama. O rosto anguloso de Lee estava branco como farinha de trigo. Os olhos encovados pareciam de um sonâmbulo. Sua esquelética mão direita segurava uma faca Bowie que, ao ser erguida de forma deliberada, sumiu na escuridão. Windrip pensou num átimo: Certamente deve ser difícil saber onde comprar uma adaga em Washington; e Windrip pensou: Isso tudo é uma grande idiotice dos diabos — como num filme ou num daqueles velhos livros de história dos tempos de criança; e Windrip pensou, tudo num mesmo lampejo: Meu Deus, vou ser assassinado!

Ele gritou: "Lee! Não pode fazer *isso* comigo!".

Lee grunhiu, como alguém que acabasse de sentir um mau cheiro.

Então o Berzelius Windrip que podia, por incrível que pareça, se tornar presidente despertou de fato: "Lee! Lembra-se daquela vez em que sua velha mãe estava tão doente, e eu lhe dei meu último vintém e emprestei meu carro para você visitá-la, e fui de carona para minha reunião depois? Lee!".

"Droga. Acho que sim. General."

"Pois não?", respondeu Dewey Haik, com cara de poucos amigos.

"Acho que vamos mandá-lo para um destróier ou algo assim e deixar que se escafeda para a França ou a Inglaterra... O covarde miserável parece ter medo de morrer... Claro que vamos matá-lo se algum dia ousar voltar para os Estados Unidos. Leve-o daqui e ligue para o secretário da Marinha para pedir um barco e levá-lo embora, por favor."

"Muito bem, senhor", disse Haik, com cara de ainda menos amigos.

Tinha sido fácil. As tropas, que obedeciam a Haik como secretário de Guerra, haviam ocupado toda Washington.

Dez dias depois Buzz Windrip desembarcara no Havre e seguira anelante até Paris. Era a primeira vez que pisava na Europa, a não ser por uma rápida viagem turística de vinte e um dias. Ficou profundamente saudoso de cigarros Chesterfield, panquecas, seus quadrinhos Moon Mullins e do som de um ser humano de verdade dizendo "*Yuh, what's bitin' you?*", em vez do perpétuo e meloso "*oui?*".

Ficou em Paris, embora se tornasse o típico herói menor de uma tragédia, como o ex-rei da Grécia, Kerenski, os grão-duques russos, Jimmy Walker e alguns ex-presidentes da América do Sul e Cuba, que se contentavam em aceitar convites para frequentar salas de visitas onde o champanhe fosse razoável e o sujeito tivesse oportunidade de vez em quando de encontrar pessoas dispostas a escutar uma boa história e dizer "senhor".

Buzz no entanto ria dessas coisas, havia de certa forma levado a melhor sobre esses escroques, pois durante seus dois doces anos de despotismo mandara quatro milhões de dólares para o exterior, depositados em contas secretas, seguras. E desse modo Buzz Windrip entrou para os hesitantes parágrafos das reminiscências de ex-diplomatas de monóculos. Do que restava da vida do ex-presidente Windrip, tudo era *ex*. Fora de tal modo esquecido que apenas quatro ou cinco estudantes americanos tentaram atirar nele.

\* \* \*

Quanto mais melifluamente haviam outrora aconselhado e bajulado Buzz, mais ardorosamente seus antigos sequazes, Macgoblin, o senador Porkwood e o dr. Almeric Trout e os demais, juravam estridente lealdade ao novo presidente, o il.ᵐᵒ Lee Sarason.

Numa proclamação, afirmara ter descoberto que Windrip andara desviando o dinheiro público e conspirando com o México para evitar a guerra com esse país criminoso, e que ele, Sarason, com pesar e relutância terríveis, uma vez que mais do que qualquer um fora enganado pelo suposto amigo Windrip, cedera à urgência do gabinete e assumira a Presidência, no lugar do vice-presidente Beecroft, o traidor exilado.

O presidente Sarason imediatamente começou por nomear os mais extravagantes dentre seus jovens amigos fardados para os cargos de maior responsabilidade no Estado e no Exército. Achava graça, aparentemente, em chocar as pessoas indicando um rapazola de bochechas rosadas e olhos úmidos de vinte e cinco anos para comissário do Distrito Federal, que incluía Washington e Maryland. Ele não era supremo, não era semidivino, como um imperador romano? Não podia desafiar toda a impura gentalha que ele (outrora um socialista), por sua débil indolência, passara a desprezar?

"Quem dera o povo americano tivesse um pescoço só!", disse em alusão a Calígula, entre risadas de seus rapazes.

Na decorosa Casa Branca de Coolidge, Harrison e Rutherford Birchard Hayes, promovia orgias (velho nome para "festas") com braços e pernas entrelaçados, e grinaldas, e vinho servido em imitações assaz razoáveis de copos romanos.

Era difícil para prisioneiros como Doremus Jessup acreditar, mas havia dezenas de milhares de Corpos entre os MM, os serviços públicos, o Exército, e simplesmente os cidadãos privados, para quem o leviano regime de Sarason foi trágico.

Eram os Idealistas do Corpoísmo, e havia uma profusão deles, além dos valentões e trapaceiros; eram os homens e mulheres que, em 1935 e 1936, haviam se voltado a Windrip & Cia., não como perfeitos, mas como os mais prováveis salvadores do país contra, por um lado, a dominação de Moscou e, por outro, a apatia desleixada, a falta de orgulho decente de metade da juventude americana, cujo mundo (asseveravam esses idealistas) era composto de um desprezo indolente pelo trabalho e da recusa em aprender a fundo o que quer que fosse, da ruidosa música para dançar no rádio, dos automóveis maníacos, da sexualidade pegajosa, do humor e da arte das tiras em quadrinhos — de uma psicologia escrava que estava tornando a América numa terra a ser pilhada por homens mais rijos.

O general Emmanuel Coon era um desses Idealistas Corpo.

Tais homens não consentiam com os assassinatos cometidos sob o regime Corpo. Mas insistiam, "Isto é uma revolução e, afinal de contas, quando em toda a história houve uma revolução com tão pouco derramamento de sangue?".

Empolgavam-se com o fausto do Corpoísmo: as manifestações gigantescas, a pomposa magnificência das bandeiras em vermelho e preto, como nuvens de tempestade. Orgulhavam-se das novas estradas, hospitais, estações de televisão, linhas aéreas Corpo; comoviam-se com os desfiles da Juventude Corpo, cujos rostos eram exaltados orgulhosamente nos mitos do heroísmo Corpo, da imaculada força espartana e da semidivindade do Pai protetor, o Presidente Windrip. Acreditavam, obrigavam-se a acreditar, que em Windrip haviam renascido as virtudes de Andy Jackson, Farragut, Jeb Stuart, em lugar da vulgaridade plebeia dos atletas profissionais que foram os únicos heróis de 1935.

Planejavam, esses idealistas, corrigir, tão logo possível, os erros de brutalidade e desonestidade entre os funcionários públicos. Presenciaram o surgimento de uma arte Corpo, um saber Corpo, profundo e real, despido do tradicional esnobismo das universidades de antigamente, valoroso por seus jovens, e ainda mais belo na medida em que era "útil". Estavam convencidos de que o Corpoísmo era um Comunismo expurgado da dominação estrangeira, da violência e indignidade da ditadura plebeia; o Monarquismo com um herói escolhido pelo povo para seu monarca; o Fascismo sem líderes cobiçosos e egoístas; a liberdade com ordem e disciplina; a América Tradicional sem seu desperdício e insolência provinciana.

Como todos os fanáticos religiosos, tinham uma abençoada capacidade para a cegueira, e não demoraram a se convencer de que (uma vez que os únicos jornais que um dia leram nada dizia a respeito) não havia mais a sanguinolenta crueldade dos tribunais e campos de concentração; nenhuma restrição à liberdade de expressão e de pensamento. Acreditavam que nunca criticavam o regime Corpo não porque fossem censurados, mas porque "esse tipo de coisa era, como a obscenidade, horrivelmente deselegante".

E esses idealistas ficaram tão chocados e desnorteados com o golpe de Estado de Sarason contra Windrip quanto o próprio sr. Berzelius Windrip.

O austero secretário de Guerra, Haik, admoestou o presidente Sarason por sua influência sobre a nação, particularmente sobre as tropas. Lee riu dele, mas certa vez ficou suficientemente lisonjeado pelo tributo de Haik a sua capacidade poética para lhe escrever um poema. O poema foi mais tarde entoado por milhões; foi, com efeito, a balada mais popular da soldadesca, brotando automaticamente da boca de bardos anônimos no meio dos soldados, durante a guerra entre os Estados Unidos e o México. Apenas que, sendo um adepto da Publicidade Moderna tão devoto quanto o próprio Sarason, o eficiente Haik queria encorajar a geração espontânea dessas patrióticas baladas populares fornecendo a motivação automática e o bardo anônimo. Ele era dotado de tanta antevisão, tanta "engenharia profética" quanto um fabricante de automóveis.

Sarason estava tão ansioso pela guerra contra o México (ou Etiópia, Sião, Groenlândia ou qualquer outro país que provesse a seus jovens pintores de estimação uma oportunidade para retratar Sarason em poses heroicas entre uma vegetação curiosa) quanto Haik; não só para fornecer aos descontentes algo fora do país contra o qual se aborrecer, mas também para proporcionar a si mesmo uma chance de ser pitoresco. Atendeu ao pedido de Haik compondo um gaiato coro militar num momento em que o país continuava, teoricamente, nos mais perfeitos bons termos com o México. Era cantado à melodia de "Mademoiselle from Armentières" — ou "Armenteers". Se o espanhol da letra era um pouco questionável, mesmo assim milhões mais tarde viriam a compreender que "Habla oo?" queria dizer "Habla usted?", significando "Parlez-vous?". Era assim, conforme saiu da máquina de escrever roxa, mas fumegante de Sarason:

> *Señorita from Guadalupe,*
>   *Qui usted?*
> *Señorita go roll your hoop,*
>   *Or come to bed!*
> *Señorita from Guadalupe*
> *If Padre sees us we're in the soup,*
>   *Hinky, dinky, habla oo?*
>
> *Señorita from Monterey,*
>   *Savvy Yank?*
> *Señorita what's that you say?*
>   *You're Swede, Ay tank!*
> *But Señorita from Monterey,*
> *You won't hablar when we hit the hay,*
>   *Hinky, dinky, habla oo?*
>
> *Señorita from Mazatlan,*
>   *Once we've met,*
> *You'll smile all over your khaki pan,*
>   *You won't forget!*
> *For days you'll holler, "Oh, what a man!"*
>
> *And you'll never marry a Mexican.*
>   *Hinky, dinky, habla oo?*\*

---

\* "Senhorita de Guadalupe/ Quem é você?/ Senhorita, vá rolar seu aro/ Ou venha para a cama! Senhorita de Guadalupe/ Se o Padre nos vê, estamos encrencados [...]/ Senhorita de Monterey/ Sabe falar ianque?/ Senhorita, o que foi que disse?/ Você é sueca, Ai, grato!/ Mas senhorita de Monterey,/ Não vai falar quando a gente for para a cama [...]/ Senhorita de Mazatlan,/ Assim que nos conhecermos,/ Você vai abrir um grande sorriso em seu rosto moreno,/ Não vai esquecer!/ Por muitos dias vai gritar, 'Ah, que homem!'/ E nunca vai se casar com um mexicano. [...]". (N. T.)

Se às vezes o presidente Sarason parecia leviano, não foi de modo algum assim durante o preparativo científico para a guerra que consistia em ensaiar os coros MM a entoar sua cançoneta com bem treinada espontaneidade.

Seu amigo Hector Macgoblin, atual secretário de Estado, afirmou a Sarason que esse coro viril era uma de suas maiores criações. Macgoblin, embora pessoalmente não participasse das um tanto incomuns diversões noturnas de Sarason, achava graça nelas, e muitas vezes dizia a Sarason que ele era o único gênio criativo original entre todo aquele bando de múmias empavonadas, incluindo Haik.

"É bom ficar de olho naquele sem-vergonha do Haik, Lee", disse Macgoblin. "Ele é ambicioso, é um gorila, e um puritano piedoso, e essa é uma combinação tripla que me dá medo. As tropas gostam dele."

"Droga! Ele não exerce encanto nenhum para os rapazes. Não passa de um contadorzinho militar cuidadoso", disse Sarason.

Nessa noite, ele deu uma festa em que, como novidade, um tanto chocante para os íntimos, contou na verdade com a presença de garotas, realizando certas danças curiosas. Na manhã seguinte, Haik o repreendeu e — Sarason estava de ressaca — foi coberto de impropérios. Nessa noite, apenas um mês após Sarason ter usurpado a Presidência, Haik partiu para o ataque.

Não houve nenhum melodramático braço erguido com adaga, nessa ocasião — embora Haik de fato tenha aparecido tarde, pois todos os fascistas, como todos os bêbados, parecem funcionar com mais energia à noite. Haik marchou pela Casa Branca com sua tropa de assalto, encontrou o presidente Sarason vestindo um pijama de seda violeta, entre seus amigos, atirou em Sarason e na maioria de seus companheiros e se proclamou presidente.

Hector Macgoblin fugiu de avião para Cuba, depois seguiu em frente. Quando foi visto pela última vez estava vivendo no alto das montanhas no Haiti, usando apenas camiseta regata, calça branca suja, chinelo com a palmilha de capim e uma comprida barba acobreada; muito saudável e feliz, habitando uma choupana de um cômodo só com uma nativa adorável, praticando medicina moderna e estudando vodu antigo.

* * *

Quando Dewey Haik se tornou presidente, a América realmente começou a sofrer um pouco, e a sonhar com os bons e velhos dias democráticos e liberais de Windrip.

Windrip e Sarason não se importavam com alegria e dança nas ruas, contanto que devidamente tributadas. Haik por princípio repudiava tais coisas. Exceto, talvez, por ser ateu em teologia, era um cristão ortodoxo rígido. Foi o primeiro a dizer ao povão que não receberiam cinco mil dólares por ano, mas, em vez disso, "colheriam os frutos da Disciplina e do Estado Totalitário Científico não em meros números de papel, mas em vastos dividendos de Orgulho, Patriotismo e Poder". Enxotou do Exército todos os oficiais que não conseguiam suportar uma marcha passando sede; e do setor civil todos os comissários — incluindo um certo Francis Tasbrough — que juntaram uma fortuna de maneira demasiado fácil e óbvia.

Tratava a nação inteira como uma fazenda colonial bem administrada, em que os escravos eram mais bem nutridos do que antes, menos castigados por seus capatazes e mantidos tão ocupados que tinham tempo apenas para trabalhar e dormir, e desse modo raramente se entregavam aos debilitantes vícios de rir, cantar (exceto canções de guerra contra o México), se queixar ou pensar. Com Haik, houve menos açoitamentos nos postos MM e campos de concentração, pois sob seu governo os oficiais não deviam perder tempo no esporte de surrar pessoas, homens, mulheres ou crianças que afirmassem não gostar de ser escravos mesmo na melhor fazenda existente, mas simplesmente fuzilá-los sem pensar duas vezes.

Haik fez um uso do clero — protestante, católico, judeu e agnóstico-liberal — que Windrip e Sarason nunca haviam feito. Se por um lado havia uma abundância de ministros que, como o sr. Falck e o padre Stephen Perefixe, como o cardeal Faulhaber e o pastor Niemoeller, na Alemanha, consideravam parte do dever cristão se ressentir da escravização e tortura de seus respectivos rebanhos, havia também uma abundância de celebridades reverendas, em particular pastores da cidade grande cujos sermões eram publicados nos jornais toda segunda de manhã, para quem o Corpoísmo significara uma chance de serem estridente e lucrativamente patrióticos. Esses eram, no íntimo, os capelães militares, que, se não havia uma guerra em que pudessem humildemente ajudar a purificar e confortar os pobres e bravos rapazes que estavam combatendo, ficavam felizes em prover tal guerra.

Esses pastores mais práticos, uma vez que como médicos e advogados eram capazes de roubar segredos íntimos, tornaram-se espiões valiosos durante os difíceis meses após fevereiro de 1939, quando Haik preparava a guerra contra o México. (Canadá? Japão? Rússia? Esses viriam mais tarde.) Pois mesmo com um exército de escravos, era necessário persuadi-los de que eram homens livres e combatiam pelo princípio da liberdade, ou caso contrário os patifes poderiam cruzar a fronteira e juntar-se ao inimigo!

Assim reinou o bom rei Haik, e se havia alguém em todo o país que estivesse descontente, você nunca o escutava falar — não duas vezes.

E na Casa Branca, onde sob o reinado Sarason jovens desavergonhadas haviam dançado, sob o novo reino dos justos e do porrete, a sra. Haik, com seus óculos e seu sorriso de resoluta cordialidade, deu para a WCTU, a ACM e a Liga das Senhoras contra o Radicalismo Vermelho, e seus inerentemente secundários maridos, uma versão em Washington ampliada e colorida à mão das mesmíssimas festas que outrora dera no bangalô dos Haik em Eglantine, Oregon.

# 36

A proibição da informação no campo de Trianon fora suspensa; a sra. Candy aparecera para visitar Doremus — bolo de coco e tudo — e ele ficara sabendo da morte de Mary, da partida de Emma e Sissy, do fim de Windrip e Sarason. E nada disso pareceu minimamente real — nem de longe real e, a não ser pelo fato de que nunca mais voltaria a ver Mary, nem de longe tão importante como a quantidade cada vez maior de piolhos e ratos em sua cela.

Durante a proibição, haviam celebrado o Natal rindo, não muito alegremente, da árvore de Natal que Karl Pascal fizera com um galho de abeto e papel-alumínio dos maços de cigarro. Haviam cantarolado "Stille Nacht" baixinho no escuro, e Doremus pensara em todos os seus camaradas nas prisões políticas de Estados Unidos, Europa, Japão, Índia.

Mas Karl, pelo jeito, pensava nos camaradas apenas se fossem comunistas salvos, batizados. E forçados a ficar juntos, por estarem numa cela, a crescente amargura e a piedade ortodoxa de Karl tornaram-se uma das aflições mais odiosas de Doremus; uma tragédia cuja culpa recaía sobre os Corpos, ou sobre o princípio da ditadura de modo geral, tão bárbara quanto as mortes de Mary, Dan Wilgus, Henry Veeder. Sob perseguição, Karl não perdeu uma onça de sua coragem e sua engenhosidade em ludibriar os guardas mm, mas dia após dia perdia um pouco mais o seu humor, sua paciência, sua tolerância, seu companheirismo fácil e tudo mais que tornava a vida suportável para homens espremidos numa cela. O comunismo que sempre fora sua Cabeça do Rei Carlos, sua obsessão, às vezes de forma divertida, tornou-se uma intolerância religiosa tão detestável para Doremus quanto as antigas intolerâncias da Inquisição ou dos protestantes fundamentalistas; essa atitude de trucidar para salvar a alma dos homens da qual a família Jessup escapara ao longo das três últimas gerações.

Não havia escapatória do fanatismo cada vez maior de Karl. Ele tagarelava sobre isso à noite por uma hora depois de todos os outros cinco terem resmungado, "Ah, cala a boca! Quero dormir! Vou virar Corpo por sua causa!".

Às vezes, em seu proselitismo, obtinha uma conquista. Depois de os companheiros de cela terem se cansado de praguejar contra os guardas do campo, Karl os repreendia: "Vocês são um bando simplório demais quando explicam tudo dizendo que os Corpos, sobretudo os MM, são todos uns demônios. Muitos são. Mas nem mesmo o pior deles, nem o matador profissional nas fileiras MM, extrai tanta satisfação em castigar a nós, heréticos, quanto os Corpos honestos, estúpidos, que foram iludidos por seus líderes papagueando com estridência sobre Liberdade, Ordem, Segurança, Disciplina, Força! Todas essas palavras papa-fina que mesmo antes de Windrip subir ao poder os especuladores começaram a usar para proteger seus lucros! Sobretudo o modo como usavam a palavra 'Liberdade'! Liberdade para roubar fraldas de bebês! Estou dizendo a vocês, um homem honesto fica doente quando escuta a palavra 'Liberdade' hoje, depois do que os Republicanos fizeram com ela! E estou lhes dizendo que um monte de guardas MM bem aqui em Trianon são tão desafortunados quanto nós — um monte deles não passam de pobres-diabos que não conseguiram um trabalho decente, voltando à Idade de Ouro de Frank Roosevelt — contadores que tiveram de cavar valas, vendedores de carros que não conseguiam fechar negócios e se entregaram à amargura, ex-tenentes da Grande Guerra que ao regressar descobriram que seus trabalhos lhes foram tomados, todos seguiram Windrip, muito honestamente, porque pensaram, os crédulos, que quando dizia Segurança ele queria dizer *Segurança*! Eles vão aprender!".

E tendo discursado admiravelmente por mais uma hora sobre os riscos do farisaísmo entre os Corpos, o Camarada Pascal mudava de assunto e passava a discursar sobre a glória do farisaísmo entre os Comunistas — particularmente, sobre aqueles exemplos santificados do Comunismo que viviam em júbilo na Cidade Santa de Moscou, onde, julgava Doremus, as ruas eram pavimentadas com rublos indepreciáveis.

A Cidade Santa de Moscou! Karl a enxergava exatamente com a mesma adoração acrítica e ligeiramente histérica que outros sectários em suas épocas haviam devotado a Jerusalém, Meca, Roma, Canterbury e Benares. Certo, tudo bem, pensou Doremus. Eles que venerem suas fontes sagradas — era um jogo para retardados mentais tão bom quanto qualquer outro. Apenas, por que então deviam objetar a que considerasse Fort Beulah, Nova York ou Oklahoma City igualmente sagradas?

Karl certa vez lançou-se numa discussão porque Doremus questionou se os depósitos de ferro da Rússia eram tudo que prometiam. Mas certamente! A Rússia, sendo a Santa Rússia, deve, como uma parte útil de sua santidade, ter ferro suficiente, e Karl não precisava de relatórios de mineralogistas, mas apenas do venturoso olho da fé para saber disso.

Ele não se importava com a adoração de Karl pela Santa Rússia. Mas Karl sim, usando a palavra "ingênuo", que é a palavra predileta e muito possivelmente a única conhecida dos jornalistas comunistas, dita num sentido derrisório quando Doremus tinha uma ideia moderada de venerar a Santa América. Karl falava com frequência de fotografias no *News* de Moscou de garotas seminuas em praias russas como prova do triunfo e da alegria dos trabalhadores sob o bolchevismo, mas via precisamente o mesmo tipo de fotografias de garotas seminuas nas praias de Long Island como prova da degeneração dos trabalhadores sob o capitalismo.

Como jornalista, Doremus lembrou que os únicos repórteres que deturpavam e escondiam fatos mais escrupulosamente do que os capitalistas eram os comunistas.

Ele receava que a luta mundial do momento não fosse do comunismo contra o fascismo, mas da tolerância contra a intolerância, que era pregada igualmente pelo comunismo e pelo fascismo. Mas percebia também que na América a luta era obscurecida pelo fato de que os piores fascistas eram os que renegavam a palavra "fascismo" e pregavam a escravização ao capitalismo no estilo da Liberdade Nativa Americana Constitucional e Tradicional. Pois eram ladrões não só de salários, mas também da honra. Para o propósito deles podiam citar não só as Escrituras como também Jefferson.

Que Karl Pascal estivesse se transformando num fanático, como a maioria de seus chefes no Partido Comunista, era doloroso para

Doremus, pois outrora ele simploriamente havia esperado que na força de massa do comunismo pudesse haver uma fuga da ditadura cínica. Mas via agora que devia continuar sozinho, um "Liberal", escarnecido por todos os profetas mais barulhentos por se recusar a ser um gato submisso para os macacos atarefados de ambos os lados. Mas na pior das hipóteses, os Liberais, o Tolerante, podem a longo prazo preservar algumas artes da civilização, independentemente de qual tipo de tirania deva finalmente dominar o mundo.

"Cada vez mais, conforme penso na história", refletiu, "fico convencido de que tudo que vale a pena no mundo foi conquistado pelo espírito livre, inquisitivo, crítico, e que a preservação desse espírito é mais importante do que qualquer sistema social, seja ele qual for. Mas os homens de ritual e os homens de barbárie são capazes de calar os homens de ciência e silenciá-los para sempre."


Sim, essa era a pior coisa que os inimigos da honra, os industrialistas corsários e depois seus sucessores apropriados, os Corpos, com seus porretes, haviam feito: transformado os corajosos, os generosos, os apaixonados e semiletrados Karl Pascals da vida em fanáticos perigosos. E como se saíram bem! Doremus estava desconfortável com Karl; sentia que seu próximo período na cadeia podia ter como carcereiro ninguém menos que o próprio Karl, conforme se lembrava como os bolcheviques, uma vez no poder, haviam em sua soberba aprisionado e perseguido aquelas grandes mulheres, Spiridinova, Breshkovskaya e Ismailovitch, que, por suas conspirações contra o tsar, sua prontidão em suportar a tortura da Sibéria em prol da "liberdade para as massas", em grande parte incitaram a revolução pela qual os bolcheviques puderam assumir o controle — e não apenas mais uma vez proibir a liberdade às massas, mas dessa vez informá-las que, de um modo ou de outro, a liberdade não passava de uma tola superstição burguesa.

Então Doremus, dormindo menos de um metro acima de seu velho amigo, sentia-se numa cela dentro de uma cela. Henry Veeder, Clarence Little, Victor Loveland e o sr. Falck já não existiam mais, e com Julian, trancafiado na solitária, não conseguia falar sequer uma vez por mês.

Sonhava em fugir com um desejo que beirava a insanidade; acordado e dormindo, era sua obsessão; e achou que seu coração havia parado ao escutar o líder de esquadrão Aras Dilley murmurar, quando ele esfregava o chão de um banheiro, "Diga lá! Escuta, s'or Jessup! A s'orita Pike está cuidando dos arranjos e vou ajudar o s'or a fugir assim que estiver tudo certo!".

O problema eram os guardas vigiando fora do pátio. Como varredor, Doremus era razoavelmente livre para deixar sua cela, e Aras afrouxara as tábuas e o arame farpado no fim de uma das aleias que saíam do pátio, passando entre dois prédios. Mas uma vez lá fora provavelmente seria morto por alguma sentinela.

Aras observou durante uma semana. Sabia que um dos guardas no turno da noite costumava ficar de fogo, o que era perdoado devido a sua proficiência em açoitar os criadores de caso, embora visto pelos mais judiciosos como deveras lamentável. E nessa semana Aras alimentou o hábito do guarda às expensas de Lorinda, e na verdade dedicou-se com tal afinco a seu dever que ele próprio teve de ser por duas vezes carregado para a cama. Isso despertou o interesse de Snake Tizra — mas Snake também, após os dois primeiros copos, gostava de ser democrático com seus homens e cantar "The Old Spinning Wheel".

Aras confidenciou a Doremus: "A s'orita Pike — ela não teve coragem de lhe mandar um bilhete, por medo de alguém encontrar, mas mandou eu dizer pro s'or não contar pra ninguém que o s'or vai s'escafeder daqui, ou alguém pode ficar sabendo".

Assim, à noite, quando Aras gesticulou com a cabeça para ele do corredor, depois resmungou, fingindo mau humor, "Oia você aqui, Jessup — cê deixou uma latrina toda suja!", Doremus olhou mansamente para a cela que fora seu lar, estúdio e tabernáculo por seis meses, relanceou Karl Pascal lendo em seu beliche — balançando vagarosamente um pé na meia furada nos dedos —, depois Truman Webb, cerzindo os fundilhos de sua calça, observou a fumaça cinza em camadas diáfanas e inclinadas em torno da pequena lâmpada elétrica no teto, e silenciosamente saiu para o corredor.

A noite de fins de janeiro estava enevoada.

Aras lhe entregou um surrado sobretudo MM, murmurando, "Terceira aleia à direita; furgão de mudança na esquina, perto da igreja", e se foi.

De gatinhas, Doremus rastejou rapidamente sob o arame farpado frouxo no fim da pequena aleia e saiu despreocupadamente pela rua. O único guarda à vista estava longe, e com um andar cambaleante. A uma quadra dali, havia um furgão de mudança erguido no macaco, enquanto o motorista e seu ajudante se preparavam para trocar um dos tremendos pneus. À luz do poste da esquina, Doremus viu que o motorista era o mesmo sujeito de expressão empedernida que transportava os pacotes de panfletos por longas distâncias para o New Underground.

O motorista grunhiu, "Entra — rápido!". Doremus se agachou entre uma escrivaninha e uma poltrona estofada ali dentro.

Na mesma hora sentiu a carroceria inclinada do furgão baixar, conforme o motorista descia o macaco, e do banco escutou, "Tudo certo! Vamos indo. Chega aqui perto de mim e escuta, sr. Jessup... Consegue me escutar?... Os MM não se dão muito ao trabalho de evitar a fuga de cavalheiros e sujeitos respeitáveis como o senhor. Acreditam que a maioria está assustada demais pra tentar qualquer coisa quando está longe dos seus escritórios, varandas e sedãs. Mas acho que talvez não seja o seu caso, sr. Jessup. Além do mais, pensam que se acaso conseguirem fugir, no fim das contas sempre podem voltar a capturar vocês com facilidade, porque não estão acostumados a se esconder, como um sujeito normal que às vezes falta ao trabalho pra cair na vadiagem. Mas não esquenta. A gente cuida do senhor. Vou dizer uma coisa, ninguém tem tantos amigos quanto um revolucionário... *E* inimigos!".

Então ocorreu a Doremus pela primeira vez que, segundo a sentença do falecido e pranteado Effingham Swan, ele estava sujeito à pena de morte por fugir. Mas, "Ah, que se dane!", resmungou, como Karl Pascal, e se esticou no luxo da mobilidade, dentro do furgão de mudança que avançava à toda.

Estava livre! Viu as luzes de vilarejos passando!

A certa altura, escondeu-se sob o feno em um celeiro; depois, em um bosque de abetos no alto de uma colina; e também passou uma noite dormindo sobre um caixão na loja de um agente funerário. Caminhou por trilhas secretas; viajou na traseira do carro de um ambulante que vendia remédios e, disfarçado em chapéu de pele e casaco de pele de gola alta, no *sidecar* de um membro do Underground passando-se por líder de esquadrão MM. Desceu do veículo por ordens do motociclista diante de uma casa de fazenda obviamente desocupada em uma sinuosa estrada secundária entre a montanha Monadnock e os lagos Averill — uma dilapidada casa velha e sem pintura com telhado afundado e neve acumulada nas janelas sujas.

Parecia um engano.

Doremus bateu, conforme a motocicleta se afastava roncando, e a porta foi aberta por Lorinda Pike e Sissy, chorando juntas, "Ah, meu querido!".

Ele só conseguiu murmurar, "Puxa!".

Depois de tirarem seu casaco de pele na sala de estar da casa, uma sala com papel de parede descascando e completamente desguarnecida a não ser por um catre, duas cadeiras e uma mesa, as duas chorosas mulheres viram-se diante de um homem pequeno, o rosto encardido, pálido e encovado como o de um tuberculoso, sua barba e bigode outrora aparados com esmero agora ásperos como um feixe de feno, o cabelo comprido grosseiramente cortado na nuca, as roupas rasgadas e imundas — um mendigo velho, doente, desiludido. Ele desabou numa cadeira e olhou para elas. Talvez fossem de verdade — talvez estivessem ali de fato — talvez ele estivesse, como parecia, no céu, olhando para os dois anjos principais, mas fora tantas vezes tão cruelmente tapeado em suas visões nestes últimos meses desoladores! Soluçou, e elas o confortaram com o carinho das mãos macias, e sussurros, mas não demais, para não aturdi-lo.

"Preparei um banho quente para você! E vou esfregar suas costas! E depois temos um pouco de sopa de frango e sorvete!"

Como alguém talvez dissesse: O Senhor Deus te aguarda em Seu trono e todos aqueles que abençoares serão abençoados, e todos teus inimigos prostrar-se-ão de joelhos!

Aquelas santas mulheres haviam na verdade mandado trazer uma comprida banheira de estanho para a cozinha da velha casa, enchido com água aquecida na chaleira e na bacia de lavar roupa, no fogão, e providenciado escovas, sabão, uma enorme esponja e uma toalha tão macia como Doremus até esquecera que existia. E de algum modo, de Fort Beulah, Sissy trouxera vários sapatos seus, e camisas e três ternos que agora lhe pareciam feitos para a realeza.

Ele que não tomava um banho quente em seis meses, e durante três vestira a mesma roupa de baixo, e durante dois (no úmido inverno), meia alguma!

Se a presença de Lorinda e Sissy era um sinal do céu, deslizar vagarosamente palmo a palmo no enlevo da banheira era a prova, e ele imergiu banhado em glória.

Quando começara a se vestir, as duas entraram, e houve quase tanta preocupação com o recato, ou a necessidade dele, quanto se fosse o bebê de dois anos que de algum modo parecia. Riram dele, mas a risada se transformou em pronunciadas lamúrias de horror quando viram a carne macerada a ferro de suas costas. Mas Lorinda não disse nada mais inquisitivo do que "Ah, meu querido!", mesmo nessa hora.

Embora Sissy tivesse ficado grata por Lorinda poupá-la de atenções maternais, Doremus se regozijava com elas. Snake Tizra e o campo de concentração de Trianon haviam se revelado singularmente carentes de cuidados maternos. Lorinda aplicou bálsamo e talco em suas costas. Cortou seu cabelo, não sem habilidade. Preparou-lhe todos os pratos pesados, saborosos, com que sonhara, faminto numa cela: filé hamburgo com cebolas, pudim de milho, panquecas de trigo-sarraceno com linguiça, trouxinhas de maçã com creme e calda, sopa de cogumelo!

Não fora seguro levá-lo para o conforto de seu restaurante em Beecher Falls; os MM já haviam bisbilhotado por lá, à sua procura.

Mas Sissy e ela tinham, para esses refugiados que podiam despachar para o New Underground, aprovisionado o decrépito casebre com meia dúzia de catres, um estoque farto de comida enlatada e lindas (considerou Doremus) garrafas de mel, compotas de frutas e geleia de groselha. A efetiva travessia final da fronteira para o Canadá foi mais fácil do que fora quando Buck Titus tentara sair com a família Jessup. A coisa se tornara sistemática, como nos tempos corsários do contrabando de bebida; com novas trilhas de floresta, suborno de guardas na fronteira e passaportes falsos. Ele estava salvo. Porém, só para tornar sua salvação ainda mais segura, Lorinda e Sissy, coçando o queixo enquanto mediam Doremus de alto a baixo, ainda falando indisfarçadamente a seu respeito, como se fosse um bebê incapaz de compreendê-las, decidiram transformá-lo em rapaz.

"Tingir de preto o cabelo e o bigode e raspar a barba, eu acho. Quem dera a gente tivesse tempo de conseguir para ele também um belo bronzeado da Flórida com uma luminária alpina", considerou Lorinda.

"É, acho que vai ficar ótimo desse jeito", disse Sissy.

"Não vou deixar que tirem minha barba!", protestou ele. "Como vou saber que tipo de queixo tenho quando for escanhoado?"

"Puxa, o homem continua a achar que é dono de jornal e um dos favoritos da sociedade de Fort Beulah!", admirou-se Sissy, quando ambas punham mãos à obra impiedosamente.

"O único motivo de verdade para essas malditas guerras e revoluções é que as mulheres têm uma chance — ai! cuidado aí! — de bancar as Mãezinhas Amadoras com todos os sujeitos em que conseguem pôr as garras. *Tintura para cabelo!*", exclamou Doremus, com amargura.

Mas sentiu-se descaradamente orgulhoso de seu rosto jovem quando ele foi desnudado e descobriu possuir um queixo toleravelmente obstinado, e Sissy recebeu ordens de voltar a Beecher Falls para manter o restaurante funcionando, e por três dias Lorinda e ele devoraram filés e tomaram cerveja, e jogaram *pinochle*, e conversaram sem parar sobre tudo que haviam pensado a respeito um do outro nos seis áridos meses que podiam ter sido sessenta anos. Um dia ele se lembraria do quarto na inclinada casa de fazenda, do retalho de tapete puído, das duas cadeiras bambas, de Lorinda aconchegada sob a velha colcha vermelha no catre não como penúria de inverno, mas como um amor jovem e aventureiro.

    Depois, numa clareira de floresta, com neve sobre os galhos dos abetos, a poucos passos do Canadá, fitava os olhos de suas duas mulheres, dando breve adeus e marchando para a nova prisão do exílio da América, na qual, desde já, pensava com a dor persistente da nostalgia.

# 37

Sua barba voltara a crescer — ele e sua barba haviam sido amigos por muitos anos e viera sentindo falta dela ultimamente. O cabelo e o bigode assumiram outra vez um grisalho respeitável, em lugar do tingido roxo que sob luzes elétricas parecera tão espúrio. Não sentia mais arroubos apaixonados diante de uma costeleta de cordeiro ou de uma barra de sabão. Mas ainda não superara o prazer e o ligeiro assombro de ser capaz de falar com toda a liberdade que quisesse, com toda ênfase que lhe aprouvesse, e em público.

Sentava na companhia de seus dois amigos mais íntimos em Montreal, dois outros executivos do Departamento de Propaganda e Publicações do New Underground (Walt Trowbridge, diretor geral), e esses dois amigos eram o il.<sup>mo</sup> Perley Beecroft, presumível presidente dos Estados Unidos, e Joe Elphrey, um jovem decorativo que, como "sr. Cailey", fora um valorizado agente do Partido Comunista na América até ter sido expulso dessa organização quase imperceptível por ter feito uma "frente unida" com socialistas, democratas e até cantores de coral quando organizava uma rebelião anti-Corpo no Texas.

Entre uma cerveja e outra, nesse café, Beecroft e Elphrey revoltavam-se como sempre: Elphrey insistindo que a única "solução" para o sofrimento americano era uma ditadura dos representantes mais enérgicos das massas trabalhadoras, rígida e, se necessário, violenta, mas (essa era sua nova heresia) não governada por Moscou. Beecroft afirmava presunçosamente que "só do que precisávamos" era de uma volta exatamente aos partidos políticos, à angariação de votos e à oratória legislativa no Congresso dos tempos mais felizes de William B. McKinley.

Mas quanto a Doremus, recostava na cadeira sem dar muita bola para as bobagens que os demais diziam, contanto que lhes fosse permitido falar sem descobrir que os garçons eram espiões MM; e feliz em saber que, acontecesse o que acontecesse, Trowbridge e os demais líderes genuínos jamais voltariam a contento ao governo do lucro, pelo lucro, para o lucro. Pensou com satisfação no fato de que, ainda no dia anterior (soubera disso pelo secretário do diretor), Walt Trowbridge dispensara Wilson J. Shale, o imperador do petróleo, que viera, aparentemente com sinceridade, oferecer sua fortuna e sua experiência executiva a Trowbridge e à causa.

"Negativo. Lamento, Will. Mas não podemos usar você. Aconteça o que acontecer — mesmo que Haik chegue marchando para trucidar todo mundo, junto com nossos anfitriões canadenses —, você e os piratas astuciosos da sua laia estão com os dias contados. Aconteça o que acontecer, sejam quais forem os detalhes de um novo sistema de governo pelo qual porventura venhamos a decidir, seja ele chamado de 'Commonwealth Cooperativa', 'Socialismo Estatal', 'Comunismo', 'Democracia Tradicional Revivida', precisamos de uma nova percepção — de que o governo não é um jogo para uns poucos espertos, atletas resolutos como você, Will, mas uma parceria universal, na qual o Estado deve deter todos os recursos abundantes o bastante para afetar todos os seus membros, e em que o pior crime de todos não será o assassinato ou o sequestro, mas tirar vantagem do Estado — em que o vendedor de remédios fraudulentos, ou o mentiroso no Congresso, será punido de forma muito pior do que o sujeito que usa um machado contra o homem que roubou sua garota... Hein? O que vai acontecer com magnatas como você, Will? Só Deus sabe! O que aconteceu com os dinossauros?"

Assim Doremus prosseguia muito satisfeito em seu serviço.

E contudo, socialmente falando, sentia-se quase tão sozinho quanto em sua cela em Trianon; com quase a mesma força ansiava pelo prazer nada exorbitante de estar na companhia de Lorinda, Buck, Emma, Sissy, Steve Perefixe.

Ninguém salvo Emma podia ir ao seu encontro no Canadá, e ela não faria isso. Suas cartas sugeriam medo das regiões bravias e não worcesterianas de Montreal. Escreveu que Philip e ela esperavam conseguir perdão para Doremus junto aos Corpos! De modo que só lhe restaram por companhia os refugiados do Corpoísmo, e ele conheceu uma vida que fora familiar, familiar demais, para exilados políticos desde que a primeira revolta no Egito obrigou os rebeldes a fugir às escondidas para a Assíria.

Não foi nenhuma egolatria particularmente indecente de Doremus que o levou a supor, quando chegou ao Canadá, que todos ficariam emocionados com seu relato de prisão, tortura e fuga. Mas descobriu que dez mil entusiasmados choramingas haviam chegado antes dele, e que os anfitriões canadenses, por mais atenciosos e generosos que pudessem ser, estavam positivamente cheios de contribuir com compaixão renovada. Eles sentiam que sua quota de mártires se esgotara, e, quanto aos exilados que chegavam sem vintém, e esses eram a maioria, os canadenses se mostravam nitidamente fartos de privar suas próprias famílias em prol de refugiados desconhecidos, e não conseguiam sequer manter um permanente ar de satisfação na presença de escritores, políticos, cientistas americanos célebres, quando se tornaram comuns como mosquitos.

Era duvidoso se uma palestra sobre as Condições Deploráveis na América, por Herbert Hoover e o general Pershing juntos, teria atraído quarenta pessoas. Ex-governadores e juízes de bom grado pegavam empregos para lavar pratos, e ex-gerentes editoriais plantavam nabos. E os informes diziam que os condolentes México, Londres e França se mostravam igualmente cada vez mais enfastiados.

De modo que Doremus, vivendo escassamente de seu salário de vinte dólares semanais do NU, não encontrava ninguém a não ser colegas de exílio nos mesmos salões de desafortunados escapistas políticos como os Russos Brancos, os Espanhóis Vermelhos, os Búlgaros Azuis e todos os demais policromáticos insurrectos assíduos de Paris. Espremiam-se, vinte deles em uma sala de três e meio por três e meio, muito ao feitio das celas dos campos de concentração em termos de área, ocupantes e eventual odor, das oito à meia-noite, e compensavam a ausência de jantar com café, donuts e parcos sanduíches, conversando sem parar sobre os Corpos. Contavam como "fatos reais" anedotas sobre o presidente Haik outrora atribuídas a Hitler, Stálin e Mussolini — aquela do homem que ficou alarmado ao descobrir que salvara Haik de um afogamento e implorava a ele que não contasse para ninguém.

Nos cafés pegavam os jornais domésticos. Homens que haviam tido um olho arrancado pela causa da liberdade, com o remelento olho remanescente espiavam para descobrir quem vencera o Prêmio do Clube de Bridge da Avenida Missouri.

Eram corajosos e românticos, trágicos e distintos, e Doremus ficou um pouco cheio deles todos e da brutalidade inalterável do fato de que nenhum homem normal pode suportar por muito tempo a tragédia de outro, e de que lágrimas solidárias um dia se tornam coices irritados.

Ficou comovido quando, numa capela para todas as denominações, escutou o pobre famélico que fora um bispo pomposo ler do púlpito de pinho:

"Junto aos rios da Babilônia, aí sentamos e choramos, quando nos lembramos de Sião. Nos salgueiros que ali existem penduramos nossas harpas... Como cantaremos a canção do Senhor numa terra estrangeira? Se me esquecer de ti, ó Jerusalém, que minha mão direita esqueça sua destreza. Se não me lembrar de ti, que minha língua cinda o palato em minha boca; se preterir Jerusalém à minha principal alegria."

Ali no Canadá os americanos tinham seu Muro das Lamentações e diariamente exclamavam com falsa e galante esperança, "Ano que vem em Jerusalém!".

Às vezes Doremus ficava irritado com os incessantes e exigentes lamentos de refugiados que haviam perdido tudo, filhos, esposas, propriedade, respeito próprio, agastado por acreditarem que haviam sido os únicos a ter presenciado tais horrores; e às vezes passava todas as suas horas livres coletando um trocado e alguma exausta afabilidade para essas almas enfermas; e às vezes enxergava como fragmentos do Paraíso cada aspecto da América — vislumbres tão desconexos quanto Meade em Gettysburg e a exuberância de petúnias azuis no jardim perdido de Emma, o brilho puro dos trilhos vistos de um trem numa manhã de abril e o Rockefeller Center. Mas fosse qual fosse seu estado de espírito, recusava-se a sentar com sua harpa junto a águas estrangeiras e gozar da importância de ser um pedinte célebre.

Voltaria à América e se arriscaria a nova prisão. Nesse ínterim, ordenadamente enviava pacotes de dinamite panfletária dos escritórios do NU o dia todo, e regia com eficiência uma centena de discursistas postais que um dia haviam sido professores e confeiteiros.

Ele pedira a seu superior, Perley Beecroft, para ser designado a um trabalho mais ativo e perigoso, agente secreto na América — no Oeste, onde não era conhecido. Mas o quartel-general sofrera um bocado com agentes amadores que abriam a matraca na frente de estranhos ou que não eram de confiança suficiente para manter o bico fechado ao serem chicoteados até a morte. As coisas haviam mudado desde 1929. O NU acreditava que a mais elevada honra a que um homem podia aspirar não era ter um milhão de dólares, mas sim a permissão de arriscar sua vida pela verdade, sem pagamento nem lauréis.

Doremus sabia que seus chefes não o consideravam jovem o bastante ou forte o bastante, mas também que o estavam examinando. Em duas ocasiões teve a honra de se entrever com Trowbridge para falarem sobre nada em particular — decerto devia ter sido uma honra, embora fosse difícil se lembrar desses encontros, pois Trowbridge era o mais simples e amigável dos homens em toda a portentosa máquina de espionagem. Doremus esperava animadamente pela chance de ajudar a deixar os pobres, esfalfados, aflitos oficiais Corpo ainda mais infelizes do que normalmente já estavam, agora que os slogans da guerra contra o México e das revoltas contra o Corpoísmo eram cantados lado a lado.

Em julho de 1939, quando Doremus completara pouco mais de cinco meses em Montreal, e um ano após ter sido sentenciado ao campo de concentração, os jornais americanos que chegavam ao quartel-general do NU estavam cheios de indignação contra o México.

Bandos de mexicanos haviam realizado incursões pelos Estados Unidos — sempre, muito curiosamente, quando nossas tropas estavam longe, no deserto, praticando marcha ou talvez colhendo conchas marinhas. Incendiaram uma cidade no Texas — felizmente todas as mulheres e crianças estavam fora nessa tarde, em um piquenique da escola dominical. Um Patriota Mexicano (anteriormente também atuara como Patriota Etíope, Patriota Chinês e Patriota Haitiano) apareceu na barraca do brigadeiro MM e confessou que, embora fosse doloroso fazer intriga sobre seu próprio e amado país, a consciência o obrigava a revelar que seus superiores mexicanos estavam planejando sobrevoar e bombardear Laredo, San Antonio, Bisbee e provavelmente Tacoma e Bangor, Maine.

Isso agitou sobremaneira os jornais Corpo, e em Nova York e Chicago eles publicaram fotografias do consciencioso traidor meia hora após ele ter aparecido na barraca do brigadeiro... onde, naquele momento, calhou de quarenta e seis repórteres estarem à espreita atrás de cactos nas imediações.

A América se ergueu para defender seu torrão, incluindo todos os torrões em Park Avenue, Nova York, contra o falso e traiçoeiro México, com seu exército terrível de sessenta e sete mil homens, e com trinta e nove aeroplanos militares. Mulheres em Cedar Rapids se esconderam sob a cama; homens idosos em Cattaraugus County, Nova York, esconderam seu dinheiro em troncos de olmo; e a esposa de um criador de galinhas, doze quilômetros a noroeste de Estelline, Dakota do Sul, notória boa cozinheira e observadora treinada, avistou com toda clareza uma fila de noventa e dois soldados mexicanos passando diante de sua cabana, a começar pelas 3h17 da madrugada, em 27 de julho de 1939.

Como resposta à ameaça, a América, o único país que nunca perdera uma guerra nem nunca começara uma que fosse injusta, bradou a uma só voz, como publicou o *Daily Evening Corporate* de Chicago. O plano era invadir o México assim que o tempo ficasse mais fresco, ou até antes, caso refrigeração ou ar condicionado pudesse ser providenciado. Em um mês, cinco milhões foram recrutados para a invasão e o treinamento teve início.

Assim — talvez com demasiada leviandade — Joe Cailey e Doremus conversaram sobre a declaração de guerra contra o México. Se acharam a cruzada toda absurda, pode ser dito em sua defesa que viam todas as guerras como absurdas, sempre; no descaramento das mentiras de lado a lado sobre os motivos; no espetáculo de homens adultos empenhados na diversão infantil de vestir fantasias e marchar ao som de música primitiva. A única coisa não absurda nas guerras, diziam Doremus e Cailey, era que os nervos à flor da pele efetivamente levavam ao assassinato de milhões de pessoas. Dez mil bebês morrendo de fome pareciam um preço elevado demais por um cinto de Sam Browne, mesmo para um jovem tenente, a despeito de todo encanto e ternura de sua juventude.

E, contudo, tanto Doremus como Cailey rapidamente voltaram atrás em sua posição de que todas as guerras eram absurdas e abomináveis; ambos abriram uma exceção para a guerra do povo contra a tirania, quando inesperadamente a aprazível expectativa de que a América roubasse o México foi interrompida por uma rebelião popular contra o regime Corpo.

A região revoltosa era, grosso modo, delimitada pelas cidades de Sault Ste. Marie, Detroit, Cincinnati, Wichita, San Francisco e Seattle, embora nesse território amplas áreas permanecessem leais ao presidente Haik, e fora dela outras amplas áreas tivessem se juntado aos rebeldes. Era a parte da América que sempre fora mais "radical" — essa palavra imprecisa, que provavelmente significa "mais crítica da pirataria". Era a terra dos Populistas, da Non-Partisan League, do Farmer-Labor Party e de La Follettes — uma família tão vasta a ponto de formar um considerável partido em si mesma.

Acontecesse o que acontecesse, exultava Doremus, a revolta provava que a crença na América e a esperança para a América não estavam mortas.

Esses rebeldes tinham, em sua maioria, antes da eleição, acreditado nos quinze pontos de Buzz Windrip; acreditado que quando ele dizia que desejava devolver o poder usurpado pelos banqueiros e industrialistas para o povo mais ou menos queria dizer que desejava devolver o poder dos banqueiros e industrialistas para o povo. Com o passar dos meses, ao perceber que haviam sido tapeados com cartas marcadas outra vez, ficaram indignados; mas estavam ocupados com seus milharais, serrarias e fábricas de laticínios e automóveis, e foi necessária a idiotice impertinente de exigir que marchassem através do deserto e ajudassem a roubar um país amigo para incitá-los a acordar e descobrir que, enquanto dormiam, haviam sido sequestrados por uma pequena gangue de criminosos armados de ideais elevados, palavras assaz palatáveis e um monte de metralhadoras.

A revolta foi tão profunda que o arcebispo católico da Califórnia e o radical ex-governador de Minnesota viram-se na mesma facção.

No início, foi uma insurreição um tanto cômica — tão cômica quanto os revolucionários mal treinados, sem uniforme e de ideias confusas de Massachusetts em 1776. O presidente general Haik escarneceu publicamente deles como uma "rebelião desorganizada e ridícula de maltrapilhos preguiçosos demais para trabalhar". E no início eles foram incapazes de fazer muita coisa além de crocitar como um bando de corvos, atirar tijolos contra os destacamentos de MM e policiais, descarrilar trens de tropas e destruir a propriedade de cidadãos privados honestos, como os jornais pertencentes ao Corpo.

Foi em agosto que veio o choque, quando o general Emmanuel Coon, chefe de Estado-Maior das tropas regulares, viajou de Washington a St. Paul, assumiu o comando de Fort Snelling e declarou Walt Trowbridge o presidente temporário dos Estados Unidos, a se manter no poder até a realização de novas eleições presidenciais gerais e irrestritas.

Trowbridge declarou que aceitava — sob a condição de que não seria candidato à presidência permanente.

De modo algum o Exército regular como um todo se juntou às tropas revolucionárias. (Há dois mitos contumazes entre os liberais: de que a Igreja Católica é menos Puritana e sempre mais estética do que a Protestante; e de que soldados profissionais odeiam a guerra mais do que congressistas e solteironas.) Mas havia muitos soldados regulares fartos das extorsões dos cobiçosos e salivantes comissários Corpo, e que se uniram ao general Coon, de modo que, logo após seu exército de soldados regulares e fazendeiros de Minnesota treinados às pressas terem vencido a batalha de Mankato, as forças de Leavenworth tomaram o controle de Kansas City e planejavam marchar sobre St. Louis e Omaha; ao passo que em Nova York, Governor's Island e Fort

Wadsworth observavam, neutros, conforme guerrilheiros de aspecto não militar e na maior parte judeus tomavam as linhas do metrô, as usinas de energia e os terminais ferroviários.

Mas nisso a revolta estacou, pois na América, que com tamanho ardor tecera loas a si mesma por seu "difundido e popular ensino gratuito", tão pouco ensino houvera, difundido, popular, gratuito ou do modo que fosse, que a maioria das pessoas não sabia o que queria — com efeito, sabia pouco demais para até mesmo querer alguma coisa.

Salas de aula, tinha havido de sobra; o que faltou foram apenas professores cultos, alunos ávidos e diretores escolares que encarassem o ensino como uma profissão tão digna de honrarias e remuneração quanto vender seguro, embalsamar ou atender mesas. A maioria dos americanos aprendera na escola que Deus substituíra os judeus pelos americanos como o povo escolhido, e que dessa vez fizera o serviço muito melhor, de modo que éramos a nação mais rica, bondosa e inteligente que existia; que as depressões nada mais eram que uma dor de cabeça passageira e que os sindicatos trabalhistas não deviam se preocupar com nada além de salários maiores e horas mais curtas e, acima de tudo, não deviam armar uma feia luta de classes combinando-se politicamente; que, embora os estrangeiros tentassem fazer da política um mistério espúrio, a política era na verdade tão simples que qualquer advogado provinciano ou escrivão na central de um xerife metropolitano era perfeitamente capacitado para ela; e que se John D. Rockefeller ou Henry Ford houvessem se determinado a tanto, poderiam ter se tornado os mais distintos estadistas, compositores, físicos ou poetas da nação.

Nem mesmo dois anos e meio de despotismo haviam conseguido ensinar aos eleitores o que era humildade, tampouco ensinar-lhes grande coisa sobre o que quer que fosse, exceto como era desagradável ser preso com tanta frequência.

Assim, após a primeira alegre eclosão de tumultos, a revolta arrefeceu. Não só os Corpos como também muitos de seus adversários não sabiam o suficiente para formular uma teoria de autogoverno clara e segura ou resolver se engajar de maneira irresistível no esforço sofrido de se preparar para a liberdade... Mesmo agora, após Windrip, a maioria dos tranquilos descendentes do frasista Benjamin Franklin não tinha aprendido que as palavras "Dai-me a liberdade ou dai-me a morte" de Patrick Henry nada significavam além de um grito de torcida ginasial ou um slogan de cigarro.

Os seguidores de Trowbridge e do general Coon — "A Commonwealth Cooperativa Americana", como começaram a se chamar — não perderam nada do território que haviam conquistado; eles o mantiveram, expulsando todos os agentes Corpo e aqui e ali acrescentando um ou dois condados. Mas na maior parte seu governo, e igualmente o governo dos Corpos, era tão instável quanto a política irlandesa.

De modo que a tarefa de Walt Trowbridge, que em agosto parecera encerrada, antes de outubro parecia meramente ter começado. Doremus Jessup foi convocado à sala de Trowbridge, e escutou do líder:

"Acho que é chegada a hora de termos agentes do Underground nos Estados Unidos dotados de sensatez, além de colhões. Apresente-se ao general Barnes para o serviço de proselitismo em Minnesota. Boa sorte, Irmão Jessup! Tente convencer os oradores que continuam pregando a Disciplina e os porretes que estão sendo mais risíveis do que destemidos!"

E tudo que Doremus pensou foi, "Até que é um sujeito agradável, esse Trowbridge. Fico feliz de trabalhar com ele", conforme arregaçava as mangas para iniciar sua nova tarefa de ser espião e herói profissional sem nem ao menos dispor de senhas engraçadas para tornar o jogo romântico.

# 38

Suas malas estavam prontas. Fora muito simples, uma vez que a bagagem consistia apenas em artigos de toalete, uma muda de roupa e o primeiro volume do *Declínio do Ocidente*, de Spengler. Ele aguardava no saguão de seu hotel a hora de tomar o trem para Winnipeg. Interessou-se pela chegada de uma mulher mais exuberante do que as normalmente vistas naquela modesta hospedaria: o exemplar cuidadosamente manufaturado de uma mulher, encadernado em couro rústico e com contracapas de cetim; uma mulher com rímel nos cílios, permanente e vestido diáfano. Perambulou pelo saguão e se recostou contra uma coluna de falso mármore, empunhando uma longa piteira e encarando Doremus. Parecia achar graça nele, por nenhum motivo claro.

Poderia ser algum tipo de espião Corpo?

Ela se aproximou vagarosamente, e ele se deu conta de que era Lorinda Pike.

Enquanto continuava engasgado, ela riu, "Ah, não, querido, não sou tão realista em minha arte a ponto de ir longe demais no desempenho desse papel! Acontece apenas que é o disfarce mais fácil para ludibriar os guardas de fronteira Corpo — se estiver de acordo que é mesmo um disfarce!".

Ele a beijou com um furor que chocou a respeitável hospedaria.

Ela sabia, por agentes do NU, que em sua missão ele corria um risco muito razoável de ser açoitado até a morte. Viera apenas se despedir e trazer-lhe o que podia ser seu último apanhado das novidades.

Buck estava no campo de concentração — era mais temeroso e cuidadoso do que Doremus havia sido, e Linda não conseguira comprar sua liberdade. Julian, Karl e John Pollikop continuavam vivos, continuavam presos. O padre Perefixe dirigia a célula NU em Fort Beulah, mas estava ligeiramente confuso, pois queria apoiar a guerra contra o México, nação que detestava pela maneira como os padres católicos eram tratados. Lorinda e ele, aparentemente, tiveram um longo e furioso confronto certo dia acerca do domínio católico na América Latina. Como é sempre tão típico dos Liberais, Lorinda conseguia falar do padre Perefixe ao mesmo tempo com ódio virtuoso e profunda afeição. Emma e David, segundo ficara sabendo, estavam felizes em Worcester, embora dissessem as más línguas que a esposa de Philip não acatava de muito bom grado os conselhos da sogra na cozinha. Sissy estava se tornando uma agitadora hábil que continuava, lembrando que era uma arquiteta nata, a desenhar projetos das casas que Julian e ela um dia iriam decorar. Era ditosamente capaz de combinar ataques a toda forma de Capitalismo com o ideal inteiramente capitalista das luas de mel de um ano inteiro que Julian e ela desfrutariam um dia.

Menos surpreendente do que tudo isso foi a notícia de que Francis Tasbrough, muito gracioso no arrependimento, fora libertado da prisão Corpo para onde o mandaram por molhar demais a própria mão e voltara a ser um comissário distrital tido em alta conta, e que sua empregada era agora a sra. Candy, cujos informes diários sobre seus arranjos mais secretos eram os documentos mais bem escritos e gramaticalmente rigorosos que chegavam ao quartel-general NU de Vermont.

Então Lorinda ergueu o rosto para ele, que estava chorando na entrada de seu vagão de trem a caminho do Oeste, "Você parece tão bem outra vez! Está feliz? Ah, seja feliz!".

Nem mesmo agora ele viu essa mulher radical e não feminilizada chorar... Ela virou as costas e se afastou muito rapidamente pela plataforma da estação. Perdera toda sua pose confiante. Curvado na entrada do vagão, ele a viu parar junto ao portão, erguer timidamente a mão, como que a acenar para o longo anonimato das janelas do trem, depois se afastar hesitante pelos portões. E ele se deu conta de que ela não pegara seu endereço; de que ninguém mais que o amava teria um endereço fixo seu.

\* \* \*

O sr. William Barton Dobbs, caixeiro-viajante de colheitadeiras, um homenzinho empertigado com uma pequena barba grisalha e sotaque de Vermont, saiu da cama em seu hotel numa área de Minnesota em que havia tantos fazendeiros bávaro-americanos e ianque-descendentes, e tão poucos escandinavos "radicais" que continuava leal ao presidente Haik.

Desceu para tomar o café da manhã, esfregando animadamente as mãos. Comeu uma toranja e tomou mingau — mas sem açúcar: havia um embargo no açúcar. Baixou o rosto e fez uma inspeção em si próprio; suspirou, "Estou parecendo uma vagem, com todo esse trabalho ao ar livre e sempre com tanta fome; preciso diminuir o ritmo"; e então consumiu ovos fritos, bacon, torrada, café feito com bolotas de carvalho e *marmalade* feita com cenoura — as tropas de Coon haviam cortado os grãos de café e as laranjas.

Leu, enquanto isso, o *Daily Corporate* de Minneapolis. Anunciava uma Grande Vitória no México — no mesmo lugar, notou, em que já houvera três Grandes Vitórias nas duas últimas semanas. Além disso, uma "vergonhosa rebelião" fora debelada em Andalusia, Alabama; o jornal noticiava que o general Göring estava a caminho de se hospedar com o presidente Haik; e que o aspirante à presidência Trowbridge, segundo uma "fonte confiável", fora assassinado, sequestrado e obrigado a renunciar.

"Nenhuma notícia hoje", lamentou o sr. William Barton Dobbs.

Ao sair do hotel, um esquadrão de Minute Men passou em marcha. Rapazes de fazenda, recém-recrutados para servir no México; pareciam tão assustados, delicados e ariscos quanto um bando de coelhos. Tentavam entoar a mais recente velha canção de guerra, à maneira da cançoneta da Guerra Civil, "When Johnny Comes Marching Home Again":

> *When Johnny comes home from Greaser Land,*
> *Hurray, hurraw,*
> *His ears will be full of desert sand,*
> *Hurray, hurraw,*

> *But he'll speaka de Spiggoty pretty sweet*
> *And he'll bring us a gun and a señorit',*
> *And we'll all get stewed when*
> *Johnny comes marching home!\**

  Suas vozes tremiam. Espiavam a multidão pelas calçadas, ou fitavam amuados o próprio arrastar de pés, e a multidão, que em outra ocasião teria gritado "*Hail Haik!*", casquinava "Vocês vagabundos nunca vão chegar à Greaser Land!" e até, da segurança de uma janela no segundo andar, "Hurra, hurra para Trowbridge!".
  "Pobres-diabos!", pensou o sr. William Barton Dobbs, conforme observava os assustados soldadinhos de brinquedo… não seria nenhum brinquedo salvá-los da morte.
  No entanto é fato que podia ver na multidão inúmeras pessoas a quem seus argumentos, e os dos sessenta e tantos agentes secretos NU sob ele, haviam se convertido do medo dos MM ao escárnio.

  Em seu Ford conversível aberto — nunca mencionou, mas pensava em como "passara a perna em Sissy" tendo um Ford só seu —, Doremus deixou a cidade e ganhou o restolhal da pradaria. O êxtase líquido das cotovias-do-prado nas cercas de arame farpado o acolheu. Se tinha saudade das poderosas colinas além de Fort Beulah, sentia-se mesmo assim exaltado pela imensidão do céu, o descampado da pradaria cuja promessa era de que ele poderia prosseguir eternamente, o encanto dos pequenos brejos vistos através das fímbrias de salgueiros e choupos, e a certa altura, elevando-se no alto, uma revoada precoce de patos selvagens.
  Assobiou com estardalhaço sacolejando ao longo da estrada vicinal.
  Chegou a uma erma casa de fazenda amarela — era para ter tido uma varanda, mas havia apenas um nada sem pintura na parte de

---

\* "Quando Johnny voltar da Terra dos Cucarachas […]/ Seus ouvidos estarão cheios de areia do deserto, […]/ Mas ele vai falar muito bem o Espanglês/ E trazer pra gente uma arma e uma senhorita,/ E todos nós vamos encher a cara quando/ Johnny voltar pra casa!" (N. T.)

baixo da parede frontal, mostrando onde a varanda estaria. Para um fazendeiro que punha óleo em um trator no terreiro cheio de leitõezinhos gorjeou, "Minha graça é William Barton Dobbs — represento a Des Moines Combine and Up-to-Date Implement Company".

O fazendeiro trotou até ele para um aperto de mão, ofegante, "Puxa vida, mas é uma grande honra, sr. J——".

"Dobbs!"

"Isso. Com seu perdão."

Em um quarto no andar superior, sete homens aguardavam, aboletados na cadeira, na mesa e nas beiradas da cama, ou simplesmente acocorados no chão. Alguns eram aparentemente fazendeiros; outros, pequenos lojistas despretensiosos. Quando Doremus entrou de supetão, ficaram de pé e fizeram uma mesura.

"Bom dia, senhores. Uma breve notícia", disse. "Coon expulsou os Corpos de Yankton e Sioux Falls. Agora gostaria de saber se já estão com seus informes."

Para o agente que estava encontrando dificuldade em converter os donos de fazendas devido ao temor deles de pagar salários decentes para os trabalhadores, Doremus sugeriu que usasse o argumento (tão formal, embora apaixonado, quanto as observações de um corretor de seguros sobre morte em acidente de automóvel) que a pobreza de um era a pobreza de todos... Não era um argumento muito novo, tampouco muito lógico, mas constituíra uma cenoura útil para muitas mulas humanas.

Para o agente operando entre os colonos fino-americanos, que insistia que Trowbridge era um bolchevique, e tão ruim quanto os russos, Doremus tinha uma citação mimeografada do *Izvestia* de Moscou condenando Trowbridge como um "charlatão social-fascista". Para os fazendeiros bávaros indo em sentido contrário, que continuavam vagamente pró-nazistas, Doremus tinha um jornal emigrado alemão publicado em Praga, demonstrando (embora sem estatísticas ou qualquer citação importante de documentos oficiais) que, por um acordo com Hitler, o presidente Haik, se continuasse no poder, iria despachar de volta para o Exército alemão todos os teuto-americanos com até mesmo apenas um dos avós nascido na antiga Pátria.

"Encerramos com um hino alegre e a bênção, sr. Dobbs?", perguntou o mais jovem e irreverente — e de longe mais bem-sucedido — dos agentes.

"Por mim, tudo bem! Talvez não seja tão inadequado quanto você pensa. Mas considerando a moral e a economia frouxas da maioria de seus camaradas, talvez fosse melhor se eu encerrasse com uma nova história sobre Haik e Mae West que escutei anteontem... Deus abençoe todos vocês! Adeus!"

Indo para sua próxima reunião, Doremus ficou preocupado, "Não acredito que a história de Praga sobre Haik e Hitler seja verdadeira. Acho que vou parar de usá-la. Ah, eu sei — eu sei, sr. Dobbs; como diz, se a pessoa conta a verdade para um nazista, ainda seria mentira. Mas mesmo assim acho que vou parar de usá-la... Lorinda e eu, que pensávamos que podíamos ficar livres do Puritanismo!... Aqueles cúmulos são melhores do que um galeão. Se pelo menos trouxessem Mount Terror, Fort Beulah, Lorinda e Buck para cá, isto seria o Paraíso... Ah, Senhor, não quero fazer isso, mas suponho que vou ter de ordenar o ataque contra o posto MM em Osakis agora; estão preparados para isso... Fico pensando se aquele tiro de escopeta ontem *era* mesmo para mim?... Não gostei nem um pouco do cabelo de Lorinda arrumado naquele estilo nova-iorquino!".

Dormiu nessa noite em um chalé às margens de um lago de fundo arenoso rodeado por bétulas brilhantes. Seu anfitrião e a esposa dele, admiradores de Trowbridge, haviam insistido em lhe ceder o quarto de casal, com a colcha de retalhos e a moringa e sua tigela, pintadas à mão.

Sonhou — como de fato ainda sonhava, uma ou duas vezes por semana — que estava de volta a sua cela em Trianon. Visitou outra vez o fedor, o beliche apertado e cheio de calombos, o medo sem trégua de ser arrastado dali e açoitado.

Escutou trompetes mágicos. Um soldado abria a porta e convidava todos os prisioneiros a sair. Ali, no pátio, o general Emmanuel Coon (que, na fantasia onírica de Doremus, se parecia exatamente com Sherman) dirigiu-lhes a palavra:

"Cavalheiros, o exército da Commonwealth venceu! Haik foi capturado! Os senhores estão livres!"

Assim se puseram em marcha, os prisioneiros, os recurvados e marcados e mutilados, os de olhar vazio e os que babavam, que haviam chegado àquele lugar como homens empertigados e ousados: Doremus, Dan Wilgus, Buck, Julian, o sr. Falck, Henry Veeder, Karl Pascal, John Pollikop, Truman Webb. Passaram devagar pelo portão quadrangular, por uma fileira dupla de soldados postados hirtamente em posição de Apresentar Armas, e contudo chorando ao observar os alquebrados prisioneiros a arrastar os pés.

E além dos soldados, Doremus viu as mulheres e as crianças. Estavam à sua espera — os braços bondosos de Lorinda, Emma, Sissy, Mary, com David atrás delas, agarrado à mão de seu pai, e o padre Perefixe. E Foolish estava lá, seu rabo uma pluma orgulhosa, e da multidão borrada do sonho veio a sra. Candy, oferecendo-lhe um bolo de coco.

Então todos começaram a fugir, assustados com Shad Ledue ——

Seu anfitrião batia no ombro de Doremus, murmurando, "Acabo de receber um telefonema. Tem um destacamento Corpo atrás de você".

Assim Doremus foi embora, saudado pelas cotovias-do-prado, e prosseguiu ao longo do dia todo, até chegar a uma cabana nas Northern Woods onde homens silenciosos aguardavam notícias sobre a liberdade.

E continua Doremus a seguir à rubra aurora, pois um Doremus Jessup jamais morrerá.

ESTA OBRA FOI COMPOSTA PELA ABREU'S SYSTEM EM ADOBE GARAMOND
E IMPRESSA EM OFSETE PELA RR DONNELLEY SOBRE PAPEL PÓLEN SOFT DA SUZANO
PAPEL E CELULOSE PARA A EDITORA SCHWARCZ EM SETEMBRO DE 2017

A marca FSC® é a garantia de que a madeira utilizada na fabricação do papel deste livro provém de florestas que foram gerenciadas de maneira ambientalmente correta, socialmente justa e economicamente viável, além de outras fontes de origem controlada.